KNAUR

KERSTIN RUBEL

Die *Liebe* braucht ein ganzes Dorf

ROMAN

Alle Orte und Landschaften, die in diesem Roman genannt werden, sind real. Alle Personen, Häuser, Läden und Lokale fiktiv.

Besuchen Sie uns im Internet:
www.knaur.de

Aus Verantwortung für die Umwelt hat sich die Verlagsgruppe Droemer Knaur zu einer nachhaltigen Buchproduktion verpflichtet. Der bewusste Umgang mit unseren Ressourcen, der Schutz unseres Klimas und der Natur gehören zu unseren obersten Unternehmenszielen. Gemeinsam mit unseren Partnern und Lieferanten setzen wir uns für eine klimaneutrale Buchproduktion ein, die den Erwerb von Klimazertifikaten zur Kompensation des CO_2-Ausstoßes einschließt.

Weitere Informationen finden Sie unter:
www.klimaneutralerverlag.de

Originalausgabe Juni 2022
Knaur Verlag
© 2022 Knaur Verlag
Ein Imprint der Verlagsgruppe Droemer Knaur GmbH & Co. KG, München
Alle Rechte vorbehalten. Das Werk darf – auch teilweise – nur mit Genehmigung des Verlags wiedergegeben werden.
Redaktion: Heike Fischer
Covergestaltung: Claudia Sanner
Coverabbildung: Collage von Claudia Sanner unter Verwendung von privaten Motiven und Shutterstock.com
Satz: Adobe InDesign im Verlag
Druck und Bindung: CPI books, GmbH, Leck
ISBN 978-3-426-22777-0

2 4 5 3 1

*Für alle Frauen,
die beste Freundinnen haben*

Abendluft

Der Land Rover strotzt nur so vor Dreck. Ich erkenne ihn von Weitem. Eine kleine Menschentraube hängt an dem Auto, versunken in ein leises Expertengespräch. Hipster. Je mehr Schmutz am Rover klebt, desto mehr lieben sie den Wagen. Mit großen Schritten, so wie sie meine hohen Pumps eben noch zulassen, pflüge ich durch die von Altbauten gesäumte Allee. Mir reicht es. Zwei Tage Meetings ohne Ende, dann noch der Zürich-Flug mit seiner Verspätung. Ich will nur noch eins: nach Hause. Und raus aus der Stadt, raus aus Hamburg. Noch während des Gehens krame ich in meiner bauchigen Handtasche nach dem Autoschlüssel, als ich ihn finde, stehe ich auch schon vor meinem Wagen.

»Sorry, darf ich mal?«

Zwei junge Männer, vollbärtig, treten überrascht zur Seite. Und: Sie taxieren mich: *Ob ihr wohl der coole Wagen gehört?* Ich kann die Denkblase förmlich über ihren Köpfen schweben sehen.

Während ich mich, entschuldigend lächelnd, an ihnen vorbeidrücke, bleiben meine Augen an einem Bizeps hängen. Er wölbt sich unter einem knapp geschnittenen Hemd und gehört zu einem der beiden Jungs.

Hübsch, denke ich, und entriegele das Türschloss. Der Bizeps folgt jeder meiner Bewegungen.

»Ach, Entschuldigung, ist der Land Rover ein Ninety?«, fragt er mich.

»Exakt. Ein Ninety, ein Original von 1984.«

»Krass. Dass der immer noch läuft.«

»Klar, für einen Klassiker ist der Wagen fast neu.«

»Voll krass. Und, ähm, wie ist der so outdoor?«

»Wie? Outdoor?« Irritiert blicke ich den Bizeps an.

»Na, ich meine, so offroad an krass steilen Hängen, voll mit Allrad halt. Oder im fetten Schlamm. Oder, mega, im Winter! Der geht doch wie nix durch Schnee – oder?«

Jetzt fällt mein Blick runter. Runter auf den Asphalt. Dort bleibt er kleben wie ein Kaugummi. Denn ich bin einfach zu müde, zu müde für einen Kommentar.

Stattdessen quetsche ich mich mit einem »Darf ich mal?« weiter in Richtung Kofferraum. Ich öffne ihn und hieve meinen Alukoffer hinein, dann schlage ich ihn zu. Rums. Erneut entschuldigend lächelnd, schiebe ich mich zurück in Richtung Fahrertür, ziehe sie auf und lasse mich rücklings auf den Sitz fallen. Die einzige Methode übrigens, um mit einem engen Bleistiftrock unbefleckt in ein äußerst schmutziges Auto zu gelangen. Möglichst elegant ziehe ich beide Beine nach und werfe meine Handtasche auf den Beifahrersitz. Geschafft. Ich schließe die Fahrertür, nicke in die Runde, dann starte ich den Motor. Kraftvoll wummert der Rover los. Nein, leise ist er nicht, der Kleine, aber das verlangt da, wo ich herkomme, ja auch keiner.

Als ich den Blinker setze, nehme ich den Bizeps noch einmal ins Visier: dunkelbrauner Vollbart, bis an die Haarwurzeln gepflegt. Gut gebaut. Chinos, geschmackvolle Kleidung, mit der gekonnt britischen Note. Hübsch, ja, wirklich.

Und er wirft mir einen langen Blick durch die Fahrerscheibe zu. Einen sehr langen.

»Lass ihn da nicht stehen!«, würde mir jetzt meine Freundin Flora zurufen. Ich sehe sie förmlich vor mir stehen, wie sie ihre Hände an den Mund legt und zu einem Trichter formt. »So ein süßer Typ, der hängt doch schon am Haken!«

Ob ich will oder nicht: Ich muss schmunzeln. Die gute Flora, nichts wünscht sie sich mehr, als mir einen passablen Mann zu verpassen. Nur ich spiele – leider – nicht mit.

Dann lege ich den ersten Gang ein und gebe Gas. Im Rückspiegel sehe ich den Bizeps, wie er mitten auf der Straße steht und mir nachschaut.

Gut zwei Stunden später, als ich die Kehre unten bei den alten Buchen nehme, sacken meine Schultern hinab. Wie auf Knopfdruck fällt die Anspannung von mir. In meinem Brustraum spüre ich ein tiefes Aufatmen. Das wäre geschafft, ich bin gleich daheim. Es ist schon fast dunkel geworden, die Scheinwerfer tasten sich am Waldrand entlang. Vor der Schranke stoppe ich den Rover, hüpfe in meinen Sneakers, die ich unterwegs gegen meine Pumps getauscht habe, aus dem Wagen und schließe das große Vorhängeschloss auf. Was nun kommt, ist rein privat: eine schmale Straße, zu der nur drei Menschen auf dieser Welt einen Schlüssel besitzen. Wie so oft muss ich jetzt grinsen. An meinem neuen Leben gefällt mir verdammt viel, ganz besonders aber diese Straße. Meine Privatstraße – und die zweier anderer, zugegeben.

Mein Land Rover und ich machen uns an die letzten Meter. Als sich der Wald öffnet und unsere Lichtung freigibt, schaue ich, wie immer, nach links. Kein Licht zu sehen, meine Teilzeitnachbarn sind nicht da. Wunderbar. Ich tuckere langsam an ihrem Haus vorbei, lasse meinen Blick über die fest verschlossenen Türen und Fensterflügel gleiten, die sich unter dem tiefen Reetdach ducken. Dann steuere ich auf mein Heim zu. Es steht am Ende der Lichtung, die Scheinwerfer meines Wagens lassen bereits seine Scheiben aufblitzen. Exakt in dem Moment, in dem ich vorfahre und den Motor stoppe, erklingt ein erwartungsvolles Fiepen hinter der Haustür. Ich greife eilig nach meiner Handtasche, wühle meinen Schlüsselbund hervor, springe heraus und öffne das Schloss. Sofort spüre ich eine feuchte Nase in meiner Hand und ein warmes Fell, das mich umtanzt.

»Lux, mein lieber Lux. Da bin ich ja wieder, ich bin wieder da!«

Der Bewegungsmelder ist kaputt, so begrüße ich meinen Hund im Dunklen. Laut schlägt seine Rute gegen die Tür, er trommelt wie ein wild gewordener Schlagzeuger. Sein ganzer

Körper ist in ein einziges Wedeln übergegangen. Ich lasse meine Hände an ihm entlanggleiten, drücke kurz seinen schmalen Kopf an meinen Oberschenkel.

»Lieber Lux, mein lieber Lux.«

Ich kann mich gar nicht sattfühlen an meinem Hund, an dem wohligen Tanz, den er vollführt. Dabei umspielt mich so eine verlockend milde Abendluft, dass ich spontan beschließe, noch eine kleine Runde mit ihm zu drehen. Hier auf unserer Lichtung, hier versteckt im Wald.

Fixsterne

Als ich meine Augenmaske nach oben schiebe, blendet mich helles Sonnenlicht.

»Oh, Mann, was hab ich tief geschlafen«, murmele ich, wälze mich aus dem Bett und öffne die Tür in Richtung Bad. Sofort ertönt eine Etage tiefer ein rhythmisches Klopfen. Lux. Er wedelt. Und er freut sich auf den Tag. Wie schön das ist. Schnell erledige ich das Notwendigste: Zahnbürste, Wasser ins Gesicht, fertig. Der Puderpinsel und die Make-up-Fläschchen können mich mal. Rasch binde ich meine Haare zu einem Pferdeschwanz hoch, springe in meine Lieblingsjeans, ziehe ein frisches weißes Shirt über meinen Kopf, und schon flitze ich barfuß die Wendeltreppe herunter. Unten sitzt mein Lux, der voller Erwartung mit den Vorderbeinen hoch- und runterhüpft.

»Ja, du Lieber, jetzt geht's raus, recht hast du.«

Ich öffne die Terrassentür, und schon schießt er in die Freiheit. Als ich vor einem Jahr mit Lux hierherzog, begann auch für ihn ein neues Leben. Aufgewachsen als Großstadthund, der zu jedem Gassi-Gang brav an die Leine musste, genießt er nun das Landleben. Hier ist es selbstverständlich, dass Hunde einfach ihrer Wege gehen und frei herumlaufen dürfen. Ich blicke Lux durch das Küchenfenster hinterher und schmunzele darüber, wie pflichtbewusst und mit welch konzentrierter Miene er sein Revier markiert. Während ich die Kaffeemaschine in ihre Aufwärmphase schicke, checke ich kurz mein Handy. Flora hat geschrieben:

Sag mal, kommst du gleich? Wir müssen unbedingt über mein Sommerfest sprechen. Es gibt eine Überraschung!!

Oha, Flora! Ich liebe meine beste Freundin, aber für ihre Überraschungen bin ich noch nicht bereit. Erst brauche ich einen Kaffee. Während ich auf den Milchkaffee-Knopf an meinem Vollautomaten drücke, höre ich Lux. Er springt aufgeregt in dem feinen Kies herum, der meine Auffahrt bedeckt. Das Geräusch, das dabei entsteht, würde ich unter Tausenden erkennen. Dann ertönt das typische Knirschen, das Reifen erzeugen.

»Ah, wir bekommen Besuch. Das kann ja nur einer sein«, murmele ich vor mich hin und ziehe meine gut gefüllte Tasse aus dem Kaffeeautomaten. Kurz darauf taucht der erwartete Kopf in der offenen Terrassentür auf. »Moin, Annika.«

Heinrich trägt, wie immer, seine dunkelgrüne Latzhose, die etwas zu weit an seinem hageren Körper hängt. Seine fröhlichen Augen sind hellwach.

»Woll'n wir denn mal?«, schiebt er hinterher.

Auch das ist mir noch zu hoch. Was könnten wir denn mal wollen? Heinrich erkennt meine Ratlosigkeit sofort, zieht den rechten Mundwinkel nach innen, wackelt leicht mit dem Kopf und meint:

»Na, die Fichte!«

»Ach ja, die Fichte, die hatte ich ganz vergessen.«

»Das sehe ich. Was hast du nur wieder getrieben? Mädchen, Mädchen!«

Ja, auch das gehört zu meinem neuen Leben: Hier bin ich das Mädchen. Komme, was da wolle. Und sei es auch ein vierzigster Geburtstag. Ich bin und bleibe: das Mädchen. Wunderbar.

Heinrich gehört übrigens zu den drei Menschen auf dieser Welt, die einen Schlüssel zur Schranke besitzen. Denn Heinrich ist hier so etwas wie der gute Geist, der Mann, der alles kann, der alles weiß, und wenn nicht, jemanden kennt, der weiterhilft. Heinrich ist Gold wert.

Für heute haben wir beide uns die Fichte vorgenommen,

die letzte Woche hinter meinem Haus »rumgekommen« ist, wie man hier in der Gegend sagt. Der Baum sah schon länger krank aus, und eines stürmischen Tages kam er eben rum. Heinrich hat danach ganz schön mit mir gemeckert, so viele Worte hatte ich ihm gar nicht zugetraut: Was doch alles hätte passieren können, wäre die Fichte nur ein paar Meter weiter in Richtung Dach gefallen, da muss man sich doch mal früher drum kümmern – und so weiter und so fort.

Als er damit fertig war, bot er an, mir beim »Wegmachen« zu helfen. Und genau das fällt mir nun wieder ein. Wir waren für 9 Uhr verabredet, für jemanden wie Heinrich ist das mitten am Tag. Für jemanden wie mich, eine Großstädterin, allerdings verdammt früh. Ich schaue auf meine Mikrowelle und sehe auf ihrer Digitalanzeige: 9.02 Uhr. Heinrich ist pünktlich wie ein Schweizer Uhrwerk.

»Ich bin gleich so weit. Nur schnell einen Kaffee. Magst du nicht auch einen?«

»Ne, lass mal«, meint er knapp und schüttelt spärlich sein weißhaariges Haupt. Das hätte ich mir ja denken können. Für Heinrich gibt es nur zweimal am Tag Kaffee: um sieben in der Früh und dann noch mal um vier am Nachmittag. Dann ist Kaffeezeit, aber nicht jetzt, so mitten am Tag.

»Ich fahr schon mal ran, muss zu Mittag wieder zu Hause sein«, meint er – und recht hat er. Denn um 12 Uhr wartet seine Annegret mit dem Essen. Und das ist heilig. Ihm und seiner Annegret auch.

Ich nicke kurz und schaue ihm nach, wie er mit immer noch elastischen Schritten zum Schlepper läuft. Hier auf dem Land sagen nur die Städter Trecker oder – noch schlimmer – Traktor. Die Einheimischen sagen: Schlepper. So wie Architekten immer nur von Leuchten sprechen. Oder von Vorhängen. Wer Lampe oder gar Gardine sagt, der hat sich verraten.

Nur bei Heinrich ist das nicht so, ihm ist all das wurscht, und seiner Annegret auch. Sie schert der Traktor ebenso wenig wie die Leuchte. Die beiden gehören als helle, warme Fixsterne zu meinem neuen Leben auf dem Land. Als ich vor einem Jahr hier auftauchte, haben sie mich quasi adoptiert. »Das Mädchen kann ja nicht so allein da oben im Wald wohnen!« So etwas in der Art werden sie sich wohl gesagt haben.

Seither passen sie auf mich auf, schauen hier und da nach dem Rechten, auch wenn sie das natürlich niemals zugeben würden. Und ich? Ich wehre mich nicht, ich genieße es! Auch wenn »das Mädchen« jetzt erst mal tüchtig ranmuss. Hastig spüle ich den letzten Kaffeeschluck herunter, schlüpfe in meine derben Gartenschuhe und eile, flankiert von Lux, zu Heinrich hinters Haus.

Kohldampf

11.14 Uhr zeigt die Digitalanzeige meiner Mikrowelle, als Heinrich, mit der Fichte im Schlepptau, davontuckert. Er hat es nicht weit, selbst bei diesem Schneckentempo wird er pünktlich am Mittagstisch sitzen. Als ich meinen Blick von ihm löse, schaue ich in Lux' große Augen. Mit seiner langen Zunge schleckt er sich einmal über die Nase und reißt seine Augen noch ein wenig mehr auf.
»Ach, du armes Tier, ich hab ja ganz vergessen, dich zu füttern!«, entfährt es mir. Schnell greife ich zu einem seiner Edelstahlnäpfe und fülle ihn. Während Lux sein überfälliges Mahl herunterschlingt, gebe ich in seinen zweiten Napf frisches Wasser.
»Ein schönes Rabenfrauchen hast du, also wirklich.«
Dabei fällt mir mein eigenes Magenknurren auf. Auch ich habe ganz vergessen, zu frühstücken, wofür es jetzt auch eigentlich zu spät ist. Ich greife zu meinem Handy, aha, Flora hat noch einmal geschrieben:

Ihr Lieben, heute Mittag habe ich für euch Lauchquiche mit Salat oder Hühnerfrikassee mit Reis ...

Mehr Text brauche ich nicht. Was dem Heinrich seine Annegret ist, ist mir meine Flora. Flora betreibt in Arnis, dem nächsten Dorf, ein kleines Deli mit Café. Jeden Tag serviert sie ihrer stetig wachsenden Fangemeinde, die sich in einer WhatsApp-Gruppe vereint, zwei unterschiedliche Mittagessen. Ich für meinen Teil weiß schon, was es heute geben wird: Hühnerfrikassee. Floras Lauchquiche ist zwar köstlich, aber ihr Frikassee der Knaller.
»Komm, Lux, wir fahren Mittag essen«, beschließe ich, und schon sind wir beide aus dem Haus.

Auf dem Weg zu »Floras Deli« genieße ich, eigentlich wie immer, den schönen Ausblick auf all die sanften Hügel, die sich vor mir auftun. Bin ich erst mal aus meinem Wald heraus, dann reißt die Landschaft auf: Ein Bilderbuch aus sattgrünen Rinderweiden, Äckern, beschaulichen Baumgruppen und Schilfgrasfeldern, hinter denen immer wieder das Wasser aufblitzt. Es ist von so einem tiefen, metallischen Blau, dass man fast danach greifen möchte. Die Farben der Natur scheinen mir hier, wieder einmal, etwas kräftiger auszufallen als anderswo.

Arnis liegt an der Schlei, einem malerisch schönen Fjord, mit dem sich die Ostsee weit ins schleswig-holsteinische Land hineinschiebt. Auf den ersten Blick könnte man diesen Meeresarm für einen breiten Fluss halten, so sanft schmiegt er sich an die geschwungenen Ufer. Von der Anhöhe aus, die der Land Rover gerade nimmt, sehe ich die schneeweißen Segelschiffe der Förde aufblitzen. Sie prägen den ländlich maritimen Flair, der stets über Arnis schwebt. In ihn einzutauchen – nach all der Großstadt zuvor –, bedeutet für mich pure Entspannung.

Als ich das Dorf erreiche, stoppe ich kurz bei »Feder & Papier«. Der kleine Schreibwarenladen betreibt auch die Postagentur, die meine Briefe und Pakete lagert. Denn die Schranke hat einen klitzekleinen Haken: Der Postbote kommt nicht durch. Privat ist eben privat – und so hole ich mir meine Post eben selbst.

»Moin, Irmi, hast du etwas für mich?« Ich bleibe im Türrahmen stehen und recke den Kopf in Richtung Verkaufstresen. Hinter dem steht besagte Irmi und packt Ware aus einem riesigen Karton. Wie immer freue ich mich, in ihr breites, warmherziges Gesicht zu blicken. Auch sie gehört zu den hellen Fixsternen in meinem neuen Leben.

»Nein, heute leider nicht«, erwidert sie und lächelt, »es sei denn, du brauchst ein neues Federmäppchen.« Irmi zieht ein pinkfarbenes Etwas aus dem Karton und hält es in die Höhe.

Ich schüttle energisch den Kopf, winke zum Abschied und öffne schon wieder die Wagentür. Beim Einsteigen fällt mein Blick auf mein Handy, das auf dem Beifahrersitz liegt. Sein Display leuchtet, eine neue Nachricht ist eingegangen. Neugierig greife ich danach und bereue es sofort, als ich sehe, wer der Absender ist. Titus. Mein Ex. Oder auch: der Arsch. Sorry für den Ausdruck, aber er ist absolut angemessen. Titus war an meinem Auszug aus der Stadt alles andere als unbeteiligt. Der Mann, der mir, Zitat: »die ganze Erde zu Füßen legen« wollte, hatte von heute auf morgen seine Gefühle für eine andere Frau entdeckt. Zwölf Jahre lang waren wir ein Paar. Und wir hatten es verdammt gut miteinander. Wir hatten Pläne, Träume, ein gemeinsames Leben. Und dann das.

»Ich habe mich verliebt«, gestand er mir mit Dackelblick. Der Depp. Gerade erst, ich erinnere mich noch ganz genau, hatten wir Platz in einem schicken Restaurant genommen und unser Essen bestellt. Flucht unmöglich. Hatte er das extra so eingefädelt? Oder bewies Titus nur wieder einmal sein ausgeprägtes Talent für schlechtes Timing? Als Vorspeise servierte er mir jedenfalls seine Offenbarung. Zu meinem Glück stand schon ein Aperitif vor mir. Hastig griff ich danach und spülte den kalten Crémant hinunter, geradewegs über mein Gemüt. Das ermöglichte mir, erst mal zuzuhören. Zu hören, dass nicht er, sondern sie, also seine Tennispartnerin Nina, den ersten Schritt gemacht hatte. Oh ja, sie war es! Dass man sich nur zwei-, drei-, na, vielleicht viermal gesehen habe. Dass aber nichts passiert sei, nein, eine Affäre habe er nicht, also wirklich! Nina hätte ja auch einen Partner, also genau genommen sei sie verheiratet. Und er, Titus, habe geglaubt, alles im Griff zu haben. Freundschaft halt. Warum also hätte er mir von den gemeinsamen Treffen erzählen sollen? Ja, warum nur? Sie hatten doch wirklich keine Bedeutung. Also, erst mal. Also, ganz am Anfang. Dann aber entdeckte er, oh Schreck, doch Gefühle … in seinem Herzen … also Liebe … für Nina.

Und jetzt all die Verwirrung.

Und dieses schiefe Lächeln unter dem Dackelblick.

Ich sehe mich noch immer dort sitzen, mit dem leeren Glas in der Hand und dem immer gleichen Gedanken im Kopf: *Warum, lieber Gott, nicht einfach ein Seitensprung?* Der wäre mir lieber gewesen.

Dann denke ich gar nichts mehr. Ich friere nur noch.

Meine Hände liegen auf dem Lenkrad, bewegungslos, ich fühle mich wie in einer Eiskammer. Trotz der sommerlichen Temperaturen spüre ich nur Kälte. Sie sitzt in mir drin, im Mark meiner Knochen. Von da strahlt sie aus. Meine Arme bestehen nur noch aus Gänsehaut. Meine Oberschenkel sind fast taub. Ich fühle diese Eiseskälte, die von damals, von der Trennung. Mein ganzer Körper ist bis zum Zerspringen verletzt. Mein Kopf voller Watte, schneeweißer Watte. Da ist nur noch Kälte, starre …

Etwas gerät in mein Blickfeld, etwas da draußen: Irmi schiebt ihren Kopf durch die offene Tür. Das reißt mich aus meinen Gedanken. Sie hat wohl von innen beobachtet, dass ich in den Wagen eingestiegen, aber nicht losgefahren bin. Jetzt höre ich auch Lux im Kofferraum rumoren, er rutscht nervös hin und her.

»Alles okay?«, kann ich von Irmis Lippen ablesen.

Automatisch recke ich meinen Daumen nach oben, strecke mein Rückgrat und starte direkt den Motor. Es fühlt sich gut an, wie er loswummert. Das bringt mich zurück in die Gegenwart.

»Alles okay! Absolut!«, sage ich laut zu mir.

Das ruft Lux erst recht auf den Plan, er mag es nicht, wenn ich Selbstgespräche führe. Den kleinsten Ansatz davon quittiert er mit Unruhe. Ich beobachte ihn in meinem Rückspiegel. Was für ein lieber Kerl er doch ist. Er hat sich kerzengerade aufgesetzt und starrt in meine Richtung.

»Keine Sorge, mein Süßer, es geht schon wieder«, sage ich beruhigend zu ihm – und gleichsam zu mir. Lux hat für meinen Gefühlshaushalt einen siebten Sinn. Es ist gut, ihn bei mir zu wissen.

Ohne Titus' Nachricht zu lesen, lösche ich sie mit einem Wisch über das Display und werfe das Handy auf den Beifahrersitz. So etwas wie mit ihm will ich nie, nie wieder erleben. Diesen Verrat. Diesen Schmerz. Die ersten Wochen nach der Trennung, sein Auszug aus unserer Wohnung ... ein einziger Albtraum. Ich magerte völlig ab, verlor jeden Appetit und meine Kraft noch dazu. Wenn Lux damals nicht gewesen wäre, ach, ich mag es mir gar nicht vorstellen. Eins jedenfalls steht fest: Männliche Wesen, wenn sie nicht zufällig vier Beine haben, können mir gestohlen bleiben. Aber so was von.

Als »Floras Deli« wenig später in mein Blickfeld gerät, fühle ich, wie mein Körper wieder lebendig wird. Es liegt ganz am Ende der Langen Straße, einer Lindenallee, die das Rückgrat von Arnis bildet. Dieses ist gesäumt von gedrungenen Giebelhäusern, die sich wie Wirbel aneinanderschmiegen. Aus den einst bescheidenen Behausungen, in denen Fischer lebten, sind wahre Dorfschönheiten geworden. Ihre farbigen Sprossenfenster schauen freundlich in die Welt, und die duftenden Rosenstöcke, die fast jede Fassade schmücken, haben Tradition.

Auch »Floras Deli« passt in die Reihe. Von Weitem schon erspähe ich einen freien Parkplatz vor der Tür. In einem schwungvollen Zug parke ich rückwärts ein. Die Maße meines Land Rovers habe ich auf den Zentimeter genau im Hinterteil, denn eine Piep-Piep-Einparkhilfe wäre weit unter unser beider Niveau.

Drinnen steht Flora und winkt durch die ebenerdige »Utlucht«, den erkerartigen Vorbau mit hohem Sprossenfenster, heraus. Sie lacht. Sie lacht, so warm und strahlend, wie nur sie es kann. Wie gut das jetzt tut. Wie gut es ist, eine solche Freundin zu haben. Schnell steige ich aus und lasse auch Lux aus dem Wagen springen. Er saust die drei Treppenstufen hinauf, umtanzt einmal, wild wedelnd, Flora und verschwindet dann in dem gemütlichen Hundekorb, der im Eck für alle Gasthunde bereitsteht.

Mich nimmt die Hausherrin fest in den Arm und gibt mir, indem sie sich ein wenig nach oben reckt, einen dicken Schmatz auf die linke Wange. Noch ist kein anderer Gast da, wir sind allein.

»Gut, dass du zurück bist, Annika«, sagt sie.

Ich nicke kräftig, lass mich noch einmal feste drücken – und schon ist Titus in weite Ferne gerückt.

»Na, wie war es in der großen weiten Welt? War die Geschäftsfrau erfolgreich?«, fragt sie mich.

»Jep! Die Katze ist im Sack.«

»Was anderes war von dir ja auch nicht zu erwarten.« Flora grinst. »Aber nicht, dass du wieder Blut leckst und mir eines schönen Tages davonläufst.«

»Das wird nicht geschehen, liebste Freundin, beileibe nicht.« Jetzt grinse ich, und Flora nickt zufrieden.

»Wo hattest du denn Lux untergebracht? Bei Annegret?«

»Ja, sie freut sich doch immer so, wenn sie ihn haben darf. Gestern Abend hat sie ihn mir sogar zurück ins Waldhaus gebracht, damit einer da ist, wenn ich später heimkomme. Full Service also!«

»Typisch Annegret. Sie wird sich wohl nie mit der Tatsache abfinden, dass du da im Forst alleine wohnst.«

Ich zucke mit den Schultern – und wechsle lieber mal das Thema. Denn in diesem Punkt sind sich Annegret und Flora ganz und gar einig.

»Mensch, ich habe richtig Kohldampf. Lux und ich haben unser Frühstück verpasst, deshalb bin ich heute auch schon so früh dran«, erkläre ich und schaue nach meinem Hund, der sich konzentriert seiner Fellpflege hingibt. Auch die kam heute früh einfach zu kurz.

»Also, gegen Kohldampf, da weiß ich was. Was darf es denn sein? Lauchquiche oder Hühnerfrikassee?«

»Frikassee!«

»Das habe ich gewusst!«, triumphiert Flora. »Ich habe deine Leibspeise heute extra auf die Speisekarte gesetzt. Zur Feier deiner Rückkehr.«

»Du bist ein Schatz. Her damit!«

Mit einem »Sehr wohl!« verschwindet Flora hinter ihrer Ladentheke und kommt kurz darauf mit einem dampfenden Teller zurück.

»Bitte, lass es dir schmecken«, sagt sie und stellt ihn vor mir ab.

»Ach, wie großartig«, entfährt es mir, verzückt schaue ich auf mein Essen und greife nach dem Besteck, das sie mir dazugelegt hat. In den nächsten Minuten herrscht Stille. Ich genieße – und Flora lässt mich. Erst nach der dritten Gabel fragt sie: »Und?«

»Köstlich. Mein Gott, ist das lecker«, stöhne ich. »Also, wenn du einfach immer so für mich weiterkochst, dann verlasse ich dich nie. Niemals!«

Flora lacht kurz auf und meint zufrieden: »Liebe geht eben doch durch den Magen.«

Mit diesem Satz endet unser Gespräch, denn die Tür fliegt auf – und geht vorerst nicht wieder zu. Es ist Mittagszeit, und die Menschheit hat Hunger. Ein bekanntes Gesicht nach dem anderen kommt herein und lässt sich nach kurzer Bestellung einen gut gefüllten Teller vorsetzen. Ich grüße fröhlich in die immer größer werdende Runde und beobachte das lebendige Treiben. Auch einige Touristen haben sich eingefunden, irgendwie erkennt man die ja immer sofort. Gerade kommt eine Familie herein, eindeutig Feriengäste, die sich nach einem freien Platz umschaut. Arnis liegt nur gut zwei Stunden von Hamburg entfernt, viele Hanseaten, aber auch Berliner besitzen hier eine Zweitwohnung.

Flora kann die zusätzliche Kundschaft nur recht sein. Sie hat ihr Deli mit einem langen, zentral positionierten Tisch möbliert, auf dessen Bänken leicht zwanzig Leute Platz finden. Die meisten sitzen hier, man kommt so schön ins Plaudern. Aber auch die gemütliche Couch und die kleinen Bistrotische an der Seite haben ihre Liebhaber. Gerade hat sich dort ein junges Pärchen niedergelassen, symphytisch sieht es aus. Neben der Eingangstür, vor den beiden vorgelagerten Fenstern, stehen schmale Stehtische mit Barhockern. Der ganz linke ist mein Stammplatz. Von hier aus lässt es sich wunderbar nach draußen schauen und dabei den Tag verbummeln.

Fast alle Möbel sind aus unlackiertem Holz, ihr skandinavisches Design ist pur und zurückhaltend. Ein geschickter Coup, denn die Stars unter der Einrichtung sind eigentlich andere: der historische, wunderschön gestaltete Terrazzoboden und die riesige Apothekerwand hinter dem Verkaufstresen. Über sie hinweg verteilen sich unzählige kleine Laden und Schübe, fast alle sind mit schwarz beschrifteten Emaille-Schildern versehen. In endloser Kleinarbeit haben Flora und ich das gewaltige Möbelstück restauriert, es gehörte zu der leer stehenden Apotheke, die jetzt ihren zweiten Frühling erlebt. Ein Durchbruch in die benachbarten Räume vergrößerte die Fläche, und »Floras Deli« war geboren.

Vor der Apothekerwand, hinter ihrer Ladentheke hantiert seither Flora und ist gerade jetzt in ihrem Element: Wie ein Kapitän regiert sie über Teller, Kochtöpfe und Backformen, mag die See auch noch so stürmisch werden, sie hat alles im Griff. Ihre Bewegungen sind sicher, ihr Blick fest, ihr Lachen, das immer wieder aufwallt, herzerwärmend. Niemand, wirklich niemand kommt in diesen Räumen an Flora und ihrer lebensfrohen Ausstrahlung vorbei. In Windeseile hat sie alle hungrigen Mäuler versorgt und findet auch noch die Zeit, mir einen Espresso »wie immer« hinzuschieben. Ich greife nach der passenden Beilage – den Tageszeitungen – und beschließe, noch ein bisschen länger zu bleiben. Lux scheint das längst zu wissen, er hat sich wie ein Füchslein zusammengerollt und ist in seinen unschuldigen Hundeschlaf versunken. Ich hingegen widme mich nun ausgiebig den Nachrichten.

»Das hätte ich mir ja denken können«, höre ich plötzlich neben mir, »die Unternehmerin steckt im Wirtschaftsteil.« Flora hat sich herangepirscht und linst mir über die Schulter.

»Logisch«, gebe ich zurück und schaue ihr nach, wie sie zum Nebentisch läuft und leere Teller abräumt. Gut schaut sie aus: Ihre dunklen Locken hat sie zu einem Knoten hochgesteckt, ein knielanges, rot gemustertes Wickelkleid schmiegt sich um ihre schönen, rundlichen Formen. Ihre nackten, sommerbraunen Füße stecken in kirschroten Clogs. Ich für meinen Teil würde mich nicht wundern, wenn die vielen männlichen Wesen, die täglich hierherpilgern, nicht nur wegen der guten Küche, sondern auch wegen der schönen Köchin kämen. »Floras Deli« ist eben ein Gesamtkunstwerk, da gibt es nichts. Und ich bin stolz darauf. Stolz auf meine Freundin und auf das, was sie geschaffen hat.

Ein munteres Trommeln reißt mich aus meinen Gedanken, Lux ist aufgewacht. Das Pärchen hat seinen Bistrotisch verlassen, es steht jetzt bewundernd vor dem Hundekorb. Meinen Vierbeiner wiederum begeistert so viel Aufmerksamkeit völlig, er wedelt, als ob es kein Morgen gäbe.

»Ja, was bist denn du für ein Schöner, sag einmal«, höre ich die junge Frau leise sprechen.

Ich schaue zu und lasse Lux einmal machen: Der reckt sich erst mal genüsslich, indem er seinen Po tüchtig nach oben streckt und die Vorderläufe weit nach vorne schiebt. Manchmal überkreuzt er bei dieser Dehnübung seine Pfoten, so auch jetzt. Das junge Pärchen ist nun endgültig verzückt, und recht haben die beiden, Lux ist zuckersüß.

Nun ist er fertig mit seiner Aufwachgymnastik und beschnuppert interessiert sein Gegenüber, nicht ohne eine neue Wedel-Offensive zu starten.

»Ja, hallo, du bist aber ein ganz Feiner«, geht die eher einseitige Unterhaltung weiter. »Wie heißt du denn?«

Das ist nun mein Einsatz, ich verlasse meinen Barhocker und geselle mich zu den dreien.

»Lux heißt er«, werfe ich ein. Überrascht drehen sich die beiden um.

»Oh, ein schöner Name. Ist das dein Hund? Das ist ja wirklich ein toller Kerl.«

Ich nicke und streichle zärtlich über Lux' rechte Flanke, mit der linken hat er sich fest gegen meine Beine gedrückt. Würde ich nun weggehen, er würde glatt umfallen.

»Was für eine Rasse?«, werde ich weitergefragt. Ich kenne das Spiel, die nächste Frage wird die nach seinem Alter sein.

»Er ist ein Magyar Vizsla, ein Vorstehhund«, antworte ich; als ich ihren unsicheren Blick sehe, schiebe ich »ein Jagdhund, nicht so bekannt« hinterher.

Lux ist eine Schönheit und besitzt einen zugewandten, ausgesprochen höflichen Charakter. Ich wäre früher wohl nie darauf gekommen, das Attribut höflich für einen Hund zu verwenden, aber seitdem ich Lux kenne, weiß ich, dass das geht. Er wirkt auf viele Menschen geradezu magnetisch. Schwere Jungs mit stümperhaft gestochenen Tattoos sanken schon vor ihm auf die Knie, nur um ihn zu knuddeln. Alten Damen schossen plötzlich Tränen in die Augen, nur weil er sie anstupste. Einmal begegnete uns im Wald ein älterer Mann, Lux und ich waren mit dem Mountainbike unterwegs: Ich sah den Typen schon von Weitem, eine schwerfällige, große Statur, die nur langsam vorankam. Den Blick hatte er stoisch auf den Boden gerichtet. Und irgendwie machte er den Eindruck, nicht »ganz auf der Höhe zu sein«, wie man hier so sagt. Bevor ich das alles komisch finden konnte, lief mein Hund ihm schon fröhlich entgegen. Erst als er bei ihm ankam, erblickte der Mann ihn. Lux umrundete ihn einmal und kuschelte sich dann an sein Hosenbein. Dieser nahm den Hundekopf darauf zärtlich in seine großen Hände und schaute ihm in die Augen. Dann, zum ersten Mal, hob er den Kopf.

»Der mag mich«, sagte er mit völlig klarem, unendlich überraschtem Blick.

»Ja, genau, der mag Sie«, bestätigte ich betont locker, um meine Rührung zu überspielen.

Mittlerweile waren wir auf gleicher Höhe angekommen. Lux drehte eine flotte Pirouette und stürmte weiter den Waldweg entlang. Ich winkte noch einmal und trat fester in die Pedale, um meinem Vordermann hinterherzukommen.

Der Mann blieb noch länger stehen und schaute uns – vielmehr Lux – hinterher. Später habe ich mich oft gefragt, wann er das wohl das letzte Mal gedacht haben mag: *Der mag mich.*

»Wie alt ist er denn?« Die junge Frau blickt mich interessiert an. Aha, wusste ich es doch.

»Lux ist gerade drei geworden«, antworte ich routiniert.

»Dann ist er im besten Alter. Nelli, so heißt unsere Australian Shepherd-Hündin, würde von ihm begeistert sein.«

»Oh, Lux steht total auf Australian Shepherds, vor allem auf die weiblichen«, sage ich und muss schmunzeln. »Ich glaube, er hat sich in ihr plüschiges Fell verliebt, da steckt er liebend gerne seine Nase hinein.«

Wir müssen alle drei lachen, dann hält mir die junge Frau ihre Hand hin.

»Schön, dich kennenzulernen, ich bin Christin. Und das ist mein Freund David.«

Als ich Davids Hand schüttele, bleibt sein Blick an meinem Mund hängen. Das kenne ich schon. Es passiert fast allen

Leuten, mit denen ich mich zum ersten Mal unterhalte. Ich besitze nämlich ein unveränderliches Kennzeichen: eine deutliche Lücke zwischen den Schneidezähnen. Nicht ganz so krass wie bei Vanessa Paradis, aber in die Richtung geht es schon. Ihr kann ich nur dankbar dafür sein, dass sie aus dem Schönheitsmakel ein sympathisches Markenzeichen machte. Wenn ich auch als Kind, erst recht als Teenager ganz schön unter meiner Zahnlücke gelitten habe, komme ich heute gut damit zurecht. Nur das Kennenlernen neuer Leute, ihr verdutztes Innehalten ist immer noch ein bisschen blöd.

»Bist du öfter hier?«, fragt David, der genug gesehen hat.

»Oh ja, Flora und ich sind Freundinnen.«

»Also, der Laden gefällt uns total. Wir sind bestimmt nicht das letzte Mal hier gewesen. Das Frikassee war der Hammer.«

Der Mann hat Geschmack, denke ich mir und frage: »Wo kommt ihr denn her? Macht ihr Ferien hier?«

»Nein, wir sind – tada! – gerade hergezogen, knapp zwei Wochen ist das her.« Christin strahlt mich an. In ihren Augen glitzert der Zauber des Neubeginns.

»Wir haben das alte Küsterhaus gekauft und sehen seit Tagen nur noch Farbpinsel und Umzugskartons.«

Ah, das Küsterhaus mit seinem verwunschenen Garten, es steht direkt neben unserer Kirche, überlege ich, sofort habe ich seinen idyllischen Anblick vor Augen.

»Mensch, heute Mittag mal rauszukommen, das hat richtig gutgetan«, meint Christin nun an David gewandt. »Jetzt kann es weitergehen!«

»Jawoll, Frau Majorin«, grinst David und spannt die Muskeln seines Oberarms wie Meister Propper an. Christin kichert daraufhin wie eine Sechzehnjährige, sie ist total verliebt, so viel steht fest.

»David gibt gerade alles«, meint sie dann zu mir. »Puh, so ein Umzug ist anstrengend, macht aber auch tierisch Spaß.«

»Das stimmt«, erinnere ich mich. »Anstrengend und aufregend und einfach großartig. Ich wünsche euch jedenfalls alles Gute und herzlich willkommen hier im Dorf!«

David und Christin strahlen um die Wette, sie sind ein wirklich süßes Paar.

»Darf man ›Dorf‹ hier eigentlich laut aussprechen? Eigentlich ist Arnis doch eine Stadt.« David hat den Tonfall gesenkt.

»Oh ja«, ich schlage mir theatralisch gegen die Stirn, »das stimmt. Arnis, die kleinste Stadt Deutschlands! Jeder der dreihundert Einwohner ist mächtig stolz auf diesen Titel. Wobei, Entschuldigung, mit euch sind es ja nun dreihundertzwei Einwohner. Also noch mal einmal: Herzlich willkommen in der schönen Stadt Arnis.«

Beide bedanken sich ausführlich, herzen Lux noch einmal tüchtig und schreiten dann, fröhlich winkend, zur Tat.

Ich schaue ihnen kurz hinterher, der Neuzugang freut mich. Als ich mich abwende, spüre ich Lux' kalte Hundenase in der Kniekehle. Aha, er will was. Ich drehe mich herum und sehe auch in seinen Augen den Tatendrang aufblitzen. Recht hat er. Wir haben genug gechillt, nun brauchen wir zwei Auslauf. Ich schiebe einen Geldschein unter meine Espressotasse, winke der schwer beschäftigten Flora quer durch den Raum zu und hüpfe – zusammen mit Lux – die drei Stufen hinunter auf die Straße.

Als ich den Wagen starte und den blauen Himmel vor mir sehe, überfällt mich eine irre Lust nach Meer, Strand und Sonnenschein. Ich zögere keine Sekunde, steige ein und gebe Gas. Die Ostsee ist von Arnis aus ganz schnell erreicht. Als ich dort einparke, kann ich mein Glück darüber, wieder einmal, kaum fassen. Am Meer zu wohnen, habe ich mir schon als Kind gewünscht, und jetzt, jetzt ist der Traum Realität geworden.

Ich rutsche auf dem Fahrersitz hinunter, tausche Jeans und T-Shirt gegen einen Bikini. Mindestens einen davon habe ich immer im Auto herumfliegen, sicher ist sicher. Lux kann es kaum noch erwarten, dass es endlich losgeht, und als ich wieder auf der Bildfläche erscheine, beginnt er, herzerweichend zu jaulen. Schnell steige ich aus, lasse ihn aus dem Kofferraum springen und sehe zu, dass wir beide Sand unter die Pfoten bekommen.

Lux jagt voraus und steht im nächsten Moment bis zum Bauch im Wasser. Dort wartet er auf mich, angespannt bis in die Schwanzspitze. Ich sprinte los, laufe ins offene, blitzeblaue Meer hinein. Darauf hat er gewartet. Mein Hund springt, so schnell er kann, durch die Wellen. Dann, als seine Pfoten den Boden nicht mehr erreichen, beginnt er zu paddeln. Auch ich habe mich nach vorne geworfen und schwimme in großen Zügen hinaus. Das Wasser ist herrlich. Frisch und weich und, im ersten Moment, ganz schön kalt. Ich kenne nichts, was mich so sehr vitalisiert wie dieses Meer. Noch Stunden später kann ich seine Lebendigkeit, seine pulsierende Kraft in mir spüren. Ich schwimme und schwimme. Und als ich nach rechts schaue, sehe ich Lux. Er schwimmt und schwimmt. In seiner ganzen Redlichkeit, kraftvoll und schön. Und immer weiter.

Sandkastenliebe

Als ich mein Buch zuklappe, meine Augen erkennen kaum noch Buchstaben, leuchtet mein Handy auf. Flora schreibt:

Bist du noch wach?

Ja, ich sitze im Garten und lese.
Es ist so ein wunderbarer Abend heute,
da mag ich gar nicht reingehen.

Kaum, dass ich geantwortet habe, flattert die nächste Nachricht herein:

Du bist echt ein Naturburschi geworden!

Direkt hinterher kommt:

Wir haben heute ganz vergessen,
über mein Sommerfest zu sprechen.
Ich bin total aufgeregt, es haben sich
soooooooo viele Gäste angemeldet.
Alle Tickets sind verkauft!

Ein stolzes Lächeln breitet sich auf meinem Gesicht aus. Flora ist einfach klasse. Es freut mich unheimlich, dass ihr Deli, das sie erst vor einem halben Jahr eröffnet hat, so gut angenommen wird. Schnell schreibe ich ihr zurück:

> Ach, das wuppst du locker,
> es wird ein tolles Fest!
> Und wozu hast du Freunde?
> Plan mich bitte voll mit ein, ich bin
> zu hundert Prozent für dich da.

Das hatte ich gehofft,
ganz lieben Dank.

> Klaro! Nun schlaf mal schön,
> wir quatschen morgen über alles.

Das machen wir.
Ich hab dann auch noch eine
Überraschung für dich ...

Hm, eine Überraschung, das schätze ich ja gar nicht. Es kommt noch eine Nachricht hinterher:

... eine männliche!!

Oh, nein, bitte nicht! Bitte nicht der nächste Verkupplungsversuch. Ich spüre, wie leiser Ärger in mir aufsteigt. Was für Typen ich im letzten Jahr schon alles vorgeführt bekommen habe, oh Gott, ich will mich gar nicht daran erinnern. Vor meinem inneren Auge steigt die ganze Armada der örtlichen Junggesellen auf. Und ich dachte, wir hätten sie alle durch. Flora und ich kennen uns seit Ewigkeiten, aber was das Thema Männer angeht, hat sie einen Spleen. Sie meint, dass das Alleinleben nur eine möglichst schnell zu überwindende Zwischenphase sei und kein Zustand, schon gar kein Lebensmodell. Frau und Mann gehören für Flora zusammen, basta, da kennt sie nichts. Ich habe es mir abgewöhnt, mit ihr darüber zu diskutieren. Das Einzige, was dabei herauskommt, ist ein ausgewachsener Streit – und das will bei uns beiden schon etwas heißen. Wieder leuchtet mein Smartphone auf:

> Huhu, ist da noch einer?

Als ich nicht antworte – ich weiß einfach nicht, was –, fragt sie:

> Sauer?

Und es geht weiter:

> Der Fred ist echt was Besonderes.
> Ein Hingucker! Und er hat richtig was
> auf dem Kasten. Ihr würdet suuuuper
> zusammenpassen. So ein schönes Paar!

Fred also, aha. Und er sieht gut aus, na denn.

> Ich hatte gehofft, dass er zum
> Sommerfest kommt. Und gestern hat er
> zugesagt! Jetzt bist du platt, was?

Nun habe ich endlich eine Antwort:

> Ja, Flora, ich bin echt platt und
> hau mich deshalb direkt
> aufs Ohr. Schlaf gut!

Ich lese eben noch:

> Träum schön, am besten von Fred …

und schalte den Flugmodus ein. Etwas zu hart landet mein Handy neben mir auf der Holzbank. Lux, der sich im Gras ausgestreckt hat, schaut verwundert auf.

»Ach ja, stimmt doch. Das nervt, schon wieder so ein Typ«, mache ich meinem Ärger Luft. Lux schlägt genau zweimal mit seiner Rute auf und versucht angestrengt, meine Stimmung zu sondieren. Sein feines Näschen bewegt sich dazu zart in der Luft. *Was für ein redliches Geschöpf er doch ist*, denke ich zum tausendsten Mal. Mein aufkeimender Ärger ist bei seinem Anblick direkt wieder verflogen.

»Lux, es ist so schön heute Abend, lass uns doch noch eine Runde in der Dämmerung drehen«, sage ich zu ihm.

Begeistert springt er auf und läuft, ohne zu zögern, in Richtung Wald. Mein Hund liest in mir wie in einem offenen Buch.

Ich folge ihm, und als ich den geschützten Garten verlasse, schlägt mir eine kühlere Brise entgegen. Es fühlt sich gut an, sich noch etwas frische Luft um die Nase wehen zu lassen. Ich nehme den schmalen Pfad über die Wiese, laufe durch den immer leise rauschenden Pappelwald den Hügel hinunter und stehe schon am Wasser, an der Schlei. Die kleine Sandbucht, die sich hier auftut, gehört mit zu meinem Grundstück und liegt völlig versteckt. Ich lasse meinen Blick über das Wasser gleiten, schwer und glatt, wie Tinte liegt es vor mir. Vom Holzsteg aus ertönt ein schnelles Klack-Klack, Lux ist mir schon wieder voraus, das Geräusch seiner Krallen tönt über dem Wasser. Ich balanciere über die großen, rund gewaschenen Steine und folge ihm.

Flora kommt mir wieder in den Sinn. Ihr würde es Angst machen, in der Dämmerung so allein unterwegs zu sein – während ich mir gar nichts Schöneres vorstellen kann. In vielen Dingen sind wir völlig unterschiedlich und doch ein Herz und eine Seele. Wie viele Jahre kennen wir uns nun schon? Ich muss ein bisschen rechnen, dann weiß ich es: dreiundzwanzig

Jahre. Herrje, wenn man so etwas von sich behaupten kann, dann zählt man wahrlich nicht mehr zum Grünzeug.

Wir beide haben uns während unseres Studiums kennengelernt. Sie vermietete ein winziges Zimmer in ihrer Hamburger Wohnung – und ich war auf der Suche. Wenn es unter Freundinnen so etwas gibt wie Liebe auf den ersten Blick, dann schlug sie bei uns zu. Vom ersten Tag an hat es zwischen uns gestimmt, und wir bildeten für die nächsten Jahre eine unverbrüchliche Zweier-WG auf fünfunddreißig Quadratmetern. Wie das ging, ist mir im Nachhinein ein Rätsel. Ich liebe es heute, viel, sogar sehr viel Raum für mich zu haben. Damals aber hingen wir andauernd zusammen. Wir feierten, tanzten, lachten miteinander, freuten uns füreinander und weinten aneinandergelehnt.

Damals begann Flora auch zu backen. Sie studierte Betriebswirtschaft und all die Theorie, all diese Zahlen trieben die so handfeste und sinnliche Frau in den Irrsinn. Wenn sie an unserem Küchentisch saß und lernte, hatte sie irgendwann einen »Kurzschluss im Hirn«, wie sie es nannte. Das war der Moment, in dem sie wie eine Ertrinkende den Kühlschrank und die Küchentüren aufriss, Butter und Eier, Nudelholz und Rührschüssel herauszerrte und anfing zu backen. Erst wenn sie warmen, weichen Hefeteig unter ihren Händen spürte, wenn sie eine Backform buttern und Wolken von Eischnee schlagen konnte, kam sie wieder zu sich. Standen dann – mindestens – ein duftender Gugelhupf und eine Quiche auf dem Tisch, hatte sie genug Ruhe, um sich wieder über ihre Bücher zu beugen. Flora musste »fabrizieren«, wie sie es nannte, um lernen zu können.

Ich tat mein Möglichstes, all ihre Köstlichkeiten zu vertilgen, kam aber, je näher ihr Diplom heranrückte, an meine Grenzen. So fingen wir an, Apfeltarte, Zwiebelkuchen und Nussecken unter unseren Nachbarn zu verteilen. Schließlich begann ich, Rosinenweckchen und Zimtschnecken in meinem Rucksack zu verstauen und mit zur Uni zu schleppen. Es dauerte nicht lang, und ich erntete enttäuschte Blicke, wenn ich einmal nichts dabeihatte.

Bald hatte sich herumgesprochen, was für eine exzellente Bäckerin Flora doch war. Erste Aufträge gingen ein. Nicht nur Geburtstagskuchen und köstliches Brunch-Gebäck wurden bei ihr bestellt, sondern auch Mitternachtssuppen, Gemüseaufläufe und allerlei Partygerichte. Sie buk und kochte, was das Zeug hielt. Und all das brachte sie schließlich durch ihr hart erkämpftes BWL-Diplom.

Als sie es in der Tasche hatte, hatte sie auch ihren Businessplan im Kopf: Sie wollte ein Bakery-Café mit Lieferservice eröffnen, alles hausgemacht, alles zu hundert Prozent Flora. Wir hatten uns schon die ersten Räumlichkeiten angeschaut, um ihren Traum zu verwirklichen – doch dann kam alles anders.

Es kam: ein Klassentreffen. Flora fuhr an die Schlei, in ihre alte Heimat, und traf dort Bastian, eine fast vergessene Sandkastenliebe. Von einem Tag auf den anderen war sie wie ausgewechselt. Bald sah das jeder. Denn sie war schwanger. Und wie. Gleich die erste Nacht war ein Volltreffer gewesen. Zwillinge. Dann schnell die Heirat, schnell das traute Heim. Floras Caféeröffnung war, von jetzt auf gleich, vergessen.

Und ich? Ich saß allein in unserer Hamburger Zweier-WG mit aufgeblasenen Frühstücksbrötchen aus dem Back-Shop. Als die Zwillinge, beides Jungs, zur Welt kamen, verschwand Flora endgültig von der Bildfläche. Sie lebte nun wieder dort, wo sie aufgewachsen war, und ihre drei Männer hatten sie voll im Griff.

Nur kurz vor Weihnachten war es wieder so wie früher, sobald ich das Päckchen öffnete, das sie mir jedes Jahr schickte. Ihre duftenden Vanillekipferl, Kokosmakronen und Kardamomschnecken erfüllten dann die Küche, die jetzt nur noch meine war. Dann atmete ich einmal tief durch, schloss die Augen und biss in die erste Herrlichkeit hinein.

Sonnenhüte

Ihr Lieben, da es heute heiß werden soll, gibt es spanische Küche: kühle Gazpacho oder Tortilla mit Salat. Bis später!

Als ich verschwitzt aus dem Garten komme, lese ich Floras Nachricht.

»Ich habe eigentlich gar keinen Appetit«, murmele ich teilnahmslos und stehe unschlüssig in meiner Küche herum. Die Digitalanzeige meiner Mikrowelle zeigt 13.50 Uhr. Es wird allerhöchste Zeit für mein Mittagessen. Aber dann wird Flora wieder von diesem dusseligen Fred anfangen ... ach ne, darauf habe ich so gar keine Lust. Ich bin von ihren nervigen Verkupplungsversuchen echt angefasst, das merke ich. Deshalb greife ich erst mal nach einer Banane und lasse mich auf mein Küchensofa sinken.

»Puh, das war eine anstrengende Arbeit«, sage ich zu Lux, der sich hechelnd auf dem kühlen Fußboden ausgebreitet hat.

Den ganzen Vormittag haben wir uns im Garten herumgetrieben, ich hätte nie gedacht, dass mir diese Schufterei so viel Freude machen könnte. Es ist wirklich großartig, was in so kurzer Zeit aus meinem verwahrlosten Stückchen Land geworden ist. Den Vorgarten habe ich ganz den Hortensien gewidmet, sie stehen gerade in voller Blüte. Prächtig! Ihre Pastelltöne verstehen sich wunderbar mit den zartgrünen Sprossenfenstern meiner Fassade und den beiden Linden, die vor meiner Haustür wachsen.

Auf der hinteren Seite, im Süden, öffnet sich dann der eigentliche Garten, in den ich mich immer mehr hineingrabe. Direkt am Haus habe ich zwei Staudenbeete angelegt, ein Staketenzaun schützt sie vor den Wildtieren, die gerne mal auf einen Mitternachtssnack vorbeischauen. Dann kommt eine Wiese mit alten Obstbäumen und schließlich der Wald. Die Gräser und Wildblumen im hinteren Teil lasse ich einfach hochwachsen, nur einmal im Sommer – und das war heute – mähe ich sie mit der Akku-Sense runter. Ein ganz schöner Knochenjob, denn mein Garten ist groß.

Mittlerweile ist meine Banane aufgegessen, und ich weiß, was ich will.

»Lux, wir gehen heute nicht zu Flora, sondern besuchen Annegret. Das ist eh überfällig«, sage ich zu ihm und bin schon auf der Treppe nach oben. In meinem Schlafzimmer schlüpfe ich in ein frisches Shirt und greife nach den Pralinen, die ich vor zwei Tagen am Züricher Flughafen gekauft habe. Annegret liebt Schokolade, vor allem die gute aus der Schweiz. Ich verpacke die elegante Schachtel in meinem Rucksack, schlüpfe in meine Wanderschuhe, und schon sind Lux und ich aus dem Haus.

Zum Hof von Annegret und Heinrich führt ein Wanderweg, wie ich ihn liebe. Erst schlängelt er sich durch einen schattigen Laubwald, dann entlang eines kleinen, leise murmelnden Bachs. Hier liegen Heinrichs Kuhweiden, gerne verweile ich ein paar Minuten und labe meine Augen an der gemütlich grasenden Herde.

Als wir unser Ziel erreichen, liegt eine brütende Hitze über dem Land. Lux und ich treten, ohne zu klingeln, in den Hausflur ein, die Tür steht ohnehin offen. Gedämpftes Licht und eine angenehme Kühle empfangen mich. Beides tut jetzt richtig gut. Die Bruchsteinwände des alten Bauernhauses sind fast einen Meter dick, Sommerhitze prallt an ihnen ab wie eine lästige Fliege an der Fensterscheibe. In der Küche, die direkt vom Flur aus abgeht, höre ich ein Rumoren, begleitet von leisen Flüchen. In der Tür bleibe ich stehen und klopfe leicht gegen das Holz.

»Na, was treibst du denn da?«

»Ach, Annika, das ist aber eine schöne Überraschung!«, sagt Annegret und dreht sich schwungvoll um. »Du kommst gerade recht, ich habe ein paar Liter von meinem neuen Fliedersekt hochgeholt, den können wir zusammen probieren.«

Annegret putzt sich ihre Hände an der Schürze ab, herzt den heraneilenden Lux und nimmt dann mich fest in den Arm. Hinter ihr auf dem Tisch stehen mehrere Flaschen, um deren Fuß sich eine kleine Pfütze gesammelt hat.

»Ah, ist das der Fliedersekt?«, frage ich und deute darauf. »Ist es für Alkohol nicht noch etwas früh?«

Annegret lacht. »Ach nein, der heißt nur so. Eigentlich ist Fliedersekt eine Art Limonade. Ich sammle im Juni immer Holunderblüten, die koche ich einfach mit ein paar Litern Wasser, Zitronensaft und Weinsteinsäure auf und fülle dann alles in Wasserflaschen ab. Nach ein paar Wochen beginnt die Limonade zu prickeln – wie Sekt. Du bekommst davon aber keinen Schwips, keine Angst.«

»Das hört sich gut an, ich probiere gerne einen Schluck.«

»Kommt sofort«, sagt Annegret und öffnet ihr Küchenbuffet auf der Suche nach zwei passenden Gläsern. »Ich mache Fliedersekt ja jedes Jahr, aber dieses Mal ist vielleicht was los.«

»Was denn?«

»Der explodiert der Reihe nach.«

»Wer, der Fliedersekt?«

»Ja, klar!«

Misstrauisch beäuge ich das Getränk, das mittlerweile vor mir steht. »Wie kann Limonade denn explodieren?«

»Das ist doch ganz einfach«, hebt Annegret an, »damit der Fliedersekt prickeln kann, muss er gären. Dabei entsteht Gas. Dreht man nun die Flaschen feste zu, statt nur leicht an, dann explodieren sie. Das Gas weiß dann ja nicht mehr, wohin. Ich sage dir, in meinem Keller war heute richtig Stimmung. Zwei

Flaschen sind hochgegangen, da hab ich wohl nicht richtig aufgepasst.«

Annegret gerät zunehmend in Wallung und wienert mit ihrem Schwammtuch über die Tischplatte.

»So«, sagt sie schließlich mit einem Seufzer und lässt sich auf die Eckbank fallen. »Nun lass uns mal kosten. Prost, Annika!«

»Prost und danke dir!«

Der Fliedersekt ist wunderbar kühl, er schmeckt leicht süß und herrlich erfrischend.

»Mensch, ist der lecker«, entfährt es mir.

Annegret lächelt zufrieden, sagt »jo« und schenkt noch einmal nach. In diesem Moment macht es einen großen Knall, sodass wir beide zusammenzucken.

»Was, um Himmels willen, war denn das?«, frage ich.

»Ich fürchte, noch ein Fliedersekt. Dabei bin ich mir sicher, alle Flaschen aufgedreht zu haben. Ich geh gleich noch mal in den Keller.«

Erst mal kommt aber Lux zu seinem Recht, denn Annegret greift nach der alten Blechdose, die auf der Fensterbank für ihn bereitsteht, und fischt ein Leckerchen heraus.

Annegret liebt Hunde – und alle anderen Tiere auch. Auf ihrem kleinen Hof, den sie zusammen mit Heinrich bewirtschaftet, leben eine stattliche Mutterkuhherde, fünf Schweine, ein Dutzend Ziegen, eine große Schar Hühner und Gänse, drei zugelaufene Katzen und ein alter Esel, den niemand mehr haben wollte.

Als sich Lux zufrieden unter dem Tisch verkriecht, ist Annegret wieder empfangsbereit für die Menschenwelt. Ich ziehe also meine Pralinenschachtel aus dem Rucksack, schiebe sie über die Tischplatte und sage: »Für dich.«

»Annika, das sollst du doch nicht. So etwas kostet doch ein Heidengeld«, sagt sie und dreht die Schachtel bewundernd in ihren Händen. »Das sind ja die ganz guten, nicht wahr? Die hast du mir schon mal mitgebracht«, meint sie anerkennend und streicht voller Vorfreude über die glänzende Oberfläche.

»Ja, und ich werde dir immer wieder Pralinen kaufen. Als Dank, dass du mir meinen Lux hütest.« Ich greife nach ihrer Hand. Sie drückt kräftig zurück.

»Das tue ich doch gern, das weißt du. Aber, sag mal«, meint sie, und ihr Blick geht in Richtung Kühlschrank, »ich habe noch Erdbeerquark vom Mittagessen. Magst du nicht etwas davon haben?«

Das kenne ich schon: Annegret kann es einfach nicht ertragen, beschenkt zu werden, wenn sie im Gegenzug nichts zurückgeben kann. Da es sich dabei stets um Naturalien handelt, findet sie in mir ein williges Opfer.

»Na, Mädchen, du hast ja richtig Hunger.« Zufrieden schaut sie mir zu, wie ich ihre Quarkspeise wenig später in mich hineinschaufele. »Warst du denn nicht bei Flora?«

»Nö, heute nicht«, antworte ich kurzsilbig und spüre – sofort und deutlich –, wie mich ihr Mutterblick ins Visier nimmt.

»Soso«, sagt sie. Und dann eine Weile nichts. Eine ganze Weile.

»Annika«, hebt sie schließlich an, »ich habe in meinem Garten so viel Sonnenhut. Der wächst mir schier über den Kopf. Ich hatte schon überlegt, Flora welchen vorbeizubringen. Auf ihren blanken Holztischen machen sich die gelben Blüten bestimmt ausgezeichnet.«

Erstaunt lege ich den Löffel zur Seite. Annegret ist und bleibt eine alte Häsin. Wie hat sie nur wieder mitbekommen, dass mir in Sachen Flora eine Laus – namens Fred – über die Leber gelaufen ist? Der Sonnenhut ist ihr nur Mittel zum Zweck, so viel steht fest. Ich schaue in ihre von Falten umkränzten Augen, die mich betont ahnungslos anlächeln. Dann beschließe ich, das Spiel mitzuspielen.

»Ich glaube, du hast recht. Der Sonnenhut wird sich fantastisch auf Floras Tischen machen. Am besten schneide ich gleich welchen ab und bringe ihn ihr vorbei. Bis 17 Uhr hat sie ja noch auf.«

»Ja, Mädchen, das ist eine gute Idee.« Annegret ist zufrieden. »Du weißt ja, wo du die Rosenschere findest.«

Damit steht sie auf, greift nach meinem leeren Glasschälchen und deutet mit dem Kinn zur Tür. Klare Ansage: Das Mädchen soll sich jetzt mal nicht so haben und die unleidliche Sache aus der Welt schaffen. Das ist es, was sie mir – quasi durch die Blume – sagen will. Ich habe verstanden, widerspruchslos. Und mache mich gemeinsam mit Lux auf die Socken.

Bakers Bar

Auf dem Beifahrersitz vom Rover deponiere ich ein riesiges Bündel Sonnenhut. Prächtig sehen die Blumen aus. Mit ihren leicht geschwungenen Blütenblättern erinnern sie tatsächlich an zarte, breitkrempige Sonnenhüte, die feine Damen einst in längst vergangenen Zeiten, in irgendwelchen mondänen Seebädern getragen haben mögen.

Meine Gedanken sind in Annegrets herrlichem Bauerngarten träumerisch geworden. Sie schweifen umher, unbeschwert wie eine leichte Meeresbrise. Mir geht es wirklich gut, hier, jetzt, in meinem neuen Leben. Annegret und Heinrich mit ihrem beschaulichen Hof, mein lieber Lux und mein schönes Waldhaus, Flora und ihr lebendiges Deli ... hier ist so viel Gutes.

Ich habe den kurzen Rückweg nach Hause genommen und möchte mich nun mit dem Wagen zu meiner Freundin aufmachen. Gerade als Lux in den schon offenen Kofferraum springen will, klingelt mein Handy. Ich fische es aus meiner Hosentasche und erschrecke mich. Himmel! Das ist ja schon wieder Titus!

»Was will der denn?« Energisch drücke ich den Anrufer weg. Danach fallen mir ein paar eingegangene Nachrichten auf. Auch vier von Titus sind dabei. Ich stöhne. Die muss er schon vor dem Anruf geschrieben haben. Genervt lasse ich meine Hand sinken und richte den Blick gen Himmel.

»Kann dieser Kerl nicht einfach verschwinden?«

Im nächsten Moment rammt mir Lux seine Nase in meine linke Kniekehle. Verwundert schaue ich mich um, das macht er normalerweise nur, wenn er dringend Auslauf braucht. Aber danach sieht er jetzt nicht aus. Ganz im Gegenteil, ihm scheinen meine wiederholten Selbstgespräche und Gefühlsausbrüche zu reichen. Hellwach und sehr ernst schaut er zu mir hoch. Und insgeheim warte ich darauf, dass er dazu noch mit einem Fuß aufstampft. Das tut er natürlich nicht, braucht er auch nicht. Denn ich gebe mich geschlagen, lasse mich auf die Laderampe des Kofferraums sinken und lese Titus' Nachrichten. Eine nach der anderen. Lux hat ja recht. Wegdrücken bringt nichts.

> Hey Annika, long no see ...

Dazu jede Menge Smileys. *Titus, wie er leibt und lebt,* denke ich. Die alte Laberbacke. Seit anderthalb Jahren keinen Mucks und jetzt das. Dann scrolle ich weiter.

> Ich bin zurück in Hamburg! Gestern kam ich zufällig durch unsere Straße. Wohnst du nicht mehr in unserer alten Wohnung? Da liefen echt seltsame Leute herum.

Der Schnellmerker, motzt es in mir, natürlich lebe ich nicht mehr da. Aber wer mit dem Kopf – wie Titus – in rosa Schäfchenwölkchen herumhängt, der bekommt ja nichts mit.

> Na ja, ich bin jedenfalls ganz melancholisch geworden, als ich vor unserem Haus stand. Das mit dir war schon einmalig schön.

Ups, das kann ich jetzt nicht glauben. Was wird das denn?

> Ich würde dich echt gerne wiedersehen. Was meinst du? Wie wär's mit einem kleinen Drink in Bakers Bar? Ganz spontan? So wie damals.

Der hat sie doch nicht alle! In Bakers Bar haben wir uns kennengelernt. Und das war ... das war ... einmalig schön. Ich muss glatt lächeln, als mir der Abend in Erinnerung kommt: Ein stürmischer Wintertag, alle Gäste kamen dick vermummt und mit rot gefrorenen Gesichtern herein. Umso gelöster wurde dann die Stimmung, als wieder Wärme – und ein paar Drinks – in unsere Glieder flossen. Titus hatte mich sofort gesehen, als ich durch die Tür kam. Und ich ihn. Es war, als habe er schon ewig dort gestanden, nur um auf mich zu warten. Ich trug damals meine Lieblingsmütze, die hellbraune, weiche. Titus hat sie geliebt. »Wenn du die trägst, siehst du doppelt knuffig aus«, hat er immer gesagt – und mich dabei zärtlich angeschaut.

Auch an dem Tag unserer Trennung war das noch so. Ich erinnere mich genau: Es war kurz nach Weihnachten, und wir hatten einen freien Tag genutzt, um unsere Urlaube für das neue Jahr zu planen. Am Nachmittag drehten wir mit Lux eine Runde am Alsterufer. Wie hielten uns an den Händen und genossen den Ausblick über das Wasser. Wunderschön klar, so wie es nur an Wintertagen sein kann, lag die Welt vor uns. Dann zog mich Titus liebevoll zu sich, schob den Rand meiner Mütze hoch: »Wenn du die trägst, bist du immer doppelt knuffig.« Wir haben uns lange geküsst.

Und am Abend dann die Offenbarung, der Kälteschock – die andere.

Wie machen das die Kerle nur? Wie geht so etwas? Immer noch fassungslos, schüttele ich den Kopf. So richtig verstehen kann ich immer noch nicht, was damals eigentlich geschah. Das Dumme an alldem ist, man wird das Erlebte nie ganz los. Die irre Kälte kommt mir wieder in den Sinn, die mich vor Irmis Laden überkam. Dieses brutale Abgeschnittensein von damals trage ich immer noch mit mir herum. Wie eine Narbe.

Trotz allem kann ich der Versuchung nicht widerstehen, Titus' WhatsApp-Foto zu öffnen. Ich sehe einen blutroten Sonnenuntergang, davor die Lastenkräne vom Hafen. Aha, das nichtssagende Postkartenmotiv, geradezu idealtypisch für einen Hamburger. Das wirklich Interessante an dem Bild aber ist: Es ist neu. Beim letzten Mal grinsten mich Titus und seine Nina noch an wie zwei Marzipanschweine.

Der Hafen ist besser, denke ich – und lege mein Handy weg. Mein Blick fällt dabei auf Lux.

»Was jetzt?«, frage ich meinen Hund, der schon seit geraumer Zeit brav vor dem Kofferraum wartet. Er scheint die Frage als Aufforderung zu verstehen, in den Wagen zu springen. Er nimmt Schwung und sitzt im nächsten Moment neben mir. Ich lege einen Arm um ihn, drücke meine Nase an sein weiches Schlappohr, schnuppere seinen köstlichen Fell-Wald-und-Wiesen-Duft und drücke ihm einen Schmatz auf die Schädelplatte.

»Komm, wir starten durch zu Flora. Und Titus, der kann mich mal.«

Leitwölfin

Sie empfängt mich einem breiten Grinsen. Begleitet von einem »Na, du«, schiebt mir Flora einen Artikel, den sie offensichtlich aus der heutigen Tageszeitung gerissen hat, über die Ladentheke. Ich lege meinen Bund Sonnenhut daneben und lasse mich auf einen der Barhocker sinken. Mit einem dahingeträllerten »Ich weiß, wo du vor zwei Tagen warst« verschwindet sie in Richtung Couch, um den letzten Gästen einen Cappuccino zu bringen. Derweil fliegt mein Blick über die Schlagzeile:

Endlich abgewehrt: Hackerangriffe auf die Zürich-Bank

Darunter der Text:

Seit Montaten leidet die renommierte Zürich-Bank unter Cyberattacken. Erpresser schleusten einen Trojaner in das IT-System der Privatbank ein, dieser verschlüsselte sämtliche Kundendaten und machte sie unzugänglich. Als es trotz geleisteter Lösegeldzahlungen zu erneuten Angriffen kam, setzte der Aufsichtsrat den bislang erfolglos agierenden Vorstandsvorsitzenden ab. Sein Nachfolger, Dr. Fridtjof Brunner, scheint nun eine nachhaltige Abwehrstrategie gefunden zu haben. Der Bankbetrieb läuft aktuell ohne jede Einschränkung. In einer jüngst veröffentlichten Pressemitteilung erklärte das Finanzhaus, dass es von nun an von Nika Anka, einem Hamburger Spezialunternehmen für IT-Sicherheit, unterstützt werde. »Die besten Experten, die Sie in Europa finden können, stehen jetzt auf unserer Seite«, erklärte Brunner in …

Mit einem Scheppern lässt Flora ein übervolles Tablett auf die Ladentheke krachen. Ich schrecke hoch und sehe erneut ihr breites Grinsen.

»Da hast du doch deine Finger drin.« Sie tippt zweimal auf die Headline. »Deshalb warst du in Zürich! Ich hab's ja gewusst.«

»Flora«, raune ich ihr, mit einem Blick zur Couch, zu, »nicht so laut. Es muss ja nicht jeder wissen, was ich so mache.«

»Stimmt, sorry«, flüstert sie nun. »Schau mal, der Artikel geht auf der nächsten Seite noch weiter. Da ist auch ein Foto von dir drin. Mann, was warst du für ein heißes Eisen.«

Das allerdings bringt mich zum Stutzen. Ein Foto von mir? So etwas kann ich gar nicht mehr leiden. Ich blättere um und bleibe direkt an einem hellgrau unterlegten Infokasten hängen:

Nika Anka, die Geheimwaffe der Konzerne

ist er überschrieben. Darunter heißt es weiter:

Das Unternehmen Nika Anka entstand vor knapp zwanzig Jahren als Start-up in einem Hamburger Hinterhof. Die gleichnamige Gründerin machte sich in der IT-Welt in kürzester Zeit einen Namen, da sie als einzige Expertin wiederholte Hackerangriffe auf die deutsche Regierung abwehren konnte. Die damals erst Vierundzwanzigjährige baute auf ihrem ersten Erfolg, der sie zum schillernden Liebling der Medien machte, ein enorm schlagkräftiges Unternehmen auf. Im heutigen Internet-Zeitalter gilt es als die Geheimwaffe der Wirtschaft. Vor allem Finanzkonzerne lassen ihre IT-Infrastruktur gerne von Nika Anka absichern. Die unkonventionelle Gründerin, bis heute eine Ikone der Technologie-Branche, zog sich vor knapp zwei

Jahren aus dem Tagesgeschäft zurück und verkaufte ihr Erfolgsunternehmen an einen internationalen Investor, bei dem sie weiterhin einen Beratervertrag unterhält ...

»Ach, den Artikel solltest du gar nicht lesen. Das hier meinte ich«, unterbricht mich Flora. Sie ist mit dem Ausräumen der Spülmaschine fertig und klopft mit einem Teelöffel energisch auf das Foto daneben. Ich schwenke den Blick, wie befohlen, rüber, stutze, schaue genauer, stutze noch einmal. Als ich mich endlich auf dem Bild erkenne, brechen wir beide in lautes Gelächter aus. Wir können gar nicht mehr an uns halten und gackern wie zwei Teenager immer wieder von vorne los.

Ein etwas genervtes »Können wir dann mal zahlen?«, das von der Couch kommt, unterbricht uns schließlich. Flora greift nach ihrem großen Portemonnaie und eilt, immer noch glucksend, nach hinten.

Währenddessen schaue ich mir mein Foto noch einmal genauer an: Da stehe ich als blutjunge Studentin, völlig überbelichtet, in abgeschnittenen Jeans, so kurz, dass sie nur halbwegs den Po bedecken. Darüber ein weites, grellbuntes Tanktop im 80er-Jahre-Style, auf der Nase eine Pilotenbrille in Pink. Ich sehe aus wie Madonna in ihren besten Zeiten. Zur braun gebrannten Haut habe ich mir die weißblond gebleichten Haare punkig hochtoupiert. Zum Glück lache ich nicht, so bleibt meine Zahnlücke, mein unveränderliches Kennzeichen, hinter meinen Lippen versteckt. Viel auffälliger ist der für heutige Verhältnisse riesige Laptop, den ich auf meine Hüfte stütze. Er ist über und über mit Stickern vollgepappt – im Ganzen eine echte Zeitreise. Und außer meiner Freundin erkennt mich auf diesem Foto gewiss kein Mensch. Zum Glück.

Hinter mir höre ich einen Schlüsselbund klimpern, die letzten Gäste sind raus, und Flora schließt den Laden ab.

»So, jetzt können wir ungestört sprechen!«, ruft sie von der Tür aus.

Als sie wieder bei mir angekommen ist, genügt ein Blick, und wir gackern erneut los. Irgendwann findet Flora genug Luft, um ein »Hast du das gelesen?« hervorzustoßen. Sie zeigt auf die Bildunterschrift:
Alles andere als ein Nerd: Nika Anka. Sie gründete ihr gleichnamiges Unternehmen bereits als Studentin (Archivbild).
»Nein, ein Nerd warst du nicht. Du warst der wildeste Feger des Universums.« Flora zeigt auf das Foto und gluckst. »Guck nur, diese Pants, echt hot. Hot!«

Ich bin unfähig, nur ein Wort herauszubekommen, stattdessen halte ich mir den schmerzenden Bauch. So viel Lachen kann richtig wehtun.

»Ach, was ist das lange her«, stoße ich endlich hervor.

»Und was war das für eine coole Zeit. Wir hatten es so richtig, richtig gut, wir zwei«, sagt sie und schiebt ein lang gezogenes »Oooooh, yeah!« hinterher.

»Was waren wir für ein Gespann! Du mit deinen Backorgien und ich mit meiner durchgeknallten Computer-Clique«, erinnere ich mich, immer noch kichernd. »Echt crazy!«

»Ja, und während ich gebüffelt habe wie eine Blöde, ist dir alles zugeflogen. Hast du für dein Einser-Diplom eigentlich irgendwann mal was gelernt?«

Ich schüttele den Kopf.

»Ich hab's ja geahnt. Du bist einfach voll der Crack und hast so richtig Karriere gemacht, Annika. Oder soll ich lieber Nika Anka sagen?«, foppt mich Flora und knufft mich in die Seite. Ich kneife zurück, und schon lachen wir wieder los. Dabei fällt mein Blick auf das Bündel Sonnenhut.

»Oje, wir haben ganz die Blumen vergessen, die sollte ich dir von Annegret bringen, für deine Tische. Komm, die müssen jetzt ganz schnell ins Wasser.«

Während ich mir ein kleines Messer schnappe und schon mal die Stängel kürze, saust Flora los, sammelt ihre Väschen ein und befüllt sie mit frischem Wasser. In Windeseile haben wir die Blumen versorgt und auf den Tischen verteilt. Schön sehen die sonnig gelben Blüten aus, genauso, wie Annegret es vorausgesagt hat.

»Sag mal, hast du noch etwas Zeit?«, fragt mich Flora dann. »Ich habe eine neue Lieferung von diesem tollen grünen Tee bekommen, erinnerst du dich? Ich könnte uns eine Kanne davon kochen.«

»Da sag ich nicht Nein«, nicke ich und rutsche von meinem Barhocker. »Ich mache es mir schon mal auf der Couch bequem.«

Als meine Freundin kurz darauf neben mir sitzt und wir in unsere dampfenden Teetassen pusten, muss ich schmunzeln.

»Wir sind echt zwei Tanten geworden«, sage ich mit gespieltem Vorwurf in der Stimme. »Grüner Tee! Und das im Hochsommer. So etwas wäre uns früher nicht passiert.«

»Das stimmt«, pflichtet mir Flora bei, sagt: »Cheers«, und prostet mir mit ihrer Teetasse zu.

»Und genau deshalb gibt es ja nächstes Wochenende mein Sommerfest. Endlich mal wieder so richtig abtanzen und einfach Party machen. Darauf freue mich total«, legt sie los. »Ich habe einen tollen DJ aus Hamburg engagiert, wir tragen wundervolle Sommerkleider, und es gibt Cocktails und vielleicht einen kleinen Flirt.«

Beim letzten Wort schaut sie mich bedeutungsschwanger und mit großen Augen an.

»Also, dieser Fred ist jedenfalls ein echter Hingucker«, meint sie genießerisch, »wäre ich nicht in festen Händen, also dann ...«

Da ist er also wieder, dieser lästige Fred. Da mir aber Annegret immer noch im Nacken sitzt, gebe ich mir einen versöhnlichen Ruck.

»Erzähl mir doch mal von diesem Fred.«

Das viele Lachen hat mir offensichtlich gutgetan. Und vielleicht, ja, vielleicht wäre ein kleiner Flirt auch ein gutes Ge-

genmittel gegen Titus, der gerade wieder durch mein Leben spukt.

»Was ist das denn für ein Typ, den du da für mich ausgeguckt hast?«

»Das kann ich dir gar nicht sooo genau sagen.« Flora verzieht ihre Lippen. »Fred ist ein alter Freund von Bastian, sie haben sich vor hundert Jahren beim Skifahren kennengelernt.«

»Ne, jetzt mach keinen Quatsch. Ein Skihase? Am besten noch so einer aus diesen Party-Clubs, in die Bastian immer gefahren ist?«

»Komm, sei mal nicht so! Wir waren alle mal jung, schau dich doch an«, korrigiert sie mich und zeigt mit ausgestrecktem Arm zum Zeitungsartikel, der immer noch auf der Ladentheke liegt. »Das ist doch alles ewig her.«

»Schon gut, schon gut. Was macht der gute Fred denn heute so? Polo spielen?«

»Boah, Annika, manchmal nervst du wirklich. Das ist ein total sympathischer Typ, charmant, witzig, spontan, der kann sogar richtig gut tanzen!«

»Hm. Und was macht er beruflich?«

»Irgendwas mit Finanzen, was weiß denn ich, dieses Business-Zeug hat mich noch nie interessiert. Außerdem sollst du ihn ja nicht anstellen, du sollst ihn heiraten.«

»Aha.«

»Ja, aha, heiraten. Auch wenn du meinst, so etwas tun nur Steinzeitmenschen. Aber wenn der Richtige vor dir steht, dann ist so eine Heirat einfach …«, meine Freundin ringt nach Worten, »… einfach logisch.«

»Logisch. Heiraten?«

»Ach, weißt du was?« Flora seufzt herzerweichend. »Am besten kommst du morgen Abend zu uns. Bastian ist dann auch da, wir trinken einen Wein, und dann kann er dir alles über Fred erzählen, der kennt ihn viel besser als ich. Aber eines schwöre ich dir heute schon: Der Typ ist keine Luftnummer, der hat echt was drauf.«

Ich ächze leise und weiß gleichzeitig, dass ich Floras Fängen nicht entkomme. Da hilft nur eins: gute Miene zum bösen Spiel machen und Rotwein trinken.

»Gut, dann komme ich, Samstagabend passt gut. 19 Uhr?«

Flora nickt und nippt stumm an ihrer Tasse. Sie ist mit einem Mal nachdenklich geworden. Ich beobachte interessiert die Wandlung, die sich auf ihrem Gesicht vollzieht. Irgendwas tut sich da hinter ihrer Stirn.

»Du bist, damals, als ich Hamburg verlassen habe, so richtig durchgestartet«, beginnt sie nach einer Weile. »Als ich heute den Artikel mit deinem Foto sah, ist mir das noch mal bewusst geworden. Mensch, was hast du für eine Karriere hingelegt! Ein echter Shootingstar. Da gab es mal eine Zeit, da sah man dich ständig auf irgendwelchen Titelseiten. Klar, so eine schöne Frau und dann noch in dieser nerdigen IT-Welt, das lässt sich die Presse natürlich nicht entgehen. Aber wie du dich später verändert hast! Diese Business-Klamotten, das schicke Büro, immer ein Handy am Ohr. Hattest du nicht auch mal einen Chauffeur? Egal, ich hab dich irgendwann jedenfalls kaum noch erkannt. Du bist so eine richtige Geschäftsfrau geworden – und irre erfolgreich.«

Ich nicke und höre weiter zu. Ich kenne Flora lange genug, um zu wissen, dass dies erst die Anmoderation war.

»Was du mir aber nie so richtig erzählt hast, ist, warum du plötzlich mit allem Schluss gemacht hast. Warum hast du dein Unternehmen, warum hast du Nika Anka verkauft?«

»Hm«, mache ich und lasse mich nach hinten in die Polster sinken. Da muss ich mich selbst erst mal sammeln, mit so etwas hatte ich nicht gerechnet.

»Ach, weißt du«, hebe ich schließlich an, »als das damals losging mit Nika Anka, war das für mich ein Spiel, eine Challenge. Es hat mich einfach gepackt, wenn all diese aufgeblasenen Wichtigtuer an einem cleveren Hacker verzweifelt sind. Den Job wollte ich dann zu Ende bringen! Ich! So wie andere einen Sechstausender bezwingen. Es ging mir um den Kick. Ein irres Gefühl, pures Adrenalin.« Flora hört mir konzentriert zu, nickt und schaut mich nachdenklich an.»Ja, genauso warst du damals.«

»Dieser Business-Krempel kam dann einfach hinzu, reine Äußerlichkeiten. Designerklamotten, teure Autos, die hatten nichts zu bedeuten. Sie gehören einfach mit zum Spiel. Nein, was mich wirklich gereizt hat, was mich angetrieben hat, war immer dieser Kick. Das ist so wie, so wie ...«, ich suche nach einem guten Vergleich, und mein Blick fällt auf meinen Hund,»... so wie bei Lux!«

»Wie bei Lux?«

»Ja, genau, wie bei einem Jagdhund«, bekräftige ich.»Wenn er eine Spur aufgenommen hat, dann ist er wie hypnotisiert. Jede Bewegung ist dann darauf ausgerichtet, der ganze Körper ist in Hochspannung. Er ist hellwach, kein noch so kleines Molekül entgeht seiner Nase. Und er weiß ganz genau, dass er an der Fährte dranbleiben muss. Er kann gar nicht anders.«

»Hm, so habe ich mir das noch nie vorgestellt«, meint Flora.»Aber warum hast du dann damit aufgehört?«

Wieder muss ich mich kurz sammeln, bevor ich weitererzähle.»Eigentlich habe *ich* gar nicht damit aufgehört«, sage ich dann nachdenklich,»*es* hat aufgehört.«

»Wie, *es* hat aufgehört? Das verstehe ich nicht.«

»Na ja, ich habe es nicht mehr gespürt. Dieses Gefühl, diesen Kick.«

Flora schaut mich immer noch fragend an.

»Stell dir vor, du bist Lux«, beginne ich zu erklären und sehe, wie sie ihre Stirn runzelt.»Du bist also Lux und läufst wie immer durch den Wald, dann steigt dir plötzlich eine wahnsinnig aromatische Wildfährte in die Nase. Du weißt, dahinter steckt ein ganz toller Braten, aber er kickt dich nicht mehr. Die Duftmoleküle erreichen deine Nase, aber nicht mehr dein Blut. Da ist nichts mehr. Nichts, was dich treibt, nichts, das deinen Instinkt in Hochspannung versetzt.«

»So war das bei dir?«, fragt Flora erstaunt, ihre Stirn ist nun wieder ganz glatt.

»Ja, genau so. Ich erinnere mich sogar noch an den Augenblick, in dem es passierte. Wir saßen in einem riesigen Meeting und hatten einen richtig fetten Fisch am Haken. Mein Kopf wusste das! Ich erkannte auch das Feuer in den Augen meiner Leute, aber in mir drin, da war nichts mehr. Nichts! Es hatte einfach aufgehört.«

»Das muss ein Schock gewesen sein. Du bist deiner Intuition immer blind gefolgt.«

Ich nicke stumm und versinke in meinen Erinnerungen.

»Ja, aber weißt du, was komisch ist?«, sage ich dann. »Mir war im gleichen Augenblick völlig klar: Ich muss hier raus. Nika Anka muss jetzt alleine laufen lernen, ich bin keine gute Leitwölfin mehr.«

Flora sagt »krass« und mustert lange den Boden ihrer Teetasse. Als sie ihren Blick wieder hebt, fragt sie: »Und was hast du dann gemacht? Einfach … verkauft?«

»Im Prinzip schon. Die Sache war für mich ja klar. Und, na ja, damals ging es mir auch nicht gut. Die Trennung von Titus war ja noch ganz frisch, ich kroch so richtig auf dem Zahnfleisch daher, und irgendwie wusste ich nicht mehr, wo mein Weg weitergeht. Alles schien so sinnlos.«

Ich spüre, wie die alten Zeiten nach mir greifen, und muss schlucken. Schwer schlucken. Flora lässt mir Zeit, bis ich weitersprechen kann:

»Natürlich ist so ein Firmenverkauf nicht von heute auf morgen erledigt, weder geschäftlich noch emotional. Weißt du, meine Leute und ich, wir waren ein eingeschworenes Team. Deshalb war es mir unheimlich wichtig, den richtigen

Käufer zu finden, einen, den meine Leute voll akzeptieren konnten. IT-Experten wie die von Nika Anka kann man mit Gold aufwiegen, du kannst denen gar nicht so viel Gehalt zahlen, wie sie wert sind. Als Unternehmerin musste ich ihnen viel mehr bieten als nur Geld, das war mir immer klar.«

Ich halte wieder inne – und schiebe leise hinterher:

»Alle Headhunter der Branche haben sich damals ihre gierigen Finger geleckt. Als sie gehört haben, was bei Nika Anka los ist, witterten sie das große Geschäft. Aber da hatten sie sich geschnitten, nicht ein einziger Kollege hat das Unternehmen verlassen. Die Einzige, die gegangen ist, war am Ende ich.«

Jetzt schießen mir doch die Tränen in die Augen – und Flora auch. Sie legt einen Arm um meine Schultern, und wir sind einen Moment still. Das Ganze ist zwar schon eine Weile her, aber die Erinnerung an Nika Anka schnürt mir noch immer das Herz zusammen. Ich wusste zwar genau, was ich damals zu tun hatte, meine Firma aber tatsächlich zu verlassen, fiel mir dann doch schwer.

Plötzlich spüre ich etwas Feuchtes an meiner Wange. Lux hat sich herangepirscht, vorsichtig leckt er mein linkes Ohr. Das kitzelt, und ich muss sofort lachen. Dieser Hund ist einfach zu süß. Und er kann es nicht ertragen, wenn meine Stimmung sinkt. Zärtlich streichele ich ihm über sein Fell, und er drückt seine Flanke fest an meine Knie.

»Ach, Lux, du bist der Beste.«

»Ja, das ist er«, meint auch Flora und streichelt liebevoll seinen Rücken.

»Mensch«, fällt mir plötzlich ein, »du wolltest doch noch über dein Sommerfest sprechen. Das ist jetzt ganz untergegangen.«

»Ach, das hat auch noch bis morgen Zeit«, winkt sie ab. »Ich glaube, wir machen für heute Schluss. Ich bin ganz schön k. o., das war ein langer Tag.«

»Sicher?«, frage ich und mustere sie kritisch.

»Sicher«, meint Flora und hievt sich aus den Untiefen ihres Sofas empor. »Das Sommerfest nehmen wir uns morgen vor. Dann trinken wir keinen Tee, sondern Rotwein und hecken einen Schlachtplan aus, der sich gewaschen hat.«

Flausen

Der Duft von frisch gebrühtem Kaffee steigt in meine Nase. Köstlich. Ich drehe mich auf den Rücken und sehe Titus, wie er mit zwei Tassen ins Schlafzimmer tritt.

»Guten Morgen, Kleines«, sagt er mit gesenkter Stimme.

Statt einer Antwort räkle ich mich wie eine Katze. Er setzt sich auf meine Bettseite, stellt den Kaffee auf meinem Nachtkästchen ab.

»Gut geschlafen?«, fragt er zärtlich und beugt sich zu mir herunter. Seine Nasenspitze stupst kurz die meine, dann findet er meine Lippen. Sanft und voll – genussvoll. Wie gut das schmeckt. Titus öffnet seinen Mund, eine winzige Bewegung nur, um ihn gleich darauf wieder um meine Oberlippe zu schließen. Ich spüre seine Zungenspitze, verspielt und doch …

Im ersten Moment sehe ich nichts. Ich reiße meine Augen auf, vor mir tanzen jedoch nur schwarze Punkte. Aber da war doch was! Ein Geräusch vor dem Haus. Da, wieder! Lux knurrt. Ich richte mich auf und blinzle schlaftrunken in das grelle Tageslicht. Alles nur ein Traum? Lux grollt lauter und bedient dabei ausschließlich die unteren Oktaven. Was ist da los?

Plötzlich schießt etwas aus den Hortensien. Ein Eichhörnchen. Direkt dahinter, wie ein Pfeil, ein fremder Hund. Beide rasen in wilder Jagd auf uns zu. Lux springt empor und stellt sich ihnen mit breiter Brust entgegen. Das Eichhörnchen schlägt einen gewagten Haken und rettet sich auf eine der großen Linden. Der fremde Hund dagegen stoppt, abrupt aus vollem Lauf. Wie gebannt verharrt er vor dem versteinerten Lux. Ich bin noch ganz benommen, vom Schlaf, von Titus …

»Entschuldigung, Entschuldigung!«, höre ich dann jemanden rufen. Eine junge Frau sprintet meine Auffahrt hoch. »Das tut mir leid. So etwas ist mir noch nie passiert!«

Noch immer stehen die beiden Hunde voreinander wie in Stein gemeißelt. Schließlich senkt der Eindringling seinen Kopf und leckt sich das Maul. Lux schnuppert zweimal in die Luft und bewegt seine Schwanzspitze, minimal. Wie in Zeitlupe lösen sich beide Tiere aus ihrer Erstarrung. Unterdessen hat uns die Frau erreicht. Sie greift ihrem Hund ins Halsband und rüttelt einmal kräftig daran.

»Nelli, was soll das! Du! Spinnst! Ja! Wohl!«

Ihr Hund zieht die Ohren ein und wird, nach und nach, immer kleiner. *Oha*, denke ich, *das gibt jetzt richtig Ärger.*

Jetzt bin ich hellwach und wieder Herr meiner Sinne. Lux und ich betrachten das Schauspiel, das unseren Garten heimsucht, wie Zaungäste. Die Strafpredigt nimmt ihren Lauf, dann endlich hebt die Frau ihren Blick. Sie ist hochrot im Gesicht. »Entschuldigen Sie bitte, mir ist es unendlich peinlich, dass wir hier eindringen. So etwas ist …«, sie stutzt, schaut genauer und fragt dann: »Aber kennen wir uns nicht? Ja, klar, wir kennen uns doch.«

Nun bin ich diejenige, die durcheinanderkommt. Wer ist das? Rasend schnell drehen sich meine Gedanken. Das Gesicht kommt mir bekannt vor, ja, aber woher nur? Irgendjemand aus Hamburg? Von Nika Anka vielleicht? Bloß nicht, ich lebe hier inkognito und will das, bitte, bitte, auch bleiben.

»Wir haben uns doch kürzlich in ›Floras Deli‹ kennengelernt. Ich bin Christin. Erinnerst du dich?«

»Ja, natürlich!« Jetzt weiß ich es wieder und atme erleichtert auf. »Stimmt, du warst mit deinem Freund da. Nicht wahr? Wie hieß er noch gleich …«

»… David heißt er.«

»Richtig, David!«

Einen Moment lang schauen wir uns einfach nur an – beide froh über den anderen.

»Ich hoffe, wir haben dich nicht erschreckt?«, fragt Christin dann.

»Ein bisschen schon«, gebe ich zu und zeige auf den Deckchair, der hinter mir auf der Wiese steht. »Ich habe mich gesonnt und muss dabei eingenickt sein.«

»Oje, das tut mir leid. Nelli hat im Moment ständig Flausen im Kopf, aber so verrückt wie heute habe ich sie noch nie erlebt. Wenn sie Eichhörnchen sieht, schaltet sie völlig ab. So langsam bringt sie mich zur Verzweiflung.«

»Hm, wie alt ist sie denn?«

»Gerade ein Jahr.«

»Dann ist sie im besten Flegelalter. Und ich vermute mal, dass euch euer neues Haus gerade ganz schön in Atem hält …«

»… das stimmt. Nelli steht gerade hintenan. Sie bekommt nicht genug Bewegung, vermutlich ist sie deshalb dem Eichhörnchen hinterhergesaust. Einfach abgehauen ist sie mir«, meint Christin zähneknirschend, dabei krault sie ihren Hund hinter dem Ohr. Der hebt dankbar den Kopf und schaut herzerweichend an ihr empor.

»Ach, du, wilde Nudel«, flüstert Christin dann, zärtlich nach unten gewandt – und schon ist die kleine Hundewelt wieder in bester Ordnung. Nelli wedelt und macht einen munteren Satz, so als wolle sie ihre Chefin zum Tanz auffordern.

Lux entgeht das alles nicht. Er hat längst verstanden, dass hinter dem Überraschungsbesuch eine äußerst interessante Hundedame steckt. Mit beiden Vorderpfoten springt er nach vorn und greift Nellis Spielgeste bereitwillig auf. Sofort umrunden sich die beiden und starten dann zu einer Verfolgungsjagd. Ganz zur Freude von Christin und mir. Wie zwei Honigkuchenpferde stehen wir auf der Wiese und schauen unseren Hunden hinterher. In wilder Hatz übertrumpfen sie einander, lauern sich gegenseitig auf und versuchen mit gewagten Manövern, den Mitspieler auszutricksen.

»Wunderbar!«, frohlockt Christin. »Genau so ein Gefährte hat meiner Nelli gefehlt!«

Als die beiden sich schließlich ausgetobt haben, frage ich: »Wie sieht es aus? Hast du Zeit für einen Kaffee, oder willst du direkt weiter?«

»Die Zeit nehme ich mir einfach. David und ich sind hier schon einmal vorbeispaziert und haben uns gefragt, wem wohl dieses traumhafte Reetdach-Haus gehört.«

»Du bekommst eine Schlossführung, wenn du magst.«

»Au ja!«

Zusammen treten wir durch die offene Flügeltür ins Haus und damit in die Küche.

»Ursprünglich waren das hier zwei Doppelhaushälften«, beginne ich, während ich zwei Tassen aus dem Schrank nehme. »Jede für sich genommen winzig. Sie gehörten zum großen Gut, das an der Straße nach Arnis liegt.«

»Ja, das kenne ich.«

»Hier oben haben früher die Waldarbeiter gewohnt, die vom Graf beschäftigt wurden, in jeder Doppelhaushälfte eine Familie. Am anderen Ende der Lichtung gibt es das gleiche Gebäude noch einmal.«

Christin nickt und lauscht aufmerksam, die beiden Hunde haben sich derweil auf den Küchendielen ausgebreitet.

»Bitte nimm doch Platz«, biete ich an und zeige auf mein Küchensofa. »Was magst du? Einen Milchkaffee, Cappuccino ...«

»... gerne einen Milchkaffee, danke dir.«

»Den nehme ich auch«, beschließe ich, drücke zwei Knöpfe an meinem Kaffeeautomaten, das Mahlwerk beginnt, geräuschvoll zu arbeiten.

»Als der alte Graf starb, haben die Erben einen Teil der Ländereien veräußert und eben auch diese Waldarbeiterhäuser«, erkläre ich mit erhobener Stimme, um den Krach zu übertönen. »Es war purer Zufall, dass ich von dem Verkauf erfahren habe. Normalerweise gehen solche Immobilien direkt unter der Hand weg.«

»Das kann ich mir denken«, bestätigt Christin, ebenfalls lautstark. »Die Lage ist der Wahnsinn.«

Dann hat die Kaffeemaschine ihr Werk vollbracht, ich reiche Christin eine der beiden Tassen und setze mich zu ihr.

»Ich habe beide Haushälften zusammengelegt und die kleinen Fenster, die zum Garten führen, durch große Glastüren ersetzt. Einige Wände und auch einen Teil der Zwischendecke habe ich herausgenommen«, erkläre ich weiter und zeige auf die offene Balkenlage, »dadurch hat die Wohnküche viel Raum bekommen, ich habe sie mir hell und großzügig gewünscht.«

»Dein Wunsch ist in Erfüllung gegangen«, Christin schaut sich bewundernd um, »und trotzdem besitzt der Raum eine warme Atmosphäre. Diese heruntergekühlten Designtempel, die man heute so viel sieht, kann ich einfach nicht leiden.«

»Ich auch nicht«, bestätige ich mit Grabesstimme. Wir tun beide so, als würden wir frieren, und beginnen zu lachen.

»Lebst du hier denn allein?«, fragt Christin dann.

»Ja, zusammen mit Lux, natürlich«, antworte ich. »Wenn man allein lebt, dann ist eine schöne Wohnung doppelt wichtig, finde ich.«

Ich bücke mich und streiche mit den Fingerspitzen über den Holzboden.

»Die Küchendielen hier lagen unter einem grausigen Linoleum versteckt. Wir haben sie alle freigelegt und aufgearbeitet. Auch die Mauern«, ich drehe mich um und klopfe gegen eine Wand, »sind von anno Tobak.«

Ich nehme einen großen Schluck von meinem Kaffee und erzähle weiter:

»Letztendlich habe ich so viel wie möglich erhalten und restauriert. Andererseits liebe ich es, eher schlicht und mit viel Weiß zu wohnen. Glücklicherweise ergänzt sich beides.«

»Ja, es ist perfekt und genauso, wie du es beschreibst. Altes und Neues, dunkle Dielen und weiße Leinenvorhänge, hier eine verspielte Holztür und da der puristische Kaminofen. Du hast den perfekten Mix gefunden. Und«, Christin wendet sich zu mir um, »dir scheint das Ganze unheimlich viel Freude zu machen.«

»Das stimmt. Mit dem Waldhaus habe ich eine Leidenschaft an mir entdeckt, die ich vorher gar nicht kannte.«

Christin nickt stumm und schaut sich nach allen Seiten um.

»Magst du den Rest sehen?«, frage ich spontan.

»Unbedingt!«, ruft sie und ist schon auf den Beinen.

Ich führe meinen Besuch von der Wohnküche ins Büro, dann geht es nach oben. Schon auf der Wendeltreppe empfängt uns helles Licht, die gesamte erste Etage öffnet sich nach oben bis zum Dachfirst. Hier sind mein Schlafzimmer mit angrenzendem Bad und ein kleines, kuscheliges Wohnzimmer untergebracht. Die warme Nachmittagssonne fällt gerade durch die Gauben und hüllt alles in ihr goldiges Licht.

»Ich bin hingerissen!«, jubelt Christin. »Und nehme so viele Ideen mit heim. Was für ein Zufall hat mich heute nur zu deinem Haus geführt? Ich muss Nelli ja geradezu dankbar sein.«

In dem Moment klingelt es Sturm. Und ich weiß sofort: Es ist etwas passiert. Die beiden Hunde rasen zur Haustür und purzeln dabei fast die Treppe herunter, sie bellen, was ihre Kehlen hergeben. In Windeseile folge ich ihnen und reiße die Haustür auf. Auf der Fußmatte steht Heinrich.

»Annika, du musst kommen, schnell. Unsere Kühe sind ausgebrochen!«

Reißaus

»Wir brauchen Hilfe!« Heinrich stützt sich am Türrahmen ab, er ist völlig außer Atem. »Wir müssen die Herde zusammentreiben. Allein schaffen wir das nicht.«
»Warte, ich komme. Christin!«, rufe ich die Treppe rauf. »Schnell, du musst auch helfen!«
Heinrich ist schon wieder auf dem Sprung. »Gerade waren die Kühe bei der Schranke, kommt dahin«, ruft er über die Schulter zurück, »und die Hunde lasst besser im Haus!«
Christin ist schon auf dem Weg, sie hat alles mit angehört und fackelt nicht lang. Eilig schieben wir unsere Vierbeiner, die natürlich viel lieber mitwollen, in den Flur zurück und sprinten los. Meine Privatstraße ist so wenig befahren, da kann den Kühen nichts passieren. Wenn sie aber schon bei der Schranke sind, dann ist es bis zur Bundesstraße nicht mehr weit. Wir müssen die Herde unbedingt stoppen, bevor sie dem Verkehr zu nah kommt.

Während ich das denke, sehe ich von Christin nur noch einen wippenden Pferdeschwanz. Sie ist unheimlich schnell. Bislang dachte ich ja immer, ich sei fit, aber gegen sie bin ich eine lahme Ente. Ich mobilisiere meine Reserven, um ihr hinterherzukommen, und sehe am Waldrand schon zwei rotbraune Kühe auftauchen. Es werden immer mehr, und sie nehmen Kurs auf die Lichtung. Das ist gut, bloß weg von der Bundesstraße. Als auch ich den Waldrand erreiche, erkenne ich Annegret, die einen langen Stock vor sich herträgt.

»Annika!«, ruft sie mir zu. »Bleib du hier bei mir. Wir treiben die Herde auf die Lichtung und lassen sie erst mal zur Ruhe kommen.«

Mit nun langsamen Schritten nähere ich mich, ich bin ganz außer Atem. Es mögen etwa ein Dutzend Mutterkühe sein, die Annegret vor sich hertreibt, die meisten führen ein Kälbchen. Wir flankieren sie nun zu beiden Seiten und schauen, dass wir immer mehr Abstand zur Straße gewinnen.

»Wo ist denn Heinrich?«, frage ich, als die ersten Kühe den Kopf senken, um zu grasen.

»Der ist im Wald, deine Freundin hat ihn wohl durch die Bäume gesehen, sie ist direkt weitergelaufen. Irgendwo muss noch der Bulle sein, der war so in Panik, dass er plötzlich auf und davon ist.«

Sorgenvoll blicke ich in Richtung Schranke und versuche, dort irgendeine Regung auszumachen. Aber nichts.

»Hoffentlich schaffen sie es«, murmele ich.

»Ja, hoffentlich«, meint auch Annegret und beißt sich auf die Unterlippe. »Ich bin mit dem Auto von der anderen Seite hergekommen, so konnte ich die Kühe aufhalten. Nur dieser blöde Bulle ist mir ausgebüxt.« Annegret ist sichtlich verärgert, es passiert nicht oft, dass ein Tier nicht so will wie sie.

»Ist so ein Bulle nicht … gefährlich?«, frage ich dann.

»Das kommt drauf an«, Annegret zuckt mit den Schultern. »Eigentlich ist unser Egnar ein ganz Lieber, aber wenn so ein Rindvieh rotsieht, dann weiß man nie.«

»Ah«, mache ich nur und ziehe die Augenbrauen hoch. Hoffentlich geht das mal gut. Heinrich ist nun wirklich nicht mehr der Jüngste, und Christin hat vermutlich eher selten mit ausgewachsenen Bullen zu tun.

Mittlerweile haben alle Kühe die Köpfe gesenkt und verschlingen mit einem kontinuierlichen Rupf-Rupf das Wiesengras. Einige der Kälbchen haben sich an die Milchbar ihrer Mütter begeben und saugen begierig. Pure Idylle. Wären da nicht zwei verschollene Menschen und ein durchgedrehtes Rindviech. Ich trete von einem Bein auf das andere, das Warten macht mich unruhig.

»Annegret, soll ich nicht doch mal gucken gehen?«

»Ne, lieber nicht. Du könntest dem Bullen direkt in die

Arme laufen, entweder nimmt der dann wieder Reißaus oder …«

»Schon gut, ich bleib hier«, unterbreche ich sie eilig, ich möchte gar nicht so genau wissen, was das »oder« wäre.

Endlich, nach einer gefühlten Ewigkeit, macht sich hinter uns ein fortwährendes Knacken breit. Wir sind mittlerweile ein ganz schönes Stück vom Wald entfernt, haben ihn aber immer noch gut im Blick. Plötzlich ein brachialer Krach, Äste bersten, und ein riesiger Bulle bricht durch die Bäume. Er strotzt nur so vor Kraft, eine imposante Muskelmasse, die ganz offensichtlich in Wallung geraten ist. Oft schon habe ich Heinrichs eher gemütlichen Mutterkühe auf der Weide betrachtet, dass aber auch so ein Monster dabei ist, war mir bislang entgangen. Auch wenn das Tier noch weit entfernt ist, weiche ich intuitiv einen Schritt zurück.

»Alles gut, Annika, bleib ganz ruhig und schau ihn nicht frontal an, dann kann dir nichts passieren«, beruhigt mich Annegret.

Ein weiteres Knacken kündigt Christin an, die, gefolgt von Heinrich, dem Bullen auf den Fersen ist. Beide sind zum Glück wohlbehalten und tragen jeweils einen dicken Stock in ihren Händen. Mittlerweile hat der Bulle seine Herde entdeckt und kommt im lockeren Trab auf uns zugelaufen. Als er die Kühe erreicht hat, scheint ein Berg von seinem Herzen zu fallen. Er begibt sich schnaubend in ihre Mitte und beginnt sofort zu grasen. Auf einmal wirkt dieses gewaltige Tier wie ein verschrecktes Kind, das sich auf einem Schoß zusammenkuscheln möchte.

»Egnar ist ein Koloss, in dem eine Mimose steckt«, höre ich Annegret sagen, sie scheint meine Gedanken erraten zu haben. »Was für ein Rindvieh!«

Kurz darauf sind auch die beiden vermissten Menschen bei uns angelangt. Heinrich lässt den Oberkörper nach vorne sinken, stützt sich mit beiden Händen auf seine Oberschenkel und ringt nach Luft. Christin steht völlig relaxed daneben, ganz so, als habe sie gerade ein kleines Warm-up absolviert.

»Ohne ... dich ... hätte ich ... das ... niemals geschafft«, prustet Heinrich schließlich hervor, der langsam wieder in die Senkrechte kommt. »Der Egnar ... war ja so ... bekloppt. Was ist der ... gerannt! Aber da hat er ... die Rechnung ... ohne unsere kleine ... Antilope hier gemacht, ... die ist ja so schnell.«

»Das ist übrigens Christin«, werfe ich ein. »Christin, das sind Heinrich und Annegret.« Die drei nicken sich anerkennend zu, für eine Vorstellungsrunde war bislang keine Zeit.

»Also, Christin«, hebt Heinrich an, »ich danke dir. Das hast du gut gemacht.« Schwer lässt er seine Hand auf ihre Schulter fallen und klopft sie zweimal. Christin lacht dazu wie ein Schulmädchen, das in Mathe einen Einser geschrieben hat. Auch Annegret ist gekommen und nimmt die Heldin des Tages gleich mal in den Arm. Ein bisschen Rührung macht sich breit, ich betrachte die Szenerie lächelnd. Was für wundervolle Menschen und was für ein verrückter Samstagnachmittag. Eigentlich wollte ich mich doch nur ein bisschen in die Sonne legen.

»So, nun müssen wir die ganze Bande zurück auf die Bachwiese bringen. Annegret, geh du doch vor, wir treiben dann nach und halten die Herde zusammen.« Heinrich hat das Heft in die Hand genommen, und alles hört auf sein Kommando. Die Angesprochene setzt sich an die Spitze, und die seltsame Prozession kommt in Gang. Die Mutterkühe folgen ihr wie dem Rattenfänger von Hameln, nur die halbwüchsigen Jungtiere meinen hin und wieder, ausbrechen zu müssen. Dann setzt sich Christin in Gang und treibt sie zurück zur Herde. Auf dem Weg zur Weide erfahren wir, wie es zu dem Ausbruch gekommen ist: Heinrich, der das Tor ausbessern wollte, hatte den Strom des Weidezauns abgestellt. Da ihm ein Werkzeug fehlte, musste er kurz zum Hof. Als er bald darauf zurückkam, hatte ein findiges Tier bereits eine Lücke im stromlosen Zaun ausgemacht, und die ganze Herde sprang dem Ausbrecher hinterher.

Unterdessen haben wir die Bachwiese erreicht. Widerspruchslos, fast erleichtert, laufen die Kühe durch das Weidetor, das Annegret ihnen geöffnet hat. Mit einem lauten Seufzer schließt sie es hinter ihnen.

»Glück gehabt«, sagt sie erleichtert, »das ist ja noch mal gut gegangen.«

Heinrich legt ihr von hinten beide Hände auf die Schultern. Sie neigt den Kopf zur Seite und lässt ihre linke Wange auf seinem Handrücken verweilen. Zusammen schauen sie auf ihre wohlbehaltene Herde. *Ein schönes Stillleben,* denke ich. Auch Christin hält inne. So alt, wie sie auch sind, Annegret und Heinrich sind ein besonderes Paar. Das spürt jeder, der ihnen begegnet.

Ein Klingelton zerstört den Moment. Christin zieht ihr Handy aus der Tasche. »Hallo, David? ... Ja, es ist alles in Ordnung ... Ich konnte nicht ans Telefon gehen, es tut mir leid ... Nein, mach dir keine Sorgen ... Ich weiß, es ist schon spät ... Ich komme ... Ja, Nelli geht es auch gut ... David, ich erzähle dir gleich alles ... Zum Abendessen bin ich zurück, bestimmt ... Ja, bis gleich ... Tschüss.«

Sie beendet das Gespräch und verzieht den Mund.

»Na, gab's Ärger?«, frag ich.

»Er hat sich Sorgen gemacht, ist ja klar. Ich habe gar nicht mitbekommen, wie spät es schon ist, gleich 18 Uhr.«

»Oha, dann muss ich mich auch sputen. Ich bin heute Abend ja noch mit Flora und Bastian verabredet«, erinnere ich mich.

»Mädchen, macht euch mal aus dem Staub«, schaltet sich Heinrich ein. »Das mit dem Zaun kriegen wir beide jetzt auch alleine hin. Wir sind sehr dankbar für eure Hilfe.«

Während er uns, wie unter Cowboys, die Schultern klopft,

herzt uns Annegret noch einmal kräftig. Im leichten Trab machen wir uns dann auf den Rückweg zum Waldhaus.

»Christin, das war ein wirklich toller Job, den du hingelegt hast. Ohne dich hätten wir ganz schön alt ausgesehen«, stoße ich zwischen ein paar Atemzügen hervor. »Aber sag mal, wie kommt es denn, dass du *so* schnell laufen kannst.«

»Ich laufe Marathon, im Allgemeinen unter drei Stunden.«

»Ach, du je. Na, da wird mir ja einiges klar. Also bin ich doch nicht die lahme Ente, für die ich mich heute gehalten habe.«

»I wo, du doch nicht!« Christin stößt ihren Ellbogen locker in meine Seite. Ich weiche lachend aus. Trotz meiner wiederhergestellten Ehre muss ich nun doch mal anhalten und kurz durchschnaufen.

»Aber, sag mal, was ist das denn für ein komischer Zufall, dass gerade *du* heute vorbeigekommen bist?«, frage ich, nachdem ich einmal tief Luft geholt habe. Christin grinst und federt locker neben mir auf und ab.

»Was ist schon Zufall, Annika? Gibt es Zufälle?«

»Interessante Frage. Dass dir so ein riesiger Bulle keine Angst macht, ist also auch kein Zufall?«

Christin lacht auf. »Genau! Kühe haben mich schon als Kind fasziniert. Meine Großeltern, bei denen ich all meine Schulferien verbracht habe, hatten nämlich auch einen Bauernhof. Auch das ganz *zufällig!*«

Tempranillo

Punkt 19 Uhr stehe ich mit Lux vor Floras Haustür. Als mir nach dem zweiten Klingeln noch niemand öffnet, ziehe ich mein Handy aus der Tasche: 19.03 Uhr. Komisch. Auf einmal höre ich Schritte auf der Treppe, die Tür fliegt auf, und meine Freundin steht mit verwehten Haaren vor mir.

»Da seid ihr ja schon, kommt rein. Ich bin noch im Bad, bei dem Krach, den der Föhn macht, habe ich die Klingel erst nicht gehört.«

Sie schiebt mich vor sich her in Richtung Küche und verschwindet mit einem »Mach doch schon mal den Wein auf« in die obere Etage.

Auf der Kochinsel entdecke ich eine Flasche von meinem roten Liebling, ein Tempranillo, der ganz viel Sonne gesehen hat. Als ich nach dem Korkenzieher suche, höre ich oben den Föhn losröhren. Ich ziehe den Korken heraus und schnuppere kurz daran. Oh ja, der ist gut. Dann nehme ich drei bauchige Rotweingläser aus Floras Vertiko und positioniere sie neben der Flasche. Fertig.

Ich hieve mich hinterrücks auf die Anrichte, von da oben kann ich meine müden Beine baumeln lassen. Lux, der seine Nase ein wenig spazieren geführt hat, gesellt sich zu mir und sinkt mit einem tiefen Seufzer auf den Boden. Der Damenbesuch heute hat ihn angestrengt.

Was für ein kräftiger Kerl er doch geworden ist, denke ich, als ich von oben seinen muskulösen Hundekörper mustere. Als ich das allererste Mal mit ihm hier in der Küche saß, war er noch ein spindeldürrer Jungspund. Überhaupt war es Lux, überlege ich gerade, der das Blatt wendete und mich hierherführte. Ganz ähnlich, wie Nelli heute Christin zu mir brachte.

Ich versetze mich zurück in die Zeit, in der mein Hund

noch ein Welpe war und bei mir in Hamburg einzog. Was für ein hinreißendes kleines Geschöpf! Er hat mein damaliges Leben ganz schön durcheinandergebracht – und mich an die frische Luft. Zunächst haben uns die Hamburger Parks gereicht, ein Welpe hatte dort Auslauf genug. Dann aber, als Lux kräftiger wurde, suchte ich immer öfter das Weite: Ich sehnte mich nach echten Wäldern, nach abgeschiedenen Wegen, auf denen man nicht alle naslang jemandem begegnete.

Je mehr Lux wuchs, umso größer zogen wir unsere Kreise. Wir fuhren immer weiter raus aus der Stadt. Manchmal starteten wir morgens in aller Früh und kehrten erst am späten Abend zurück in die Stadt. Eines Tages, ich erinnere mich noch genau, hielt ich nach einem unserer Ausflüge an einer ewig roten Ampel. Plötzlich las ich auf dem gelben Hinweisschild »Arnis 18 Kilometer«. In Arnis, daran erinnerte ich mich, wohnte Flora. Nie hatte ich sie dort besucht, das Band zwischen uns war dünn geworden. Aber ich hatte ihre Straße im Kopf: Alter Damm 12. Wie oft hatte ich ihren Absender auf meinen Weihnachtspaketen studiert, wie oft hatte ich mir vorgestellt, wie sie dort wohl leben würde. Ich fackelte nicht lang, tippte ihre Adresse in mein Navi ein und setzte den Blinker.

Als ich mit meinem halbwüchsigen Lux wenig später vor ihrer Tür stand, klingelte, und sie öffnete, schlug mir der Duft von warmem Apfelkuchen entgegen.

Flora hatte gebacken, ihre Wangen waren, wie früher, von der Ofenhitze gerötet. Ich folgte ihr in die Küche und traf auf eine vertraute Szenerie: Die Arbeitsplatte stand voll mit Blechkuchen und frischer Quiche. Floras Söhne, Leon und Ben, schrieben gerade Abi-Klausuren, und ihre Mutter litt so sehr mit ihnen mit, dass ihr nichts anderes übrig blieb, als zu backen. Ich setzte mich zu ihr, lauschte ihren Erzählungen, kostete von diesem und von jenem. Sie hatte ihre Kunst nicht verlernt.

Überhaupt kommt es mir heute in der Rückschau so vor, als habe sie nur die Pausentaste gedrückt und diese einfach achtzehn Jahre lang festgehalten. Genau in dem Augenblick, in dem ich mich wieder zu ihr in die Küche setzte, ließ sie die Pausentaste los. Und wir beide machten da weiter, wo wir aufgehört hatten. Einfach so.

»Also, ich habe ja so viele Ideen«, wie ein frischer Wind kommt Flora in die Küche geweht. Ich schrecke aus meiner Erinnerung hoch und richte mich auf. Meine gut gelaunte Freundin schaut aus wie das blühende Leben. Ihre nun trocken geföhnten Haare trägt sie offen, dazu ein weites, sommerliches Hemdblusenkleid. Als sie mich auf ihrer Anrichte sitzen sieht, muss sie schmunzeln. »Na, hast du deinen Lieblingsplatz erobert?«

Ich nicke.

»Und den Wein hast du auch entkorkt. Perfekt!« Flora schenkt zwei Gläser ein, das dritte schiebt sie zur Seite.

»Kommt Bastian nicht?«, frage ich verwundert.

»Doch, aber das kann noch dauern. Er ist mit seinem Kanu auf der Schlei unterwegs, das Wetter war heute ja so schön. Außerdem«, sie stützt beide Hände in ihre Hüfte, »bin ich echt froh, dass er sein altes Boot wieder zum Leben erweckt hat. Jetzt, wo Leon und Ben aus dem Haus sind, bleibt endlich wieder Zeit für Hobbys …«

»… und für dein Deli!«

»Genau!« Flora zieht eine Schublade auf, kramt ein paar Stifte und einen Collegeblock hervor. »Ich muss mir für mein Sommerfest ein paar Notizen machen. Mein Kopf ist randvoll.«

Sie trägt ihre Beute zum Küchentisch und rückt sich einen Stuhl zurecht. Ich verlasse meinen Stammplatz, greife nach den beiden Gläsern und setze mich zu ihr.

»Aber lass uns erst mal anstoßen.« Ich erhebe mein Weinglas. »Auf dein Sommerfest, Flora!«

»Und auf die Freundschaft, liebe Annika!«
Es macht »Pling«, und wir kosten einen ersten Schluck. Der Wein ist köstlich, intensiv und rund. So, genau so muss ein Roter schmecken. In meinem Inneren macht sich tiefe Befriedigung breit. Ich schwenke den Spanier sanft in meinem Glas und verfolge seine Bewegungen. Als ich dabei Floras Blick begegne, lächeln wir uns an. Guter Wein, gutes Essen – das kann uns beide glücklich machen.

Dann packt meine Freundin ihren Collegeblock, legt ihn quer und zeichnet eine große Tabelle auf das oberste Blatt. In die erste Spalte schreibt sie eine ganze Reihe von Stichworten: Barbecue, Musik-Pult, Tanzfläche, Aperitif, Namensschildchen ...

»Du willst Namensschildchen machen?«, unterbreche ich sie und tippe auf den Punkt.

»Ich habe mir überlegt, dass das witzig werden könnte. Fast alle Gäste wohnen in Arnis oder haben eine Ferienwohnung im Ort, aber viele kennen sich nicht, ich möchte die Einheimischen und die Touristen zusammenbringen. Wir könnten unter die Namen jeweils zwei, drei Stichpunkte schreiben, aus denen sich dann Gespräche entwickeln könnten.«

»Du meinst so etwas wie: Bürgermeister, Buchhändler, Stammgast ...«

»... genau. Oder Kaffeetante, Kanufahrer, Gärtnerin, Hundefreundin ...«, spinnt Flora den Faden weiter.

»Ach, das ist eine schöne Idee, das machen wir.«

»Würdest du das in die Hand nehmen, Annika? Du kennst doch eh alle.«

»Klar. Was sonst noch?«

»Die Deko. Blumensträuße zusammenstellen, draußen im Garten ein paar Kübel bepflanzen, Lichterketten und Wimpel aufhängen, Kerzen verteilen, Lampions in die Bäume hängen – so etwas halt. Du beweist bei diesen Dingen immer so viel Geschick.«

»Ist gebongt.«

»Übernimmst du an dem Abend dann auch den Empfang? Auf jeden Fall gibt es zuerst einen Crémant und eine alkoholfreie Alternative, da muss ich mir noch etwas überlegen.«

»Bei Annegret habe ich selbst gemachten Fliedersekt probiert. Vielleicht wäre der etwas?«

»Gar keine schlechte Idee, Annika, dich kann man gebrauchen.« Flora macht sich eine Notiz, hebt ihr Glas, und wir prosten uns noch einmal zu.

»Cheers!«

»Von Annegret bekommen wir auch die Blumen, auf die Idee hat mich der Sonnenhut gebracht. Sie hat in ihrem Bauerngarten so unendlich viele Stauden, die sind viel schöner als das Hochgezüchtete vom Floristen.«

»Stimmt. Wenn wir zu ihren Blumen ein paar lockere Gräser und Wicken stecken, sieht das wunderschön aus. Ranken sind auch toll, Clematis oder Geißblatt.«

»Genau, wir machen etwas ganz Natürliches in der Art von Wiesenblumen.«

»Klasse, wird sofort notiert.« Floras Hand flitzt über das Papier. »Zum Glück kommen nächstes Wochenende auch Leon und Ben nach Hause. Die können sich um alles Schwere kümmern: die Stehtische, die Feuerschale und das Holz dafür, die Getränkekisten ...«

Die Liste wird immer länger. Als ihr nichts mehr einfällt, schreibt sie hinter alle Aufgaben einen Namen. Nur hinter »Deko, Aperitif, Namensschilder« malt sie jeweils eine Figur, eine Art Strichmännchen.

»Wer ist das?«, frage ich und tippe mit dem Zeigefinger auf das oberste.

»Na, du bist das.«

»Ich?« Nun bin ich erstaunt, stelle mich hinter Flora und betrachte die Zeichnung noch einmal genauer. Dann muss ich lachen.

»Ach, jetzt erkenne ich sie. Das ist Nika Anka.«

»Genau«, Flora ist sichtlich zufrieden mit ihrem Werk. Aus lauter Lust verpasst sie allen drei Figürchen noch eine Haartolle.

»Sehr hübsch«, lobe ich und schenke uns etwas von dem Spanier nach. Daraufhin erhält das oberste Figürchen ein kleines Weinglas und eine Sprechblase, in der »Hicks« steht. Flora lacht sich kaputt, als ihr Blick dem meinen begegnet. Nun fange auch ich an zu glucksen.

»Ah, die Damen bei der Arbeit.« Plötzlich steht Bastian in der Küchentür. Wir – inklusive Lux – schauen völlig verdattert zu ihm auf.

»Wo kommst du denn her? Wir haben dich gar nicht kommen hören, du Indianer.« Flora steht auf und gibt ihrem Mann einen Kuss. »Hattest du einen schönen Tag mit deinem Kanu?«

»Oh ja, das hatte ich.« Er ist sichtlich zufrieden und knetet Lux, der sich zur Begrüßung aufgerafft hat, kräftig durch.

»Was habt ihr euch denn Schönes rausgesucht?« Bastian greift nach der Weinflasche und studiert das Etikett. Er sagt »Respekt« und schenkt sich auch ein Glas ein. Dann stellt er sich hinter seine Frau und überfliegt die Liste. Sein Blick bleibt an einer Stelle hängen.

»Wer ist das?«, fragt er und tippt auf das Papier.

»Nika Anka«, antworten wir wie aus einem Munde und müssen schon wieder loskichern.

»Hm!« Bastian hebt erst die Augenbrauen und dann sein Weinglas. »Wie viel hattet ihr zwei denn schon hiervon?«

Flora winkt ab. »Erinnerst du dich nicht an die Werbefigur von Annikas IT-Unternehmen?«

Bastian schaut noch einmal genauer. »War das nicht so ein Manga-Mädchen, so eine Art Comic-Figur?«

»Genau, Nika Anka!«, bestätigt Flora und zieht dann einen Schmollmund. »Ich finde, ich habe sie sehr gut getroffen. Annika, sag was!«

Ich hebe abwehrend beide Hände – und meine Freundin wirft einen Kuli nach mir. Er verfehlt sein Ziel und landet auf dem Küchenboden.

»Weißt du eigentlich, wer die damals gezeichnet hat?«, frage ich sie dann.

»Dein Manga-Mädchen? Ich weiß nicht. Wer denn?«

»Der Hungerkünstler.«

»Der Hungerkünstler?« Flora schaut irritiert.

»Ja, der Comic-Zeichner, der damals unter uns gewohnt hat. Erinnerst du dich nicht? Wir haben ihn immer den ›Hungerkünstler‹ genannt.«

»Ach ja, jetzt fällt er mir wieder ein. Dieser knochige, große Typ. Hatte der nicht so einen dünnen langen Zopf und trug immer nur schwarzes Zeug?«

»Ja, klar, den meine ich. Der hat, bevor er bei uns ins Haus zog, ein paar Jahre in Japan gelebt. Deshalb sah der auch immer so abgefahren aus, ich glaube, der hielt sich insgeheim für einen Zen-Meister. Na ja, ist auch egal, jedenfalls hat der Typ Mangas gezeichnet, diese japanischen Comics. Anfangs hat sich dafür nur niemand interessiert, in Deutschland wusste damals kein Mensch, was ein Manga ist.«

»Ja, ja, ich sehe den Typen direkt vor mir«, unterbricht mich Flora, »und an seine Comics erinnere ich mich auch. Er hatte seine ganze Wohnung damit volltapeziert.«

»Genau. Und wenn der nicht dauernd etwas von deinen Kuchen und Quiches abbekommen hätte, wäre der gewiss nicht durch den ersten Winter gekommen. So mager, wie der war.«

»Weißt du, was aus dem geworden ist, Annika?«

»Ob du es glaubst oder nicht, der ist ganz groß rausgekommen. Als die Manga-Welle so richtig losging, stand er oben auf der Schaumkrone. Ein echter Szenestar.«

»Verrückt«, murmelt Flora und schaut auf ihr Kunstwerk. »Aber vorher hat er dir noch deine Nika Anka gezeichnet.«

»Das hat er«, bestätige ich, »als Dank für die ganze Verpflegung. Ich habe nicht eine Mark dafür bezahlt.«

»Dann war die Backerei also doch noch für etwas gut.« Sie streckt zufrieden ihre Beine aus.

»Wie kam es eigentlich zu dem Namen, Nika Anka?«, fragt dann Bastian.

Flora und ich grinsen uns an.

»Der ist an einem Abend wie diesem entstanden«, beginne ich zu erzählen. »Auch wenn unser Wein damals bei Weitem nicht so gut war wie dieser hier.« Ich hebe mein Glas mit großer Geste. »Ich brauchte damals irgendwas Griffiges, irgendeinen Firmennamen, der zu meinem Start-up und der verrückten IT-Welt passte. Nika Anka ist einfach nur eine Kunstform von Annika. Flora und ich haben in unserer Küche gesessen und rumprobiert, so sind wir darauf gekommen. Irgendwie hörte sich der Name asiatisch an ... und cool ... intelligenter als dieses amerikanische Zeug. Als der Hungerkünstler für Nika Anka später noch ein Gesicht erfand, war für mich die Sache klar. Er hat sie zu einer Kämpferin, einer Judoka gemacht. Das passte total gut zu den Hacker-Attacken, die ja mein Kerngeschäft waren.«

»Dein Manga-Mädchen ist richtig populär geworden«, erinnert sich Flora.

»Ja, das ist sie. Und sie hat auf mich abgefärbt: Plötzlich sprachen mich neue Kunden mit ›Frau Anka‹ an. Unter meinen Kollegen war ich ohnehin nur noch die ›Nika‹. Alle dachten plötzlich, ich sei Nika Anka.«

»Da kann man ja auch draufkommen«, meint Flora, »die langen Haare, die großen Augen, ihr habt beide Stupsnasen ... ihr seid euch voll ähnlich.« Etwas theatralisch hebt sie den Blick zur Decke. »Ich glaube ja ohnehin, dass der Hungerkünstler unsterblich in dich verliebt war, so wie der dich immer angeglotzt hat. Garantiert hat der dich als Vorlage für seine Zeichnung genommen.«

»Und dann hast du den Namen zum Programm gemacht, richtig?« Bastian schaltet sich wieder ein.

»Genau!« Zur Bestätigung schlage ich mit der flachen Hand auf die Tischplatte. »Ich wurde zu Nika Anka, und dann fand ich es plötzlich cool, einen Künstlernamen zu haben. Das war so herrlich … bohemian.«

Ich muss grinsen, wenn ich daran denke. Ja, es war eine coole Zeit, und ich habe sie mit jeder Faser meines Körpers genossen.

Flora greift derweil das Stichwort auf, erhebt sich von ihrem Stuhl und singt mit reichlich Pathos: »Is this the real life? Is this just fantasy?«

Nun muss ich richtig lachen. Sie hat den Nagel auf den Kopf getroffen. Freddie Mercury war damals unser Held und die »Bohemian Rhapsody« unsere WG-Hymne. Bei »Mama, ooooh« falle ich in den Text ein, was Lux erschrocken aufblicken lässt. Er findet unser Duett eher spooky, genau wie Bastian, der unter großem Augenverdrehen die zweite Flasche öffnet. Als Flora und ich uns wieder beruhigt haben und lachend auf unsere Stühle sinken, schenkt er uns nach.

»Sagt mal, Mädels, habt ihr noch Appetit? Da sind doch noch die tollen Oliven im Kühlschrank und ein Stück von dem schönen Ziegenkäse.«

»Gute Idee, Grissini haben wir auch noch und eine kleine Wildsalami.«

Bastian schnappt sich ein großes Holzbrett, durchstöbert die Küchenschränke und drapiert seine Funde. Zusammen mit drei Messern landet das Kunstwerk vor uns auf dem Küchentisch. Das schaut lecker aus. Ich probiere von der Salami und schneide mir eine großzügige Scheibe Ziegenkäse ab. Zusammen mit dem Rotwein – einfach köstlich.

Wir drei kommen so richtig in Plauderlaune, und auch die zweite Flasche ist im Nu ausgetrunken. Als Flora den letzten Rest geschwisterlich verteilt, meint sie:

»Du fährst heute aber nicht mehr heim, Annika. Dein Wagen bleibt stehen, und ihr beide«, ihr Kopf weist in Lux' Richtung, »macht es euch in unserem Gästezimmer gemütlich.«

»Aye, aye, Sir«, sage ich mit gespieltem Leiern in der Stimme, dazu tippe ich mir an eine imaginäre Schirmmütze.

Morgen ist eh Sonntag, und für Gegenwehr habe ich heute keine Kraft mehr. Denn bei mir hat nicht nur der Spanier zugeschlagen, sondern auch – nach all der Rennerei – ein ausgewachsener Muskelkater.

Himmelblau

Aus dem Spiegel, in den ich schaue, blickt mir Nika Anka entgegen. *Das kann doch nicht sein,* denke ich, *und streiche mir über die Haare. Mein Gegenüber tut es mir gleich. Das ist unheimlich. Ich kneife mir kräftig in die Wange und sehe, wie sich Nikas Gesicht schmerzvoll verzieht. Was ist das? Was soll das? Ich schaue in die erschrockenen Augen von Nika – nicht in meine. Dann schwanke ich zwei Schritte zurück und setze mich auf den Rand der Badewanne. Mir schaudert. Ich bin doch keine Comicfigur! So etwas gibt es doch gar nicht!*

Erneut wage ich einen Blick in den Spiegel. Erleichterung. Puh, der Spuk ist vorbei. Ich sehe mich, Annika, der Spiegel zeigt mein Gesicht, er zeigt einen Menschen. Ich atme geräuschvoll aus, Glück gehabt, alles in Ordnung.

Dann wende ich mich ab, um das Bad zu verlassen. Dabei blicke ich an mir hinab. Ich trage einen weißen Anzug, den Anzug einer Judo-Kämpferin, und meine Hände sind ... sie sind gezeichnet ... kein Fleisch, kein Blut ... es sind die Hände von Nika Anka. Ich schüttele sie, als könnte ich sie, wie Ungeziefer, von mir abwerfen. Das funktioniert aber nicht. Ich schüttele heftiger. Und plötzlich höre ich ein Weinen. Mein Weinen. Es klingt grausam nach Zeichentrickfilm ...

In dem Moment reiße ich die Augen auf. Im Halbdunkel des Raumes erkenne ich eine hell gestrichene Zimmerdecke und eine Hängeleuchte aus Papier. Es dauert eine Weile, bis ich mich orientiert habe. Es war alles ein Traum, zwar ein heftiger, aber eben nur ein Traum. Es ist vorbei, ich bin wach, nur mein Herz pocht noch wild. Vor lauter Schrecken liege ich kerzengerade im Bett. Ich löse die Spannung, ziehe meine Beine an, rolle mich auf die Seite. Ich spüre das weiche, wohlige Kissen, traue mich aber nicht, die Augen noch einmal zu schließen. Sicher ist sicher.

Erst als Lux, der vor meinem Bett geschlafen hat, vor mir steht und mir einmal, ziemlich nass, über die Nase schleckt, finde ich ganz in die Realität zurück. Stimmt, wir haben spontan bei Flora und Bastian übernachtet, ich liege im Gästebett.

Mit entschiedenem Schwung werfe ich meine Beine über die Bettkante und beuge mich zu Lux vor. Ich brauche eine Kuscheleinheit und umarme seinen Brustkorb, vergrabe meine Nase in seinem warmen Nackenfell. Rieche Wald, rieche Wind, rieche Erde. Tut das gut.

Ich schließe die Augen und bin mir sicher, dass mir jetzt nichts mehr passieren kann.

Ein Klopfen an der Tür.

»Annika, bist du wach? Frühstück ist gleich fertig.« Flora weckt mich.

»Ja, ich bin gleich da«, gebe ich zurück und drehe mich auf die andere Seite. Ich muss noch mal eingeschlafen sein. Denn draußen ist jetzt heller Tag, die Sonne blitzt durch die Vorhänge. Etwas schlaftrunken erhebt sich nun auch Lux, er reckt seine langen Glieder genussvoll und schmiegt seinen Kopf an mich. Ich fahre mit meiner Hand über sein seidiges Fell und spüre, wie sich langsam die Lebensgeister in mir regen. Meine Augen beginnen derweil, im Zimmer umherzuwandern. Es ist alles unverändert: die beiden angegilbten Picasso-Drucke an der Wand, die »wolkige« Zimmerdecke, die Flora und ich in einer Nacht himmelblau gestrichen haben. Der Rotweinfleck im Parkett, der nicht mehr rausgeht. Wie viele Stunden habe ich schon in diesem Bett verbracht? Unzählige. Als wir Freundinnen eines Tages wieder zusammenfanden, überkam uns beide – nach achtzehn Jahren – das alte Gefühl der Unzertrennlichkeit.

Fast jede Woche habe ich meine Freundin besucht und

so, nach und nach, das Landleben lieben gelernt. Lux freute sich über ausschweifende Spaziergänge in der malerisch schönen Schlei-Landschaft, über die Nachmittage am nahen Ostseestrand und auch über Floras großen Garten. Und mir, mir ging das Herz auf. Die Natur mit all ihrem Grün, die Weite des Wassers, Lux' Lebensfreude, das langsam getaktete, aber doch so lebendige Dorfleben, die handfesten Menschen – alles zusammen erweckte in mir ein Gefühl, das ich irgendwann Heimat nannte. Wie gut mir das tat, die vielen Jahre als unentwegt verplante Unternehmerin und nicht zuletzt die heillose Trennung von Titus hatten mir zugesetzt.

Als das Waldhaus zum Verkauf stand, machte ich Nägel mit Köpfen. Schon als das erste Zimmer halbwegs renoviert war, packte ich in Hamburg die Umzugskartons und zog raus, raus aus der Stadt. Der Rest ist Geschichte.

Während ich meinen Erinnerungen nachhänge, verliert Lux die Geduld. Er läuft zur Zimmertür und drückt seine Nase gegen den Türspalt. Er will wissen, was da draußen los ist. Er will raus, raus in den Tag. Recht hat er. Zwei Minuten später bin ich aus den Federn, in den Kleidern und starte zu einer kleinen Gassi-Runde. Danach freue ich mich über einen großen Pott Kaffee und gehe zu Flora in die Küche.

»Ich dachte, Frühstück ist fertig.« Fragend schaue ich mich um, denn es ist nirgendwo ein Krümel zu entdecken.

»Das war reine Taktik, Schatzi, damit ich dich aus dem Bett bekomme«, sie lächelt mich schelmisch an. Sie kennt mich einfach zu gut. Mit Speck fängt man eben Mäuse – und zu denen gehöre ich eindeutig.

»Mensch, habe ich einen Muskelkater.« Leise stöhnend, strecke ich meine Beine aus.

»Was hast du denn getrieben?« Flora blickt mich fragend an.

Bevor ich dazu komme, ihr von meiner gestrigen Rinderjagd zu erzählen, poltert Bastian in die Küche. »Moin, Mädels«, platzt er herein, »Mensch, was habe ich einen Muskelkater.«

Wir zwei lachen los.

»Was gibt's da wieder, was ich nicht weiß?«, grummelt Bastian.

»Annika sagte gerade eben genau das Gleiche«, klärt ihn seine Frau auf, »ihr tun die Beine weh.«

»Mir die Arme«, stöhnt Bastian und lässt sich auf einen Küchenstuhl fallen. »Das ganze Gepaddel hat mich gestern echt geschafft. Also, entweder bin ich aus dem Training oder zu alt für mein Kanu.«

»Du bist nicht zu alt.« Flora stellt einen Kaffeepott vor Bastian ab und küsst sein grau meliertes Haupt. »Dir fehlt nur ein bisschen Übung, das kommt schon wieder.«

Bastian schaut seine Frau dankbar an. Wieder einmal versetzt sie mich in Erstaunen, denn immer, wirklich immer hat sie für ihre drei Männer den richtigen Satz parat. Flora ist für das Familienleben, das sie führt, wie gemacht. Sie motiviert, tröstet, unterstützt, verteilt Liebe – und schmeißt nebenbei den ganzen Haushalt. Auch mir tut ihre fürsorgliche Art unendlich gut. Ich weiß das. Aber ich selbst könnte das nicht. Ich bin eine ganz andere Frau.

»Zumindest ist es beim Muskelkater geblieben. Es hätte auch ein anderer Kater werden können«, meint Flora dann und zeigt auf die zwei leeren Rotweinflaschen. »Das war ein echt lustiger Abend gestern.«

Währenddessen schneidet sie ein Brot, das sie bereits mit Butter geschmiert und dick mit Fleischwurst belegt hat, in mundgerechte Würfel und schiebt sie auf einen Pappteller. Den stellt sie auf den Küchenboden, wo sich mein Lux nicht zweimal bitten lässt.

»Na, so ein richtig gutes Hundefutter ist das aber nicht«, vermelde ich halbherzig, während Lux die Leckerbissen herunterschlingt.«Hoffentlich kotzt der mir das nicht gleich in den Kofferraum.«

Flora verzieht kommentarlos ihren Mund und wendet sich dann wieder meinem Hund zu. Wenn sie jemanden füttern kann, dann ist jede Gegenwehr zwecklos.

»Bekommen wir denn auch etwas?«, quengelt da Bastian los, der sich mit beiden Ellbogen auf der Tischplatte abgestützt hat und von da aus meinen Hund beobachtet. Kurz erinnert mich sein nörgelnder Tonfall an einen Vierjährigen in der Trotzphase. Gerade noch kann ich mir ein Augenverdrehen verkneifen.

»Klar, Schatz!« Flora zieht eine schmiedeeiserne Pfanne auf ihren Gasherd, wirft ein paar Speckwürfel hinein, schlägt ein halbes Dutzend Eier dazu – und der Morgen duftet nach Omelett. Während sie durch ihre Küche wirbelt, erkundigt sie sich bei ihrem Mann nach seiner gestrigen Kanutour. Aufmerksam hört sie zu, fragt nach. Als das Telefon klingelt und Bastians Mutter dran ist, übernimmt Flora wie selbstverständlich das Gespräch. Munter plaudert sie über das trockene Wetter und bespricht den bald anstehenden Geburtstag der Zwillinge. Währenddessen schenkt sie Kaffee nach und streichelt Lux übers Haupt. Eine Sonntagsfamilienidylle.

»Und du willst also was von Fred?«, fragt mich da plötzlich Bastian.

Vor Schreck fällt mir fast die Kaffeetasse aus der Hand. Ich will etwas von Fred? Ich kann nicht glauben, was ich da gerade höre.

»Du hast ein Auge auf meinen Freund Fred geworfen«, schiebt Bastian noch einmal hinterher, und ein genüssliches Lächeln erobert seine Mundwinkel. »Verdenken kann ich dir das nicht, der ist ja auch eine ganz feine Partie.«

Mir fällt die Kinnlade runter. Das hat der jetzt wirklich gesagt. Ist der bescheuert?

»... du, Christel, ich muss jetzt Schluss machen. Wir können ja später noch ...« Flora steht mit einem Mal neben mir und beendet rasch ihr Telefonat.

»Sag mal, Bastian, hast du sie noch alle?«, pariere ich seine Attacke frontal. »Mir ist dein Fred ja so was von schnuppe. Ihr habt doch damit angefangen, mit dieser nervigen ...«

»Stopp, stopp!« Flora wirft sich wie ein Linienrichter zwischen die Fronten, dabei funkelt sie ihren Mann böse an.

»Bastian, wie kannst du nur?«, zischt sie.

Komischerweise scheint Bastian die ganze Situation zu amüsieren. Er hat sich genussvoll zurückgelehnt, die Arme über seinem Bauchansatz verschränkt und sonnt sich in seiner ganzen Herrlichkeit. Was, zum Henker, geht hier eigentlich vor?

Flora ist puterrot geworden, das ist sie auch früher schon immer, wenn ihr etwas peinlich war. Und sie hat es gehasst. Als ich ihre Not erkenne, ist mit einem Mal mein Zorn verflogen. Irgendwer soll hier vorgeführt werden, und mir schwant: Das bin nicht ich.

»Komm«, sage ich sanft und stehe auf, »lass uns nach draußen gehen.«

Bastian lasse ich links liegen. Ohne weiteren Kommentar. Damit hat er nicht gerechnet, aus dem Augenwinkel heraus erhasche ich einen Schatten, der über sein Gesicht huscht. Garantiert wollte der einen hübschen Streit vom Zaun brechen, da bin ich mir sicher.

Ich lasse meinen Frühstücksteller stehen und folge Flora, die die Küche wortlos verlassen hat. Auch Lux kommt mit, ich spüre, dass er mir dicht auf den Fersen ist.

Als die Haustür ins Schloss fällt, schießen meiner Freundin die Tränen in die Augen. Mit schnellen Schritten durchquert sie ihren Vorgarten, läuft die Straße entlang. Still gehe ich neben ihr her. Ich spüre, dass sie etwas Zeit braucht, um sich zu sammeln. Erst nachdem wir die wenigen Häuser des

Dorfs hinter uns gelassen haben und einen kleinen Wiesenpfad erreichen, beginnt sie, leise zu sprechen.

»Im Moment macht es mir Bastian echt nicht leicht«, sagt sie und drückt sich ein Taschentuch gegen die Augen. Ich höre zu und warte ab.

»Der ist so gemein in letzter Zeit.« Flora stöhnt. »Du musst mir glauben, Bastian kam mit der Idee an, Fred einzuladen. ›Der könnte doch was für Annika sein‹, hat er gesagt. Natürlich fand ich das auch und habe mich gefreut, dass du mehr über ihn erfahren wolltest – und das habe ich dann auch Bastian erzählt. Dass der das jetzt aber so verdreht darstellt ... so als wärst du auf Männerfang ...«, sie bricht ab.

Natürlich glaube ich ihr, auch wenn mir ihre Kuppelei echt auf die Nerven geht. Ich glaube aber auch, dass es hier gerade nicht um Fred geht – und auch nicht um mich. Deshalb lege ich ihr einen Arm um die Schultern und höre ihr weiter zu.

»Ich erkenne Bastian gar nicht mehr wieder. Von jetzt auf gleich kann er«, sie ringt nach Worten, »richtig fies werden. War das nicht wunderschön mit uns dreien gestern Abend? Und heute nölt er nur rum ... und stichelt.«

Der verächtliche Tonfall, in dem sie das sagt, macht mich hellhörig. Flora ist eine treue Seele und steht wie eine Löwin vor ihrer Familie – auch vor ihrem Mann. Das, was hier und heute geschieht, ist neu für mich.

»Seit wann fällt dir sein seltsames Verhalten denn auf?«, frage ich vorsichtig nach. Flora knetet das Taschentuch in ihren Händen und starrt auf den Weg.

»Ach, weißt du, das kann ich gar nicht so genau sagen. So etwas geschieht ja schleichend. Ich meine, jeder hat mal einen schlechten Tag, da denkt man sich ja erst mal nichts. Wer weiß schon, seit wann ...«

Flora hebt ihren Kopf, ihr Blick trifft meinen, und sie unterbricht sich. Denn ich weiß genau, dass sie sich gerade herauszureden versucht. Und sie weiß es auch.

»… seit du in Arnis wohnst, ist es immer schlimmer mit ihm geworden«, bricht es plötzlich aus ihr heraus. Sie heult auf. Aha, das ist er also, der wunde Punkt. Volltreffer. Flora lässt sich auf einen dicken Baumstamm sinken, der neben dem Weg in der Sonne liegt. Sie beginnt, heftig zu weinen, immer wieder erbeben ihre Schultern unter ihren Schluchzern. Zwischen zweien stößt sie: »Und auch seit ich das Deli habe, ist er immer gemeiner geworden«, hervor.

Ich hole tief Luft und schüttele langsam den Kopf. Flora tut mir leid, viel hat sich in ihr angestaut, das sich nun Bahn bricht. Warum aber überrascht mich all das nicht? Warum habe ich so etwas, trotz des ganzen trauten Familienglücks, schon geahnt? Geahnt, dass Bastian einer von diesen Männern ist, die es zu Hause gerne hübsch und gemütlich haben, sich umsorgen und betüddeln lassen wie früher von Mutti. Ein Prinzchen. Ein Prinzchen, das seine Prinzessin in seinem ganz persönlichen Turm einquartieren will. Solange sie sich da zufrieden zeigt, ist auch alles paletti. Aber wehe, das angetraute Weib will mehr. Mehr vom Leben. Dann greift das Prinzchen in sein Waffenarsenal – und das tut weh.

Ich setze mich neben meine Freundin auf den Baumstamm. Mit einer Hand streiche ich beruhigend über ihren Rücken, mit der anderen kraule ich Lux' Flanke. Eng hat er sich an meinen Oberschenkel gedrückt.

Während die Pausen zwischen Floras Schluchzern immer länger werden, muss ich unwillkürlich an Ina denken. Ina und ich haben zusammen Golf gespielt. Als ich Lux bekam und dieses Hobby an den Nagel hängte, verlor ich sie aus den Augen. Schade eigentlich, Ina war eine tolle Frau – und eine äußerst begabte Golfspielerin. Nur wenn ihr Mann mit von der Partie war, vermasselte sie immer wieder einmal einen Ball. »Heute ist nicht mein Tag«, sagte sie dann. Vor allem bei Turnieren geschah das. Als mir das wiederholt auffiel und ich sie darauf ansprach, antwortete sie:

»Ich spiele immer ein paar Punkte schlechter als mein Mann. Wenn ich das nicht tue, hängt bei uns eine Woche lang der Haussegen schief.«

Ina war eine kluge Ehefrau. Und eine, die Prioritäten setzte: Frieden vor Erfolg. So wie sie machten es die meisten Paare im Golfclub. Nachdem ich erst einmal dahintergekommen war, beobachtete ich immer wieder, wie Frauen ihren Männern den Vortritt gaben. Frieden vor Erfolg.

Während ich meinen Gedanken nachhänge, beruhigt sich Flora. Als sie sich schließlich zu mir dreht, ist ihr Gesicht angeschwollen und fleckig, aber sie lächelt. Ich greife nach ihrer Hand und drücke sie gegen meine Wange. So sitzen wir einen Moment lang da, wir zwei Freundinnen.

»Bastian hat Angst vor deinem Geld«, sagt sie dann, ganz unvermittelt. Ich ziehe erstaunt die Augenbrauen in die Höhe. Angst vor meinem Geld?

»Erst war das nur so ein Verdacht, den ich hatte«, sagt sie dann ganz ruhig, »jetzt bin ich mir aber sicher. Er fürchtet sich vor deiner Unabhängigkeit. Du kannst tun und lassen, was du willst. Wenn du morgen wieder nach Hamburg ziehen willst, dann los. Oder auf nach New York oder sonst wohin. Nichts und niemand hält dich auf. Seit du Nika Anka verkauft hast, brauchst du nicht mehr zu arbeiten. Es sei denn, dich reizt irgendein Projekt. Du bist völlig frei.«

»Hm«, brumme ich kurz – und bin gespannt, was da noch so kommt.

»Wenn wir mal ehrlich sind, hast du genau das geschafft, wovon die Jungs träumen. Mein Gott, wie oft habe ich schon bei irgendwelchen Grillabenden gesessen und andächtig gelauscht, wie Bastian und seine Kumpels, die eh niemals den Hintern hochgekriegt hätten, von irgendeiner wahnsinnig cleveren Geschäftsidee faselten.« Flora kommt jetzt richtig in Fahrt. »Was für ein Gerede! Und letztlich ging es immer nur darum, viel Kohle zu machen, das ›Kapital für sich arbeiten

zu lassen‹«, jetzt äfft sie Bastian nach, »und mit vierzig in Rente zu gehen. Supermann hat es allen gezeigt. Bravo!«
Ich kann nicht anders, ich muss lachen. Flora stimmt nach kurzem Zögern ein. Wir stehen auf, haken uns unter und laufen langsam weiter, in den nahen Wald hinein.
»Du, Annika, du hingegen hast das alles geschafft. Du hast dich nicht aufhalten lassen und bist deinem Traum gefolgt.«
»Und du machst das mit deinem Deli jetzt auch«, ergänze ich. »Dein Laden floriert, und das in so kurzer Zeit. Du hast das verwirklicht, woran du immer geglaubt hast.«
»Ja, und genau da liegt auch, fürchte ich, das Problem.« Flora stoppt abrupt und steht jetzt mit hängenden Schultern auf dem Waldweg.
»Seit das Deli so richtig läuft, ist Bastian wirklich ekelig geworden.«
Oh, das hört sich nicht gut an, gar nicht gut.
»Besonders seit ihn alle möglichen Leute aus dem Dorf darauf ansprechen, wie gut das Essen schmeckt und wie hübsch die Einrichtung sei und was er doch für eine tolle Frau habe und so weiter.«
»Das stimmt ja auch!«
»Ja, es stimmt.« In ihrer Stimme liegt ein Hauch von Trotz.
»Wirklich doof ist halt nur die Sache mit dem Sommerfest.«
Ich stutze.
»Ich muss in Vorleistung gehen. Der DJ aus Hamburg, der echt nicht billig ist, die Firma, die das Gartenzelt und die Tanzfläche aufbaut, der Weinhändler – die wollen halt jetzt schon Geld sehen. Natürlich nicht alles, aber einen Vorschuss. Außerdem habe ich für das Fest einen großen Barbecue-Grill angeschafft, zusätzliches Geschirr, das alles läppert sich.«
»Aber so viel kann das doch nicht sein. Ich meine, dein Deli läuft wie Schmitz' Katze, da kommt ja auch was rein.«
»Natürlich, aber ich trage noch immer die Belastung vom

Umbau. Noch stottere ich den Kredit dafür ab und konnte keine Rücklagen bilden.«

»Das verstehe ich, aber wenn, wie du sagst, schon alle Eintrittskarten verkauft sind, bringt das Sommerfest ja zusätzliches Geschäft.«

»Du weißt doch, wie das hier auf dem Dorf ist: Man lässt anschreiben! Die allermeisten werden erst an besagtem Abend zahlen. Dann stimmt die Kasse wieder, es sind nur ein paar Tage bis dahin, die ich überbrücken muss, mehr nicht.«

Also, irgendwas stimmt hier doch nicht. Ich verstehe schon, dass Flora finanziell in der Klemme steckt, aber es kann sich doch nur um Peanuts handeln.

»Über was für eine Summe reden wir denn?«, frage ich geradeheraus.

»Über 3.000 Euro.«

»3.000 Euro sind kein Geld! Ich geh am Montag zur Bank, heb sie ab und leih sie dir. Nach dem Sommerfest gibst du mir die Summe zurück, das ist doch kein Problem.«

»3.000 Euro sind viel Geld.« Flora ist ernst geworden. »Für mich und Bastian sind sie ein richtiges Problem.«

Ich ahne, dass der Kreis sich schließt. Und so halte ich jetzt lieber meinen Mund und höre meiner Freundin weiter zu.

»Bastian und ich haben uns gestern Abend noch heftig gestritten. Im Bett. Ich habe ihn gefragt, ob ich 3.000 Euro von unserem Sparbuch haben könnte, nur bis zum Sommerfest.«

»Was hat er gesagt?«

»Er hat total blockiert, hatte tausend Ausflüchte: die Kinder, ihr Studium, die neue Heizung, und was weiß ich noch alles. Er will mir das Geld einfach nicht geben.«

Jetzt bin ich diejenige, die stehen bleibt. Denn irgendetwas an der Formulierung »er will mir das Geld nicht geben« stört mich gewaltig.

»Es ist euer Sparbuch. Warum nimmst du es dir nicht einfach?«, frage ich, ganz bewusst provokant.

»Weil ich ... weil ...« Floras Blick entweicht mir. Und ich weiß auch, warum.

»Weil du keinen Zugriff auf das Konto hast. Stimmt's?«, bringe ich ihren Satz zu Ende.

Flora nickt.

Das darf doch nicht wahr sein! Ich muss mich zusammennehmen, damit ich jetzt nicht ausflippe. Da gibt meine Freundin alles auf, was sie hat, ihre Qualifikation, ihre Karriere, ihr Hamburger Leben, um Bastians Brut aufzuziehen. Tagein, tagaus – und die Nächte auch noch. Haushalt und Kinder. Und dann so etwas? Kein Zugriff aufs Sparbuch? Das fasse ich nicht! Und während ich es nicht fasse, schwant mir noch etwas anderes. Noch ein dickeres Ding. Ich schlucke meine Wut hinunter und frage vorsichtig:

»Euer Haus gehörte vor der Renovierung doch Bastians Oma, nicht wahr?«

Sie nickt.

»Auf wen läuft das Haus denn heute? Wessen Name ist im Grundbuch eingetragen?«

Flora schweigt. Und ich sehe meine größte Befürchtung bestätigt.

»Du bist nicht als Eigentümerin eingetragen, sondern nur Bastian?«, frage ich, rein rhetorisch.

Meine Stimme wird jetzt sehr leise. Und eindringlich:

»Bist du denn des Wahnsinns? Wie kannst du zulassen, dass alle Werte bei Bastian liegen. Du hast zwanzig Jahre lang geackert, und dir gehört heute ... nichts? Dir gehört nichts, außer ein paar Schulden, natürlich. Denn bei der Finanzierung, die ihr für den Umbau eures Hauses brauchtet, hast du sicherlich brav mit unterschrieben. War es so?«

»Du musst dich nicht mehr darüber aufregen«, wirft Flora kleinlaut ein, »der Hauskredit ist schon abgezahlt.« Sie ist erneut puterrot geworden. Doch das ist mir jetzt total egal.

»Gut, dann hast du immerhin keine privaten Schulden.

Aber du bist völlig mittellos. Anfang vierzig und mittellos. Wie konntest du das zulassen? Hast du nicht mal Wirtschaftswissenschaften studiert? Du bist doch nicht auf den Kopf gefallen! Jede dritte Ehe wird geschieden, schau dich doch nur mal um. Was ist, wenn Bastian sich verliebt? Er ist doch so viel auf Geschäftsreisen, da gibt es immer wen junges Hübsches.«

Flora wirft mir einen ängstlichen Blick zu – und ich beschließe, erst mal durchzuatmen. Ich muss ja nicht gleich die härtesten Geschütze auffahren, aber einfach so stehen lassen kann ich die Sache auch nicht. Sie erinnert mich viel zu sehr an Nika Anka, an meine vielen Mitarbeiterinnen dort. Top ausgebildet, top Referenzen, drei Sprachen fließend. Aber was taten sie, wenn eine wichtige Präsentation zu halten, ein Vortrag auf einem Kongress, eine neue Abteilung aufzubauen waren oder irgendetwas anderes, das Geld, Ruhm und Ehre versprach? Sie traten einen Schritt zurück und ließen ihren männlichen Kollegen den Vortritt. Immer war das so, ebenso fanden sie auch immer irgendeine Ausrede dafür. Und was hat die Chefin, was habe ich dann gemacht? Ich habe die Damen am Nackenfell gepackt und auf die Bühne geschleift. Ich habe sie nicht entkommen lassen. Keinen Zentimeter. Ich habe sie ihre Lektion lernen lassen. Und sie haben gelernt. Alle. Sie sind großartige Kolleginnen geworden, selbstbewusste Persönlichkeiten und starke, intuitive Führungskräfte. Sie sind zu den Menschen geworden, die Nika Anka ausmachten – und bis heute tragen.

Nachdem Flora und ich ein Stück schweigend nebeneinander hergelaufen sind, erzähle ich ihr von meinen Gedanken, von meinen Erlebnissen mit meinen Kolleginnen.

»Weißt du, es ist in der zweiten Reihe ja auch ganz angenehm. All die Nervosität, der Druck, die Angst, zu versagen – mit alldem muss man sich nicht auseinandersetzen. Ich kann das schon verstehen«, komme ich zum Ende.

»Aber das sind doch Businessgeschichten, ich finde, man kann das nicht vergleichen«, wirft Flora ein. »Bei Bastian und mir geht es doch nicht darum, wer sich durchsetzt oder wer den größeren Erfolg hat.«

»Ach nein? Wer wird denn gerade klein gemacht? Wessen Ego verkraftet denn nicht den Erfolg des anderen? Bastian kann dich nur zurückweisen, weil er die Macht dazu hat. Geld ist Macht. Erzähl mir doch nichts! Ihr beide, ihr befindet euch nicht auf Augenhöhe, ihr seid keine echten Partner. Darin liegt das Problem. Und komm mir jetzt nicht mit irgendeiner verkackten Romantik.«

Flora hebt ihren Blick und schaut mich an.

»Du bist verdammt hart«, sagt sie. Ich sehe die Verletzung in ihren Augen. Ach, wie leid mir das tut. Ich atme tief ein und schaue hoch zum Himmel, zum strahlend blauen Himmel, der sich über uns und den Baumkronen wölbt. Ich sehe all die Klarheit, all die Weite.

Und ich bleibe dabei, bei meiner Meinung. Ich lasse Flora nicht entweichen, nicht einen Zentimeter. Ihre Probleme sind hausgemacht, und Bastian die Schuld daran zu geben, wäre nur die halbe Wahrheit. Immer wegucken, immer lieb und hübsch und nett sein, das funktioniert nicht. Die Fakten müssen auf den Tisch. Nackt und ungeschminkt. Ohne das wäre ich in der Businesswelt untergegangen – und mit mir zwangsläufig auch meine Mitarbeiter.

All das sage ich Flora. Längst sind wir auf dem Rückweg, und als wir in ihrer Straße vor meinem Rover stehen, nehmen wir beide uns in den Arm.

Ich schaue ihr nach, als Lux und ich im Auto sitzen, wie sie weitergeht, die Haustür aufschließt und dahinter verschwindet. Was jetzt kommt, muss sie alleine hinkriegen. Sie steht auf der Bühne – und der Vorhang geht auf.

Strandpavillon

Lux' schmaler Kopf steht ganz schief, so schwer ist das Stück Treibgut, das er – stolz wie Oskar – vor sich herträgt. Vorsichtig ziehe ich ihm das triefend nasse Holz aus dem Maul, nehme Schwung und werfe es so weit, wie ich kann, ins Meer. Mein Hund jagt hinterher, beschimpft von einer Schar Möwen, die empört auffliegt.

Gleich nachdem wir heute Morgen bei Flora losgefahren sind, habe ich Gas gegeben und bin direkt an den Strand gefahren. Ein bisschen frische, ein bisschen salzige Luft, die brauche ich jetzt. Schon als wir ankamen, waren die wenigen Wolken, die in der Früh aufgezogen waren, verflogen. Jetzt schlendern wir im schönsten Sonnenschein am Meer entlang. Barfuß. Meine Turnschuhe habe ich im Auto ausgezogen und direkt dort gelassen.

Lux ist aus den Wellen zurück und schleppt sein »Stöckchen« wieder zu mir. Erneut nehme ich es ihm ab und werfe es in die Fluten. Darauf hat er nur gewartet, er spurtet hinterher – und ist mittendrin im siebten Hundehimmel.

Als wir eine halbe Stunde später an meinem Lieblings-Strandpavillon ankommen, kaufe ich für mich ein Fischbrötchen und für Lux einen Matjes ohne alles. Zusammen setzen wir uns in den warmen Sand, genießen unseren Imbiss und beobachten das entspannte Treiben vor unseren Füßen. Ein paar Strandkörbe, aus denen vereinzelte Arme und Beine herausragen, verteilen sich vor dem Blau des Meeres. Zwei Kinder schleppen in ihren bunten Plastikeimern Wasser heran, um den Graben ihrer Sandburg zu füllen. Die Ostsee schenkt uns immer mal wieder eine erfrischende Brise, auf dem glitzernden Wasser schippert eine Handvoll Segelboote. Hinter uns klimpern dazu die Fahnenmasten, die den Pavillon umstehen. Kling, kling ... kling, kling. Die ganze Szenerie ist: Sommer, Sonne, glücklich sein.

Wie gut das tut. Ich schiebe meine Sonnenbrille zurück in die Haare, halte mein Gesicht gen Himmel und strecke die Beine aus. So lässt es sich aushalten.

Als mein Handy in der Hosentasche vibriert, tanzen bunte Punkte vor meinen geschlossenen Augen. Ich taste nach dem Telefon, ziehe es heraus und kann den Anrufer im ersten Moment gar nicht erkennen. Erst als ich meine Sonnenbrille zurück auf die Nase plumpsen lasse, sehe ich: Titus.

Titus! Was jetzt?

Das Handy vibriert immer noch. Hartnäckig. Und ich sitze da und weiß erst mal nicht weiter. Vielleicht ist es der warme Sonnenschein, das entspannte Strandfeeling, vielleicht hat mich auch Floras Ärger mit Bastian weichgespült, jedenfalls drückt mein Daumen auf die grüne Taste.

»Hi«, höre ich ihn. Ganz sanft. Ganz nah.

»Hi«, höre ich mich. Ein bisschen tonlos.

»Wie schön!« Ein tiefer, rauer Atemzug am anderen Ende.

»Danke, dass du abnimmst.«

»...«

»Wo bist du?«

»An der Ostsee.«

»Gib mir eine Stunde. Ich komme.«

Obwohl ich ihn nicht sehe, weiß ich genau, wie er jetzt lächelt. Er lächelt in seiner ganz speziellen, leicht verschmitzten Art. Der eine Mundwinkel ist ein bisschen höhergezogen als der andere. Mein Herz macht einen Hüpfer, es freut sich. Ich freue mich. Es tut gut, seine Stimme, diese mir so vertraute Stimme zu hören.

»Bist du allein?«

»Ich sitze hier mit Lux.«

Ein leises Lachen.

»Der gute alte Lux. Wie geht es ihm?«

»Oh, bestens. Er hat gerade einen Matjes verspeist und liegt jetzt in der Sonne.«

»Beneidenswert«, Titus' Stimme ist noch ein paar Töne tiefer gerutscht, »und das alles zu deinen Füßen.«

Oh, Mann, dieser Typ ist unverbesserlich. Es dauert keine zwei Minuten, und er hat einen Flirtversuch am Start.

»Titus«, spätestens jetzt hat meine Stimme ihre gewohnte Festigkeit zurückgewonnen, »was willst du?«

»Ich will dich wiederhaben.«

Titus! Seine direkte Art haut mich – zum wievielten Male eigentlich? – um. Ich beginne, herumzustolpern, stottere etwas von »das geht nicht« und »keine gute Idee« und weiß doch ganz genau, dass ich ihn damit nicht ausgebremst bekomme.

»Hey, ich bin's doch nur«, fast zärtlich unterbricht er mich. Eine Weile sagt keiner etwas.

»Ach, Annika, ich bin seit ein paar Wochen zurück in Hamburg. Alles hier erinnert mich so sehr an dich – an uns. Ich ... ich ... ach, shit, ich vermisse dich.« Titus' Stimme ist ganz leise geworden. »Wir hatten eine gute Zeit, wir zwei, das war richtig, richtig gut mit uns.«

Schweigend lausche ich ihm. Und plötzlich, trotz des hellen Sonnenscheins, beginne ich zu frieren. Gänsehaut überzieht meine Unterarme, ich kann zuschauen, wie sie entsteht. Titus redet weiter, aber ich höre nichts mehr. Ich sehe nur noch. Sehe, wie sich blonde Härchen auf brauner Sommerhaut aufstellen. Sehe, wie sich nackte Zehen in den Sand krallen. Dann spüre ich etwas Feuchtes an meinem Ohr. Eine Nase. Lux, mein treuer Lux. Wie stets wacht er über mich. Ich lasse meine Hand, ich lasse mein Handy sinken. Entfernt höre ich noch ein »Annika?«.

Dann drücke ich auf die rote Taste. Ohne hinzuschauen.

Königslöwe

„Es war mir eine Ehre, Frau Anka. Vielen Dank für die Zeit, die Sie sich genommen haben, wir haben eine gute Lösung gefunden."

Ich sitze daheim in meinem Büro und schaue in das Gesicht von Fridtjof Brunner, das auf meinem Laptop erstrahlt. Gerade endet eine Videokonferenz mit dem aktuell wichtigsten Kunden von Nika Anka, der gerade in unserem Hamburger Büro zu Gast ist. Erst seit Kurzem ist er Vorstandsvorsitzender der Zürich-Bank, einer der bekanntesten Privatbanken der Schweiz. Wir haben ihm, das lässt sich so in aller Prägnanz sagen, den Arsch gerettet. Schwere Hackerangriffe hatten ihm und zahllosen Bankkunden das Leben schwer gemacht. Seit wir im Boot sind, hat sich die See beruhigt, und, ich glaube, das bleibt auch so.

»Lieber Herr Brunner, es war mir eine Freude. Grüßen Sie mir bitte Ihr schönes Heimatland, wenn Sie heute Abend zurückfliegen. Ich genieße es jedes Mal, wenn ich in der Schweiz sein darf«, das ist, zugegeben, ein bisschen geflunkert, im Moment aber durchaus nützlich.

Brunner lächelt fein. Er ist geschmeichelt, das sehe ich ihm an. Entspannt lässt er sich zurückfallen, sein Drehstuhl schwingt nach. Er schaut auf die Tischplatte vor sich, wischt lässig einen imaginären Krümel fort und hebt dann, zack!, seinen Blick. Stahlblaue Augen – mit einem Mal besteht mein kompletter Monitor nur noch aus stahlblauen Augen.

»Wenn das so ist, verehrte Frau Anka«, sagt er langsam und betont dabei jedes Wort, »wird es mir eine Freude sein, Sie ganz bald wieder bei uns begrüßen zu dürfen.«

Sein Blick wird eindringlich. Wie kann man nur so blaue Augen haben?

»Vielleicht bleibt Ihnen ja ein wenig freie Zeit bei Ihrem nächsten Besuch, ich stehe dann ausgesprochen gerne zu Ihrer Verfügung. Wissen Sie, Zürich ist eine Stadt, die viel zu bieten hat.«

Oha, das war jetzt nicht so geplant, der smarte Dr. Brunner will mit mir ausgehen. Das brauche ich eigentlich nicht, könnte aber sein, dass es sich in seinem speziellen Falle nicht vermeiden lässt.

»Die Freude wäre ganz meinerseits«, gebe ich zurück, charmant und, das ist wichtig, professionell bis in die Haarspitzen. Denn Brunner ist, wie meine Assistentin Clarissa jetzt sagen würde, ein echter Königslöwe.

Ich habe mit Männern seiner Kragenweite so meine Erfahrungen. Sie sind an Macht gewöhnt, charismatisch, blitzgescheit, eiskalt, wenn es sein muss. Sie sind in der Lage, das Klima in einem Sitzungsraum mit all seinen Insassen zu steuern. Hoch oder runter. Ihrer Ausstrahlung entzieht sich keiner, und es bedarf einer enormen Portion Fingerspitzengefühls, ihnen die Stirn zu bieten. Eine Frau zu sein, kann bei diesen Machtmenschen hilfreich sein. Denn sie sind durch und durch höflich, charmant, kultiviert, generös – das volle Programm. Sie dürfen nur eines nicht: eine Frau als ihre Beute betrachten. Dann ist alles vorbei. Distanz, glasklare Distanz lautet deshalb das Gebot der Stunde. Und ich beherrsche mein Geschäft.

Im Hintergrund tut sich etwas, Arne, der neue Geschäftsführer von Nika Anka, übernimmt die Gesprächsführung. Er sitzt mit Brunner in unserem schicken Konferenzraum, sie haben mich per Video dazu geschaltet. Ausnahmsweise. Zwar habe ich noch einen gut dotierten Beratervertrag bei meinem alten Unternehmen, aber ich möchte immer weniger zum Einsatz kommen. Meist sind es ohnehin nur repräsentative Aufgaben, bei denen ich gebraucht werde.

Nach zwei, drei Floskeln und kleinen Nettigkeiten kommt

das Meeting zum Ende, wir verabschieden uns, und die Herren verschwinden von meiner Bildfläche. Gut so.

Im nächsten Moment klingelt es. Wer ist das? Im Flur steht bereits Lux parat, er hat sich vor der Haustür aufgebaut, bellt aber nicht. Das verrät mir, dass dahinter nur ein Bekannter warten kann. Als ich öffne, laufe ich fast gegen eine Leiter. Auf ihr steht Heinrich, kritisch prüft er meinen Bewegungsmelder und ruckelt dazu an der Außenleuchte.

»Moin«, brummt er. »Ich will mir mal eben das Dingen hier angucken. Deine Lampe ist ja schon ewig kaputt.«

»Guten Morgen, da ist ja mein Lieblingselektriker«, gebe ich gut gelaunt zurück und lehne mich mit verschränkten Armen an den Türrahmen. Über den Rand seiner Lesebrille hinweg schaut Heinrich nun zu mir herab, die vielen kleinen Lachfältchen um seine Augen verstärken sich. Dann erblickt er mein Outfit und stutzt. Zugegeben, die Kombination ist gewagt: Ich trage eine meerblaue Bluse mit zarten Perlmuttknöpfen, dazu ein weißes Jackett. Meine Haare habe ich hochgesteckt, das Make-up sommerlich frisch, der Lippenstift lachsrot. Das, was Heinrichs Blick an alledem fesselt, befindet sich ein Stück weiter unten: eine karierte Pyjamahose. Ich hebe kurz an, um zu erklären, dass ich gerade eine Videokonferenz hatte, dabei ja nur bis zum Bauchnabel sichtbar bin und es deshalb völlig egal ist, was für Hosen ich trage. Dann aber lasse ich es. Er würde es doch nicht verstehen, ein Pyjama um kurz nach elf passt in Heinrichs Welt einfach nicht hinein.

»Sicherung abstellen?«, frage ich deshalb routiniert und schaue hoch zum Bewegungsmelder. Heinrich nickt kurz und ist schon wieder bei der Arbeit.

Im Flur öffne ich den Sicherungskasten, bediene einen Schalter und laufe direkt weiter, die Treppe hinauf. Keine fünf Minuten später bin ich auf dem Rückweg, diesmal in Shorts und Bretonen-Shirt. Heinrich hat derweil die komplette

Lampe zerlegt. Ihre Einzelteile verteilen sich vor der offenen Haustür, Kabel ragen aus der Wand. Ich stelle mich dazu und assistiere, reiche Kombizange, Spannungsprüfer und Akkuschrauber. Dabei fällt mir Heinrichs akkurat gebügeltes Arbeitshemd auf. Mit dem Arm muss er an einem Nagel hängen geblieben sein. Der Riss, der dabei entstand, wurde fein säuberlich genäht. Auch an seinem Hemdkragen fallen mir zwei Stellen auf, die gestopft wurden. An der Kante wurde der Stoff dünn. Hinter alldem erkenne ich Annegrets Wirken. Annegret, die alte Bäuerin, die nichts wegwirft und alles zu reparieren weiß.

»Mach mal die Sicherung rein«, Heinrich zieht die letzte Schraube fest, »die Lampe geht jetzt wieder.«

Gesagt, getan, und als ich den Lichtschalter betätige, brennt die Glühbirne.

»Guck heute Abend mal, wenn es dunkel ist, ob der Bewegungsmelder auch funktioniert«, meint er, während er seinen Werkzeugkasten einräumt. »Du musst ja Licht haben, Mädchen, wenn du nachts nach Hause kommst.«

Dieser Nachsatz rührt mich. Heinrich will mich nicht im Dunklen stehen lassen. Die Vorstellung davon ließ ihm keine Ruhe, das verstehe ich jetzt, und deshalb hat er sich heute zu mir aufgemacht.

»Hast du schon gesehen, wer angekommen ist?« Heinrich weist mit seinem Kopf zur Seite. Ich lehne mich nach vorne, linse um die Hausecke und sehe einen silbernen Kombi am anderen Ende der Lichtung stehen. Ach, meine Teilzeitnachbarn sind da. Eine nette Hamburger Familie, die das zweite Waldhaus gekauft und zu ihrem Wochenenddomizil gemacht hat.

»Udo und Antonia, das ist schön«, sage ich und wundere mich zugleich. »Aber heute ist Montag, und die Ferien sind auch schon rum. Müssen die Kinder denn nicht in die Schule?«

Heinrich zuckt mit den Schultern und ist mit einem »Mach's gut« schon unterwegs zu seinem Trecker.

»Danke dir für deine Hilfe«, rufe ich ihm hinterher und winke, »und liebe Grüße an Annegret!«

Heinrich hebt kurz die Hand und tuckert in Richtung Bachwiesen davon. Sicherlich will er noch bei seinen Kühen vorbeischauen, bevor er sich zu Annegret an den Mittagstisch setzt.

Mittagstisch ist überhaupt ein gutes Stichwort, ich rufe meinen Hund ins Haus und verschwinde in die Küche. Auf der Anrichte finde ich mein Handy, mal sehen, was Flora heute gekocht hat.

Heute gibt es Kohlrabi-Gemüse nebst Salzkartoffeln und Frikadelle oder indisches Gemüsecurry mit Joghurt-Dip. Bis gleich!

Beides lecker, denke ich, greife nach dem Autoschlüssel und mache mich mit Lux auf den Weg. Es gibt noch einige Erledigungen zu machen, ich muss dringend los.

Auf der Fahrt kommt mir Brunner noch einmal in den Sinn, es war schon auffällig, wie er sich ins Zeug gelegt hat. Ob er wirklich etwas von mir will? Der obercoole, supersmarte, megaclevere Brunner? Ich muss schmunzeln, ich kann nicht anders. Denn er ist schon ein interessanter Mann, gut aussehend, kein Zweifel. Aber Zürich ist weit weg, Brunner gewiss ein Workaholic und, ganz nebenbei, ein Geschäftskunde – also sowieso tabu. Und davon mal abgesehen: Will ich wirklich einen Mann? Möchte ich in einer Beziehung leben, so wie es sich Flora für mich wünscht?

Ich blase die Backen auf, halte kurz die Luft an und lasse sie mit einem »Pah!« entweichen. Also, ich weiß nicht. Mir geht es gut, ich führe ein großartiges Leben. Ich fühle mich alles andere als einsam und genieße nach all den Jahren der Rastlosigkeit meinen beschaulichen Rhythmus aus Waldhaus, Lux, Garten, Strand, Besuchen bei Flora, Heinrich und Annegret. Wird es mir doch einmal langweilig, fahre ich für ein paar Tage nach Hamburg oder besuche Freunde, die sich über die ganze Republik verteilen. Außerdem sorgt Nika Anka immer noch für mehr Abwechslung, als mir eigentlich lieb ist.

Vor meinem inneren Auge taucht Flora auf, sie sagt: »Aber da gibt es ja auch noch etwas anderes.«

Stimmt, denke ich. *Warum suchen sich Frauen überhaupt Männer?* Vor allem tun sie das, um eine Familie zu gründen. Ich bin vierzig, das Kinderthema ist bei mir, realistisch betrachtet, durch. Darüber hinaus wünschen sich Frauen von ihren Männern Sicherheit und sozialen Status, immer noch, das ist statistisch bewiesen. Beides habe ich selbst. Was also noch? Hm, jetzt wird es schon eng. Flora taucht in meiner Vorstellung erneut auf, sie legt ihre Hände wie einen Trichter an den Mund und ruft: »Sex!«

Stimmt, Sex. Aber mal ehrlich, wird Sex nicht wahnsinnig überschätzt? Vor allem von Männern? Ich war in meinem Leben alles andere als abstinent, aber das großartige Erweckungserlebnis ist bislang ausgeblieben. Klar, ein Flirt ist großartig, das gemeinsame Annähern, der erste Kuss und all das – umwerfend! Aber dann? Nach ein paar Monaten, nach ein paar Jahren? Was dann? Ich hätte ja gar nichts gegen einen Mann, aber will ich eine Beziehung?

Mein Waldhaus taucht vor meinem inneren Auge auf. Das Haus, das ich für mich gebaut und auf mein Leben zugeschnitten habe. Ich liebe es, ehrlich gesagt, allein in meinem Bett zu liegen. Seit ich mich daran gewöhnt habe, finde ich es nur noch wunderbar. Und für alles andere, na ja, da gibt es doch ...

Mist, jetzt bin ich doch vor lauter Gedanken an der Postagentur vorbeigefahren. Ich bremse ab und lege den Rückwärtsgang ein. Heute hat Irmi gewiss etwas für mich. Denn:

In Vorbereitung auf Floras Sommerfest war ich bei meinen beiden Lieblingslabeln shoppen. Online. Die Pakete müssten eingetroffen sein.

Als ich in ihren Laden trete, kommt mir Irmi schon entgegen. »Na, da hast du aber die Kreditkarte glühen lassen«, sagt sie und schiebt mir einen ausladenden Karton in die Arme. »Hinten ist noch einer.«

Kurz darauf habe ich die zwei Pakete auf meinem Beifahrersitz verstaut und freue mich wie eine Schneekönigin aufs Auspacken. Als ich, nach ein paar weiteren Erledigungen, beim Deli vorfahre, ist der Laden brechend voll. Ein munteres Stimmengewirr begrüßt mich beim Eintreten, ich winke einigen bekannten Gesichtern zu, wechsele ein paar Worte mit zwei Handwerkern aus dem Dorf und drücke Flora, als sie mit einem Schwung abgeräumter Teller bei mir stehen bleibt, einen Kuss auf die Stirn.

»Kohlrabi ist schon aus. Magst du von dem Gemüsecurry?«

»Das nehme ich, danke dir.« Wie angenehm, dass sich manche Entscheidungen von ganz alleine erledigen.

Ich greife nach den Tageszeitungen und suche nach einem freien Tisch am Fenster. Als ich Platz nehme, legt sich auch Lux dazu, Floras Hundekorb ist bereits von einem anderen Vierbeiner beschlagnahmt. Während ich auf mein Essen warte, fällt mir ein Zeitungsartikel auf. Er berichtet davon, dass Altersarmut meist weiblich ist, die Gründe dafür vielfältig, hauptsächlich verantwortlich aber die aus familiären Gründen unterbrochenen Erwerbsbiografien und die vielen Zugeständnisse seien, die Frauen immer noch freiwillig gegenüber ihren Männern machten.

Ob ich Flora darauf ansprechen soll? Ich weiß es nicht. Als sie mir voller Tatendrang meinen Teller hinstellt, schiebe ich den Artikel jedenfalls zur Seite. Erst mal. Jetzt hätte sie ohnehin keinen Nerv dafür.

Wie immer genieße ich die Küche meiner Freundin. Das Curry ist fantastisch gewürzt, ich schmecke Chili, Kreuzkümmel und Koriandersamen heraus. In der sämigen Soße vermute ich Kokosmilch, ein paar geröstete Cashewnüsse verteilen sich darin und sorgen zusammen mit dem frischen Gemüse für Biss. Dazu Basmatireis und der frische Joghurt-Dip – köstlich.

Ich habe gerade aufgegessen, da höre ich Flora irgendwo hinter mir »Setz dich doch zu Annika« sagen. Neugierig drehe ich mich um und sehe meinen Teilzeitnachbarn Udo, der auf mich zukommt.

»Hey, Udo, ihr seid wieder im Lande!«, begrüße ich ihn. »Bist du allein? Komm, setz dich, hier ist noch ein Platz frei.«

Udo rückt den Stuhl zurück und lässt sich mit einem Stöhnen darauf fallen. Irgendwas stimmt mit ihm nicht, das fällt mir direkt auf. Sein Gesicht wirkt grau, richtig alt. Entweder hat er die letzte Nacht durchgezecht, oder es ist etwas passiert.

»Schön, dich zu sehen, Annika.« Udo mustert mich. »Das Landleben bekommt dir. Braun gebrannt bist du, gesund und munter, so soll es sein.«

Ich grinse fröhlich und nippe an meiner Rhabarberschorle, die ich zum Essen bestellt habe.

»Und du? Wie geht es dir?«, frage ich vorsichtig.

»Ach«, winkt er ab, »lass uns von was anderem reden.«

Passend dazu kreuzt Flora auf, sie stellt eine Portion Curry vor Udo ab und dazu ein Wasser. Während er sein Mittagessen verschlingt, er muss richtig Hunger haben, bekommt er langsam Farbe ins Gesicht. Es geht einfach nichts über ein gutes Essen. Ruckzuck ist sein Teller leer, und Flora bietet Nachschlag an, ein Angebot, das Udo liebend gerne annimmt.

Als wir beide schließlich vor unserem Espresso sitzen, starte ich einen zweiten Versuch.

»Udo, was ist los mit dir? Sorry, aber du siehst echt schlecht aus.«

Er verzieht kurz den Mund, und mir scheint, dass seine Augen wässrig werden. Oje, da ist ja richtig was im Busch.

»Toni und ich haben uns getrennt.«

Jetzt ist es raus, und nun bin ich die, deren Gesichtsfarbe ins Ungesunde wechselt. Antonia und Udo haben sich getrennt? Wenn es überhaupt ein Paar auf dieser Welt gab, das für mich safe war, dann dieses. Sie schienen beide wie füreinander gemacht zu sein, dazu zwei tolle Kinder, ein semmelblonder Junge im Grundschulalter und ein unfassbar niedliches Mädchen. Wie alt mochte die Kleine sein, zwei Jahre vielleicht? Mein Herz verkrampft sich, die armen Kinder. Das darf doch nicht wahr sein.

»Das ... das tut mir leid«, stammele ich, »Mensch, Udo, wie konnte das passieren? Ihr wart so ein fantastisches Paar.«

Zusammengesunken sitzt er vor mir, rührt und rührt in seinem Espresso.

»Ach, Annika, wie so etwas halt geht«, hebt er an und stöhnt. »Als die Kleine geboren wurde, wurde alles ... schwierig. Im ersten Jahr hat sie nur geschrien, wir haben keine Nacht durchgeschlafen. Ständig haben wir gestritten, Toni kam ja nur noch auf dem Zahnfleisch dahergekrochen, und bei mir in der Firma ging die Post ab.«

Ich höre schweigend zu und warte darauf, dass Udo weitererzählt. Das tut er aber nicht. Als nach einer weiteren Minute immer noch nichts kommt, frage ich nach:

»Und dann? Ein Schreikind allein ist ja noch kein Trennungsgrund.«

Udo zuckt mit den Schultern. Hat er die Sprache verloren? Als er erneut beginnt, in seiner Tasse herumzurühren, schwant mir etwas. Und umso mehr Udo den Löffel kreisen lässt, umso mehr überkommt mich eine Ahnung. Der wird doch wohl nicht ...

»Wer war's? Du oder sie?«, frage ich. Udo hebt erstaunt den Blick.

»Wer ist fremdgegangen?«, schiebe ich hinterher. »Du oder Antonia?«

Als er seinen Kopf einzieht wie ein Hund, der Prügel erwartet, weiß ich Bescheid.

»Mensch, Udo«, stöhne ich auf und schließe die Augen. Wie blöd kann man eigentlich sein? Ich spare mir jeden Kommentar, erst recht eine Predigt. Nach einer Verschnaufpause frage ich nur: »Und jetzt?«

»Jetzt müssen wir weitersehen.«

»Bist du mit der Neuen zusammen?«

Udo nickt. Und ich denke an Titus, den Arsch. Dabei spüre ich, wie Ärger in mir aufkeimt. Bevor er richtig Raum greifen kann, wird mein Gegenüber jedoch gesprächig.

»Finanziell ist es gerade schwierig bei uns. Toni ist mit den Kindern in unserer alten Wohnung geblieben, ich habe mir ein Apartment genommen. Jetzt muss ich erst mal sehen, wie ich alles auf die Reihe bekomme.«

Ich stutze. Was wird das denn jetzt?

»Deshalb bin ich auch nach Arnis gekommen«, erzählt er weiter. »Ich muss eine Lösung für unser Ferienhaus finden, das können wir uns im Moment nicht leisten.«

Na, das sind ja schöne Nachrichten. Und ich dachte, Udo wäre ein gemachter Mann, zumindest hat er sich immer als ein solcher dargestellt.

»Heute Vormittag hatte ich einen Termin im örtlichen Touristenbüro. Die wollen das Haus mit in ihre Vermietung aufnehmen. Mann, was waren die begeistert, als sie die Fotos gesehen haben.«

Das kann ich mir denken, nach so einem Objekt leckt sich doch jeder die Finger. Ich bin für einen Moment überfordert, mit diesen News hatte ich wirklich nicht gerechnet.

»Die Touristiker haben direkt eine Beispielrechnung aufgemacht, was bei der Vermietung monatlich so rumkommen könnte. Wenn die Zahlen stimmen, dann verdiene ich sogar noch an der Nummer«, plappert Udo weiter und blickt auf seine Uhr. »Oha, schon so spät, ich muss los. Wir haben noch eine Besichtigung vor Ort. Sorry, Annika, wir sehen uns sicher noch.«

Hektisch steht er auf, Küsschen links, Küsschen rechts – weg ist er. Udo kann gar nicht schnell genug zu seinem Termin kommen. Im Rausgehen drückt er Flora einen Schein in die Hand, sie bleibt verdutzt stehen und schaut dem Davoneilenden nach.

»Aber das ist doch viel zu viel«, meint sie, als sie drei Sekunden später vor meinem Tisch steht und einen 50-Euro-Schein auseinanderzieht. »Hat Udo dich eingeladen? Aber selbst dann hat er immer noch zu viel bezahlt.«

»Steck es ein«, winke ich müde ab. »Trinkgeld. Du hast es dir verdient.«

Flora setzt sich blitzschnell auf den Stuhl, auf dem eben noch Udo saß, ihr Rückgrat ist kerzengerade aufgerichtet. »Was ist passiert?«

Ich verdrehe kurz die Augen und setze meine Freundin ins Bild. Sie sagt erst »Mist«, dann »das Schwein« – und trifft den Nagel auf den Kopf.

»Langsam bekomme ich Angst. In unserem Bekanntenkreis trennt sich gerade ein Paar nach dem anderen«, stöhnt sie. »Das ist schrecklich.«

Ich nicke zustimmend und ziehe den Artikel über Altersarmut aus dem Zeitungsstapel. Fein säuberlich gefaltet lege ich ihn obenauf. Wenn Flora später abräumt, wird sie ihn finden.

Ich für meinen Teil habe für heute genug von Krisenszenarien. Mit einem Mal sehne ich mich nach Luft und Meer. Ich will raus.

»Du, ich mach mich auch auf.« Ich ziehe meinen Geldbeutel aus der Tasche.

»Lass stecken, Udo hat dich eingeladen.«

Ich lächele kurz, sage: »Danke, Udo«, und stehe auf. Flora begleitet mich noch zum Ausgang. Als sie durch die Glastür den Rover erblickt, der auf der anderen Straßenseite parkt, fragt sie:

»Was hast du denn vor?« Durch die Autoscheiben hat sie die beiden großen Pakete erblickt, die ich vorhin bei Irmi eingesackt habe.

»Eine ganz private Modenschau«, grinse ich sie an, denn mir kommt just eine Idee. »Hast du heute Abend schon was vor?«

Flora zuckt mit den Schultern. »Wieso?«

»Ich habe mir ein paar Outfits für dein Sommerfest bestellt. Willst du nicht später vorbeischauen und mir bei der Auswahl helfen?«

»Au ja«, meint sie begeistert, und das ist auch gut so. Von so einem Deppen wie Udo wollen wir uns unseren Spaß doch nicht verderben lassen.

»Sobald ich hier fertig bin, komme ich zu dir, Verzeihung, zu euch, natürlich.«

Lux, der den Aufbruch wittert, hat sich schnell noch an Flora gedrückt und entlockt ihr ein paar Streicheleinheiten. Ich freue mich jetzt schon auf den Abend, umarme kurz meine Freundin und mache mich auf zum Strand, zum Meer, zum Wettschwimmen mit Lux.

Als ich Stunden später in unseren Buchenwald einbiege, fällt mir die geöffnete Schranke auf, aufrecht wie ein Fahnenmast ragt der rot-weiß gestrichene Schlagbaum in die Höhe. Den muss Udo offen gelassen haben. Ohne anzuhalten, fahre ich weiter, die Schranke muss für Flora oben bleiben. Als ich an Udos Haus vorbeirolle, fällt mir ein fremdes Auto auf. »Arnis – Ferien unter Ostseefreunden« steht darauf in blauen, betont schwungvollen Lettern geschrieben, die an Meereswellen erinnern. Ich runzle die Stirn und drücke aufs Gas, bloß weg hier.

Daheim angekommen, laufe ich schnurstracks in den Keller. Ich ziehe eine Flasche Crémant aus dem Weinregal und deponiere sie im Eisfach. Dann verdrücke ich mich in mein Badezimmer, spüle das Salz von meiner Haut und das Meerwasser aus meinen Haaren. Gerade als ich, frisch eingecremt, die Treppe herunterkomme, klingelt es. Flora ist deutlich früher fertig geworden als gedacht.

Als ich die Tür öffne, schießt Lux bellend an mir vorbei. Denn nicht meine Freundin, sondern ein junger Mann mit grellgrüner Baseballkappe wartet vor der Tür.

»Guten Tag, die soll ich bei Ihnen abgeben«, sagt er und drückt mir einen riesengroßen Blumenstrauß in die Arme, eingewickelt in violettes Seidenpapier. Dabei schaut er ängstlich nach Lux, der ihn umrundet. Ich rufe meinen Hund zur Ordnung und entschuldige mich:

»Ich hatte eine Freundin erwartet, sorry, mein Hund ist ganz lieb. Sind Sie sich sicher, dass die Blumen für mich sind?«

Der junge Mann schaut in seinen Unterlagen nach und liest meine Adresse vor. Dann wird es wohl stimmen. Mit gerunzelter Stirn schließe ich die Haustür und trage den Strauß in die Küche. Richtig schwer ist er. Als ich ihn auf der Anrichte ablege, fällt mir eine Karte entgegen. Neugierig klappe ich sie auf. Sie enthält nur drei Wörter:

Verzeih mir. Titus

Ich spüre, wie mir das Blut ins Gesicht schießt. Titus, schon wieder. Nervös öffne ich das Seidenpapier und packe die Blumen aus. Es sind weiße Rosen, langstielig, ein ganzer Arm voll. *Zum Glück keine roten,* denke ich und muss mich für einen Moment setzen.

Himmel! Woher hat Titus meine Adresse? Noch einmal schießt mir das Blut ins Gesicht. Ich will nicht, dass er weiß, wo ich jetzt lebe. Ich will nicht, dass er eines Tages hier vor meiner Tür steht. Ich will das einfach alles nicht. Das Waldhaus ist mein Rückzugsort, die Lichtung meine Oase, ich habe mir hier ein neues Leben aufgebaut, und das soll, bitte, bitte, auch so bleiben. Der offene Schlagbaum von soeben taucht vor meinem inneren Auge auf. Für einen Moment packt mich die Verzweiflung, das Gefühl von »Alle Schotten offen«, Panik wie bei einer Ertrinkenden.

Dann ermahne ich mich, was jetzt hilft, ist ein kühler Kopf, sonst gar nichts. In Gedanken gehe ich all die Personen durch, die meine neue Adresse besitzen und Titus kennen. Ich grüble hin und her, aber mir fällt niemand ein, der infrage käme. All meine Freunde haben doch mitbekommen, wie brutal er mich damals verlassen hat, sie würden mir nie in den Rücken fallen.

Ein ratloses Stöhnen entweicht mir. Gut, an diesem Punkt komme ich jetzt nicht weiter, also erst mal etwas anderes machen. Ich stehe auf und schaue mir die Rosen noch einmal an. Wunderschön sind sie, nein, prächtig ist das richtige Wort. Prächtig. Und sie brauchen Wasser. Ich greife nach einem scharfen Küchenmesser und schneide ihre Stängel frisch an. Dabei überlege ich, ob ich überhaupt eine Vase besitze, in die so ein großer Strauß hineinpasst. Ich suche eine Weile herum, dann erinnere ich mich an einen versilberten Champagner-Kühler, den ich noch im Abstellraum habe. Als ich ihn mit Wasser befüllt und die Blumen in ihm drapiert habe, bestaune ich mein Werk. Umwerfend! Geradezu dekadent! Ein echter Titus, das muss ich ihm lassen.

Ich positioniere die Rosen auf meiner Kochinsel und laufe einmal um sie herum. Nein, hier stört mich der Strauß, beschließe ich, er ist mir einfach zu mächtig. Also trage ich den Kübel in den Flur und stelle ihn auf meine alte Biedermeier-Kommode. Ja, hier passt er. Und hier ist er auch nicht zu präsent.

Dabei fällt mir siedend heiß der Crémant ein, der noch immer im Eisfach liegt, ich muss ihn rausnehmen, bevor die Flasche platzt. Und plötzlich, als ich die kalte Flasche auf meiner Anrichte abstelle, habe ich einen Geistesblitz. Clarissa! Clarissa, meine Assistentin, hat meine neue Adresse verraten. Titus und sie kennen sich seit Ewigkeiten. Und: Sie hat sich schon immer von ihm um den Finger wickeln lassen. Ich schaue auf die Uhr, greife nach meinem Handy und rufe bei Nika Anka an, Clarissa müsste eigentlich noch im Büro sein. Und ich habe recht.

»Hast du Titus meine Adresse gegeben?«, frage ich ohne jede Begrüßung.

Am anderen Ende wird Luft durch die Zähne gezogen.

»Also, das kann man so nicht sagen ...«

»Clarissa!«

»Er ist hier aufgetaucht, im Büro, stand plötzlich vor meinem Schreibtisch!« Sie beginnt, sich zu rechtfertigen. »Er hat einfach nicht lockergelassen.«

Ich spüre, wie ich weich werde. Clarissa plagt ein schlechtes Gewissen, das höre ich, und Titus kann penetrant sein, das weiß ich.

»Aber Clarissa, das geht so nicht, meine neue Adresse ist absolut save. Das war so abgesprochen!«

»Das weiß ich doch, Nika, deshalb habe *ich* dir ja auch die Blumen geschickt.«

»Das verstehe ich jetzt nicht.«

»Na ja, Titus hat mir gesagt, was für Blumen er will, was für ein Text auf die Karte soll und was er sich die Sache kosten lassen möchte. Den Floristen habe dann ich beauftragt. Titus weiß nicht, wo du wohnst, ich habe deine Adresse *nicht* herausgerückt.«

Ein ganzes Gebirge fällt von meinem Herzen. Ich muss erst mal durchatmen.

»Gut gemacht«, sage ich. Und noch einmal: »Clarissa, das hast du gut gemacht. Danke dir.«

»Ehrensache!« Ein bisschen Stolz liegt in ihrer Stimme.
»Wir verraten dich doch nicht«, schiebt sie verschwörerisch hinterher.

Kurz schießen mir Tränen in die Augen. Die ganze Angelegenheit nimmt mich richtig mit. Ich beende das Gespräch, und mein Blick fällt auf den Crémant. Der kommt mir gerade recht, ich kann jetzt einen Drink gebrauchen.

Eine Minute später sitze ich auf meinem Küchensofa und nehme einen großen Schluck. Dann noch einen. Das tut gut. Lux hat sich zu mir gelegt, er streckt seinen schmalen Kopf nach oben, seine weichen Schlappohren fallen nach hinten. Wenn er so schaut, hat er immer etwas von einem Häschen. Genussvoll streiche ich an seinem Kopf entlang, hinunter bis zur Schulter, immer wieder. Lux grunzt leise.

Als es eine Viertelstunde später klingelt, bin ich wiederhergestellt. Schwungvoll öffne ich die Tür, und Floras Blick fällt – unmittelbar – auf die Rosen.

»Von wem sind die? Die sind ja der Wahnsinn!«

»Ach, komm erst mal rein«, winke ich ab und gehe voran in die Küche. Dort öffne ich eine Schranktür und nehme ein zweites Sektglas heraus.

»Oh, du hast schon angefangen.« Flora zeigt auf die angebrochene Flasche.

»Jep«, sage ich und befülle beide Gläser.

»So, und jetzt raus mit der Sprache.« Sie kann ihre Neugier kaum im Zaum halten. Ich proste ihr zu und beginne zu erzählen: von den Rosen, von Titus, von seiner Rückkehr nach Hamburg. Als ich fertig bin, reiche ich ihr Titus' Karte. Flora klappt sie auf, schürzt die Lippen und starrt auf den Text. Als sie damit nicht aufhört, sage ich:

»Na, so viel zu lesen gibt es da ja nicht.«

Sie übergeht meinen Kommentar.

»Was jetzt?«, fragt sie stattdessen und trifft mal wieder den Nagel auf den Kopf. Ja, was jetzt?

»Ach, Flora!«, rufe ich und lasse mich rücklings auf mein Küchensofa fallen.

»Liebst du ihn noch?«

Ich zucke mit den Schultern, und in meinem Kopf ist nur Watte. Liebe ich Titus noch? Ich fühle mich komplett verwirrt.

»Das ist mir alles zu kompliziert«, wehre ich ab. »Titus, Udo, Bastian. Hier überschlägt sich gerade ein Typ nach dem anderen. Was ist denn eigentlich mit denen los?«

Bei »Bastian« zuckt Flora kurz zusammen, und mir tut meine barsche Reaktion direkt leid. Ich atme einmal durch und frage sanft:

»Wie sieht es denn bei euch aus? Habt ihr am Sonntag miteinander reden können?«

Sie schaut zur Zimmerdecke, und ich ahne, dass sie mit den Tränen kämpft.

»Das war nicht einfach«, antwortet sie zögerlich. »Bastian blockiert beim Thema Finanzen total.«

»Ist ja auch eine coole Taktik: Einfach den Geldhahn zudrehen, und das Frauchen bleibt hübsch daheim.«

»Annika ...«

»Sorry! Ich bin ja schon wieder still. Wie ist denn der aktuelle Stand? Hast du das Geld bekommen, das du für dein Sommerfest brauchst?«

»Bastian hat mir heute Mittag die 3.000 Euro vorbeigebracht, plötzlich stand er im Deli und hat mir einen Umschlag in die Hand gedrückt. Ich bin also erst mal aus der Klemme.«

»Das klingt gut.«

»Alles andere braucht Zeit. Bastian weiß, dass ich eine Kontovollmacht für unser Sparbuch will und auch die Teilhabe am Haus.«

»Die Karten liegen also auf dem Tisch.«

»Ja, und ich bin dankbar, dass du mir die Augen geöffnet

hast. Ich habe mich jahrelang weggeduckt, das stimmt schon. Jetzt müssen wir als Paar sehen, wie wir mit der Situation umgehen. Wir kommen da nur gemeinsam weiter, so viel steht jedenfalls fest.« Flora fährt sich mit beiden Händen durch die Haare. »Ach, am Thema Geld hängt so viel. Bastian glaubt, ich würde ihm nicht mehr vertrauen – was natürlich Quatsch ist. Er ist total verletzt und schläft jetzt im Gästezimmer. Alles ist verworren, kompliziert und total emotional. Ich hätte es gar nicht so weit kommen lassen dürfen.«

Sie hat gerade echt zu kämpfen, das sehe ich ihr an, aber sie macht ihre Sache gut.

Zeit für einen Themenwechsel.

»Schenk mir noch mal nach«, bitte ich sie. Flora füllt mein Glas auf und nimmt sich selbst eine Mineralwasserflasche aus dem Kühlschrank.

»Ich muss ja noch fahren.«

»Komm«, ich stehe auf, »wir nehmen die Getränke mit nach oben. Ich wollte dir doch noch die neuen Klamotten zeigen.«

»Genau!«

Wir wechseln die Etage und machen es uns in meinem Schlafzimmer gemütlich. Meine Freundin setzt sich mittig auf mein Bett, ich stelle den ersten Karton dazu, öffne ihn und ziehe ein rückenfreies Abendkleid heraus. Es schimmert in sanften Grün- und Rosétönen, die in Wellen ineinander übergehen.

»Oh, là, là«, meint Flora – und ich bin im Nu umgezogen.

»Das Kleid ist ein Traum«, befinde ich, während ich mich vor dem Spiegel drehe. »Aber ist es auch was für dein Sommerfest? Bei diesem Schnitt kann ich nur dekorativ an der Bar lehnen, der ist echt gewagt.«

»Sehe ich genauso, tanzen musst du aber! Also, weg mit dem Fummel.«

»Kein Problem, hier ist ja noch mehr.« Gut gelaunt greife

ich nach dem nächsten Stück: ein eng anliegendes Kleid aus weißer Lochspitze. Ein Klassiker, knielang, kurze Ärmel, Rundhalsausschnitt, dazu ein schmaler Gürtel, der die Taille betont.

»Das Teil wäre auch etwas für Audrey Hepburn.« Flora schürzt die Lippen. Ich ziehe mich um und bin baff. Angezogen wirkt das Kleid auf gekonnte Art und Weise sexy: Das durchscheinende Unterkleid erinnert an ein Negligé, es besitzt hauchdünne Spaghettiträger und endet eine gute Handbreit oberhalb des Saums. Die zarte Lochspitze lässt reichlich nackte Haut durchblitzen, ohne im Mindesten aufdringlich zu wirken.

»Das ist sehr, sehr hübsch«, Flora schaut mich verträumt an, »gerade jetzt, wo du so braun bist, steht es dir fantastisch.«

Ich bin ganz ihrer Meinung und, das muss ich zugeben, gefesselt von meinem eigenen Spiegelbild.

»Das Problem ist nur«, meint sie dann, »bei dieser Rocklänge musst du High Heels tragen, und das hältst du eine ganze Nacht lang nicht durch.«

Mist, das stimmt, denke ich, zumal ich ja nicht nur Gast sein werde, sondern beim Sommerfest auch mithelfen will. Probehalber stelle ich mich auf meine Fußspitzen. *Sieht besser aus,* denke ich.

»Sieht besser aus«, sagt Flora – und ich muss lächeln.

»Na gut, dann geht das eben auch wieder zurück«, ich gebe mich geschlagen und öffne das zweite Paket. In ihm finden wir ein süßes Neckholder-Kleid, dessen durchsichtiger Stoff uns aber abschreckt, ein Etuikleid, das wir zu langweilig finden, und zuletzt einen Jumpsuit. Er ist aus gewaschener Seide, die kühl und schwer in der Hand liegt. Ein Genuss. Allein wegen dieses Gefühls müsste ich ihn behalten. Angezogen trifft er die exakte Schnittstelle zwischen Eleganz und Lässigkeit. Das weit, aber nicht zu weit ausgeschnittene Oberteil fällt weich bis auf die Hüfte, seine Wickeloptik wirkt wunderbar weiblich. Die Palazzo-Hose darunter macht irre lange Beine und ist einfach nur schick.

Zufrieden schiebe ich meine Hände in die seitlichen Hosentaschen, auch die mag ich, und blicke erwartungsvoll zu meiner Freundin.

»Todschick«, nickt sie anerkennend, »und die nachtblaue Seide passt super zu deinem blonden Haar. Lass es beim Sommerfest doch mal wieder auf! Ewig trägst du diesen Pferdeschwanz.«

Das stimmt, rasch ziehe ich mir den Gummi aus dem Haar und lockere es mit beiden Händen auf.

»Genau so!« Flora ist sichtlich zufrieden. »Genau so so will ich dich beim Sommerfest sehen.«

»Ach, und weißt du was«, fällt mir ein, »ich habe doch noch diese bestickten Pantoletten, die müssten ganz genau zu dem Jumpsuit passen.«

Ich reiße zwei Türen meiner Schrankwand auf, greife zielsicher ein Paar dunkelblauer Schuhe heraus und schlüpfe hinein.

»Und?« Ich strecke beide Hände strahlenförmig zur Seite.

Als ich »perfekt« höre, bin auch ich zufrieden und lasse mich neben Flora aufs Bett sinken.

Zwischen uns liegt das weiße Kleid, das mir zu Beginn so gut gefallen hat. Ich nehme es in die Hand und streiche zärtlich über die Lochspitze. Mit der Vorstellung, es zurück in den Karton zu legen, kann ich mich einfach nicht anfreunden.

»Das hier behalte ich auch«, sage ich nachdenklich und halte das schöne Stück vor mir hoch. »Was für ein zauberhaftes Kleid. Und es ist zeitlos, so etwas kann man immer gebrauchen.«

»Oh ja, Schatz, ein weißes Spitzenkleid solltest du wirklich im Schrank haben«, Flora grinst mich schelmisch an, »quasi in der Hinterhand. Immerhin hast du jetzt die Wahl: Titus oder Fred? Eine Trauzeugin …«

Bevor sie zu Ende sprechen kann, schlage ich ihr mit der flachen Hand gegen die Schulter. Das ist ja mal wieder typisch! Als wäre sie mit schwerer Wucht getroffen worden, lässt sie sich mit einem gespielten Stöhnen auf die Matratze zurückfallen. Und bleibt dort glucksend liegen.

Herrgottsfrühe

Das Meer tost. Immer höher schlagen die Wellen und reißen meine Füße vom glatten Bootsboden. Mit aller Kraft klammere ich mich an den Mast, kämpfe gegen die Wucht des Wassers.

»Nein«, schreie ich dem Sturm entgegen, »nein, du vertreibst mich nicht. Niemals!«

Die nächste Welle geht auf mich nieder, ich ringe nach Luft. Als das Wasser endlich abebbt, kommt die Kälte. Sie kriecht mir in die Beine, lässt sie steif und kraftlos werden. Sie erreicht meine Arme, meine Finger. Mein Griff lockert sich. Als ich die nächste Welle kommen höre, sammele ich die letzten Kraftreserven, die in mir stecken. Ich klammere mich fester an den Mast. Dabei fällt mir auf, dass er seltsam aussieht, rot-weiß gestrichen wie eine Schranke. Wer macht denn so etwas? Ich finde keine Antwort darauf, denn schon ist sie da, die nächste ...

Das geht so nicht weiter. Als ich aufwache und mich in meinem Bett wiederfinde, ist das der erste Gedanke: *Das geht so nicht weiter.* Diese Träume. So intensiv, so verrückt. Da stimmt doch was nicht.

Ich rolle mich auf die Seite, und jetzt erst dringen die vielen Vogelstimmen, die vor meinem Fenster ertönen, zu mir durch. Das morgendliche Konzert, wie schön. Ich spüre, wie mein Körper sich entspannt. Mein Ohr folgt dem Gesang nach draußen, hängt sich hier und da an eine Melodie. Was ich höre, ist Lebensfreude pur.

»Ich muss Udos Haus kaufen.« Ein Geistesblitz durchfährt meinen Kopf, meinen ganzen Körper. Laut spreche ich ihn aus und setze mich mit einem Ruck auf. Genau. Warum bin ich nicht früher darauf gekommen? Ich werde das Nachbarhaus einfach kaufen, dann kann mir das Touristenbüro mit all seinen Feriengästen gestohlen bleiben!

Ich springe aus den Federn und laufe ins Bad. Dabei fällt mir auf, dass es noch ganz früh am Morgen ist. Erst wenig Licht dringt durch die Vorhänge. Ach, egal, jetzt bin ich schon einmal auf den Beinen und weiß, was ich zu tun habe: Ich werde Udo ein Angebot für sein Haus machen, ein unwiderstehliches. So wie er sich gestern anhörte, ist er wegen der Trennung knapp bei Kasse, da kommt so ein Finanzschub doch gerade recht. Und ich, ich kann dann schauen, was ich mit dem Gebäude anfange. Ob ich es fest vermiete oder nur temporär an Feriengäste? Das wird sich zeigen. Auf jeden Fall habe ich es als Eigentümerin in der Hand und kann entscheiden, was hier auf meiner Lichtung geschieht. Und als Kapitalanlage macht eine Immobilie sowieso Sinn, bei der Lage!

Als ich aus dem Bad zurückkehre, bin ich voller Tatendrang. Und ich bekomme Lust, eine Runde laufen zu gehen. Noch ist es kühl genug. Mit zwei Handgriffen ziehe ich meine Sportkleidung aus dem Schrank und streife sie über. Drei Minuten später sitze ich schon auf der Bank vorm Haus und schnüre meine Laufschuhe. Lux ist von unserem frühen Start restlos begeistert, er tanzt sich bereits im Kies der Einfahrt warm.

Ich springe auf, laufe los, und die noch frische Morgenluft umfängt mich, streicht über meine nackten Arme. Ein wohliger Schauer geht durch meinen Körper. Das muss ich öfters machen, frühmorgens laufen gehen, wie schön es jetzt hier draußen ist. Kleine Tautropfen schmücken die Wildblumen, die am Weg stehen. Wie winzige Kristallkugeln glitzern sie an den Halmen und Blättern. Am Waldrand grast ein Dammhirsch, in aller Seelenruhe. Sein weiß geflecktes Fell blitzt zwischen dem hohen Gras hervor. Mir kommt es so vor, als würde die ganze Welt gerade erst erwachen.

Lux und ich haben den Weg zu Udos Haus eingeschlagen.

Vielleicht ist er ja ein Frühaufsteher, wer weiß. Als ich vor seinem Gartentor stehe, sind die Vorhänge in der oberen Etage aber noch fest verschlossen. Das sieht ganz so aus, als würde da noch jemand tief schlafen. Na gut, dann komme ich eben später wieder.

Lux dreht vor lauter Lebensfreude eine Pirouette und läuft schnurstracks zum Wald. Als auch ich die Lichtung hinter mir lasse, fällt mir Christin ein. Sie ist eine wirklich gute Läuferin, wie sie beim Kühe einfangen bewiesen hat. Vielleicht sollte ich sie mal fragen, ob wir nicht hin und wieder eine gemeinsame Runde drehen. Ein gutes Zugpferd kann ich beim Laufen immer gebrauchen – und unsere Hunde hätten auch ihren Spaß.

Angefüllt mit lauter guten, lebensfrohen Ideen erreiche ich das Bachtal, in dem der Bauernhof von Annegret und Heinrich liegt. Als ich auf ihr Gehöft zulaufe, schlagen die Gänse an. Sie sind wachsamer als jeder Hofhund. Alarmiert von dem lautstarken Geschnatter, biegt kurz darauf Annegret um die Hausecke, sie winkt, als sie uns erkennt, und Lux gibt Vollgas.

»Moin, ihr beiden!«, ruft sie uns entgegen. »So früh schon auf den Beinen?«

»Jawoll«, antworte ich kernig wie ein Marinesoldat.

Mein Hund ist bereits bei ihr angekommen und beginnt ein umfangreiches Begrüßungsritual. Als ich zu ihm aufschließe, ebbt es gerade ab.

»Annika, du kommst ja wie gerufen«, begrüßt sie mich, »ich hatte gerade einen Einfall.«

Ich muss schmunzeln, das scheint der Morgen der Ideen zu sein.

»Magst du mit deiner Freundin nicht heute zum Grillen kommen? Das Wetter ist so schön. Wir wollten uns noch für eure Hilfe beim Kühe einfangen bedanken.«

»Och jo, warum nicht?«, überlege ich. »Ich muss nur mal sehen, wie ich Christin erreiche.«

»Hast du ihre Nummer denn nicht? Ich dachte, ihr wärt befreundet.«

»Ich habe Christin und ihren Freund David erst letzte Woche kennengelernt, bei Flora. Sie sind ganz frisch nach Arnis gezogen«, erkläre ich ihr.

»Ach, so ist das.« Annegret wiegt den Kopf. »Was machen wir denn dann?«

»Ich weiß schon was«, antworte ich schnell, denn ein Abendessen von Annegret darf ich mir keinesfalls entgehen lassen. »Christin hat mir erzählt, dass sie das alte Küsterhaus gekauft hat. Ich muss ohnehin gleich ins Dorf, ich fahre einfach dort vorbei. Sag mal, soll ich dann nicht direkt beide einladen, Christin *und* ihren Freund David?«

»Mädchen, das ist eine gute Idee!«

Ich starte durch und mache mich mit Lux an die nächsten Kilometer. Sie führen uns durch den Wald; Buchen und Pappeln wechseln einander ab. Zwei Eichelhäher, Annegret nennt sie die »Waldpolizei«, fliegen auf und setzen empörte Warnrufe ab. Die Morgensonne blitzt durch die Baumkronen, tanzt auf dem dunklen Waldboden. Ein kleiner Pfad bringt uns hinunter zur Schlei, direkt an unsere Sandbucht. Ich vermindere mein Tempo und laufe nun langsam über den Bootssteg. Silbrig schimmert das Wasser in seinem Bett, unendlich klar und schön liegt der Tag vor uns. Ich strecke meinen Körper, dehne meine Beinmuskeln und schlage dann den Heimweg ein. Als wir kurz darauf unsere Lichtung erreichen, fallen mir zwei Dinge auf. Erstens: Udos Auto ist weg. Mist, den habe ich verpasst. Zweitens: Ein Typ mit grellgrüner Baseballkappe steht vor meiner Haustür. Den kenne ich doch! Ich gebe Fersengeld und bin, gerade als er zurück in sein Auto steigen will, bei ihm.

»Ach, hallo«, ruft er mir entgegen, »zu Ihnen möchte ich!«

»Das denke ich mir«, gebe ich etwas atemlos zurück und betrachte das Bündel, das er im Arm hält. Es ist in violettes Seidenpapier eingeschlagen.

»Schon wieder Blumen?«, frage ich ihn argwöhnisch.

Mein Ton verunsichert den jungen Mann sichtlich, zögernd sagt er: »Ja«, und drückt mir schnell den Strauß in die Hand. *Die meisten Menschen werden sich wohl über seinen Besuch freuen,* überlege ich und verabschiede mich betont freundlich. Der Arme, er kann ja nichts dafür, dass Titus nervt.

Im Flur streife ich mir die Laufschuhe im Gehen von den Füßen und trage die Blumen, vorbei an den weißen Rosen, in meine Küche. Dort lasse ich sie unbeachtet liegen und greife nach meinem Handy. Ich muss Clarissa anrufen, das geht so nicht. Titus macht sich ungefragt in meinem Leben breit, ich will das nicht. Als ich das Telefon entsperre, sehe ich mehrere Nachrichten, die eingegangen sind. Auch zwei von Clarissa sind dabei. Ich öffne die erste:

Liebe Nika, bitte nicht aufregen, ich hatte strikte Anweisung vom Chef. Dafür habe ich auch den schönsten Strauß ausgewählt, den ich finden konnte.

Wie? Bemüht Titus jetzt schon die Chefetage, um an mich heranzukommen? Der wird ja immer dreister. Ärgerlich öffne ich Clarissas zweite Nachricht:

Ich glaube, der Brunner will was von dir. Cooler Typ!

Mit gerunzelter Stirn lasse ich die Hand sinken. Das verstehe ich jetzt nicht. Was hat Titus mit Brunner zu schaffen?

Ratlos greife ich nach den Blumen und öffne das Seidenpapier. Ein äußerst stilvolles Gebinde kommt zum Vorschein: Anemonen, Schneeball, Kugel-Lauch zähle ich bewundernd auf, auch die Blütenrispen der Samt-Hortensien, meiner Lieblingssträucher, sind dabei. Eine feine Komposition in Pastell. Für so einen Strauß habe ich sogar das passende Gefäß. Mit sicherem Griff ziehe ich eine Bone-China-Vase aus dem Regal und stelle ihn probehalber hinein. Er passt genau. Und auf meiner Kochinsel macht er sich auch großartig. Während ich mich an dem schönen Bild erfreue, fällt mir eine Karte auf, die unter dem Seidenpapier hervorlugt. Neugierig greife ich danach und klappe sie auf:

Sehr verehrte Frau Anka,
die Zusammenarbeit mit Ihnen ist mir ein großes Geschenk. Vielleicht darf ich mich bei Ihrem nächsten Zürich-Besuch dafür bedanken. Es wäre mir eine Freude.
Mit herzlichem Gruß
Ihr Dr. Fridtjof Brunner

Shabby Chic

Ein weißer Lieferwagen versperrt die Straße, »Küchenträume nach Maß« steht auf seinem Heck, dazu eine Flensburger Adresse. Ich bremse ab und schaue mich um. Was jetzt? Will der da stehen bleiben? Im nächsten Moment kommt ein Mann mit hochrotem Kopf herangelaufen, er springt in den Wagen und fährt eilig davon. Langsam lasse ich den Rover vorwärtsrollen, direkt in die gepflasterte Hauseinfahrt hinein. Vor mir steht das Küsterhaus, in das Christin und David eingezogen sind. Es muss zu den ältesten Reetdach-Katen an der Schlei gehören. Über der dunkelgrün gestrichenen Haustür entdecke ich die Jahreszahl 1760. Darüber lugt freundlich eine halbrunde Dachgaube aus dem moosbewachsenen Reet. Deren weißes Sprossenfenster ist weit geöffnet, ebenso die Haustür.

»Lux, bleib kurz im Auto. Ich bin gleich wieder da«, sage ich in Richtung Kofferraum und steige aus. Sofort fallen mir die lauten Stimmen auf, die aus dem Haus dringen, eindeutig erkenne ich Davids Bariton. Ich drücke die Schelle, als aber kein Ton erklingt und auch auf mein Klopfen niemand reagiert, trete ich in den winzigen Hausflur ein. Direkt links geht die Küche ab. Drei Männer in Handwerkerkluft rücken einen großen Kühlschrank in die Ecke, kritisch beäugt von Christin und Nelli. Die Hündin ist die Erste, der mein Kommen auffällt. Und sie freut sich sichtlich, genau wie ich. Überrascht dreht sich jetzt auch Christin um; als sie mich erkennt, erobert ein Strahlen ihre ernsten Gesichtszüge.

»Annika, was für eine schöne Überraschung!«, ruft sie aus und nimmt mich herzlich in den Arm. Auch David freut sich über meinen spontanen Besuch, wendet sich aber im nächsten Moment schon wieder den Handwerkern zu.

Christin senkt ihren Blick und verlässt mit einem »Komm, wir verziehen uns« die Küche. Nelli und ich folgen ihr nach gegenüber, ins Wohnzimmer. Beim Eintreten muss ich den Kopf einziehen, die Türen in diesen alten Katen sind einfach für kleinere Menschen gemacht.

Dieser Raum ist frisch renoviert und schon komplett eingerichtet, ein »Wow!« stiehlt sich über meine Lippen. Die Zimmerdecke und Fensternischen sind cremeweiß gestrichen, die Wände lichtgrau, eine schöne Kombination. Alle Möbel, bis auf das dunkelgraue Stoffsofa, sind im angesagten Shabby Chic. Ihr weißes Holz macht den Raum gemütlich, aber auch hell und leicht. Ich lasse meinen Blick bewundernd schweifen, nun fallen mir schöne Vintage-Stücke unter den vielen Kerzenständern, Bilderrahmen und Accessoires auf. Christin und David müssen echte Flohmarktfreaks sein.

»Hier ist gerade dicke Luft«, flüstert Christin, als sie leise die Zimmertür schließt. »Heute ist endlich unsere neue Küche gekommen. Und was machen diese Deppen von Handwerkern? Sie sägen die Arbeitsplatte falsch zu. David ist stinksauer.«

»Total ärgerlich«, stimme ich zu und folge ihr in den Flüsterton.

»Und wie! Einer von ihnen ist nun zurück nach Flensburg gefahren, ich kann nur hoffen, dass sie die gleiche Platte noch einmal auf dem Lager haben.« Christin lässt sich erschöpft auf eine niedrige Fensterbank sinken. »Mann, ich bin es so leid. Seit unserem Umzug leben wir mit zwei Tassen und Tellern, die wir im Waschbecken des Gäste-WCs spülen. Unseren Kaffee kochen wir auf dem Bunsenbrenner, und die belegten Brötchen vom Bäcker kann ich echt nicht mehr sehen. Ich will jetzt endlich meine eigene Küche! Wenn es Floras Deli nicht gäbe, wir wären inzwischen glatt verhungert.«

Christin hat die Faxen dicke, aber so richtig, das spüre ich. Da komme ich mit Annegrets Essenseinladung doch gerade recht. Ich berichte ihr davon, und Christin kommt sichtlich in Schwung.

»Ein richtiges Abendessen, das ist ja klasse!« Sie klatscht kurz in beide Hände.

»Sollen wir vielleicht erst bei dir vorbeikommen?«, schlägt sie vor und schaut zu Nelli herunter. »Wir könnten mit den Hunden noch einen Spaziergang machen. Meine kleine, verrückte Dame braucht dringend einen Spielkameraden.«

Diesen Spaß werde ich Lux natürlich nicht vermiesen. Wir verabreden uns für 18 Uhr, tauschen – längst überfällig – unsere Handynummern aus, und ich mache mich auf den Weg nach draußen. Zurück im Flur, fällt mir ein uralter Küchenherd auf. Sein Ofenrohr liegt abmontiert auf der gusseisernen Kochplatte.

»Ihr habt ein Faible für Altes«, stelle ich fest und zeige auf das Schmuckstück. »Soll der auch in eure Küche?«

»Ja, zusätzlich zum Elektroherd. Wir haben schon immer von so einem Oma-Ofen geträumt, dieser hier hat locker achtzig Jahre auf dem Buckel. Er wird mit Holz beheizt und ist voll funktionstüchtig.«

Christins Laune hat sich deutlich aufgehellt, begeistert zeigt sie, wie sich die Eisenringe der einzelnen Kochstellen anheben lassen und somit die Temperatur regulieren. Ich fange direkt Feuer, im wahrsten Sinne des Wortes, diese alten Schätzchen sind einfach zu schön und ihre schlichte Technik so herrlich handfest. Sofort erinnere ich mich an einen Finnlandurlaub, in unserer abgelegenen Holzhütte gab es damals auch so einen Herd. Ich erzähle Christin davon, wir kommen richtiggehend ins Fachsimpeln, und ganz beseelt verlasse ich wenig später ihr neues Heim.

Als ich im Wagen sitze und mein Blick noch einmal an dem Küsterhaus und seinen weiß getünchten, mit Rosenstämmchen geschmückten Wänden hängen bleibt, überkommt mich große Zufriedenheit. Diese alten Gebäude sind so wunderschön, sie besitzen Persönlichkeit und eine Ausstrahlung, die einfach einlädt. Es ist mir schon passiert, dass ich an einer besonders liebevoll hergerichteten Kate vorbeikam und den Impuls hatte, hineinzugehen und mich an die Kaffeetafel zu setzen. Liebe Menschen müssen dort wohnen. Diese gedrungenen Reetdach-Häuschen wirken so freundlich und warm wie ein herzliches, etwas runzelig gewordenes Menschengesicht.

Wieder muss ich an Udos Ferienhaus denken. In Gedanken streife ich durch seine Räume. Wie würde ich sie wohl einrichten? Vielleicht auch im Shabby Look so wie Christin und David? Ich erinnere mich an die schönen Zementmosaikfliesen, die ich kürzlich in einem Wohnmagazin gesehen habe. Die würden zu diesem Stil passen. Vielleicht im Flur oder noch besser im Bad?

Und was könnte ich alles im Garten anstellen? In ihm stehen alte, zu riesigen Kugeln geschnittene Buchsbäume. Ein echtes Pfund, das sich mit schönen Stauden weiterentwickeln ließe. Vor meinem inneren Auge erblühen Lupinen und himmelblaue Vergissmeinnicht, Katzenminze und der romantische Frauenmantel, Stock- und Kletterrosen, dazu Sonnenhut, so wie Annegret ihn hat. Sie wird mir bestimmt ein paar Stecklinge aus ihrem Garten abgeben ...

Minuten später sitze ich immer noch im Wagen, ganz still, und mein Kopf ist voller Träume. Als mir das auffällt, denke ich: *Warum auch nicht? Das Renovieren und Einrichten meines Waldhauses hat mir so viel Freude bereitet. Warum soll ich das nicht noch mal machen? Und noch mal? Und noch mal?*

An der Schlei gibt es viele alte Katen, die ihre besten Tage gesehen haben. Um sie vor dem Verfall zu retten, brauchen sie eine grundlegende Sanierung, meist auch ein neues Reetdach, also eine ordentliche Finanzspritze. Wäre das nicht ein gutes Investment? Der Verkauf von Nika Anka war ein gutes Geschäft, ein sehr gutes sogar. Wie wäre es also mit einer Kapitalanlage, die sich nicht nur rechnet, sondern auch unheimlich viel Freude macht? Die Häuser ließen sich ja später an Feriengäste vermieten. Udo war ja ganz begeistert von der Rendite, die ihm das Touristenbüro ausgerechnet hat. Urlaub in Deutschland, zumal an der Ostsee, boomt.

Wobei sich die Vermietung auch in Eigenregie machen ließe, überlege ich. Eine gut designte Website mit stimmungsvollen Fotos, ausgelegte Flyer in Floras Deli, dazu der Eintrag in ein paar Online-Plattformen für Ferienhäuser – das müsste schon genügen. Udos Reetdach-Haus wäre der ideale Testballon, und sollte der wider Erwarten doch nicht abheben, kann ich mir immer noch einen netten Dauermieter suchen. Hauptsache, auf meiner Lichtung ist alles wieder im Lot.

Ich greife nach meinem Handy und wähle Udos Nummer. Erst geht niemand ran, dann die Mailbox. Ich lege auf und tippe rasch eine Nachricht:

Hi Udo, ich möchte dein Ferienhaus kaufen. Kapital ist vorhanden, das Ganze ließe sich in Kürze abwickeln. Interesse?

So, damit ist die Nachricht in der Welt. Udo braucht für sein neues Leben Geld, kurzfristig Geld, da bin ich mir sicher. Vor seiner Nase hängt jetzt eine appetitliche Möhre. Es sollte mich wundern, wenn er nicht anbeißt.

Ohne weiteren Kommentar schicke ich noch eine zweite Nachricht hinterher. Sie enthält eine Zahl mit vielen Nullen und einem Eurozeichen. Ein unwiderstehliches Angebot.

Wässerchen

"Wow, da hast du aber einen Verehrer!« Christin steht in meiner offenen Küche und schaut zurück in den Flur. Ihr Blick pendelt zwischen Brunners Sommerblumenstrauß und Titus' prachtvollen Rosen hin und her. Gerade hat David sie, zusammen mit Nelli, bei mir abgesetzt. Gemeinsam wollen wir zu Heinrich und Annegret spazieren. David, der noch mit den Handwerkern in seiner Küche zu tun hat, ist zurück zum Küsterhaus gefahren, will aber später mit dem Wagen nachkommen.

»Oder vielleicht sind es auch zwei Verehrer?« Christin schaut mich prüfend an.

Sie ist ganz schön pfiffig, denke ich und kann mich eines anerkennenden Lächelns nicht erwehren. Mit großen Augen steht sie nun da, sagt: »Aha!«, und will natürlich mehr wissen.

»Komm«, ich greife nach Lux' Leine, »ich erzähle dir alles unterwegs.«

Unseren Hunden kann es gar nicht schnell genug nach draußen gehen. Kaum ist die Haustür offen, stürmen sie bereits die Auffahrt entlang und erobern die Lichtung. Im gestreckten Galopp ziehen sie große Kreise, jagen einander über die Wiese, weichen aus, überholen sich. Es ist eine helle Freude, ihnen zuzuschauen. Christin und ich verweilen eine Zeit lang, schlagen dann aber den Weg zum Wald ein. Mit Leichtigkeit haben uns Nelli und Lux eingeholt, sie traben nun locker voran.

»Jetzt leg schon los! Ich will alles wissen«, fordert mich Christin auf, ihre Augen blitzen. Ich hole tief Luft, erzähle von Brunner, das ist schnell erledigt, und von Titus, das braucht Zeit. Ohne mich zu unterbrechen, lauscht Christin aufmerksam.

»Wie lange hast du Titus nicht gesehen?«, fragt sie dann.

»Anderthalb Jahre.«

»Und wie viele Jahre wart ihr ein Paar?«

»Zwölf. Wieso fragst du?«

»Weil es doch seltsam ist: Da teilt ihr so lange euer Leben, ihr wohnt zusammen, schlaft zusammen, liebt euch, habt einen gemeinsamen Freundeskreis – und dann ist mit einem Mal alles aus.«

»Das musst du Titus sagen«, entgegne ich bitter, »er hat Schluss gemacht. Nicht ich.«

Christin bleibt stehen und schaut mich ernst an.

»Annika, diese Trennung, von der du mir erzählt hast, war schlimm und ganz bestimmt schmerzhaft. Aber sie ist vorbei. Sie ist Vergangenheit. Heute geht es dir wieder gut, schau dir das wundervolle Leben an, das du führst.«

»Genau darum geht es ja. Ich möchte nicht, dass sich Titus wieder darin breitmacht.«

»Aber wie soll er das, realistisch betrachtet, denn machen?«

»Indem er mich ständig kontaktiert, mir Blumen schickt und eines schönen Tages auf meiner Matte stehen wird. Mir macht das Angst«, ich ringe die Hände, »und diese Kälte, die mich immer wieder überkommt, wenn er von sich hören lässt, ist schrecklich. Vielleicht habe ich einen echten psychischen Schaden wegen der Trennung davongetragen. Ich will das alles nicht.«

Christin schaut mich betroffen an und schweigt einen Augenblick.

»Genau genommen ist es nicht Titus, der sich gerade in deinem Leben breitmacht, sondern deine Angst«, sagt sie dann. »Du wirst sie nur los, wenn du der Gegenwart eine Chance gibst. Verabrede dich mit Titus, begegne ihm. Er ist kein Monster, du hast ihn viele Jahre lang geliebt! Hol die Realität in dein Leben, dann verschwinden auch die Geister aus der Vergangenheit.«

Mist! Christin hat mich am Haken. Ich stöhne. In mir gibt es einen Teil, der weiß, dass sie recht hat. Ein anderer Teil jedoch will die Wahrheit nicht sehen, er will einfach nicht. Ich brauche jetzt sofort einen Themenwechsel. Wo ist eigentlich mein Hund? Ich drehe mich um und rufe ihn. Drei Sekunden später ist er zur Stelle, gefolgt von seiner neuen besten Freundin. Wir sind bereits im Tal bei den Bachwiesen angekommen. Ich greife nach einem dicken Stock, der am Wegesrand liegt, und werfe ihn so weit, wie ich kann. Lux nimmt Anlauf, springt über den Bach, greift sich das Holz und bringt es mir zurück – Nelli auf den Fersen. Immer und immer wieder werfe ich den Stock. Mit aller Kraft. Die Bewegung tut mir gut, am liebsten wäre ich selbst hinterhergesprungen.

Christin schweigt währenddessen, beobachtet die Hunde und mich. Als wir schließlich weitergehen, zeigt sie auf Heinrichs friedlich grasende Kuhherde.

»Da stehen die Ausbrecher und tun so, als könnten sie kein Wässerchen trüben.«

Dankbar schaue ich sie an, Christin hat, klug, wie sie ist, verstanden, dass ich einen Themenwechsel brauche. Sie erzählt von dem Bauernhof ihrer Großeltern, ihren Kindertagen auf dem Land, und wie wohl sie sich bereits in Arnis fühlt. Wir fallen in ein entspanntes Plaudern und haben bald den Hof unserer Gastgeber erreicht. Von Weitem schon kündigen uns die wachsamen Gänse an.

»Annegret und Heinrich sind sicherlich auf der Terrasse hinter dem Haus«, sage ich und schlage den gepflasterten Weg durch den Garten ein, »komm mit.«

»Was für ein schöner Hof.« Christin folgt mir und lässt ihren bewundernden Blick über die uralte Backsteinfassade, die bunt bepflanzten Blumenkästen und die reich verzierte Haustür gleiten. Das Scheunentor steht offen und gibt den Blick auf Heinrichs gut sortierte Werkbank frei. Als Christin das Hühnerhaus mit dem frei laufenden Geflügel entdeckt, bleibt sie abrupt stehen, ruft:»Nelli!«, und nimmt ihren Hund an die Leine.»Das ist mir lieber. Nicht, dass sie noch auf dumme Gedanken kommt.«

Jetzt haben uns auch Heinrich und Annegret entdeckt, sie winken, und kurz darauf sitzen wir an einem reich gedeckten Gartentisch, auf dem Grill brutzeln marinierte Steaks und Gemüsespieße, in unseren Gläsern prickelt Fliedersekt – einfach wunderbar.

Schnell entspinnt sich ein lebendiges Gespräch, und Christin berichtet, wie sie im Frühjahr das zum Verkauf stehende Küsterhaus entdeckte, wie viel Freude, aber auch Mühe die Renovierung macht und dass gerade die neue Küche eingebaut wird. Das gibt mir die Gelegenheit, kurz meine Nachrichten zu checken. Ob Udo sich gemeldet hat? Er hat:

> Hi Annika, danke dir für dein wirklich interessantes Angebot. Ich habe schon mit dem Touristenbüro telefoniert, es hat ja aktuell die Vermietung übernommen. Der Vertrag mit dem Büro hat eine Kündigungsfrist von drei Monaten. Wir müssen also noch warten, ich kann mir einen Verkauf aber durchaus vorstellen. Ich bespreche mich nun mit Antonia und melde mich wieder.

Okay, das sind ja gar keine schlechten Nachrichten. Die drei Monate werde ich warten können, Hauptsache, Udo hat angebissen. Ich lege mein Handy zur Seite und höre ein Motorengeräusch auf der Hofseite. Lux bellt, Nelli aber bleibt still und legt nur den Kopf schief.

»Das wird David sein«, mutmaßt Annegret, die die beiden Hunde interessiert beobachtet hat.»Christin, geh ihm doch bitte entgegen, er kennt sich ja nicht aus.«

Christin – und die Hunde, selbstverständlich – machen sich auf und kommen kurz darauf mit dem letzten Gast zurück. Ich beobachte die beiden, wie sie Arm in Arm auf uns zukommen. Ganz verliebt schauen sie aus. *Es ist so schön, ein Paar zu sein,* denke ich plötzlich – und senke nachdenklich den Blick. Er fällt auf mein Handy. Spontan greife ich danach und tippe:

> Hi Titus, wie wäre es mit einem Wiedersehen? Morgen Abend?

Ohne weiter nachzudenken, drücke ich auf Senden.

Sandelholz

In die Meeresbrise mischt sich ein Lounge-Sound. Ich steige aus dem Rover und betrachte die stylische Szenerie, die sich mir eröffnet: das »Blue One« und dahinter das glitzernde Meer. In dem Beachclub sind Titus und ich verabredet. Ich habe ihm diesen Treffpunkt vorgeschlagen, denn auf eine lange Autofahrt nach Hamburg habe ich gerade echt keine Lust. Soll sich Titus doch bemühen, wenn er mich unbedingt wiedersehen möchte.

Das »Blue One« hat erst vor Kurzem eröffnet. Es krönt die neue entstandene Seepromenade des »OstseeResorts« in Olpenitz. Auf einer schmalen Landzunge, die sich wie ein gekrümmter Finger ins Wasser schiebt, ist ein durchaus exklusiver Ferienpark entstanden. *Titus wird begeistert sein,* denke ich, und schlage die Fahrertür zu. Und tatsächlich kann sich der Club sehen lassen: Weiße Couches gruppieren sich unter riesigen Sonnensegeln. An der Seite entdecke ich ein erhöhtes Holzdeck mit einer langen Bar, in kleinen Trauben hängen die Leute an ihr und nippen entspannt an ihren Longdrinks. Dahinter, am Strand, verteilen sich einfache Liegestühle, ein paar letzte Sonnenanbeter rappeln sich gerade auf. Das »Blue One« ist gut besucht, aber nicht überlaufen.

Ich streiche mir die offenen Haare aus dem Gesicht und überprüfe mein Outfit. Eine ganze Stunde habe ich dafür gebraucht und meinen halben Kleiderschrank auf dem Bett verteilt. Nichts hat mir gefallen, nichts – dabei dachte ich, darüber wäre ich hinaus. Denn eigentlich weiß ich immer ganz genau, was ich tragen möchte. Nur wenn so ein Kerl daherkommt, dann weiß ich gar nichts mehr. Dann fühle ich mich wie ein Teenie. Und ärgere mich über mich selbst. Titus sollte mir egal sein, er sollte mir keinerlei Kopfzerbrechen bereiten.

Trotzdem, da bin ich mir sicher, ist unsere Verabredung heute richtig und längst überfällig. Zum einen, da muss ich Christin recht geben, ist es wirklich seltsam, jahrelang Bett und Kaffeemaschine zu teilen und dann den Kontakt gänzlich abzubrechen. Zum anderen will ich endlich verstehen, was damals eigentlich passierte. Warum ist mir an Titus nichts aufgefallen? Ich muss doch gespürt haben, dass längst eine andere im Spiel war. Wie oft habe ich mir darüber schon den Kopf zerbrochen, die letzten gemeinsamen Tage noch einmal Revue passieren lassen. Wir hatten es doch gut miteinander! Natürlich gab es auch bei uns Hochs und Tiefs. Aber unterm Strich führten wir eine sehr glückliche Beziehung – und zwar bis zur letzten Minute.

Ich wühle mein Handy aus meiner bauchigen Handtasche und überprüfe die Uhrzeit. Ich bin zehn Minuten zu spät, also genau richtig für ein Date. Noch einmal checke ich mein Make-up im Seitenspiegel, ziehe meinen Kragen zurecht und überprüfe meine Kleidung. Zum guten Schluss ist es ein sommerlicher Klassiker geworden: hellblaue, knöchellange Jeans, dazu eine weiße Hemdbluse, die ich betont lässig in den Hosenbund gestopft habe. Titus soll ja nicht meinen, ich hätte mich für ihn aufgedonnert. Pah!

Ich schiebe mir meine Sonnenbrille auf die Nase und steuere in großen Schritten auf den Beachclub zu. Dort stelle ich mit einem Blick fest: Er ist noch nicht da. Timing war noch nie Titus' Sache. Ich nehme also allein Kurs auf die Bar, studiere kurz die Getränkekarte und winke entschlossen der Bedienung. Dann überprüfe ich meine Nachrichten. Von ihm ist nichts dabei. Ob mich Titus versetzt? Ein unangenehmes Gefühl macht sich in meiner Magengegend breit. Ob er mich wieder hängen lässt? Vielleicht war ihm der Weg doch zu weit? Und ich ihm gar nicht so wichtig ...

Genug! Ich straffe mein Rückgrat und stoppe entschieden die giftigen Gedanken, die so plötzlich in mir aufploppen wie die Werbefenster auf dem Bildschirm meines Laptops. Um mich abzulenken, betrachte ich eingehend die kunstvoll gestalteten Etiketten der Spirituosen, die sich an der Wand aufreihen. In dem hohen, indirekt beleuchteten Glasregal glitzern die Flaschen wie Schmuckstücke.

Es sind schließlich Moschus und Sandelholz, die mir verraten, dass er angekommen ist. Gerade hat mir der Barkeeper einen Aperol Spritz über die Theke geschoben, da schnuppert meine Nase diesen Duft. Titus. Er benutzt immer noch sein altes Aftershave. Moschus und Sandelholz. Ich muss kurz die Augen schließen. Bilder, Szenen, zahllose Erinnerungen stürzen auf mich ein – und das Gefühl von früher. Dieses Titus-und-Annika-Gefühl.

»Hi, Honey«, seine Stimme ist leise, dicht an meinem Ohr. Ich spüre ihn direkt hinter mir. Als ich mich von der Bar wegdrehe, hin zu ihm, steht er nah, sehr nah bei mir.

»Hi«, mehr bekomme ich gerade nicht heraus. Dafür weiche ich einen halben Schritt zur Seite.

»Du siehst … du siehst großartig aus.« Titus strahlt mich an und streckt dabei beide Arme aus. »Wie gut das ist, dich wiederzuhaben.«

Er greift nach mir und zieht mich an sich. Unter seinem dünnen Shirt spüre ich eine warme, muskulöse Brust. Wieder überkommt mich ein ganzer Schwall von Gefühlen und Erinnerungen. Er ist mir so vertraut, seine Stimme, sein Duft, sein Körper, einfach alles.

Ich erinnere mich plötzlich, dass ich nach unserer Trennung auf Titus' Bettseite geschlafen habe, in seinem Schlafshirt. Wie ein kleines Tier hatte ich mich dort zusammengerollt, in seinem Geruch. Er war meine letzte Chance, ihm nahe zu sein.

Ich gebe mir einen Ruck, um wieder in die Gegenwart zu gelangen, und setze ein strahlendes Lächeln auf. So eines, wie ich es oft im Business benutze. Es gibt mir Halt.

»Titus, wie schön!«, flöte ich zwischen einem Küsschen links und einem Küsschen rechts. »Hast du gut hergefunden?«
»Absolut! Die Landschaft ist ein Traum, und mein Cabrio brauchte dringend Auslauf.«
»Das freut mich. Dann hast du also immer noch deinen alten Porsche, den froschgrünen?«
»Nein, es ist ein neuer, und er ist kohlrabenschwarz.« Titus' Strahlen verstärkt sich. »Ich habe ihn erst letzte Woche abgeholt. Der Wagen ist der Hammer, der absolute Hammer!«
Auch daran hat sich nichts geändert. Titus und die Autos – eine lange Geschichte.
»Du musst unbedingt mal mitfahren. Hier oben lassen sich doch großartige Touren unternehmen, nicht wahr?«
Stopp! Das ist der Moment, in dem ich energisch auf die Bremse trete. Denn erstens bin ich kein dekoratives Maskottchen, das man sich mal so eben auf den Beifahrersitz setzt. Und zweitens: Das geht mir hier alles entschieden zu schnell. Also: Themenwechsel. Ich zeige auf meinen Aperol Spritz und frage:
»Was magst du trinken? Einen Gin Tonic, wie immer?«
»Wie immer.«
Titus bestellt, und wir lassen uns auf zwei Barhockern nieder. Das gibt mir die Gelegenheit, meinen Ex in Augenschein zu nehmen: Er sieht gut aus, braun gebrannt wie ein Surfer, die langen Haare locker nach hinten gegelt. Immer noch hat er diese betont lässige Art, sich zu kleiden. Seine Füße stecken in bunten Sneakern, die Jeans zeigt ausgefranste Nähte und sein verwaschenes Shirt einen großzügigen V-Ausschnitt. Vermutlich hat er für diesen Casual Look eine Mörderkohle in irgendwelchen Designer-Shops hingelegt. Titus liebt schöne Dinge – und sie sind ihm viel wert.
»Gut schaust du aus«, eröffne ich das Gespräch. »Wie kommt es, dass du zurück bist? Heimweh?«

»Heimweh und ein gutes Angebot«, antwortet er augenzwinkernd. »Erinnerst du dich noch an meinen alten Kollegen Kai Martens? Er hat eine Firma aufgemacht und suchte nach einem Geschäftsführer – und da bin ich. Tada!«

»Das klingt spannend.« Ich bin tatsächlich baff, denn Titus ist Mediziner und hat bislang als leitender Arzt gearbeitet. »Davon musst du mehr berichten. Aber vorher will ich wissen, wie es dir im Land der unbegrenzten Möglichkeiten gefallen hat.«

»California was magnificent!«

Begeistert beginnt Titus zu erzählen, von seinem Job in den USA, von seinem Leben in San Francisco. Er hatte dort direkt nach unserer Trennung eine gut dotierte Stelle in einer Klinik angetreten. Ich höre ihm zu, wie er von dem dortigen Lifestyle schwärmt, von den entspannten Amerikanern der Westküste und den »spectacular surf spots« des Pazifiks.

Dabei beobachte ich ihn genau: Titus scheint völlig entspannt zu sein, kein Hauch von Nervosität oder schlechtem Gewissen. Stattdessen scheint er sich unbändig über unser Wiedersehen zu freuen. Immer wieder legt er mir eine Hand auf den Unterarm, einmal auch aufs Knie. Er fasst gerne an, auch das ist unverändert geblieben.

»Jetzt erzähl aber du mal. Was treibt dich in den Norden?«, unterbricht sich Titus schließlich selbst.

»Ich nehme mir eine Auszeit. Ein bisschen relaxen in der Natur, am Meer, du weißt schon«, antworte ich ausweichend, denn ich habe keine Lust, ihn in mein neues Leben einzuweihen. Außerdem stellt mein idyllisches Waldhaus den exakten Gegenentwurf zu den durchdesignten Penthouses dar, in denen sich Titus gewöhnlich einquartiert. Soll er ruhig glauben, ich würde hier Ferien machen.

»Hast du nicht eine Studienfreundin, die hier lebt?«

»Ja, genau, sie wohnt im nächsten Dorf mit ihrer Familie. Ich sehe sie hin und wieder«, erwidere ich und verlasse rasch das dünne Eis. »Erzähl mir, wie geht es dir in Hamburg? Schön, wieder daheim zu sein?«

»Es ist toll, vor allem, die ganzen bekannten Gesichter wiederzusehen. Du glaubst nicht, wen ich gestern getroffen habe ...«

Titus und ich kommen ins Erzählen. Viele Sätze, die jetzt fallen, beginnen mit »Weißt du schon« und »Hast du gehört«. Es tut gut, sich über den gemeinsamen Freundeskreis auszutauschen, über Hamburg und sein Szeneleben. Ich entspanne mich von Minute zu Minute mehr. Wir lachen immer wieder los, fallen uns ins Wort und kommen vom Hölzchen aufs Stöckchen.

Als die Dämmerung einsetzt, die Sonne in all ihren Rottönen versinkt, entzündet der Barkeeper die vielen Windlichter, die sich auf der Theke verteilen. Die Stimmen werden leiser, aus den Boxen ertönt ein softer Clubsound. Das Meer schickt uns eine sanfte Brise. Jede Pore meines Körpers saugt sie begierig auf. *Was ist das doch für ein umwerfend schöner Sommerabend,* denke ich. Und sein i-Tüpfelchen ist, zweifellos, der attraktive Mann, der mir gegenübersitzt.

»Wie sieht es aus, schöne Frau? Möchtest du noch so einen?« Titus zeigt auf mein leeres Glas.

Ich antworte: »Gerne«, und beschließe spontan, den Wagen stehen zu lassen und mir ein Taxi für die Heimfahrt zu bestellen. Ich habe Lust auf Drinks, Lust auf diesen Abend. Denn ich spüre, wie mir all das bekommt: ausgehen, lässig an einer Bar lehnen und dieses prickelnde Gefühl, einen Mann an meiner Seite zu haben.

Titus winkt dem Barkeeper, und während er die Bestellung aufgibt und ein kleines Geplänkel mit ihm beginnt, beobachte ich seine Gesichtszüge. Der Kerzenschein lässt sie markanter erscheinen. Das kleine Fältchen unter dem linken Auge, das ist neu. Und die grauen Haare an seinen Schläfen sind mehr geworden. Ich lasse meinen Blick weiter über ihn gleiten, und das, was ich sehe, bringt mich zum Lächeln.

Genau in diesem Augenblick wendet sich Titus zu mir. Unsere Blicke verhaken sich. Und werden tief. In die salzige Seeluft mischen sich Moschus und Sandelholz. Immer mehr, immer stärker. Ich schnuppere genussvoll.

Als mir der Barkeeper meinen Drink reicht, ich mich über die Theke lehne, um ihn entgegenzunehmen, da spüre ich Titus. Er steht dicht hinter mir. Und als ich mich umdrehe, weiche ich nicht zur Seite. Ich bleibe stehen. Und als ich seine Lippen auf meinen spüre, schließe ich die Augen.

Wundertüte

»Hast du mit ihm geschlafen?« Flora schaut mich von ihrer Leiter aus an wie ein Fragezeichen.

»Himmel, nein, natürlich nicht«, gebe ich zurück und betone jedes einzelne Wort. Nebenbei reiche ich ihr den letzten Lampion, den sie an einem Zweig festbindet. Wir nutzen den Vormittag und schmücken den Deli-Garten für Floras Sommerfest. Morgen ist der große Tag. Währenddessen bemüht sich meine Freundin hartnäckig, mir sämtliche Einzelheiten meines gestrigen Dates zu entlocken. Und ich bin, ehrlich gesagt, froh, das Ganze mit ihr teilen zu können.

»Manno, da besorge ich dir den tollsten Junggesellen der Welt«, jammert sie von oben, »und du bandelst mit deinem Ex an.«

»Ich weiß gerade nicht, wovon du sprichst.«

»Na, von Fred, er kommt doch morgen zum Sommerfest!«

»Ach herrje, der Fred, den gibt es ja auch noch«, stöhne ich.

»Wieso ›auch noch‹? Das hört sich ja an, als hättest du gerade an jedem Finger einen.«

»Nicht an jedem Finger, aber so langsam komme ich durcheinander. Ein Kunde von Nika Anka, Fridtjof Brunner, legt sich gerade auch ganz schön ins Zeug. Clarissa meint, er will was von mir – aber ich weiß nicht.«

Flora dreht sich verdutzt um, setzt sich auf die oberste Sprosse ihrer Leiter und beginnt, lauthals zu lachen. Irritiert schaue ich zu ihr hoch. Was hat sie?

»Drei Kerle! Annika hat drei Kerle am Start, ich fasse es nicht«, stößt sie schließlich hervor. »Wenn das Bastian mitbekommt, der macht drei Kreuze, mindestens!«

»Also bitte, es muss ja nicht gleich die ganze Nachbarschaft erfahren«, bremse ich sie, »und überhaupt: Ich kenne ja diesen Fred überhaupt noch nicht, Brunner ist ein Kunde, also eigentlich tabu, und Titus, na, ob ich noch etwas von dem will, weiß ich derzeit selbst nicht.«

»Wieso weißt du das nicht? So wie du eben geklungen hast, hegst du noch jede Menge Gefühle für ihn. ›Titus ist ein umwerfender Mann‹«, macht sie mich jetzt nach und schmeißt dazu ihre Haare nach hinten, »das hast du gerade eben noch gesagt.«

»Das stimmt ja auch! Aber … ach, Flora, das ist nicht so einfach.« Ich ringe die Hände. »Gestern Abend, das war wunderschön, der Beachclub, das Meer, die Drinks, die ganze Stimmung – da soll einer mal nicht schwach werden. Mensch, ich bin seit anderthalb Jahren Single und leb wie eine Nonne. Da tut ein Flirt richtig gut.«

Jetzt grinst Flora von einem Ohr bis zum anderen, verkneift sich aber ein »Sag ich ja«.

»In mir herrscht gerade Chaos. Titus ist mir so wahnsinnig vertraut, wie er riecht, wie er sich anfühlt, der Klang seiner Stimme – einfach alles. Aber liebe ich ihn noch?« Ich stoppe und höre kurz in mich hinein. »Ich weiß es nicht, das braucht Zeit. Auf jeden Fall war es gut, ihn wiederzusehen. Christin hatte völlig recht, ein Treffen war überfällig.«

»Wieso Christin?«

Rasch erzähle ich Flora von meinem Spaziergang mit Christin und auch, dass sie es war, die mir – nachdrücklich – klargemacht hat, dass ich mich der Vergangenheit stellen und ein Wiedersehen mit Titus ausmachen muss.

»Das wundert mich nicht«, ergänzt Flora und klettert von ihrer Leiter. »Christin ist Psychotherapeutin, ich glaube, sie ist auf Verhaltenstherapie spezialisiert.«

»Ach, ne! Das hat sie mir gar nicht erzählt. Unser Neuzugang ist ja eine richtige Wundertüte. Aber wenn ich darüber nachdenke, passt der Beruf zu ihr. Sie hat in Windeseile meine ganze Lage analysiert«, erwidere ich und berichte, wie treffsicher Christin ihre Schlüsse aus meinen beiden Blumensträußen gezogen hat.

»Sieh an, der Brunner schickt dir also auch Blumen«, hält Flora danach fest. »Das ist ja interessant.«

Für ihr schelmisches Grinsen bekommt sie von mir einen Knuff in die Seite, den sie quietschend kommentiert. Dann schaut sie auf ihre Uhr.

»Ich muss das Deli aufsperren. Zum Glück habe ich gestern schon das Mittagessen vorgekocht, nur das Nudelwasser muss ich dringend aufsetzen. Kommst du alleine klar?«

Ich nicke, und Flora macht sich los.

»Was gibt es denn heute?«, rufe ich ihr nach.

»Spinat-Quiche und Spaghetti Bolognese«, gibt sie über die Schulter gewandt zurück.

Das hört sich gut an, denke ich und greife motiviert nach einem Sack Blumenerde. Bis zum Mittagessen gibt es noch einiges zu tun.

Knapp zwei Stunden später streife ich meine Gartenhandschuhe ab und schaue zufrieden auf mein Werk: Die Beete sind frisch bepflanzt, zudem haben sich drei alte Zinkwannen und zahlreiche Terrakotta-Kübel in wahre Blumeninseln verwandelt. Sie verteilen sich über die Terrasse und den ersten Teil des lang gestreckten Gartens. Er endet, wie so viele Grundstücke in Arnis, kurz vor dem Ufer mit seinen Bootsstegen. Die Ortschaft liegt auf einer Halbinsel und ist auf drei Seiten von Wasser umgeben. Nur ein Gartenzaun mit Törchen und ein schmaler Fußweg dahinter trennen den Rasen vom Wasser der Schlei. Auf ihm wachsen zwei ausladende Apfelbäume, an denen nun hellblaue Lampions baumeln. Um die Tanzfläche, die Flora mitten im Garten aufbauen ließ, flattert eine bunte Wimpelkette. *Wenn ich morgen noch die Lichterketten aufhänge,* überlege ich, *die Kerzen verteile und die kleinen Wiesenblumen-Sträuße auf den Tischen arrangiere, dann sind meine Aufgaben erledigt. Für heute reicht es.*

Mit dem Gartenschlauch wasche ich mir die Erde von den Händen, rufe nach meinem Hund und öffne hungrig die Terrassentür. Im Deli empfängt mich ein fröhliches Stimmengewirr, der Laden brummt mal wieder. Von Flora lasse ich mir einen Teller Pasta in die Hand drücken und verziehe mich, gemeinsam mit Lux, an meinen Fensterplatz. Der Hundekorb ist schon wieder besetzt, wenn das so weitergeht, dann muss ein zweiter her.

Während sich Lux ein Plätzchen in der Ecke sucht, fährt ein roter Kastenwagen vor. Kaum ist er geparkt, steigt Christin aus. Wie schön! Ich winke ihr durch die Scheibe zu, und kurz darauf steht sie, umtanzt von Lux, neben mir.

»Hey, erzähl, wie war es gestern mit Titus?« Ohne Umschweife kommt sie zum Thema.

Ich schlucke meine Nudeln hinunter, sage: »Ganz schön aufregend«, und lege mein Besteck zur Seite.

»Magst du auch etwas essen? Ich habe gerade erst angefangen«, frage ich sie.

Im Nu steht eine zweite Portion auf dem Tisch, und ich freue mich über die unerwartete Gesellschaft. Dass ich ein spontanes Date mit Titus haben werde, hatte ich Christin schon bei Annegret und Heinrich erzählt. Denn innerhalb von Minuten hatte mein Ex auf meine Nachricht reagiert.

Während ich meine Spaghetti auf die Gabel drehe, beginne ich zu erzählen, lasse den gestrigen Abend noch einmal Revue passieren. Als ich unseren Kuss erwähne, hebt Christin eine Augenbraue, hört aber weiter zu.

»Puh, aufregend«, meint sie, als ich zum Ende komme. »Mehr als ein Kuss ist aber nicht passiert?«

Ich schüttele den Kopf. »Aber es hätte mehr passieren können, zumal sich Titus nebenan im Hotel einquartiert hatte. Er

kam ja aus Hamburg und meinte, dass er nachts nicht mehr heimfahren wolle.«
»Meinst du, er hatte mehr vor? Also von vornherein?«
Ich zucke mit den Schultern. »Vielleicht.«
»Jedenfalls bin ich gespannt, wie sich das mit Titus und dir weiterentwickelt.«
»Und ich erst«, stimme ich zu und rolle bedeutungsvoll mit den Augen.
»Sag mal, Flora meinte, dass du Psychotherapeutin bist. Stimmt das? Du hast mir gar nichts davon erzählt.«
»Das stimmt. Im Moment arbeite ich auch nicht, aber sobald die Kleine auf der Welt ist, möchte ich in Arnis eine eigene Praxis eröffnen.«
»Wie, sobald die Kleine auf der Welt ist?«, stutze ich, und mein Blick gleitet zu Christins Bauch. Könnte sich da etwas unter ihrem Kleid wölben? »Bist du schwanger?«
Eine Antwort braucht es nicht, denn ein intensives Strahlen erobert ihr Gesicht.
»Das freut mich, wie schön«, ich greife nach ihrer Hand und drücke sie. »Herzlichen Glückwunsch! Dann bist du mit David ja mitten im Nestbau.«
Christin nickt mehrmals hintereinander. »Wir haben es bislang noch für uns behalten. Aber gestern war ich beim Frauenarzt, die ersten vier Monate sind um, und dem Baby geht es bestens. Es wird wahrscheinlich ein Mädchen!«
»Das ist ja toll. Ihr streicht das Kinderzimmer also rosa?«
Christin lacht auf. »Da würde David sein Veto einlegen. Nein, schau mal, so etwas haben wir geplant ...«
Christin zückt ihr Handy und zeigt in rascher Folge Fotos von Kinderzimmern, niedlichen Bettchen und Wickelkommoden. Als sie damit fertig ist, strahlen ihre Augen und glühen ihre Wangen. *Auch wenn sie noch nicht weiß, wie ihre Kleine aussehen wird,* denke ich, *ist sie jetzt schon hemmungslos in sie verliebt.*

Ich greife nach ihrem leeren Teller und stehe auf. »Ich brauche nach dem Essen immer einen Espresso. Du auch?«

Als Christin den Kopf schüttelt, trage ich unser Geschirr nach vorne zu Flora. Heute ist so viel los, da hole ich mir meinen Kaffee lieber selbst.

Auf dem Rückweg fällt mir Christins roter Kastenwagen ins Auge, der direkt vor dem Fenster parkt.

»Sag mal, könntest du mich gleich nach Olpenitz fahren? Ich habe mein Auto gestern am ›Blue One‹ stehen lassen.«

»Klar«, Christin nickt. »Wie bist du denn hierhergekommen?«

»Mit dem Mountainbike. Es gibt eine hübsche Abkürzung durch den Wald. Lux ist ganz verrückt aufs Radfahren.«

»Dein Bike können wir auch einpacken, mein Wagen ist ja groß genug«, schlägt Christin vor und beugt sich dann zu mir. »Aber was ich dich noch fragen wollte: Hat dir Titus eigentlich von seiner neuen Freundin erzählt? Sind die beiden noch ein Paar? Ist sie auch zurück in Hamburg?«

Ich schlucke. Ihre Fragen haben mich kalt erwischt. Der Abend am Strand, das Wiedersehen mit Titus, unser Flirt, der Kuss – all das hat mir so gutgetan, dass ich jeden Gedanken an Nina oder unsere Trennung weggedrängt hatte. Ich wollte einfach nur genießen, einfach nur im Augenblick sein.

»Er hat nichts von ihr erzählt.« Langsam schüttele ich den Kopf. »Ich weiß ehrlich gesagt nicht, ob die beiden noch zusammen sind.«

»Hm«, Christin runzelt die Stirn, »dann wäre das wohl ein Thema für das nächste Date.«

»Da hast du recht. Und dann möchte ich mit Titus auch noch mal über unsere Trennung sprechen. Irgendwie habe ich das Gefühl, etwas verpasst oder übersehen zu haben.« Ich hole tief Luft. »Weißt du, ich war damals so verletzt, emotional so stark angegriffen, dass es eigentlich zu keinem klärenden Gespräch zwischen uns gekommen ist. Vielleicht kann ich das jetzt nachholen, das Thema lässt mir ja doch keine Ruhe.«

»Du wirst Klarheit finden, da bin ich mir sicher.« Christin lächelt aufmunternd und lässt sich zurück gegen die Stuhllehne fallen. »Was meinst du, sollen wir aufbrechen?«

Ich nicke und greife rasch nach meiner halb vollen Espressotasse, doch Christin winkt ab.

»Nimm dir Zeit, ich lass mir von Flora noch ein Stück Quiche für David einpacken, die schmeckt auch kalt supergut.«

Als sie sich erhebt und nach vorne geht, ziehe ich mein Handy aus der Tasche und checke meine Nachrichten. Auch Titus ist dabei. Dreimal:

Was für ein traumschöner Abend!

Ich liebe dich.

Immer noch.

Sommerfest

Geradezu verlockend schimmert der Rosé, fein perlt er in den hohen Gläsern. Seit einer guten Stunde verteile ich ihn an die eintreffenden Gäste, die nun, fröhlich schnatternd, das Deli füllen. Jetzt ist, endlich, Zeit für ein eigenes Glas. Ich greife mir eins vom Tablett, schließe voller Vorfreude die Augen und lasse die kühle Flüssigkeit meine Kehle hinabfließen. Dieser Crémant ist einfach wundervoll, nicht umsonst hat ihn Flora als Aperitif ausgesucht.

»Wie? Du trinkst ohne mich?« Als ich meine Augen wieder öffne, steht sie vor mir. Heute ist Floras großer Tag: Heute ist Sommerfest im Deli.

Ich greife nach einem zweiten Glas und reiche es ihr.

»Cheers, liebste Freundin, auf einen traumschönen Abend.«

Wir prosten uns zu, nehmen einen genießerischen Schluck, dann, plötzlich, fällt mir Flora in die Arme.

»Ich danke dir, dass du da bist«, flüstert sie in mein Ohr. Ich drücke ihr einen Kuss auf die Wange.

»Das ist doch klar«, raune ich zurück. Ihr Körper hat die Temperatur einer Wärmflasche, sie ist die Hauptperson des Tages und pulsiert vor lauter Aufregung.

Als wir uns voneinander trennen, fällt mir Bastian auf. Er steht mit einem Mal neben mir. Kritisch mustert er uns, zwischen seinen Augenbrauen bildet sich eine lange schmale Falte. Was hat der denn für ein Problem?

»Bastian, möchtest du nicht auch einen Crémant?«, frage ich ihn betont munter, um die Situation zu entspannen.

»Nein, danke, ich bleibe beim Bier«, antwortet er kurzsilbig und wendet sich dann an seine Frau:

»Flora, der DJ fragt nach dir. Es ist Zeit, die Gäste zu begrüßen und das Buffet zu eröffnen.«

»Ich komme in fünf Minuten, sag ihm das bitte.«

Bastians Stirnfalte wird tiefer, dann zieht er ab. Den ganzen Tag über hat er mich gemieden, nur hin und wieder sind mir die düsteren Blicke aufgefallen, die er mir zuwarf.

Flora lächelt mir zu, sagt: »Darf ich mal«, und greift nach meinem Klemmbrett mit der Gästeliste. Ihr Zeigefinger fährt die einzelnen Zeilen ab, fast alle Namen tragen einen Haken. »Ich glaube, wir sind so weit komplett. Es fehlen nur noch zwei Paare und«, jetzt macht sie eine bedeutungsvolle Pause, »natürlich Fred.«

Ich rolle mit den Augen. »Ja, natürlich, Fred, vielleicht ist dem Guten ja etwas dazwischengekommen.«

»Das glaube ich nicht. Er hat sich vorhin bei Bastian gemeldet. Es gab Probleme mit dem Leihwagen, den er am Flughafen reserviert hatte. Er ist jetzt aber unterwegs«, antwortet sie zuckersüß, was ihr einen beherzten Knuff in die Seite einbringt.

Dann legt sie das Klemmbrett zur Seite.

»So, jetzt muss ich also ans Mikrofon, wie ich so etwas hasse.«

»Du solltest dich an Begrüßungsreden gewöhnen. Das Sommerfest ist schon jetzt ein voller Erfolg, das wird gewiss nicht die letzte Party sein, die du hier ausrichtest.«

Sie nickt kurz und zieht ein Feuerzeug aus der Hosentasche. »Kannst du bitte die Kerzen anzünden? Dazu komme ich vor der Rede nicht mehr.«

»Klar, ich übernehme das.« Ich zupfe ihr das Feuerzeug aus der Hand. »Jetzt aber los. Toi, toi, toi!«

Flora wird auf Anhieb puterrot, dreht sich aber todesmutig um und geht entschlossen Richtung DJ. Dabei begrüßt sie weitere Gäste, schüttelt Hände, lacht immer wieder auf. Stolz schaue ich ihr nach. *Was für eine tolle Frau*, denke ich wieder einmal, *und was für ein wundervolles Fest sie auf die Beine gestellt hat.* Den ganzen Tag über hat es hier nur so von freiwilligen Helfern gewimmelt, die fleißig mit anpackten. Flora fliegen die Herzen nur so zu, das war schon früher so.

Ich folge ihr langsam und entzünde, nach und nach, alle Kerzen, die wir heute Nachmittag auf Tischen und Fensterbänken verteilt haben. Als die Musik abbricht, bin ich fast schon auf der Terrasse angekommen. Ich blicke auf, beobachte, wie meine Freundin sich ihrer Schuhe entledigt und schwungvoll auf einen Stuhl steigt. Das Mikrofon knackt, und alle Köpfe wenden sich ihr zu. Bevor sie den ersten Ton herausbringen kann, fangen die ersten Gäste schon an zu applaudieren. Kurz darauf klatschen alle, begeistert, ein paar johlen sogar, Floras Söhne pfeifen auf den Fingern. Was für schöne Vorschusslorbeeren! Der Abend hat gerade erst begonnen, und die Stimmung ist jetzt schon großartig.

»Ihr Lieben«, beginnt sie, als der Applaus sich legt. In ihren Augen glitzern Tränen, sie ist gerührt, hält sich aber tapfer. »Ich begrüße euch herzlich zum ersten Sommerfest in ›Floras Deli‹ …«

Während ich ihr lausche, fällt mir eine Bewegung auf, vorne, an der Eingangstür. Kommen noch Gäste? Es sieht ganz so aus: Bastian begrüßt einen anderen Mann, sie klopfen sich in Holzfällermanier den Rücken. Ich mustere den Neuankömmling: große, schlanke Statur, Jeans, hellgraues Leinenjackett. Nein, den kenne ich nicht. Ob das Fred ist? Neugierig beobachte ich den Neuankömmling, der mir weiterhin seinen Rücken zuwendet. Endlich dreht er sich um, schaut auf Flora, grüßt sie kurz mit der Hand. Dabei erkenne ich sein Gesicht. Das darf doch nicht wahr sein: Das ist Brunner! Da steht Fridtjof Brunner!

Ich fasse es nicht. Was macht der denn hier? Ich spüre, wie mir Röte ins Gesicht steigt. Woher kennt Bastian Brunner? Ich kann immer noch nicht glauben, was ich da sehe. Sprachlos weiche ich zurück und verschwinde auf die Terrasse. Ich drücke mich an die Außenwand. Was jetzt? Erst mal durchatmen, ermahne ich mich, Ruhe bewahren. Dann wende ich mich zur Seite, spinxe durch die Fensterscheibe nach innen, beobachte die beiden. Sie verhalten sich wie best buddies, so, als würden sie sich seit Ewigkeiten kennen. Bastian reicht Brunner ein Bier, die zwei prosten einander zu und erzählen sich irgendwas besonders Witziges.

Erneut beginnen die Gäste zu klatschen, und Flora klettert strahlend von ihrem Stuhl herunter. Mist, wegen Brunner habe ich ihre Ansprache verpasst.

Dann stellt sich Bastian auf die Zehenspitzen und lässt seinen Blick durch den Raum schweifen, er sucht die Gesichter der Gäste ab. Und mit einem Mal weiß ich, nach wem er Ausschau hält: nach mir.

Hastig weiche ich zurück, verdrücke mich hinter der Wand. Was geht hier vor? Die Gedanken rattern durch meinen Kopf. Was mache ich denn jetzt? Brunner kennt mich nur als Nika Anka, als IT-Spezialistin und Frontfrau des gleichnamigen Unternehmens. Hier in Arnis bin ich aber Annika. Und ich will es, verdammt noch mal, auch bleiben. Außer Flora weiß niemand von meiner Hamburger Existenz als erfolgreiche Unternehmerin und Karrierefrau. Moment mal, außer Flora *und* Bastian, natürlich. Die Ratte. Was für ein abgekartetes Spiel spielt Bastian? Wut steigt in mir auf. Der soll mir nur in die Finger kommen! Aus dem mache ich Kleinholz.

Das muss allerdings noch warten. Ich denke an Flora, heute soll sie ihr Sommerfest genießen, und zwar *mit* ihrem Mann – ich räume das Feld. Geduckt husche ich die Außentreppe hinunter, verschwinde hinter den Apfelbäumen und lasse die Gartenpforte hinter mir ins Schloss fallen.

Bauchnabel

Bis zum Bauchnabel stehe ich im Meer und lasse mir die Haare aus dem Gesicht wehen. Wie gut das tut! Lux paddelt einmal um mich herum, schwimmt dann voran. Ich schließe die Augen, hebe beide Arme und tauche ab. Tauche ab ins Meer. Mit kräftigen Bewegungen durchpflüge ich das Wasser, komme zurück an die Oberfläche und rudere Lux hinterher. Schnell, schneller. Als die Kraft in meinen Armen zu schwinden beginnt, drehe ich mich auf den Rücken, lasse mich von Meer tragen und bewege nur noch sanft meine Glieder.

Was war das gestern für ein verrückter Abend! Ich muss unbedingt mit Flora sprechen. Ob sie etwas von Brunner wusste? Nein, überlege ich, das hätte sie mir gewiss erzählt. Nur traurig, dass ich von dem Sommerfest so wenig mitbekommen habe. Wie gerne hätte ich mal wieder getanzt und bis in die Puppen gefeiert. Echt schade.

Ich gleite zurück in die Bauchlage, tauche noch einmal unter und nehme Kurs Richtung Strand. Zurück an Land, lasse ich mich, tropfnass, wie ich bin, auf mein Strandtuch fallen. Die Sonne ist so stark, da bin ich rasch trocken. Lux hat sich neben mir in den warmen Sand gelegt, sein kleiner Brustkorb hebt und senkt sich schnell.

Ein lauter Klingelton zerreißt die Strandidylle, hastig greife ich nach meiner Korbtasche und zerre mein Handy heraus. Flora ist dran, das habe ich mir gedacht. Gestern Abend hatte ich ihr zwar noch geschrieben, aber nur, dass ich plötzlich wegmusste, wohlauf bin und sie den Abend genießen soll.

»Annika, was ist los? Alles okay bei dir?«

»Alles gut, mach dir keine Sorgen.«

»Die mache ich mir aber. Warum bist du gestern Abend

verschwunden?« Im Hintergrund höre ich Stimmen und lautes Gerumpel.
»Wo bist du?«, frage ich zurück.
»Im Deli, die Tanzfläche wird gerade abgebaut. Nun sag schon, was war gestern Abend ...?« Ein lautes Getöse verschluckt ihre letzten Worte.
»Das muss ich dir in aller Ruhe erzählen!«, rufe ich laut dazwischen.
»Ja, okay, ist wahrscheinlich besser so«, Flora zögert, »hier geht es gerade drunter und drüber. Lass uns morgen sprechen, ich wollte nur kurz deine Stimme hören.«
Ich lächle, sie ist ein Schatz.
»Brauchst du noch Hilfe beim Aufräumen? Ich könnte kommen.«
»Nein, lass nur, wir sind hier mehr als genug. Ich muss jetzt Schluss machen.«
Ich schicke einen Kuss durch mein Telefon, sage: »Tschüss, bis morgen«, und lege auf. Dabei fällt mir eine Nachricht von Udo auf, die gerade eingegangen ist:

Hi Annika, Toni ist einverstanden, du kannst das Ferienhaus haben. Ich muss in der nächsten Woche ohnehin nach Arnis, dann können wir uns treffen und die Details besprechen.

Klasse! Mit der flachen Hand schlage ich auf mein nacktes Knie. Das läuft ja wie am Schnürchen. Eine zweite Nachricht kommt hinterher.

Durch die Kündigungsfrist, die uns der Vertrag mit dem Touristenbüro setzt, verzögert sich der Kauf ja um drei Monate. Wäre es möglich, dass du jetzt schon eine kleine Anzahlung leistest?

Aha, ich wusste es doch, Udo ist knapp bei Kasse. Ich schreibe rasch zurück:

> Hi Udo, vielen Dank für deine Info, ich freue mich. Mein Notar wird einen Kaufvertrag aufsetzen, eine kurzfristige Anzahlung ist kein Problem.

Ich schicke die Nachricht ab und lasse mich zurück auf mein Strandtuch fallen. Wie glücklich mich die Neuigkeit macht! Ich schließe meine Augen und wandere in Gedanken durch mein neues Haus. Ich probiere Wandfarben und Vorhänge, kombiniere sie mit Mobiliar und Accessoires. Keine zwanzig Minuten später habe ich die Räume komplett eingerichtet. Vor meinem inneren Auge tauchen erste Fotos auf, die ich für die Ferienhaus-Website aufnehmen möchte. Wie deren Design aussehen soll, weiß ich eigentlich auch schon. *Das alles wird traumschön,* überlege ich, und die Idee, an Urlaubsgäste zu vermieten, gefällt mir immer mehr.

Ein paar Sandkörnchen, die mir ins Gesicht rieseln, unterbrechen meine Ideenflut. Lux hat sich aufgerappelt und steht jetzt neben mir. Ich blinzle zu ihm hoch, der ganze Hund sieht aus wie frisch paniert.

»Na, mein Seehund, was meinst du denn zu meinem Vorhaben?« Ich kraule ihm sein sandiges Ohr. »Dein Revier wird noch ein bisschen größer. Das wäre doch ganz okay, nicht wahr?«

Ich richte mich auf und spüre, dass ich jetzt raus aus der Sonne muss. Sie brennt auf meiner Haut. Schnell ziehe ich eine Tunika über meinen Bikini, drehe die noch feuchten Haare zu einem Dutt und stapfe voller Lebensfreude zu meinem Wagen.

Windeseile

»Du bist spät dran.« Flora hält einen gusseisernen Topf schräg, um ihn auszukratzen.

»Messerscharf erkannt«, antworte ich, nehme schwungvoll Platz auf einem Barhocker und stütze beide Ellbogen auf den Verkaufstresen des Delis. »Gibt es denn noch etwas zu essen?«

»Szegediner Gulasch ist noch da. Nur der Reis dazu ist aus.« Sie greift nach einem tiefen Teller und füllt ihn. »Baguette schmeckt aber sicherlich auch als Beilage. Magst du welches?«

Ich nicke, schaue ihr zu, wie sie das Stangenbrot aufschneidet und mir mein Essen über die Theke schiebt. Wie lecker!

»Ich habe großartige Neuigkeiten!«, verkünde ich und schiebe mir den ersten Bissen in den Mund.

Flora schmunzelt. »So siehst du auch aus. Du strahlst ja richtig.«

Rasch erzähle ich ihr von meiner Idee, Udos Wochenendhaus zu kaufen, und von seiner Zusage, die gestern eintraf.

»Ich überlege, es an Feriengäste zu vermieten. Gerade war ich bei meinem Notar, er setzt den Kaufvertrag auf.«

»Aha, deshalb hast du Lux auch nicht dabei.«

»Genau«, bestätige ich, komme aber direkt wieder auf meine Pläne zurück. »Vielleicht wird ja sogar noch mehr aus meiner Idee: Es gibt hier an der Schlei doch immer wieder alte Katen, die leer stehen, vor sich hinmodern und dringend renoviert werden müssten. Die wären doch auch etwas für Urlauber! Ich suche ohnehin nach einer weiteren Kapitalanlage, aus dem Verkauf von Nika Anka sind noch Gelder frei, die ich investieren muss.«

»Deine Probleme möchte ich haben«, seufzt Flora. »Aber

im Ernst, die Idee hört sich toll an, und wenn jemand alte Häuser zu neuem Leben erwecken kann, dann du.«

Sie hebt den Besteckkorb aus ihrer Spülmaschine und beginnt, eine Handvoll Löffel zu polieren.

»Du hast ihn übrigens wieder verpasst.«

»Wen denn?«

»Fred.«

»Hm«, mache ich, gerade habe ich mir eine volle Gabel Gulasch in den Mund geschoben.

»Fred war heute zum Mittagessen da. Er will noch ein paar Tage bleiben, um auf der Schlei zu segeln.«

»Das ist aber schön für ihn«, kommentiere ich mit halb vollem Mund.

Flora zieht eine Grimasse.

»Was war eigentlich los beim Sommerfest? Warum bist du so mir nichts, dir nichts verschwunden? Ich hatte mich echt darauf gefreut, mit dir zu tanzen, und plötzlich warst du weg.«

Ich schlucke und lege mein Besteck zur Seite.

»Du hast recht, das war blöd, und ich finde es total schade, dass ich von dem Abend so wenig mitbekommen habe. Wie war es denn noch?«

Flora beginnt zu erzählen, und alles, was ich höre, macht mich betroffen. Es muss eine traumschöne Party gewesen sein – und ich war nicht dabei. Was für ein Jammer. Und alles nur wegen dem blöden Brunner. Ich fahre mit einer Baguettescheibe über meinen Teller und sammele die letzte Soße ein.

»Ich habe was verpasst, wirklich schade.« Dann stecke ich mir das Brot in den Mund.

»Ach je, jetzt siehst du richtig bedröppelt aus. Was ist dir denn an dem Abend passiert?«

»Erinnerst du dich noch an den Artikel«, beginne ich, »den du über Nika Anka in der Zeitung gefunden hast?«

»Du meinst den mit deinem alten Foto?«

»Genau. In dem Text ging es um die Zürich-Bank, das ist der aktuell wichtigste Kunde von Nika Anka. Der Vorstandsvorsitzende heißt Fridtjof Brunner.« Während ich den Namen ausspreche, mustere ich sie aufmerksam. »Sagt dir der Name etwas?«

Flora zuckt mit den Schultern, ihr Gesicht ist teilnahmslos. »Nicht dass ich wüsste. Warum fragst du?«

»Weil ebendieser Fridtjof Brunner bei deinem Sommerfest dort hereinspaziert kam.« Ich drehe mich um und zeige mit der Gabel auf die Eingangstür. Genau in diesem Moment öffnet sie sich, und Bastian kommt zum Vorschein. *Der schon wieder,* denke ich, und wende mich mit einem unauffälligen Augenverdrehen zurück zur Theke. Dabei lausche ich auf die sich nähernden Schritte.

»Flora, bist du so weit?«, fragt Bastian. »Wir müssen los.«

»Ja, ich komme.« Sie blickt mich entschuldigend an, leichte Röte steigt in ihre Wangen. »Wir haben einen Termin bei der Bank, sorry, ich muss jetzt zusperren.«

»Gar kein Problem, ich bin ja schon fertig«, eilig rutsche ich von meinem Barhocker, »und Lux wartet auch auf mich.«

Ich lege einige Münzen auf die Theke und wende mich, freundlich, wie ich bin, an Bastian:

»Hi, alles gut?«

»Alles bestens.« Seine Reaktion fällt betont kurzsilbig aus, er schaut mich noch nicht einmal an. *Oha, wieder dicke Luft,* denke ich und verabschiede mich in Windeseile. Nein, in Floras Haut möchte ich wirklich nicht stecken. So einen Stinkstiefel im Haus, in meinem Bett zu haben – nein, danke.

Als ich im Wagen sitze, atme ich befreit durch und checke dann meine Nachrichten. Clarissa hat geschrieben:

Hi Nika, hast du morgen Zeit für eine Videokonferenz, 10 Uhr? Fridtjof Brunner hat deine Teilnahme ausdrücklich erbeten.

In meinem Hirn gibt es einen kleinen Kurzschluss. Brunner versucht es von allen Seiten. Ständig diese Termine, er schickt Blumen und taucht dann auch noch in Arnis auf. Alles wegen mir? Oder ist seine Bekanntschaft mit Bastian reiner Zufall? Gibt es Zufälle?

Jedenfalls nervt der Typ, so viel steht fest, und ich hätte große Lust, den Kontakt zu ihm abzubrechen. Aber kann ich das meinen Kollegen antun? Das Budget, das Brunner bringt, ist riesig.

Ich werfe mein Handy auf den Beifahrersitz und starte den Rover. Clarissas Frage muss ich sacken lassen, jetzt fahre ich erst mal zu Lux, der wartet schon viel zu lang auf mich. Im Buchenwald angekommen, stutze ich über die offen stehende Schranke, auch heute Vormittag war sie nicht geschlossen. Ich halte an, lasse den Schlagbaum herunter und das Vorhängeschloss hinter mir einrasten. So gehört sich das!

Auf der Lichtung fällt mir ein fremdes Auto auf, das vor Udos Haus parkt. Das müssen die ersten Feriengäste sein, kombiniere ich, ich sollte denen wohl einmal – freundlich, aber bestimmt – mitteilen, dass die Schranke immer verschlossen sein muss. Ich halte an und steige aus.

Ein pudriger Duft empfängt mich, er schwängert die Sommerluft. Ich schnuppere ihm nach und schaue mich neugierig nach seiner Quelle um. Sofort bleibt mein Blick am Vorgarten hängen. Zwischen den beiden Küchenfenstern wächst eine prächtige Kletterrose. Ich gehe auf sie zu, senke meinen Kopf über eine Blüte und rieche an ihr. Wundervoll, es ist diese Rose, die so himmlisch duftet. Mein Herz wird mit einem Mal groß und weit, wie sehr ich mich auf mein neues Projekt freue! Nicht nur aus Udos Haus werde ich ein

Schmuckstück machen – aus seinem Garten auch. Mit dem Daumen streiche ich über die zarten Blütenblätter, lasse sie vorsichtig aus der Hand gleiten und laufe schwungvoll die drei Treppenstufen zur Haustür hinauf.

Auf mein Klingeln ertönt ein entferntes »Ich komme«, gefolgt von festen Schritten auf der Holztreppe.

Noch einmal drehe ich mich um, lasse meinen Blick durch den Garten schweifen. Ich kann es gar nicht erwarten, dass all dies mein wird.

Ein Geräusch im Hausflur holt meine Aufmerksamkeit zurück, ich wende mich zur Tür, sie schwingt auf – und der leibhaftige Brunner steht vor mir.

Unverblümt

Für einige Sekunden sagt keiner etwas. Mein Hirn setzt aus, wie bei einer optischen Täuschung. Es kann nicht realisieren, was ihm seine Augen gerade zeigen.

»Frau Anka ...« Brunner fängt sich als Erster.

Ich senke meinen Blick. Sein »Frau Anka« hört sich falsch an. Hier in Arnis klingt es abgehoben. Hier bin ich doch Annika. Nur Annika.

»Das ist ja eine bemerkenswerte Überraschung«, fährt er fort und lässt die Haustür weit aufschwingen. »Darf ich Sie hereinbitten?«

Wie könnte ich ablehnen? Ich folge ihm, folge in die Küche.

»Darf ich Ihnen etwas anbieten? Einen Espresso vielleicht?« Brunner hebt einen italienischen Espressokocher empor. »Ich wollte gerade einen aufsetzen.«

»Gerne«, antworte ich höflich, »vielen Dank.«

»Aber bitte, nehmen Sie Platz«, er weist auf den kleinen Küchentisch und seine beiden Stühle. Ich suche mir den Eckplatz aus und lasse mich langsam sinken. Was für eine seltsame Situation. Ich bleibe auf der vorderen Stuhlkante sitzen, sehr gerade, die Hände ineinandergelegt.

Brunner dreht sich zur Anrichte, greift zur Kaffeedose und entzündet den Gasherd. Dabei beobachte ich ihn aus dem Augenwinkel. Seine Bewegungen sind vollkommen ruhig, er ist offensichtlich im Urlaubsmodus. Statt einem seiner eleganten Maßanzüge, Krawatte und Manschettenknöpfen trägt er ein leicht verknittertes Poloshirt, dazu Bermudas. Auf mich, die ich ihn stets nur wie aus dem Ei gepellt kenne, wirkt dieses Bild fast grotesk, als würde die Queen im Badeanzug vor mir stehen. Obwohl, meine Augen bleiben an seinen schlanken, aber muskulösen Unterschenkeln hängen, Brunner in Badehosen, das dürfte gar nicht mal schlecht aussehen.

Er öffnet einen Küchenschrank nach dem anderen, blickt suchend umher.

»Die Espressotassen sind oben links«, helfe ich ihm.

»Sie kennen sich hier aus?«

»Ja, bislang nutzten die Eigentümer dieses Haus als ihr Wochenenddomizil.«

»Dann sind Sie öfters in dieser schönen Gegend. Was treibt Sie her?«

Aha, denke ich, *das wird jetzt interessant.*

»Die Frage ist doch vielmehr, lieber Herr Brunner«, ich mache eine kleine Kunstpause, »was treibt Sie hierher?«

Seine Bewegungen stoppen, langsam dreht er sich zu mir um und nimmt mich ins Visier. Direkt, unverblümt – mit stahlblauen Augen. In diesem Moment kenne ich seine Antwort, sie lautet: Sie treiben mich her. Nur Sie.

Er spricht die Worte aber nicht aus. Er spricht gar nicht. Er schaut mich nur an, und ich denke an Clarissa, daran, wie sie sagt: Brunner ist ein Königslöwe. Ja, das ist er. Und dazu braucht er noch nicht einmal Dreiteiler und Nadelstreifen.

Ich kann nicht anders, ich muss lächeln. Brunner tut es mir gleich. Ganz leicht huscht ein Mundwinkel nach oben. Er dreht sich zurück zum Schrank, öffnet die genannte Tür, nimmt zwei kleine Tassen heraus, stellt sie mit leise klimpernden Untertellern auf den Tisch.

Und ich beschließe, meine Karten offen auf den Tisch zu legen.

»Ich wohne in der Nachbarschaft, am anderen Ende der Lichtung«, erkläre ich und schaue zum Fenster hinaus.

»Sie haben sich ein schönes Fleckchen Erde ausgesucht.«

»Danke sehr.«

»Brauchen Sie Zucker?«

Ich schüttele den Kopf.

Der Espressokocher beginnt zu fauchen, Brunner nimmt ihn von der Platte und lässt seinen schwarzen Inhalt in die beiden Tassen laufen. Er stellt zwei gefüllte Wassergläser dazu und zieht sich den zweiten Stuhl heran.

»Liebe Frau Anka, ich bin Ihnen sicherlich eine Erklärung schuldig. Ein Freund von mir, den ich seit vielen Jahren kenne, lebt hier an der Schlei. Er schwärmt mir seit Langem von dem schönen Segelrevier vor, das Sie hier haben. Und jetzt bin ich da, um es mir anzuschauen.«

Er lächelt mir zu, und seine Augen ruhen dabei unverwandt nur auf: mir. Unverhohlen mustert er mein offenes Haar, die ärmellose Bluse, die ich trage, meine Hände auf dem Tisch.

»Segeln Sie auch?«, fragt er dann und führt die Tasse zum Mund.

»Nein, ich schwimme gerne, aber ansonsten ist Wassersport nicht meine Sache.«

Brunner wiegt den Kopf, ich kann ein »Schade« daraus ablesen. Und irgendetwas daran ärgert mich. Vielleicht dieser Hauch von Arroganz. Was bildet sich dieser Mann eigentlich ein? Meint er, er kann hier in seiner ganzen Selbstgefälligkeit auftauchen, und ich verbringe so mir nichts, dir nichts meine Zeit mit ihm? Woher weiß er überhaupt, dass ich an der Schlei wohne, und wie hat er Udos Ferienhaus gefunden?

Mit einem Mal wird mir es hier zu eng. Ich will nach Hause, nach Hause zu Lux. Ich greife nach meinem Espresso, stürze ihn in einem Zug hinunter, zack, stehe auf und bedanke mich formvollendet für die freundliche Einladung.

»Bitte entschuldigen Sie mich jetzt, ich werde erwartet.«

Der gut erzogene Brunner erhebt sich ebenfalls. Dabei zuckt er kurz mit einer Augenbraue, spart sich aber jeden Kommentar.

»Bitte, darf ich Sie hinausbegleiten?« Er geht voran und öffnet mir die Haustür.

Als ich die drei Stufen nach unten nehme, drehe ich mich noch einmal um.

»Die Schranke übrigens«, ich weise mit dem Kinn Richtung Wald, »sollte immer geschlossen sein. Das hier ist eine Privatstraße – und das soll sie auch bleiben.«

Gewürzgärten

Lux und ich haben den ganzen Abend an unserer kleinen Sandbucht verbracht. Ich sitze auf dem Holzsteg, lasse meine Beine über der Schlei baumeln und lese. Mein Roman spielt in Hamburg, im 18. Jahrhundert. Ein opulentes Familienepos, das um eine Gewürzhändler-Dynastie und exotische Länder kreist. Es ist genau der richtige Stoff für mich, die Geschichte zieht mich in ihren Bann – und weg von meiner eigenen.

Wenn ich hin und wieder aufschaue, dann glitzert mir das Wasser entgegen, dahinter das andere Schlei-Ufer mit seinen romantisch verwachsenen Wäldern. Leise plätschern die Wellen gegen die Holzpfosten unter mir, das Schilfgras rauscht, von Zeit zu Zeit zucken Lux Pfoten. Er träumt. Eng hat er sich neben mir eingerollt, sein warmes Köpfchen ruht an meinem nackten Oberschenkel.

Manchmal schreien Möwen, ansonsten ist es still. Völlig still. Die Ruhe tut mir gut. Die Ereignisse der letzten Tage haben mich müde gemacht. Erst Titus, jetzt Brunner. Beide rücken mir zusehends auf den Leib, brechen in mein Leben ein. Was soll ich davon halten?

Ich senke den Blick und tauche wieder ein in meinen Roman. Lese von sinnlichen Gewürzgärten, rauschenden Bällen und einem alten Familiengeheimnis.

Als es zum Lesen zu dunkel wird, recke ich meine steif gewordenen Glieder und gehe nach Hause. Zusammen mit Lux schlendere ich durch den dämmerigen Pappelwald, schließe die Augen, schnuppere diese einzigartige Geruchsmischung aus salziger Meeresluft und warmem Waldboden. Sie dringt in mich ein und in all meine Glieder. Wir erreichen unsere Lichtung, wieder einmal genieße ich die Aussicht auf mein

schönes Waldhaus und seinen verträumten Garten. Ich schaue auf all das, was ich mir im letzten Jahr geschaffen habe – und es erfüllt mich mit stiller Zufriedenheit.
Hier bin ich zu Hause, hier gehöre ich hin.
Ich nehme die letzten Meter und schließe die Tür auf. Mein Blick fällt auf Titus' Rosen, die ersten lassen bereits die Köpfe hängen. Daneben liegt mein Handy. Ich greife nach ihm, denn Clarissa braucht noch eine Antwort. Bin ich morgen bei der Telefonkonferenz mit Brunner dabei?

                        Nein, liebe Clarissa, ich bin raus.

Kulleraugen

»Was ist eigentlich mit Titus?« Flora kramt eine lange Küchenkelle aus ihrem Verkaufstresen heraus.
»Titus will hier Ferien machen.«
»Nein!« Meine Freundin reißt ihre ohnehin schon großen Augen auf.
Ich schmunzle. »Jetzt siehst du aus wie eine Porzellanpuppe, so eine von früher. Was für hübsche Kulleraugen du hast.«
Sie übergeht meinen Kommentar, schade. Ich bin bester Laune und hätte große Lust, sie ein wenig zu foppen.
»Titus kommt zu dir ins Waldhaus?«
»Nein, natürlich nicht. Er denkt doch, dass ich hier Urlaub mache. Heute Morgen hat er angerufen und mir die großartige Idee verkündet, wir könnten doch ein paar Tage in trauter Zweisamkeit verbringen.«
»Und was hast du geantwortet?«
»Dass ich es mir überlege«, antworte ich und lasse Flora ein wenig zappeln. »Ein bisschen Abwechslung wäre doch ganz nett.«
Auf ihrer Stirn bilden sich unwillige Falten, was mich, zugegeben, amüsiert. Sie macht »Hm« und schiebt eine gefüllte Bowl über ihren Verkaufstresen.
»Was ist das?« Ich schaue skeptisch hinein.
»Belugalinsen mit Sesampaste, Tomaten, fein geschnittene rote Zwiebeln, Koriander«, zählt sie auf. »Probiere mal, ein neues Rezept.«
Ich bin gespannt und koste eine Gabel.
»Das schmeckt köstlich, so frisch und leicht, hätte ich gar nicht erwartet.«
»Das machen die frischen Kräuter und der Zitronensaft.«

»Lecker. Du hast mit Kreuzkümmel abgeschmeckt und mit ... ich komme nicht darauf. Da ist doch noch ein anderes Gewürz drin ...«

»... langer Pfeffer«, hilft Flora nach, und dann erobert ein helles Strahlen ihr Gesicht. Ihr Blick geht zur Eingangstür.

»Da ist er ja endlich!«

Ich schaue überrascht auf und drehe mich um. Wer ist denn da endlich? Ach, du je: der Brunner.

Ich drehe mich wieder zurück und versenke meine Aufmerksamkeit in den Belugalinsen. Derweil wirft Flora ihren Kopf in den Nacken und läuft ihm entgegen.

»Fred, wie schön ...«, flötet sie hinter mir.

Fred? Ich horche auf.

»Darf ich dir meine beste Freundin vorstellen«, jetzt stehen die beiden neben mir. »Annika, das ist ...«

»Wir kennen uns bereits«, falle ich ihr ins Wort und lächele höflich, »hallo, Herr Brunner.«

»Frau Anka, ich grüße Sie.« Er reicht mir die Hand.

»Ihr kennt euch?« Flora stutzt, lässt sich von der Situation aber nicht weiter beeindrucken. »Ich habe euch einen schönen Tisch auf der Terrasse frei gehalten.«

Jetzt bin ich überrascht und schaue sie betont fragend an. Was soll das denn?

»Annika, geh doch schon mal voraus«, fordert sie mich auf. »Fred, was darf ich dir denn zu essen anbieten?«

Ich rutsche wortlos von meinem Barhocker und verschwinde mit meiner Bowl nach draußen. Na bravo, Flora ist voll im Verkupplungsmodus. Das kann ja heiter werden. Lustlos lasse ich mich an dem Tisch nieder, auf dem groß »Reserviert« steht. Meine gute Laune ist verflogen, ich starre benommen auf die beiden Apfelbäume.

»Darf ich mich zu Ihnen setzen?« Brunner ist nachgekommen. Auch er hat eine Bowl in der Hand.

»Bitte«, ich weise auf den freien Stuhl.

Eine Weile ist es still an unserem Tisch. Ich stochere in meinem Essen herum, der Appetit ist mir vergangen.

»Man entkommt ihr nicht, nicht wahr?«, meint er dann.

»Sie meinen Flora?«

»Natürlich.«

»Nein, man entkommt ihr nicht«, bestätige ich seufzend.

Und wie zur Bestätigung rauscht sie mit einem Tablett herbei, stellt zwei Gläser vor uns ab, dazu einen Krug, in dem Zitronenscheiben und zwei Minzstängel schwimmen.

»Selbst gemachte Limonade«, verkündet sie glücklich und schaut von einem zum anderen. Dann schenkt sie ein. »Fred, ich soll dich von Bastian fragen, ob du heute Nachmittag mit ihm segeln gehen möchtest. Er würde dann früher von der Arbeit heimkommen.«

»Das Angebot nehme ich gerne an, vielen Dank, Flora. Ich bin um 15 Uhr am Jachthafen. Sagst du ihm Bescheid?«

»Aber gerne!« Sie leuchtet auf wie ein Glühwürmchen in der Nacht.

Jetzt wendet sich Brunner zu mir. »Möchten Sie uns nicht begleiten?«

Ein Nachmittag mit Brunner und dem schlecht gelaunten Bastian? Zusammengesperrt auf einem winzigen Segelboot? Ich muss mich zusammennehmen, um höflich zu bleiben.

»Das ist sehr nett von Ihnen, aber ich bin leider schon verplant.«

»Jetzt hört doch mal auf mit diesem ›Sie‹!« Flora schaltet sich energisch ein. »Hier in Arnis, da duzt man sich!«

Mit großer Geste dreht sie sich um – und verschwindet. Sosehr ich meine Freundin auch liebe, manchmal ist sie anstrengend.

Brunner greift behutsam nach seinem Glas und hebt es an.

»Darf ich Annika sagen?«

Sein Blick ist offen, und sein Lächeln, das muss ich zugeben, charmant. Aufmunternd nickt er mir zu. Ich will kein Spielverderber sein und tue es ihm gleich.

»Fridtjof?«

»Fred, bitte, meine Freunde nennen mich Fred.« Er prostet mir zu, wir nippen beide an der Zitronenlimonade.

»Bemerkenswert, so erfrischend.« Brunner schürzt anerkennend die Lippen. Dann greift er zu seiner Bowl und schiebt sich eine volle Gabel in den Mund.

»Auch dieses Linsengericht ... delikat, wirklich.«

»Flora ist eine großartige Köchin, das war sie schon immer.«

»Ihr kennt euch schon lange?«

»Wir haben zusammen studiert.«

»Das schweißt zusammen, ich habe ebenfalls einen alten Freund aus Studientagen. Wir sehen uns zwar nicht häufig, aber wenn, dann ist es immer direkt wie früher.«

»Bei Flora und mir war es genauso. Wir hatten fast zwanzig Jahre kaum Kontakt ...« Ich komme ins Erzählen, berichte von unserer gemeinsamen Zeit in Hamburg, und wie wir uns wiedergefunden haben. Brunner hört aufmerksam zu, stellt interessierte Nachfragen, erzählt von seiner eigenen Studienzeit. Unterdessen ist mein Appetit zurückgekehrt, und ich leere meine Bowl bis auf die letzte Linse.

»Und jetzt hast du dich aus dem Berufsleben zurückgezogen?« Brunner schaut mich fragend an.

»So ist es, Sie wissen, Entschuldigung«, ich korrigiere mich, »du weißt, dass ich Nika Anka vor geraumer Zeit verkauft habe. Es gibt zwar noch einen Beratervertrag, aber er verpflichtet mich zu nichts.«

Die letzten Worte spreche ich betont langsam aus, lasse sie im Raum stehen.

»Mit Verpflichtung meinst du – zum Beispiel – morgendliche Videokonferenzen?« Brunner greift den gespielten Ball auf. Er ist klug und hat eine geradlinige Art. Das gefällt mir.

Ich nicke kurz.

»Dann gibt es von nun an also nur noch Annika?« Er hebt erneut sein Glas und schaut mich fragend an.

Ich tue es ihm gleich, und als mein Glas gegen seines stößt, da klirrt es leise.

»Und Fred«, sage ich, »und Fred.«

Kopfnuss

Die Digitalanzeige meiner Mikrowelle zeigt 10.50 Uhr. Um Punkt 11.00 bin ich mit Udo verabredet. Ich schlüpfe in meine flachen Riemchensandalen und baue mich vor dem Flurspiegel auf. Mit beiden Händen streiche ich mir die Haare aus dem Gesicht – und atme kräftig aus.

Udo hat mit Brunner vereinbart, dass wir zwecks Verkaufsbesichtigung ins Haus dürfen. Ob der weiß, dass ich die Kaufinteressentin bin? Auf jeden Fall wird Brunner zur Begrüßung da sein. Und das Wiedersehen mit ihm macht mich irgendwie nervös.

Immer noch schaue ich prüfend an mir hinab. Ich habe mich für einen weit schwingenden, knielangen Rock entschieden, dazu ein eng anliegendes Top. *Sieht gut aus,* denke ich und greife nach meiner Handtasche. Das ruft Lux auf den Plan. Er läuft zum Ausgang und drückt seine Nase hoffnungsvoll gegen den Türspalt.

»Nein, Lux, du musst leider hierbleiben.«

Er hebt den Kopf, als wolle er »Schon wieder?« sagen.

»Ich weiß doch nicht, ob Brunner Hunde mag. Er wohnt ja jetzt bei Udo, da kannst du nicht einfach mit mir durch alle Räume laufen.«

Lux' Blick ist unverändert. Und herzzerreißend.

Ich mache auf dem Absatz kehrt, ziehe die oberste Schublade meiner Flurkommode auf und nehme einen Kauknochen heraus.

»Guck mal, das gibt es zur Entschädigung.«

Mein Hund lässt sich das nicht zweimal sagen, er greift begierig zu – und ich verschwinde durch die Tür.

Udo ist schon da, sehe ich, sein Auto parkt vor dem Haus. Er lehnt gegen die Fahrertür und unterhält sich mit Brunner.

Als die beiden mich kommen sehen, wenden sie ihre Körper in meine Richtung. Sie bleiben miteinander im Gespräch, ihre Blicke aber verharren weiterhin auf mir. Plötzlich fühle ich mich wie auf einem Laufsteg. Gefällt mir das?

»Annika, grüß dich«, Udo kommt mir die letzten Meter entgegen, »wie gut du wieder ausschaust.« Küsschen links, Küsschen rechts.

»Darf ich Ihnen meine Nachbarin ...«

»Wir haben uns bereits vorgestellt«, unterbricht ihn Brunner, »schön, dich zu sehen, Annika.«

Ich strecke ihm meine Hand entgegen, die er, gekonnt, übersieht. Küsschen links, Küsschen rechts. Sein Dreitagebart kitzelt an meiner Wange.

»Herr Brunner erzählte gerade, wie gut ihm unser Segelrevier gefällt. Obwohl der Zürichsee sicherlich auch viel zu bieten hat, nicht wahr?« Udo macht gefälligen Small Talk. »Wie lange möchten Sie denn noch bei uns bleiben?«

»Voraussichtlich bis Sonntag.«

»Dann werden Sie noch viel Zeit auf dem Wasser verbringen können, die Wetterprognose ist fantastisch. Sie sind ein echter Glückspilz.«

»Ja, das bin ich wohl.« Brunner blickt – für den kurzen Moment eines Augenzwinkerns – zu mir.

»Was meinst du«, ich wende mich Udo zu, »sollen wir loslegen?«

»Bitte sehr«, Brunner weist höflich in Richtung Haustür, »ich werde mich derweil in den Garten zurückziehen.«

Seine feine Art gefällt mir, er überlässt uns das Feld, ohne sich selbst ins Spiel bringen zu müssen. Ein Gentleman.

Als Udo und ich eine knappe Stunde später wieder aus dem Haus treten, ist mein Kopf voll. Es gibt weit mehr zu tun, als ich dachte. Bislang kannte ich nur die untere Etage, die Antonia und Udo nach ihrem Kauf renoviert hatten. Die Schlafzimmer oben und das Bad befinden sich allerdings in keinem guten Zustand. Ich verstaue mein Notizbuch in meiner Handtasche. Viele Stichworte, die ich mir gemacht habe, sind mit einem Fragezeichen versehen.

Zusammen gehen wir nach hinten in den Garten, um uns von Brunner zu verabschieden. Er sitzt lesend auf einer Bank, umgeben von aufgeschlagenen Tageszeitungen. Während sich Udo wortreich für sein Entgegenkommen bedankt, verfängt sich mein Blick in der Kastanie. Ihre ausladende Krone beschattet einen großen Teil des Gartens. An einem ihrer dicken Äste hängt eine verlassene Schaukel. Mit einem Mal sehe ich Antonia und die Kinder vor mir. Es ist traurig, dass sie ihr Ferienhaus verlieren. Ob sie es vermissen werden? Ich habe gerne ihr Lachen gehört, das immer wieder mal zu mir herüberschallte. Damit ist es nun vorbei und alles nur wegen Udos blöden Hormonen.

»Annika?« Mein Noch-Nachbar reißt mich aus meinen Gedanken.

»Ach, du willst sicher los. Komm gut heim nach Hamburg und«, ich lächele süß, »grüß Antonia schön.«

Okay, das war jetzt nicht ganz fair, aber die Verlockung, ihm wenigstens diese Kopfnuss mitzugeben, war einfach zu groß. Im Rekordtempo ist Udo aus dem Garten verschwunden – und Brunner und ich sind allein.

»Und? Zufrieden?«, fragt er und legt leise raschelnd seine Zeitung zur Seite.

»Mit der Hausbegehung? Ich liebe diese verschrumpelten Katen ja genauso wie alte, gewachsene Gärten«, ich drehe mich langsam im Kreis, »es gibt aber auch noch ganz schön viel zu tun. Mehr als gedacht, wenn ich ehrlich bin.«

Brunner nickt. »Du hast ein neues Projekt. Reetdach statt Firewall.«

»Ja«, ich lache kurz auf, »so kann man das sagen. Aber am Ende müssen beide dicht sein. So oder so.«

»Was hast du denn mit dem Gebäude vor?«

»Ich werde es hübsch machen und dann vermieten, vielleicht an Feriengäste wie dich ...«

In Brunners Dreitagebart kommt Bewegung. War das ein Lächeln?

»Dann wird es Zeit, auf dein neues Projekt anzustoßen.« Brunner legt seine Arme in voller Breite auf die Rückenlehne. »Ich würde mich zur Verfügung stellen.«

Ah, da ist er wieder, der Königslöwe, der schöne Mann, der sich seiner Wirkung durchaus bewusst ist.

Aber warum eigentlich nicht? Es ist längst überfällig, auf mein Ferienhaus anzustoßen – und ich habe Lust dazu. Warum nicht mit Brunner? Ich schaue auf ihn hinunter, und mir gefällt, wie er so dasitzt, in seinem lässigen Ferienlook und mit den überschlagenen, langen Beinen.

»Darf ich dich zum Mittagessen einladen?« Er schaut erst auf seine Uhr, dann auf mich.

Aber nicht zu Flora, denke ich in Sekundenschnelle, sie würde sonst ihre »gelungene« Verkupplungsaktion feiern, so viel ist klar, und diese Peinlichkeit möchte ich mir – und auch Brunner – gerne ersparen.

»Ja, du darfst. Nördlich von Maasholm gibt es ein schönes Fischrestaurant, es gehört zu einem alten Gutshof, der direkt am Wasser liegt – die Küche ist wirklich gut. Wäre das was?«, schlage ich vor.

Brunner freut sich, natürlich nur so viel, wie es seine kultivierte Art zulässt. »Dann, bitte«, er steht auf und weist auf den Gartenweg, »es ist mir ein Vergnügen. Außerdem besitzt Maasholm einen interessanten Segelhafen, wie ich hörte. Vielleicht schauen wir da im Anschluss noch vorbei?«

Wir treten zusammen vor das Haus, doch als Brunner seinen Wagen öffnen will, winke ich ab.

»Vom Gutshof aus können wir zum Segelhafen sogar laufen. Es gibt da nur eine Bedingung: Wir sind zu dritt.«

»Wie darf ich das verstehen?«

Ich zeige auf mein Waldhaus. »Ich habe einen Hund, der sehnsüchtig auf mich wartet.«

»Sehnsucht darf man nicht enttäuschen.« Er neigt den Kopf. »Dann kommt der Kleine eben mit.«

Der Kleine? Na, der wird sich wundern, denke ich und schlage, gemeinsam mit Brunner, den Heimweg ein.

»Du magst Hunde?«

»Oh ja, ich bin mit ihnen aufgewachsen«, Brunner fährt sich durch die Haare, »und als unsere Tochter noch klein war, hatten wir auch einen: Pluto, ein schwarzer Pudelmischling, bei dem niemand so recht wusste, wo hinten und wo vorne ist.«

Brunner hat Familie? Seltsam, das wusste ich gar nicht. Für einen Moment bin ich irritiert.

»Schön ist es hier.« Er lässt seinen Blick über die Lichtung schweifen, dreht sich im Gehen noch einmal um. »Also, wenn du nicht schon ein Auge auf mein derzeitiges Ferienhaus geworfen hättest, würde ich glatt ...«

»Untersteh dich!« Ich buffe gegen seinen Oberarm, er lacht leise.

Als wir mein Waldhaus erreichen, höre ich Lux schon fiepen, er hat uns kommen hören. Ich schließe schnell die Haustür auf und genieße es, sein weiches Fell zu spüren, ihn wieder bei mir zu haben. Neugierig stürzt er sich auf den Besucher, begrüßt und beschnüffelt ihn. Dieser lässt seine Hand ruhig über Lux' Flanke fahren, spricht ihm leise zu. Die beiden mögen sich, so viel ist jetzt schon klar.

»Du entschuldigst mich kurz?« Ich lasse die Haustür aufschwingen und verschwinde im Bad. Ein bisschen Lippenstift und zwei Bürstenstriche können nicht schaden. Als ich zurückkomme, steht Brunner im Flur – vor Titus' Rosen.

»Ich wollte mich noch für die schönen Blumen bedanken, die du mir geschickt hast«, ich weise geradeaus in meine offene Küche, »ein ausgesprochen schöner Strauß.«

Brunner wendet den Kopf, schaut kurz in die gezeigte Richtung, dann zurück auf die Rosen.

»Können wir?« Ich klimpere vor seinen Augen mit dem Autoschlüssel und trete nach draußen. Brunner braucht schließlich nicht alles zu wissen. Und er ist galant genug, um nicht nach allem zu fragen.

Auf der kurzen Fahrt nach Maasholm bewundert Brunner die malerische Landschaft, die die Schlei geformt hat. Ich übe mich als Fremdenführer, berichte ihm von Angeln und Schwansen, unseren beiden durch das Wasser der Schlei getrennten Halbinseln, die wiederum in Kappeln – durch eine Klappbrücke – oder in Arnis – durch eine Fähre – miteinander verbunden sind. Mein Schweizer Gast lauscht aufmerksam, stellt interessierte Nachfragen und lässt immer wieder seinen Blick raus zum Ostseefjord schweifen. Dann bleibt sein Blick an etwas hängen.

»Weißt du, was für ein Greifvogel das ist? Seine Spannweite ist enorm.« Brunner tippt auf die Seitenscheibe.

Ich beuge mich nach vorn und linse aus der Windschutzscheibe nach oben.

»Ein Seeadler, das kann nur ein Seeadler sein.«

Er wirft mir einen derart skeptischen Blick zu, dass ich direkt nachsetze:

»Du kannst mir ruhig glauben, an der Schlei gibt es einige Adlerhorste.«

»Ich bin beeindruckt«, Brunner schürzt anerkennend die Lippen, »du lebst wirklich in einem Paradies.«

Als wir, flankiert von uralten Buchen, auf dem weitläufigen Gutshof vorfahren, ist das Fischrestaurant schon gut gefüllt, ein letzter Tisch auf der Terrasse aber noch frei.

»Was hältst du von einer Flasche Riesling«, Brunner überfliegt routiniert die Weinkarte, »oder soll es erst etwas Prickelndes sein?«

»Nein, Riesling ist perfekt.«

Als der Weißwein vor uns steht, hebt Brunner feierlich sein Glas, sagt: »Auf dein Ferienhaus!«, und stößt mit mir an. Schön ist das. Es ist überhaupt schön, mit ihm unterwegs zu sein. Ich erzähle von meiner Idee, weitere Reetdach-Katen zu kaufen, sie wieder in Schuss zu bringen und an Feriengäste zu vermieten. Brunner ist ein guter Gesprächspartner: aufmerksam, klug, lebenserfahren. Es macht mir Freude, meine Pläne mit ihm zu teilen, seine Meinung zu hören.

Das Essen kommt, es duftet köstlich, und wir genießen den ersten Happen in Stille. Der Fisch ist wirklich gut, ganz frisch, nur mit grobem Meersalz und Thymian gewürzt.

»Erzähl mir etwas von dir«, unterbreche ich die Gesprächspause. »Du hast Familie?«

Ein Schatten huscht über sein Gesicht.

»Ja, eine Tochter, Sophie, wir haben sie sehr früh bekommen. Lea ist während ihres Studiums schwanger geworden. Sophie ist längst erwachsen und lebt in Berlin.« Er schaut mich nachdenklich an. »Wir sehen uns manchmal zu Weihnachten, und an Geburtstagen telefonieren wir.«

»Das ist nicht sehr oft.«

»Das stimmt«, er holt tief Luft, »ich habe mein Leben lang intensiv und auch sehr gerne gearbeitet. Eine Karriere bei der Zürich-Bank macht man nicht einfach so nebenbei. Sophie wirft mir das bis heute vor, sie meint, dass ich immer zu wenig Zeit hatte. Für sie und auch für Lea.«

»Lea?«

»Meine Frau.«

»Hm«, nicke ich und richte meine Aufmerksamkeit auf die Gräten in meinem Fisch. Konzentriert nehme ich mir eine nach der anderen vor. Bis auf die leise kratzenden Geräusche, die mein Besteck auf dem Teller hinterlässt, ist es still geworden.

»Lea ist vor drei Jahren gestorben, ein Autounfall.« Brunner lässt eine Bombe platzen. »Ich saß im Flugzeug, als ich daheim in Zürich landete und mein Handy wieder einschalten konnte, war es schon zu spät.« Er hat seine Ellbogen aufgestützt und die Hände vor sich gefaltet. Seine Fingerknöchel treten weiß hervor. »Sophie war bei ihr, in der Klinik, als sie gestorben ist. Danach ist es schwierig geworden. Mit Sophie – und überhaupt.«

Er greift energisch nach seiner Gabel, spießt die letzte Kartoffel auf, zermahlt sie mit angespannter Kiefermuskulatur.

»Du hast Lea sehr geliebt?« Noch während ich spreche, wundere ich mich über meine eigene Frage.

Sein Blick geht ins Leere. »Es ist lange her«, seine Stimme bricht. Diese Antwort genügt. Ich schlucke, mit so einer Wendung hatte ich nicht gerechnet. Bevor ich mich fangen kann, regt sich etwas unter dem Tisch. Lux macht sich bemerkbar, und Brunners Gesicht verzerrt sich kurz, dann lacht er laut auf.

»Was ist los?«

»Er leckt mein Knie, das kitzelt.«

»Lux!« Ich bücke mich und stecke meinen Kopf unter die Tischdecke. »Das darfst du nicht!«

Mein Hund schaut mich mit großen Augen an. Sein siebter Sinn für Stimmungsschwankungen ist angesprungen, wie könnte es auch anders sein.

»Ach, lass ihn, bitte«, ich sehe Brunners Hand unter dem Tisch auftauchen, sie findet Lux' Kopf und streichelt ihn, »er ist so ein guter Hund.«

Ja, das ist er, denke ich und komme zurück an die Oberfläche. Brunner lächelt mich an, befreit. Das ist gut.

»Was meinst du«, unternehmungslustig greife ich nach Lux' Leine, »der gute Hund braucht jetzt seinen Auslauf. Hast du Lust auf einen Strandspaziergang?«

»Nichts lieber als das«, er nickt begeistert und schaut sich nach dem Kellner um, »die Rechnung, bitte!«

Tobak

Erzähl mir nichts«, Flora kommt mir aus ihrer Küche entgegen, »Irmi hat euch gestern zusammen gesehen, am Strand von Maasholm.«

»Ich weiß«, stöhne ich und stelle meine Handtasche ab. In der Hand halte ich einen Packen Briefe. »Gerade war ich bei ihr, da habe ich es schon erfahren. Brühwarm.« Manchmal ist es schon nervig, in einem Dorf zu leben. Hier wissen immer alle alles. Ganz zur Freude von Flora, natürlich, sie strahlt wie eine Neonröhre.

»Und? Wie war's?«

»Schön.«

»Mann, jetzt erzähl doch mal!«

»Wusstest du etwas von seiner verstorbenen Frau?«

Meine Freundin stockt. »Er hat dir von Lea erzählt?«

Ich nicke.

»Das ist bemerkenswert. Ja, ich kannte sie, wenn auch nur flüchtig. Eine außergewöhnliche Frau. Sie müssen sich sehr geliebt haben.«

Eine Szene von gestern kommt mir in den Sinn: Fred am Strand, hinter ihm die Sonne, sein Gesicht im Schatten. Seine rechte Hand liegt auf dem Herzen, zur Faust geballt.

Gestern habe ich einen Brunner kennengelernt, der nur wenig gemein hatte mit dem beherrschten, glatt rasierten, immer akkurat daherkommenden Geschäftsmann.

Wir waren mit Lux noch lange, sehr lange spazieren. Fred hat von früher erzählt, wie er Lea kennenlernte, wie Sophie geboren wurde, dass sie sich viele Kinder gewünscht hatten, seine Frau aber nur einmal schwanger wurde. Zwischen den Zeilen klang immer wieder seine große Liebe für sie hindurch – und der Schmerz, sie verloren zu haben.

»Weißt du«, sagte er, »wir hatten so ein kleines Zeichen, das wir uns gaben, wenn wir gestritten hatten, wenn irgendetwas schieflief zwischen uns. Dieses Zeichen bedeutete: Und ich liebe dich doch.« Er legte seine zur Faust geballte Hand auf sein Herz. »Als ich nach ihrem Unfall ins Krankenhaus kam, als alles zu spät war, da lag sie so da.« Er klopfte sich einmal, ganz zart, mit der Faust auf sein Herz. »Und ich liebe dich doch.«

»Aber, Schatz, du bist ja ganz weiß um die Nase!« Flora fasst mit beiden Händen nach meinen Oberarmen. »Setz dich besser. Was ist denn los?«

Sie hat recht, die Szene von gestern geht mir immer noch nah. Ich erzähle meiner Freundin davon, sofort blitzen Tränen in ihren Augenwinkeln auf.

»Unfassbar traurig«, sie hat sich neben mich gesetzt, »und es passt zu dem, was Bastian mir erzählt hat. Er war bei Leas Beerdigung und ist danach mehrmals nach Zürich geflogen, weil es Fred so dreckig ging. Die Bourbon-Flasche ist in dieser Zeit wohl zu seinem besten Freund geworden«, sie schaut mich vielsagend an, »und Bastian befürchtete schon das Schlimmste.«

Flora malt mit dem Zeigefinger die Maserung der Tischplatte nach. »Damals kam es auch zum Bruch mit seiner Tochter, sie ist nach Berlin gezogen. Für Fred war das der Startschuss, sich vollends in die Arbeit zu stürzen. Zum Glück, muss man heute sagen, denn er hat sich darüber wieder gefangen. Ob das allerdings ein erfülltes, freudvolles Leben war, was er in den letzten Jahren geführt hat, kann ich dir nicht sagen.«

Ich lasse mich zurückfallen – und werde ernst.

»Das ist ganz schön starker Tobak, den du mir da servierst.«

Sie schaut mich fragend an.

»Na, du willst mich doch unbedingt mit Fred verkuppeln!

Was soll das? Die Geschichte, die er mit seiner Frau durchgemacht hat – und die er offensichtlich immer noch liebt –, ist schrecklich.«

»Ja, aber wenn einer diesen Eisblock auftauen kann, dann doch du.« Flora greift nach meiner Hand. »Lea ist seit drei Jahren tot.«

»Du hältst zu viel von mir, ich bin keine Therapeutin, und außerdem knabbere ich noch an Titus herum, ich habe selbst ein Beziehungsthema.«

»Also«, sie steht energisch auf, »es bleibt festzuhalten, dass ihr gestern lange am Strand wart. Und dass ihr dabei sehr vertraut ausgeschaut habt, das sagt jedenfalls Irmi. Ich finde meine Prognose daher gar nicht so schlecht.«

»Aber Flora ...«

»Flora muss jetzt in die Küche«, sie schneidet mir das Wort ab, »es gibt heute Ofenkartoffeln mit Kräuterquark oder Flammkuchen, beides mit Salat. Du kannst dir schon mal überlegen, was du später essen möchtest.«

Ich kapituliere. Gegen diese Frau ist einfach kein Kraut gewachsen. Stattdessen greife ich nach meinem Poststapel und reiße den ersten Umschlag auf, eine Rechnung, in der zwei Beträge nicht stimmen. Das fängt ja gut an. Ich packe meine Siebensachen und verdrücke mich auf die menschenleere Terrasse, um die Angelegenheit telefonisch zu klären. Danach nehme ich mir die anderen Briefe vor – das dauert.

»Besuch für dich.« Flora steckt ihren Kopf durch die Terrassentür und ist im nächsten Moment wieder verschwunden.

Fred? Neugierig drehe ich mich zur Seite.

»Titus!« Ich bin baff. »Wo kommst du denn her?«

»Ich wusste doch, dass ich dich hier finde.« Er beugt sich zu mir herab, und nur, weil ich meinen Kopf rasch zur Seite ziehe, landet sein Kuss auf meiner Wange.

»So abweisend?« Er verzieht den Mund und zeigt auf den zweiten Stuhl. »Darf ich?«

»Bitte«, ich nicke, fühle mich aber von ihm überfallen, »wenn du schon mal da bist.«

»Hm, charmant. Im Beachclub hörte sich das noch ganz anders an.«

Ich kann es nicht glauben, was bildet der sich eigentlich ein? Meint er ernsthaft, dass wir wieder ein Paar werden – oder schon eins sind? Nur wegen ein bisschen Knutscherei?

»Titus, was tust du hier?«

»Ich besuche dich«, er beugt sich selbstsicher nach vorne, stützt sich auf beiden Unterarmen ab, »und da ich mich daran erinnert habe, wie deine Freundin heißt, die hier wohnt, und ich ihren Namen gegoogelt habe, bin ich jetzt hier.«

»Du googelst meine Freunde?«

»Für einen guten Zweck«, Titus setzt sein Lausbub-Lächeln auf, »nicht böse sein.«

Flora taucht erneut im Türrahmen auf:

»Was möchtet ihr beiden Hübschen denn essen?« Die Ironie in ihrer Stimme ist kaum zu überhören.

»Kann ich zu den Ofenkartoffeln auch ein Steak haben?«, fragt Titus, als er hört, was es zu Mittag gibt.

»Nein.«

»Hm, das ist ja eine sehr übersichtliche Speisekarte.«

»Stimmt. Am Ortsausgang gibt es noch eine Pommes-Bude, vielleicht probierst du es da mal.«

Ich kann nicht anders, der Schlagabtausch zwischen den beiden amüsiert mich. Fasziniert verfolge ich ihn, dabei fällt mir auf, wie umwerfend gut Titus mal wieder aussieht. Die beiden Frauen am Nebentisch schauen sich fortwährend nach ihm um. Und sie haben recht, die längeren Haare stehen ihm wirklich gut und seine lässigen Designerklamotten auch.

»Schon gut«, Titus winkt ab, »ich nehme den Flammkuchen und dazu eine Cola, bitte.«

»Den Flammkuchen hätte ich auch gerne«, schließe ich mich an, »aber bitte ohne Cola.«

Fünf Minuten später steht das Bestellte vor uns. Mit einem sachlichen »Guten Appetit« verschwindet Flora im Eiltempo. Titus schaut ihr irritiert nach.

»Sind hier im Dorf alle so schroff?« Er hebt mit spitzen Fingern seine Cola-Flasche hoch, mustert skeptisch das Etikett. »Und was ist das hier? Ist das bio – oder was?«

Ich lache laut los. Titus hat sich keinen Deut verändert, man muss ihn nicht mögen, aber er ist und bleibt ein Original. Er fällt in mein Lachen ein – und das tut richtig gut.

»Lass es dir schmecken.« Ich weise mit meinem Kinn auf seinen Flammkuchen. »Flora ist eine tolle Köchin, du wirst schon sehen.«

»Na, hoffentlich ist das echter Speck.« Er greift skeptisch nach seinem Besteck.

Ich lasse ihn gewähren und komme zu dem wunden Punkt, den ich bei unserem letzten Date vernachlässigt habe: Nina.

»Wie geht es eigentlich Nina?«

»Weiß nicht«, Titus kaut, spricht aber mit halb vollem Mund weiter, »sie ist noch in Kalifornien.«

»Seid ihr noch zusammen?«

»Wo denkst du hin?« Ich ernte einen entrüsteten Blick. »Nina ist mit einem Ami zusammen, ihm gehört der Tennisclub, in dem sie arbeitet.«

Geschieht dir recht, denke ich, bemerke aber auch, dass ihn das Thema völlig kaltlässt.

»Warum hast du mich damals verlassen?«

»Mensch, Annika, jetzt fang doch nicht mit dem alten Zeug an!«

Ich ignoriere ihn. »So groß kann die Liebe zu Nina ja nicht gewesen sein, wenn es mit euch schon wieder aus ist.«

Mein Ex stöhnt und säbelt an seinem Flammkuchen herum. »Sie konnte dir eben nie das Wasser reichen.«

Auch wenn ich es gern täte, ich glaube ihm nicht. Er wirft mir bloß, wie einem alten Kettenhund, einen Knochen zu, nur damit ich endlich still bin. Aber darauf falle ich nicht herein.

»Warum hast du dich damals für Nina entschieden?«

»Oh Mann, so habe ich mir das nicht vorgestellt.« Titus lässt sein Besteck fallen, es scheppert auf die Tischplatte. Die zwei Frauen blicken auf. »Lass uns doch nach vorne schauen, in die Zukunft. Ich habe gerade einen sensationellen Deal gemacht! Ich bin nicht ohne Grund nach Hamburg zurückgekehrt ...«

Ja, denke ich, *und der Grund war offensichtlich nicht ich.* Fred kommt mir wieder in den Sinn, wie er am Strand steht, mit der Faust auf seinem Herzen. In dieser Geste lag eine Standhaftigkeit und Redlichkeit, die es zwischen Titus und mir wohl nie gab. Wir hatten es gut miteinander, ja, richtig gut sogar, aber solch eine Tiefe, solch eine unverbrüchliche Verbundenheit, wie ich sie bei Fred spürte, gab es bei uns nicht. Nie.

Ich schiebe die Traurigkeit, die darüber in mir aufkeimt, zur Seite. Titus ist mir immer noch eine Antwort schuldig.

»Warum Nina?«

Endlich gibt er auf.

»Wenn du es unbedingt wissen willst: Nina wollte mit mir nach Kalifornien gehen – und allein hatte ich dazu einfach keine Lust. Wärst du damals mitgekommen? Sei ehrlich, du hast dich ja nur noch für Lux interessiert, ständig bist du mit ihm unterwegs gewesen und hattest plötzlich völlig abstruse Ideen.«

»Abstruse Ideen?«

»Ja, aufs Land ziehen, im Job kürzertreten – so ein Zeug halt.«

»So ein Zeug halt«, wiederhole ich im Flüsterton.

»Sag bloß«, Titus dämmert etwas, »du hast das jetzt wirklich durchgezogen. Du bist doch nicht etwa hierhergezogen, in dieses Kaff, zu diesen«, er fuchtelt mit dem Messer durch die Luft, »Provinzaffen?«

»Nein, natürlich nicht«, ich greife zur Notlüge und im gleichen Moment zu Handy und Poststapel. »Ich muss jetzt los, ein Friseurtermin – es wird höchste Zeit.«

Bloß weg hier, es reicht.

»Warte, ich bring dich noch zum Auto.« Hektisch springt Titus auf, zieht einen Schein aus der Hosentasche und steckt ihn unter seine Cola-Flasche. Sie ist noch ganz voll, er hat nicht einmal probiert.

Auf dem Weg zur Tür winke ich Flora, sie streckt in Titus' Rücken die Zunge raus, weist dann mit dem Kinn zum Fenster. Fred ist da, er schaut nach draußen. Als ich die Tür öffne, sieht er mich. Ein feines Strahlen erobert seine Gesichtszüge, dann aber bleiben seine Augen an Titus hängen. Im gleichen Moment spüre ich Fingerspitzen in meiner Taille. Titus hat den Arm um mich gelegt. Ich versuche, auf den Treppenstufen zu entweichen, entkomme ihm aber nicht. Mein Wagen parkt direkt vor der Tür. Mir ist die ganze Situation unendlich peinlich, ich spüre Freds Blick auf mir, suche in meiner Handtasche nach meinem Autoschlüssel, und als ich ihn finde, als ich aufblicke, da umfasst Titus mein Gesicht mit beiden Händen.

Und bevor ich verstehe, was er im Schilde führt, küsst er mich.

Perplex

Na, Mädchen, du hast aber Wut.«
Ich hole mit der Spitzhacke aus und ramme sie in den ausgetrockneten Boden. Noch mal. Und noch mal.

»Das war genau das Richtige«, sage ich atemlos und schiebe die aufgelockerte Erde zur Seite, »jetzt komme ich mit der Schaufel weiter.«

»Gut, dann fahre ich die Steine ran.« Heinrich steigt auf seinen Trecker, wirft ihn an und tuckert langsam vorwärts. Er bringt mir ein paar alte Bruchsteinplatten, die auf seinem Hof nur herumstanden, die ich aber als Trittsteine in meinem Garten gebrauchen kann.

Zusammen hieven wir sie, einen nach dem anderen, von der Pritsche und legen sie in die flachen Erdlöcher, die ich ausgehoben habe.

»Das wäre geschafft«, meint er schnaufend nach dem letzten Stein, richtet sich auf und hält sich den Rücken. Ich greife direkt zur Schaufel und fülle die übrig gebliebene Erde in meine Schubkarre. Mir brennen die Oberarme, die Sonne glüht, Schweiß überzieht meinem kompletten Oberkörper. Und das fühlt sich verdammt gut an.

Heinrich verdrückt sich in den Schatten, er nimmt sich eine Wasserflasche und lässt sich auf die Gartenbank sinken.

»So schlimm?«, fragt er nach einer Weile.

Ich halte inne, aber nur kurz, dann schaufele ich weiter. Ich habe keine Lust zu reden.

Titus' Kuss, heute Mittag vor dem Deli, hat mich rasend gemacht. Eine bodenlose Unverschämtheit. Zum Glück, zum Glück!, hat sie mich *direkt* so wütend gemacht, dass ich ihm eine geknallt habe. Eine Ohrfeige, die gesessen hat. Aber so richtig.

»Fertig!« Ich werfe meine Schaufel auf die Karre und setze mich zu Heinrich in den Schatten. Wortlos reicht er mir eine zweite Flasche. Mein Gott, wie gut Wasser doch schmeckt! Ich lasse mich gegen die Lehne fallen und die Kühle in mich hineinlaufen.

Meine Gedanken aber sind immer noch bei Titus. Da rätsele ich anderthalb Jahre herum, warum mich der Typ verlassen hat, und dann das: Weil ich nicht zu seinen Plänen passte! Weil ich so »abstruse Ideen« hatte! Weil Nina mit ihm nach Kalifornien wollte! Es ging nur darum. Er hat mich einfach gegen das systemkonformere Modell ausgetauscht. Fertig, aus. So einfach, so profan. Ich könnte ausrasten!

»Wenn du dich noch ein bisschen austoben willst«, Heinrich weist mit der Hand zum Holzstapel, »dann schlag doch noch die großen Stücke klein. Die kriegst du so eh nicht in deinen Ofen rein.«

»Gute Idee, ich hole mir sofort die Axt.«

Ich springe auf, und als ich wieder zurückkomme, sitzt Heinrich schon auf seinem Trecker. Er rangiert rückwärts aus dem Garten, dreht sich kurz um, hebt die Hand zum Gruß.

»Tschüss, Heinrich«, rufe ich gegen den Motor an, »und vielen Dank!«

Er winkt ab und verschwindet hinter der Hausecke. Ich laufe direkt zum Holzstapel, nehme ein großes Scheit heraus und lege los. Die Axt kracht herunter, einmal, zweimal, dreimal – und mit jedem Hieb vertreibe ich Titus ein wenig mehr.

Als ich irgendwann fertig bin, halte auch ich mir den Rücken. Das war heftig, hoffentlich bekomme ich morgen nicht die Quittung dafür. Ich blicke auf das viele Kleinholz, das sich über den Boden verteilt, und lege die Axt auf dem Hackklotz ab.

Die Sonne steht schon tief, sie verschwindet gleich hinter den Bäumen. Mein Schweiß ist kalt geworden. Ich muss mir etwas überziehen, sonst liege ich morgen wirklich flach. Fröstelnd reibe ich mir die Schultern und gehe ins Haus. Dort greife ich nach der alten Gartenjacke, die an der Garderobe hängt, und mein Blick fällt auf Titus' Rosen. Mit einem letzten Funken Wut umfasse ich den kompletten Strauß, zerre mit dem Ellbogen die Haustür auf und marschiere zur Biotonne. Weg, bloß weg damit.

»Ich dachte, es wäre Zeit für einen Sundowner.«

Überrascht drehe ich mich um, Fred kommt die Auffahrt herauf. Langsam. Zwischen den Fingern seiner rechten Hand baumeln zwei Bierflaschen.

»Perfektes Timing!«, rufe ich ihm über die Schulter zu und lasse den Deckel der Mülltonne herunterkrachen.

»Ich habe einfach gewartet, bis der Lärm in deinem Garten aufhört.« Kleine Lachfältchen tanzen um seine Augen. Natürlich, mein wütendes Holzhacken muss bis zu ihm geschallt haben.

Lux, der noch im Garten war, kommt an mir vorbeigesaust. Er hat Freds Stimme gehört und begrüßt den unerwarteten Besucher. Dann stürmt er zu mir, umkreist vor lauter Freude auch mich. Fred und ich müssen beide lachen, was Lux noch mehr anstachelt.

»Komm«, sage ich zu unserem Gast und zeige auf die Lichtung, »wir gehen in die Abendsonne.«

Zusammen laufen wir hinunter auf die Wiese, suchen uns ein einladendes Plätzchen und setzen uns ins hohe Gras. Fred zieht einen Flaschenöffner aus der Hosentasche, es macht zweimal »Zisch«, und wir prosten uns zu. Ich nehme einen langen, genussvollen Schluck und strecke meine Beine aus. Lux kuschelt sich daneben.

Erst jetzt fällt mir auf, wie ich aussehe: ein verschwitztes, uraltes T-Shirt, abgeschnittene Jeans, die nackten Beine beschmiert mit Gartenerde, und meine Hände schmutzig bis unter die Fingernägel. *Ein echter Hingucker,* denke ich, und richte zumindest einmal meinen Pferdeschwanz. »Scher dich nicht drum, du kannst alles tragen«, würde Flora jetzt sagen. Ich muss beim Gedanken an sie lächeln. Geradezu diebisch würde sie sich freuen, mich hier mit Fred sitzen zu sehen.

»Was gibt es zu schmunzeln?« Fred schaut mir neugierig ins Gesicht.

»Ich musste an Flora denken. Sie will nichts lieber als uns beide verkuppeln.«

»Tatsächlich?« Er zwinkert mir zu. Ihm sind ihre Manöver natürlich auch nicht entgangen.

»Aber was ist das auch für ein Zufall, dass gerade du daherkommst.« Ich lehne mich nach hinten, stütze meine Hände auf den Boden und blinzle in die Abendsonne. »Flora konnte nicht ahnen, dass wir beide uns schon kennen. Sie kannte noch nicht mal deinen vollen Namen.«

»Du wusstest also nicht, dass ich zum Sommerfest kommen würde?«

»Doch, schon, aber Flora hat immer nur von einem Fred gesprochen, einem Freund von Bastian. Dass du, also Dr. Fridtjof Brunner«, ich erhebe meine Stimme wie ein Festredner, »dahintersteckst, habe ich natürlich nicht gedacht.«

»Hm.« Fred mustert aufmerksam das Etikett seiner Bierflasche.

»Was heißt ›hm‹?«, frage ich.

»Annika, du bist«, Fred übergeht meine Frage, »eine außergewöhnliche, eine wunderschöne Frau.«

Und da sind sie wieder: diese stahlblauen Augen. Die ganze Welt besteht mit einem Mal aus nichts anderem mehr als aus stahlblauen Augen. Für einen kurzen Moment bin ich perplex.

»Genau genommen bist du die erste Frau seit Lea«, er muss sich räuspern, »zu der ich mich hingezogen fühle. Und mit der ich im Gras sitze und Bier trinke.« Er schaut mich schmunzelnd an. »Du allerdings hast viele Verehrer. Wie könnte es auch anders sein, eine Frau wie du ...«

Gewiss spielt er auf Titus und unser kleines Dramolett heute Mittag vor dem Deli an. Ich bin mir sicher, die Geschichte bestimmt das aktuelle Dorfgespräch. Ich seufze. Und nehme noch einen Schluck aus meiner Bierflasche. Wenn Fred wüsste, dass ich die letzten anderthalb Jahre wie eine Nonne gelebt habe, na ja, ich muss ihm ja nicht alles auf die Nase binden.

»Titus ist mein Ex«, hebe ich an und erzähle von unserer Trennung, von seiner Zeit in Kalifornien, und dass er vor ein paar Tagen plötzlich wieder auftauchte.

»Und? Ist da noch was?« Fred beobachtet mich aufmerksam.

»Ne«, geräuschvoll stoße ich die Luft aus meiner Nase und habe plötzlich große Lust, das Thema zu wechseln.

»Flora hat mich gebeten, den Garten von ihrem Deli aufzuhübschen. Ich werde morgen den ganzen Tag dort sein. Sehen wir uns zum Mittagessen?«

»Das tut mir leid, ich bin schon verabredet, leider.« Freds Blick weicht meinem aus. Was hat er nur? Und mit wem ist er verabredet? Mit Bastian?

Wie dem auch sei, mir wird nun wirklich zu kalt. Ich streiche über meine nackten Beine, die bereits mit Gänsehaut überzogen sind.

»Danke dir für das Bier, das kam genau richtig. Jetzt brauche ich allerdings eine heiße Dusche und dann ein Bett.«

Langsam rappeln sich Lux und ich auf. Wobei ich mir für meinen Teil die größte Mühe gebe, nicht wie eine alte Frau zu stöhnen. Das gibt morgen einen ausgewachsenen Muskelkater und alles nur wegen des selbstverliebten Titus.

»Geht nur.« Fred lächelt mich von unten aus an.

Ein schönes Bild, wie er da, auf einen Ellbogen gestützt, im Gras liegt.

»Ich bleibe noch ein wenig, das gibt heute einen wunderschönen Sonnenuntergang.«

Ich lege meine leere Flasche neben ihm ab.

»Dann ... gute Nacht.« Ich gehe an ihm vorbei, und meine Hand kann der Versuchung nicht widerstehen, ihm – ganz kurz – durchs Haar zu streichen.

Funkien

Bist du noch böse?

Titus hat geschrieben. Ich sehe seine Nachricht auf meinem Handydisplay leuchten – und sie berührt mich nicht. Das Holzhacken gestern hat seine Wirkung nicht verfehlt, das spüre ich jetzt. Die Wut, der ganze Zweifel, alles weg. Gut so.
Stattdessen bin ich glasklar, mein analytischer Verstand arbeitet wieder – und zwar auf Hochtouren. Denn warum schreibt Titus mir wohl diese Nachricht? Meine Ohrfeige gestern hat ihn absolut kalt erwischt, das habe ich in seinen Augen gesehen. Warum hält er aber immer noch an mir fest? Irgendetwas, das ahne ich, will er von mir. Und ich bin mir sicher, dass dieses »etwas« nichts mit mir als Frau zu tun hat. Er führt etwas anderes im Schilde. Nur was?
Ich drehe den Zündschlüssel um und lenke den Rover über die Lichtung. Der Anhänger, den ich angekuppelt habe, rumpelt laut über die grob gepflasterte Straße. Bei Fred sind noch alle Vorhänge zugezogen, es ist früh. Ich drossele das Tempo, um ihn nicht aufzuwecken.
Flora und ich wollen heute zum Großmarkt fahren, um noch mehr Pflanzen für den Garten ihres Delis einzukaufen. Auf der Fahrt zu ihr grübele ich weiter über Titus nach. Was will er von mir? Ich lasse unser Gespräch noch einmal Revue passieren. Erzählte Titus nicht etwas von einem »sensationellen Deal«, den er gemacht hat? War er nicht deshalb zurück nach Hamburg gezogen?
Ich bin angekommen, parke vor Floras Haus ein und schnappe mir mein Handy.

> Hi Clarissa, bitte durchleuchte Titus
> für mich. Ich möchte wissen, was er
> beruflich in Hamburg macht.
> Mich interessiert alles, was du
> über ihn finden kannst.

Meine ehemalige Assistentin ist ein Recherche-Ass. Wenn jemand mehr über Titus' »Deal« herausbekommt, dann sie. Dabei fällt mir ein: Hatte er im Beachclub nicht etwas von einem Unternehmen erzählt, bei dem er in die Geschäftsführung eingestiegen ist? Das Gesicht von Kai Martens, einem seiner alten Klinikkollegen, taucht vor meinem inneren Auge auf. Von ihm hatte er doch ebenfalls gesprochen – oder nicht? Ich schicke noch eine Nachricht hinterher:

> Nimm dir bitte auch Kai Martens vor,
> ebenfalls Mediziner, lebt in Hamburg.
> Kann gut sein, dass die beiden
> gemeinsame Sache machen.

So, das wäre auf den Weg gebracht. Ich steige etwas steifbeinig aus dem Auto, meine Holzhackaktion von gestern steckt mir doch ganz schön in den Knochen, und lasse Lux aus dem Kofferraum springen. Als wir durch Floras Vorgarten laufen, fliegt die Haustür auf, und Bastian kommt mir entgegen.

»Morgen«, brummt er, schlecht gelaunt. Ansonsten lässt er nicht nur mich, sondern auch den freudig wedelnden Lux links liegen. Statt uns mit irgendeiner weiteren Form der Aufmerksamkeit zu beehren, stürmt er zu seinem Auto, springt hinein und knallt die Fahrertür hinter sich zu. Der Typ hat sie doch nicht alle.

Ich schüttele den Kopf, schlüpfe durch die noch offene Tür und rufe: »Ich bin da!« In der oberen Etage höre ich Schranktüren zufallen.

»Bin sofort bei dir«, kommt es von dort, »nimm dir einen Kaffee, auf der Anrichte steht noch welcher.«

Kaum dass ich mir eine Tasse eingeschenkt habe, rauscht Flora in die Küche. Unter ihrem Arm trägt sie einen Packen Zeitschriften.

»Ich muss dir unbedingt etwas …«, legt sie los.

»Wie steht es eigentlich mit dir und Bastian?«, unterbreche ich sie. »Der hatte gerade ja wieder eine Laune.«

»Ach, der«, Flora verzieht den Mund, »der ist kaum noch auszuhalten. Ich bin ja so froh, dass Fred gerade da ist und die beiden ständig segeln gehen. Stell dir vor, nach dem Sommerfest sind drei Reservierungen für Feiern bei mir eingegangen. Ist das nicht toll? Aber anstatt sich für mich zu freuen, nölt Bastian nur herum.«

»Das ist schade«, bestätige ich. »Habt ihr denn das Finanzielle klären können, über das wir gesprochen haben?«

»Zum Teil, die 3.000 Euro habe ich diese Woche direkt auf unserem Sparbuch eingezahlt, auf das ich – übrigens – nun gleichermaßen Zugriff habe.«

»Glückwunsch!«

»Das mit dem Haus ist allerdings komplizierter. Natürlich haben wir hier gemeinsam investiert, aber das Gebäude ist auch schon seit Ewigkeiten in Familienbesitz, Bastian hat es von seiner Oma geerbt.«

Ich wiege den Kopf.

»Komm, lass uns lieber über den Garten reden«, Flora lässt ihren Zeitschriftenstapel auf den Küchentisch krachen, »ich habe eine Idee und will dir etwas zeigen.«

Sie verteilt den Stapel auf der Holzplatte und überfliegt die Titelseiten.

»Hier ist es«, sie greift nach einem Gartenmagazin und schlägt eine Seite auf, »danach habe ich gesucht.«

Sie tippt auf ein Foto, es zeigt ein dichtes Beet aus Funkien und Farnen. Es liegt schattig unter alten Bäumen und bildet einen Dschungel aus unterschiedlichsten Grüntönen und Blattformen, garniert mit ein paar Blütentupfen.

»Das ist wunderschön.« Ich lasse mich auf einen Küchenstuhl sinken und betrachte das Bild eingehend.

»Diese hier gefällt mir besonders gut.« Flora zeigt auf eine Pflanze mit herzförmigen, hell umrandeten Blättern.

»Das ist eine Weißblattfunkie, zusammen mit dem Sichelfarn sieht sie großartig aus. Beide brauchen Schatten, sie wären also etwas für den Gartenteil des Delis, der an das Nachbarhaus stößt«, ich schaue mich in der Küche um. »Hast du mal Stift und Papier? Ich möchte uns einen Einkaufszettel schreiben.«

Keine zehn Minuten später haben wir eine schöne Liste beisammen, unser Geschmack ist ähnlich, was die Sache erleichtert.

»Von mir aus können wir los.« Ich erhebe mich, dabei fällt mir ein Zeitungsausschnitt auf, der zwischen den vielen Magazinen hervorschaut.

»Da ist ja mein Foto, das von früher«, ich ziehe das Stück Papier heraus, »und der Artikel von Nika Anka und der Zürich-Bank. Den hast du mir mal im Deli gezeigt.«

Ich wende die ausgerissene Seite in der Hand, und jetzt fällt mir auch ein kleines Porträtbild von Fred auf. »Schau mal, wer hier auch abgedruckt ist.«

»Dr. Fridtjof Brunner, neuer Vorstandsvorsitzender der Zürich-Bank«, Flora liest die Bildunterschrift laut vor. »Fred hat es echt zu etwas gebracht. Wie läuft es denn so zwischen euch?«

»Das würdest du gerne wissen, nicht wahr?« Ich lächle sie fröhlich an, was Flora ein Strahlen ins Gesicht zaubert.

»Danke, das genügt als Antwort.« Sie grinst, dann reicht sie mir die Zeitungsseite. »Nimm die bitte mit, mich interessiert dieser Business-Krempel ja eh nicht.«

»Stimmt«, sage ich – und plötzlich fällt mir etwas auf. »Du liest nie Zeitung, schon gar nicht den Wirtschaftsteil. Wie kommst du überhaupt zu diesem Artikel?«

»Bastian hat ihn mitgebracht.« Flora zuckt teilnahmslos mit den Schultern.
»Bastian?« Ich glaube es nicht. »Dann wusste Bastian ja die ganze Zeit über Bescheid. Er wusste ganz genau, dass Fred ein wichtiger Kunde von Nika Anka ist, und er wusste auch, dass wir uns vom Job her kennen müssen.«
Flora nimmt mir stumm den Zeitungsausschnitt aus der Hand, liest, wendet die Seite, liest weiter.
»Stimmt«, sagt sie dann, »das ist eindeutig.«
»Wusstest du etwas davon?«
Flora reißt die Augen auf. »Aber nein, ich habe den Text doch gar nicht gelesen. Außerdem«, sie zieht ihre Stirn kraus, »weiß ich doch, dass du hier in Ruhe leben möchtest. Du willst Annika sein, nicht mehr Nika Anka.«
Ihr Blick ist dermaßen ehrlich, dass ich keinen Zweifel an ihren Worten habe. Wie könnte ich auch, ich vertraue keinem Menschen mehr als ihr.
»Steckt Bastian zufälligerweise auch dahinter, dass sich Fred bei mir auf der Lichtung einquartiert hat?«
Flora schaut zerknirscht drein. »Eigentlich habe ich ihm den Tipp gegeben, ich wusste ja, dass Udos Haus frei ist.«
»Du?«
»Na ja, es wäre doch so schön, wenn aus euch beiden etwas würde ...«
»Flora! Man kann es auch übertreiben!«
»Ja, das stimmt ... aber Fred ist doch wirklich ganz nett, nicht wahr?« Sie schaut mich prüfend an. »Er sieht gut aus«, sie beginnt zu lächeln, »er ist charmant«, sie lächelt stärker, »und, ich glaube, er gefällt dir.«
Jetzt muss auch ich lachen, ob ich will oder nicht.
»Flora, du bist unverbesserlich!«
Ich kann ihr einfach nicht böse sein, und die dicke Luft ist schon wieder verflogen.
»Komm, lass uns losfahren, es wird sonst zu spät für den

Großmarkt.« Ich stopfe mir den Artikel in die Hosentasche, und wir drei verlassen das Haus.

»Du hast ja richtig viel vor«, Flora zeigt auf den Anhänger.

»Natürlich, in deinen Garten passen jede Menge Pflanzen, wir brauchen außerdem Dünger, frische Erde und, und, und.« Ich wedele mit der Einkaufsliste.

»Also, ran an die Arbeit. Ich habe heute Zeit ohne Ende.«

»Mault Bastian dann nicht wieder?«

Flora winkt ab und öffnet die Beifahrertür. »Der ist zu einem Kongress gefahren, ich habe sturmfreie Bude.«

Bastian besucht einen Kongress? Aber mit wem ist dann Fred verabredet?

Alfa

Langsam lasse ich den Rover ausrollen und halte vor der Schranke. Als ich das Vorhängeschloss öffne und den Schlagbaum nach oben fahren lasse, höre ich ein Motorengeräusch. Es kommt schnell auf mich zu. Ein dunkelgrüner Alfa saust um die Kurve. Das Verdeck ist nach hinten geklappt, am Steuer sitzt ein hellblonder Lockenkopf mit riesiger Sonnenbrille. Wer ist diese Frau? Als sie, ungebremst und ganz schön knapp, an mir vorbeibrettert, fällt mir das bunte Bikinioberteil auf, das sie trägt. Zwei Dreiecke auf ziemlich viel brauner Haut. *Ganz schön sexy,* denke ich, *aber wer so jung ist, kann sich das leisten.*

Ohne den Blick von der Straße zu nehmen, hebt sie im Nachhinein kurz die Hand – und ich fühle mich wie der hiesige Pförtner. Was ist das denn für eine arrogante Tante? Ich stehe in der Staubwolke, die sie hinterlassen hat, und muss erst mal niesen. Dann lasse ich meinen Wagen vorrollen, verriegele die Schranke hinter mir und fahre auf die Lichtung.

Bei Fred steht die Haustür sperrangelweit auf, von ihm selbst ist allerdings nichts zu sehen. Das ist mir auch ganz recht, nachdem wir den Deli-Garten auf Vordermann gebracht haben, fühle ich mich wieder mal wie ein Maulwurf. Eine Dusche und ein hübsches Sommerkleid wären keine schlechte Idee – und ein Sundowner danach auch nicht. Ich könnte Fred heute ja einen kleinen Gegenbesuch abstatten. Warum nicht? Aber zuerst muss ich den Maulwurf abspülen. Schnell parke ich ein, kuppele den Anhänger ab und verstaue ihn in die Scheune.

Keine halbe Stunde später ist mein Werk vollbracht: Die frisch geföhnten Haare legen sich sanft auf meine Schultern, die Lippen glänzen in einem zarten Rot, und das hellgrüne

Neckholder-Kleid passt wunderbar zu meiner Augenfarbe. Ich stehe im Bad und bin sehr zufrieden. Da klingelt es. Ist das Fred? Dann hat er ein sensationelles Gespür für gutes Timing.

Ich sause die Treppe hinunter und stolpere fast über Lux, der mit mir in den Flur stürmt.

»Hi«, ich reiße die Haustür auf – und muss mich zusammenreißen, um nicht allzu enttäuscht zu wirken.

»Überraschung!« Christin und David stehen davor, zudem Nelli, die sich voller Elan auf Lux stürzt. Der lässt sich nicht zweimal bitten und sprintet mit ihr Richtung Wiese. Wir drei schauen der wilden Bande hinterher, gut, so kann ich mich kurz sammeln. Ich hatte mich eigentlich auf wen anders gefreut ...

»Wir waren gerade bei Heinrich und Annegret, die hier sollen wir dir vorbeibringen.« Christin greift in die Stofftasche, die sie über der Schulter trägt, und zieht zwei Flaschen Fliedersekt heraus.

»Oh, der ist gut«, ich nehme sie ihr ab, »und immer noch kalt. Wie wäre es mit einem Glas?«

Die beiden strahlen.

»Super, dann fangt ihr doch die Hunde ein. Ich hole uns ein paar Gläser, und wir treffen uns im Garten.«

Begleitet von Nelli- und Lux-Rufen, trage ich die Flaschen in die Küche und stelle sie mit drei Gläsern auf ein Tablett. Schnell wasche ich noch ein paar Erdbeeren, fülle sie in eine Schale, stelle etwas Gewürzzucker dazu und trage alles nach draußen. Die Hunde stürzen mir entgegen, als wäre ich einige Jahre verschollen gewesen, die beiden sind völlig überdreht.

»Nelli, mach mal langsam.« David versucht, sie zu beruhigen.

»Ach, lass sie«, ich stelle mein Tablett auf den Gartentisch, »hier ist genug Platz, sollen sie sich austoben.«

Erleichterung macht sich auf seinem Gesicht breit, ja, einen jungen Hund zu haben, kann ganz schön anstrengend werden. An das »Flöhe hüten« erinnere ich mich noch zu gut.

»Da hat es ja tüchtig Kleinholz gegeben.« Christin weist mit ihrem Kinn auf die vielen Holzscheite, die immer noch auf dem Rasen verteilt liegen.

»Oh ja, gestern hat es hier ordentlich gekracht.«

»Wir wissen Bescheid«, Christin und David blinzeln sich verschwörerisch zu, »ganz Arnis spricht von nichts anderem.«

»Als vom Holzhacken?«

David lacht auf, Christin schüttelt den Kopf.

»Nein, viel besser: ein Kuss, ein fremder Mann, eine Ohrfeige.« Christin betont jedes einzelne Wort genüsslich. »Bessere Zutaten für einen ordentlichen Dorfklatsch gibt es ja wohl kaum.«

»Ich hatte es geahnt«, stöhne ich.

»Keine Sorge, du kommst gut dabei weg: Annika, die unerschrockene Tugendwächterin von Arnis, die fremde Sittenstrolche in die Flucht schlägt.« Christin hebt die Hand wie Jeanne d'Arc und schwingt ein imaginäres Schwert.

»Jetzt übertreibst du aber.«

»Ein bisschen«, wirft David ein, »aber wirklich nur ein bisschen.«

»Oh Gott«, ich spiele mit und lasse meinen Kopf theatralisch in beide Hände sinken, »den Ruf werde ich nie wieder los.«

Christin und David beginnen zu lachen, ich falle ein und schenke dann den Fliedersekt aus.

»Auf Annegret!«

Wir prosten uns zu und kosten.

»Wirklich köstlich«, voller Anerkennung schürzt Christin die Lippen, »und ideal für werdende Mütter.«

»Das stimmt«, ich blicke auf David, »du wirst ja bald Papa, habe ich erfahren. Herzlichen Glückwunsch!«

Eine leichte Röte steigt in seine Wangen, seine Vorfreude ist unverkennbar.

»Wie kommt ihr beiden denn mit der Renovierung voran?« Christin erzählt von der Einrichtung des Kinderzimmers, der neuen Küche und überhaupt.

»Wir geben morgen eine kleine, spontane Einweihungsparty und wollten dich einladen«, schaltet sich David ein. »Hast du Lust?«

»Oh ja, wann soll es denn losgehen?«

»Wir starten zur Kaffeezeit, aber komm bitte, wann es dir passt. Es wird ganz locker, wer kommt, der kommt.«

»Klasse, ich bin gerne dabei.«

Lux und Nelli haben sich unterdessen ausgetobt und kommen mit hängender Zunge zu uns getrabt. Ich stehe auf und hole aus der Küche den Wassernapf, auf den sich die zwei Durstigen stürzen.

»Sie sind ein tolles Pärchen.« Christin blickt auf die beiden hinunter und wird dann nachdenklich. »War der fremde Mann gestern Titus?«

»Bingo«, bestätige ich und füge »mein Ex« für David hinzu.

»Dann ist euer Verhältnis jetzt geklärt?«

»Das kann man wohl sagen.« Ich nicke bedeutungsvoll und muss sofort an Clarissa denken. Ob sie schon etwas über Titus' »Deal« herausfinden konnte?

»Und wer wohnt jetzt in dem anderen Haus auf deiner Lichtung?«, unterbricht David meine Gedanken. »Irgendetwas scheint sich da zu tun.«

»Es wird an Urlaubsgäste vermietet, im Moment wohnt da ein Freund von Bastian.« Ich greife mir eine Erdbeere aus der Schale, tauche ihre Spitze in den Gewürzzucker und stecke sie mir in den Mund.

»Aha, der Freund aus Zürich, der auch beim Sommerfest war?«

Ich nicke, kaue und schlucke die Erdbeere hinunter.

»Das ist ja ein ganz schön smarter Typ.« Christin beugt sich über die Tischplatte und schaut mich verschmitzt an.

»Jetzt fang du nicht auch noch an«, ich werfe einen Blick gen Himmel, »Flora reicht mir schon!«

»Hm, wie lange bleibt er denn noch?«

»Bis Sonntag.«

»Prima, dann bring ihn Samstag doch einfach mit.« Christin lässt nicht locker, zum Glück kommt mir David mit einem Themenwechsel zu Hilfe.

»Flora hat uns erzählt, du möchtest dein Nachbarhaus kaufen?«

Ich schaue ihn dankbar an. Dann berichte ich von meiner Ferienhausidee, die sich auf weitere Reetdach-Katen ausweiten könnte, und dass mich das alte Küsterhaus dazu inspiriert hat. David und Christin sind sofort Feuer und Flamme, sie sprühen nur so vor Ideen. Außerdem kennen sie sich, wie ich feststelle, auf dem hiesigen Immobilienmarkt ganz gut aus.

Die Zeit vergeht wie im Fluge, es dämmert, und ich beginne, in meinem rückenfreien Kleid zu frösteln.

»Ich hole mir eine Strickjacke, es wird kalt. Braucht ihr auch etwas zum Drüberziehen?«, frage ich meine Gäste.

»Nein, danke dir.« David schaut zu Christin. »Wir machen uns jetzt ohnehin auf den Rückweg.«

Christin nickt und richtet sich auf.

»Stimmt, bald ist es dunkel, und unser Wagen steht noch bei Heinrich und Annegret.«

Keine fünf Minuten später sind meine Gäste aus dem Haus, und ich stehe in der Küche, um Lux zu füttern. Im Nu hat er seine Ration vertilgt und tapst müde zu seinem Hundekorb. Der Damenbesuch hat ihn wieder einmal angestrengt.

Ich schaue auf die Uhr meiner Mikrowelle. Ist es schon zu spät, um Fred zu besuchen? Nachdenklich blicke ich durch mein Küchenfenster – hinüber zu ihm. Sofort fällt mir ein heller Schein im Garten auf. Ich schaue genauer hin und bin mir sicher, dass dort ein Lagerfeuer brennt. Fred ist also noch draußen.

Rasch greife ich nach meinem Weidenkorb, im Garten befülle ich ihn mit ein paar Holzscheiten und schaue mich dann nach Lux um. Wo ist er? Suchend gehe ich zurück ins Haus und finde ihn – tief schlafend – in seinem Hundebett. Der Gute war den ganzen Tag unterwegs, ich glaube, ich lasse ihm jetzt seinen Frieden. Leise ziehe ich die Terrassentür hinter mir zu, packe meinen Korb und laufe durch die Dämmerung.

Feuerschein

Der Feuerschein erhellt flackernd sein Gesicht. Fred sitzt vornübergebeugt, die Ellbogen auf seine Knie gestützt, und schaut in die Flammen. Gedankenverloren. Noch hat er mich nicht gesehen. Ich verweile an der Hausecke, im Dunklen, und beobachte ihn. Seine schlanke Gestalt, die langen Beine, seine klassischen Gesichtszüge. Fred ist ein schöner Mann, gerade jetzt. Ich genieße seinen Anblick eine Weile völlig ungestört, dann greife ich meinen Korb fester und gehe in den Garten hinein. Als er mich bemerkt, richtet er sich auf.

»Ich hatte gehofft, dass du noch kommst.« Er blickt mir mit einer Ernsthaftigkeit entgegen, die mich schaudern lässt. Wieder muss ich an Clarissa denken und an den Königslöwen.

»Komm«, er öffnet seinen linken Arm, »komm her.«

Ich setze mich auf die Bank, neben ihn, den Korb auf den Knien.

»Aha, selbst gemachtes Brennholz.« Er schaut hinein.

Ich nicke. Stumm. Dieser Mann hat eine Präsenz, die mir schier den Atem raubt. Der Feuerschein, der verwunschene Garten, der Nachthimmel – und dazu diese tiefsinnige Stimmung, die von ihm ausgeht. Das alles überwältigt mich.

Er nimmt mir den Korb ab, stellt ihn neben sich auf den Boden.

»Ich habe – eigentlich – den ganzen Tag auf dich gewartet.« Er hat sich wieder nach vorne gebeugt, schaut mir nun von unten ins Gesicht. Ich lächle. Sein Bart ist seit seiner Anreise dicht geworden, dicht und dunkel.

»Bald siehst du aus wie ein Seebär.« Ich streiche mit dem Fingerrücken über seine Wange. Sacht. Er senkt seine Lider. Als er sie wieder hebt, als er mich anschaut, ist die letzte Bastion gefallen. Sein Gesicht kommt mir nahe. Ich schließe die Augen und spüre zart, unendlich zart, seine Lippen auf meinen. In meinem Kopf explodiert etwas. Seine Lippen bewegen sich, werden zu einem Kuss. In Zeitlupe. Sie kosten. Ich höre ein leises Stöhnen. War er das? War ich es? Ganz egal, nur nicht aufhören.

Ich genieße, genieße die unendliche Langsamkeit, das Auskosten eines jeden Augenblicks. Ich schmecke das Salz auf seiner Haut, das Meer. Ich fahre mit einer Hand durch seine Haare. Seine Lippen werden fester, öffnen sich, öffnen meine, mir schwindet der Boden unter den Füßen. Ich gebe ab, lasse los. Ich spüre seine Zunge, seine Hände auf meinen Schultern. Seine Hände, die meine Strickjacke herunterstreifen, die auf und ab wandern, die meine Brust finden. Ein Zucken in meinem Becken, ich seufze. Ein leises, warmes Lachen. Seine Finger in meinem Nacken, sie öffnen die Schleife, die mein Kleid hält. Ich fühle den Stoff, wie er an mir herabgleitet. Ich spüre meine Nacktheit, genieße sie, genieße den warmen Feuerschein auf meiner Haut. Zart gleiten seine Fingerspitzen über meinen Körper, liebkosen jede einzelne Rundung. Dann rutscht sein Kopf ein Stück nach unten, ich beiße mir auf die Unterlippe, versenke meine Nase in seinem Haar, rieche Seeluft, rieche Sonne. Er lässt mich zappeln, er lässt sich Zeit – und ich vergehe. Vergehe darüber, ihn spüren zu wollen, ganz spüren zu wollen. Dann endlich umschließen seine Lippen meine ...

Mein Verstand fliegt davon. Nie wieder möchte ich meine Augen öffnen, nie wieder soll das hier aufhören. Ich spüre seinen Arm unter meinen Kniekehlen, den zweiten in meinem Rücken. Er hebt mich empor und trägt mich zu sich ins Haus.

Luftkuss

Das morgendliche Konzert der Vögel. Ich liege auf der Seite und lausche ihm mit geschlossenen Augen. Mein Privatkonzert. Ich rolle mich auf den Rücken und denke an Fred, an unsere Nacht. Er ist ein umwerfender Liebhaber. So etwas wie ihn, einmal im Leben ... ich rolle mich wieder zurück. Lasse Revue passieren, jede Sequenz – und sehe dabei immer nur ihn. Nur ihn.

Als ich in der Nacht erwachte, in seinem Bett, habe ich mich auch auf die Seite gelegt, so wie jetzt, um ihn anzuschauen. Das weiche Licht, das der Mond durchs Fenster schickte, lag auf seinen Schultern, schimmerte auf seinem schlafenden Profil. Und ich, ich konnte mich nicht sattsehen. An alldem.

Irgendwann stand ich leise auf, suchte meine Kleider zusammen und schlich die Treppe hinunter. Rasch zog ich mich an, lief über die Lichtung und stahl mich durch die angelehnte Terrassentür zurück in mein Haus. Lux lag immer noch in seinem Hundekorb, regungslos, so wie ich ihn verlassen hatte, nur als ich ihn streichelte, hob er kurz sein Köpfchen.

»Alles gut, mein Lieber, ich bin wieder da.«

Dann verschwand ich nach oben und bald in einen tiefen Schlaf.

Ein Schellen reißt mich jetzt aus meinen Träumen. Ich muss noch einmal eingenickt sein. Ich springe aus dem Bett und laufe die Treppe hinunter. Lux hopst vor der Tür auf und ab. Ich öffne – und große Freude überkommt mich.

»Ich dachte, du kannst etwas Stärkung gebrauchen.« Fred raschelt mit einer Brötchentüte. »Darf ich mich zum Frühstück einladen?«

Ich lege meine Arme um seinen Hals, sage: »Nichts lieber

als das«, und ziehe ihn zu mir herunter. Unser erster Guten-Morgen-Kuss.

Mein Hund drängt sich zwischen uns und wedelt, als ob es kein Morgen gäbe. Fred beugt sich zu ihm hinunter, klopft seine Flanke.

»Bist du wegen Lux gestern Nacht heim?«

Ich nicke. Fred schmunzelt – zum Glück ist er nicht sauer.

»Geh doch schon mal in die Küche«, ich deute in ihre Richtung, »ich zieh mir nur etwas über.«

»Von mir aus kannst du auch so bleiben«, er schaut mir nach, und ich bemerke, wie sein Blick am Saum meines kurzen Schlafshirts hängen bleibt. Ich werfe ihm einen Luftkuss über die Schulter zu und verschwinde eine Etage höher.

Während ich im Bad das Notwendigste erledige, höre ich, wie Fred mit dem Geschirr klappert und immer wieder mit Lux spricht. Schön ist das.

Ich entscheide mich für ein leichtes Strandkleid und laufe hinunter zu den beiden.

»Hübsch.« Fred wirft mir einen raschen Blick und ein Lächeln zu.

»Sorry, ich war auf einen Frühstücksgast nicht eingestellt.« Zerknirscht blicke ich auf meinen Küchentisch. Außer zwei Tellern nebst Messer stehen auf ihm nur ein Marmeladenglas und die Butterdose. Viel mehr war in meinem Kühlschrank auch nicht zu finden.

»Es ist perfekt«, Fred öffnet die Brötchentüte und lässt mich hineinschnuppern, »ich habe Croissants geholt.«

»Ja, dann ...«, ich nehme die Milchtüte aus dem Kühlschrank, »möchtest du einen Café au Lait dazu?«

»Unbedingt.«

Ich setze meine Kaffeemaschine in Gang – und spüre Fred hinter mir. Seine Arme umschließen meinen Bauch, ich fühle seinen Atem in meinem Nacken. Er küsst mich, schiebt meine Haare zur Seite, küsst weiter.

»Gut riechst du«, flüstert er.

Ich wende mich zu ihm, und der nächste Kuss findet meinen Mund – es wird ein langer.

»Knutschen zum Frühstück ist überhaupt das Beste.« Ich fahre ihm mit beiden Händen durch die Haare.

Er greift an mir vorbei, zieht den fertigen Kaffee aus dem Automaten und reicht mir einen. Über den Milchschaum hinweg wirft er mir einen tiefen und absolut eindeutigen Blick zu. Stahlblaue Augen. Sie treffen mich im Unterleib.

Wir nehmen beide einen schnellen Schluck, stellen dann, wie auf Knopfdruck, unsere Tassen ab und stürzen uns aufeinander.

»Komm«, flüstere ich in einer Atempause, »lass uns nach oben gehen.«

Wir verschwinden im Schlafzimmer und kommen so bald nicht wieder heraus. Fred ist ein einfallsreicher Liebhaber, und ich hatte ganz vergessen, wie unfassbar schön es ist, den kompletten Vormittag im Bett zu verbringen.

Irgendwann geht er nach unten, kocht neuen Kaffee, holt die Croissants und kommt mit einem vollen Tablett zurück. Auch das hatte ich vergessen: Frühstück im Bett. Zu zweit. Großartig.

»Und was machen wir jetzt?« Ich stelle meine leere Tasse auf dem Nachttisch ab.

Fred wirft mir einen Blick zu, der an ewig lüsterne Leinwanddiven erinnert. Ich muss lachen, er auch.

»Was hältst du von einer Runde schwimmen?«, schlage ich vor. »Wusstest du, dass ich einen eigenen Bootssteg besitze?«

»Du hast einen eigenen Bootssteg? Und das erzählst du mir erst jetzt?« Fred küsst mein Knie, das ich neben ihm aufgestellt habe. »Wenn ich das gewusst hätte, dann …«

»Dann?«

»… dann hätte ich dich direkt am ersten Abend verführt.«

»Du Schuft!« Ich stupse gegen seine Schulter, er lässt sich zurück auf die Matratze fallen.

»Nein, im Ernst, die Idee ist super«, er streckt seinen langen Körper aus, »lass uns schwimmen gehen. Ich hole nur kurz meine Badesachen.«

»Klasse, dann bis gleich.« Ich werfe meine Beine unternehmungslustig über die Bettkante und verschwinde im Bad. Bevor ich die Tür hinter mir schließe, sehe ich noch, wie er mir nachschaut, sehe seine Augen. Sie blicken zärtlich – und sehr, sehr glücklich.

Ich nehme eine kurze Dusche und höre, wie Fred die Treppe nach unten nimmt. Dann streife ich mir einen Bikini und mein Strandkleid über, packe zwei Handtücher, etwas Sonnenmilch und eine Wasserflasche in eine Tasche und stecke mir meine Sonnenbrille ins Haar. Fertig. Ich laufe in die Küche, füttere Lux und greife nach meinem Handy. Ich bin gestern nicht mehr dazu gekommen, meine Mails zu checken. Rasch überfliege ich meinen Posteingang. Auch eine Nachricht von Clarissa ist dabei, die Betreffzeile lautet: *Titus*.

»Na, der kann mich gerade so was von ...«, sage ich zu mir selbst und lege mein Smartphone zur Seite. Die Mails können alle bis Montag warten, es war nichts wirklich Wichtiges dabei.

Fred taucht auf der Lichtung auf, auch er hat eine Strandtasche gepackt. Ich werfe mir meine über die Schulter, greife nach dem Haustürschlüssel und rufe: »Lux, komm, wir gehen!«

Als wir drei den Bootssteg erreichen, ist Fred sichtlich beeindruckt.

»Das ist ja ein Seglertraum!«

Fünf Minuten später sind wir im Wasser. Lux schwimmt als Seehund voran, wir beide gemächlich hinterher. Die Schlei ist herrlich, kühl und weich zugleich – und ich bin randvoll mit Glückseligkeit: vor mir mein geliebter Hund, neben mir der Mann, mit dem ich den wundervollsten Sex meines Lebens hatte.

Fred krault langsam. Der Wassersportler ist ihm anzusehen, seine Bewegungen besitzen eine natürliche Eleganz. Außerdem hat er in den letzten Tagen tüchtig Farbe bekommen, seine Schultern und Oberarme ragen braun gebrannt aus dem Wasser heraus. In seinem Haar glitzern Tropfen. Und an seinen Wimpern funkeln ...

Oh Mann, was bin ich verknallt, denke ich mit einem Mal. Unglaublich, dass mir das noch mal passiert.

Ich hole Luft, tauche ab, mache ein paar kräftige Züge unter der Oberfläche, tauche wieder auf. Sehe Fred. Sehe seinen Blick – und mein Herz pocht.

Zurück an Land, werfen wir zwei Strandtücher auf den Bootssteg und lassen uns von der Sonne trocknen. Als ihre Wärme in meine Glieder steigt, kommt die Müdigkeit. Ich dämmere weg, der Wind streicht über meine Haut, Möwen schreien – die Sinne schwinden.

Ein Gefühl an meinem Oberarm holt mich zurück in die Gegenwart. Finger, die auf und ab fahren. Fred. Ich öffne die Lider und wende mich ihm zu.

»Da bist du ja wieder, Liebes«, sagt er, und ich sehe in seinen Augen, dass er meinen Schlaf bewacht hat.

»Du musst dich eincremen.« Er richtet sich auf, zieht aus seiner Tasche eine Tube Sonnenmilch. Er lässt zwei Tropfen auf meinen Bauch fallen und verteilt sie genüsslich.

»Was hast du vor?«, murmele ich, als seine Fingerspitzen unter den Saum meines Bikinis wandern.

»Ich möchte die schönste Frau der Welt verführen«, seine Stimme ist dunkel geworden, »ich möchte gar nicht mehr aufhören damit.«

Ich muss kichern wie eine Sechzehnjährige, ziehe die Beine heran und lasse mich auf die Seite rollen. Fred verteilt Sonnenmilch auf meinen Beinen, tupft sie mir auf die Nase, und bald schon albern wir herum wie Teenager am Strand. Ist das schön.

»Es war die beste Idee, die Bastian jemals hatte.« Fred hat sich in Sitzposition aufgerichtet und betrachtet mich.

»Welche denn?«

»Hierher an die Schlei zu kommen, hierher zu dir.«

»Hm«, mache ich, »war das Bastians Idee?«

»Klar, er hat mich zu Floras Sommerfest eingeladen.«

»Sag mal«, ich richte mich nun auch auf, »wusstest du, dass uns die beiden von Anfang an verkuppeln wollten?«

»Bastian hatte so etwas angedeutet, ja.«

»Und wusstest du denn auch, wer ich bin?«

»Er hat von Annika gesprochen, einer Freundin seiner Frau.«

»Aha. Und wusstest du auch, dass …« Fred legt mir einen Zeigefinger auf den Mund.

»Pssst, nicht so viel sprechen. Zerrede es nicht.«

Er tauscht seinen Finger gegen seine Lippen. Und ich, ich zergehe wie Zartbitterschokolade in der Sonne.

Westentasche

»Du bist verliebt!«
Flora wirft ihre Arme erst in die Luft und dann um meinen Hals.
»Ich sehe es dir an, ganz eindeutig. Du bist verliebt!«
Ich röchele, als ob ich keine Luft mehr bekäme, aber sie lässt nicht los, drückt nur noch fester.
»Fred? Ist es Fred?« Plötzlich schiebt sie mich von sich fort, die Hände auf meinen Schultern. Sie inspiziert genau meine Mimik.
Ein Lächeln stiehlt sich in mein Gesicht, ich kann nicht anders, außerdem spüre ich Röte in meine Wangen steigen. Mehr Antwort braucht sie nicht.
»Wie schön!«
Wieder presst sie mich an sich.
»Na, ihr beiden seid ja bester Stimmung.« David ist dazugekommen. »Mögt ihr dazu etwas trinken?«
»Crémant!«, antworten wir wie aus einem Munde.
»Kommt sofort.« David grinst, macht auf dem Absatz kehrt und verschwindet in der offenen Terrassentür.
Flora und ich stehen im Garten des Küsterhauses und fühlen uns wie zwei Honigkuchenpferde. Drinnen führt gerade Christin die anderen Gäste durch ihr neues Reich, so haben wir ein wenig Zeit für uns.
»Ich will alles wissen. Alles!« Floras Augen blitzen.
»Das wird aber nicht jugendfrei«, antworte ich, und das Grinsen meiner Freundin wird breit.
»Es war gut, so richtig gut?«, fragt sie.
Ich schließe kurz die Augen und seufze.
»Ohhhh!« Flora geht in die Knie. »Ich wusste es, ich habe es immer gewusst. Fred und du, das musste einfach klappen.«

Ich schweige und lasse meiner Freundin ihren Erfolg. Wenn er sich so perfekt anfühlt, dann ist mir alles recht.

David ist mit zwei hohen, rosé schimmernden Gläsern zurück.

»Danke, den kann ich jetzt gebrauchen.« Flora nimmt ihm schwungvoll eines ab, ich tue es ihr gleich.

»David?«, ruft Christin von innen.

»Lasst es euch schmecken. Wir stoßen gleich noch an, jetzt muss ich erst mal rein.« David zwinkert uns zu und ist schon wieder weg.

»Also«, Flora hebt feierlich ihr Glas, »auf dich und Fred!«

»Ja, auf uns!«

Wir nehmen beide einen großen Schluck.

»Schmeckt der gut«, Flora nickt anerkennend, »ich hätte ja richtig Lust, heute einen draufzumachen. Bist du dabei?«

»Oh ja! Mal schauen, ob sich Fred schon gemeldet hat.« Ich ziehe mein Handy aus der Tasche und checke meine Nachrichten. »Er wollte später nachkommen, dann könnte ich den Wagen stehen lassen und mit ihm nach Hause fahren.«

»Wo ist er denn?«

»Beim Segeln, weißt du doch.«

»Wieso weiß ich das?«

»Er ist doch mit Bastian unterwegs.«

»Das kann nicht sein, Bastian ist immer noch auf seinem Kongress.«

Ich stutze.

»Aber Fred hat doch gesagt, dass er am Nachmittag zum Segeln verabredet ist.«

»Das mag ja sein, aber nicht mit Bastian.«

»Okay«, ich ziehe das Wort wie einen Kaugummi in die Länge und versuche, mich zu erinnern, was Fred *genau* gesagt hat. Hat er von Bastian gesprochen, oder habe ich das nur interpretiert?

Ich spüre eine Hand auf meiner Schulter und drehe mich um: Christin. Wir haben uns noch gar nicht begrüßt und holen das jetzt nach.

»Wo hast du Lux gelassen? Ich habe allen Gästen von Nellis großer Liebe erzählt.«

»Ich hatte Angst, dass die beiden eure Party sprengen könnten, du weißt doch, wie wild sie spielen. Deshalb habe ich ihn zu Hause gelassen.«

»Wie schade«, Christin ist sichtlich enttäuscht, »dann müssen wir das ein anderes Mal nachholen. Jetzt muss ich dir aber unbedingt Herrn Jensen vorstellen, den Immobilienmakler, der uns das Küsterhaus verkauft hat. Könnte sein, dass er das eine oder andere Objekt für dich in petto hätte. Hast du Lust?«

Ich schaue fragend zu Flora, sie entlässt mich mit einem Nicken, und ich folge Christin in die Küche.

Eine halbe Stunde später habe ich eine Visitenkarte in der Hand und jede Menge Ideen im Kopf. Herr Jensen kennt die Schlei-Dörfer wie seine Westentasche. Montag sind wir miteinander verabredet, er will mir einige Immobilien zeigen – und ich bin echt gespannt.

Zurück im Garten, ziehe ich erneut mein Handy aus der Tasche. Fred hat sich immer noch nicht gemeldet. Komisch. Er wollte doch nachkommen.

»Trinkst du noch einen mit?« Flora hat sich herangepirscht und schwenkt ihr leeres Glas.

»Ich weiß nicht, Fred lässt nichts von sich hören, und Lux ist allein zu Hause«, ich überlege einen Moment, »ich steige lieber auf Mineralwasser um.«

Meine Freundin zieht kurz einen Schmollmund, stellt mir dann aber ein junges Pärchen aus der Nachbarschaft vor, mit dem sich ein lebhaftes Gespräch entspinnt. Wobei: Ich höre vor allem zu, denn in Gedanken bin ich bei Fred. Wo bleibt er nur? Ob ihm etwas passiert ist? Und mit wem ist er unterwegs?

Als ich die Warterei nicht mehr aushalte, entschuldige ich mich und suche seine Nummer in meinem Kontaktspeicher. Mein Daumen zittert leicht.
»Hier ist die Mailbox von Fridtjof Brunner. Nachrichten ...«
Ich lege auf. Er hat sein Handy ausgeschaltet. Was soll das? Ich gehe zurück zu Flora, spüre, wie stetig mehr Unruhe in mir aufsteigt. Es fällt mir immer schwerer, mich auf meine Gesprächspartner zu konzentrieren. Plötzlich fühle ich mich nicht mehr wohl. Zu viele Leute, zu viel Gerede. Die Nervosität ist mir in alle Glieder gekrochen, ich will nur noch nach Hause. Aber vorher starte ich noch einen letzten Anrufversuch. Aber ich höre nur:
»Hier ist die Mailbox von ...«

Fell

Der dunkelgrüne Alfa vom hellblonden Lockenkopf steht vor seiner Tür. Ich sehe den Wagen sofort, als ich auf die Lichtung komme. Sein Anblick schockiert mich, jetzt weiß ich, warum Fred nicht nachgekommen ist. Ich lasse den Rover leise heranrollen, fahre meine Scheibe runter und bleibe vor dem Haus stehen. Aus dem Garten kommt ein Lachen. Perlend, hell. Fred fällt ein.

Tut das weh. So weh wie damals, damals mit Titus. Die alte Wunde brennt. Der Name »Nina« pocht in meinem Hirn.

»Ach, mein Liebling, ich habe dich schrecklich vermisst.« Es ist seine Stimme, seine so zärtliche Stimme, die diesen Satz spricht. Er durchfährt mich wie ein Blitzschlag.

Wie kann Fred das tun? Hier bei mir auf der Lichtung, direkt vor meinen Augen? Noch am selben Tag ...

Ich lasse die Bremse los und will nur noch heim. Als ich die Haustür öffne, Lux' warmes Fell spüre, umarme ich ihn wie eine Ertrinkende. Ich werfe meine Tasche in die Ecke, greife nach der Leine und bin schon wieder aus dem Haus. Ich muss weg hier, weg von dem Cabriolet und diesem Lachen.

Lux und ich verschwinden im Wald. Wir laufen und laufen. Dann sitzen wir unten bei Heinrichs Kühen. Wir lauschen ihrem gemächlichen Kauen, dem Wind, den Vögeln. Mein Hund hat sich eng an mich gekuschelt, sein leichter Herzschlag pocht an meinem Bein. Ich versenke meine Nase in seinem Fell, und endlich laufen die Tränen. Das tut alles so weh. Schrecklich weh.

Als wir nach Hause kommen, ist es schon Nacht. Kein einziges Licht brennt mehr auf der Lichtung. Ich schließe meine Haustür auf und verschwinde dahinter, leise wie ein Dieb.

Lockenkopf

Am nächsten Morgen fühle ich mich wie gerädert, von schweren Träumen zerschlagen. Ein hellblonder Lockenkopf hat mich die ganze Nacht verfolgt.

Ich blicke in den Badspiegel, und das, was ich da sehe, schaut furchtbar aus. Aus meinem Kleiderschrank greife ich irgendetwas heraus und ziehe es mir über den Kopf. Dann höre ich Lux, er ist wach und wartet unten auf mich. Zum Glück. Zum Glück ist er da. Ich laufe die Treppe hinunter, lasse mich von ihm umtanzen. Im Flur fällt mir meine Handtasche auf, die immer noch in der Ecke liegt. Ich hebe sie auf, wühle nach meinem Handy. Zwei Anrufversuche von Fred, gestern noch, und eine Nachricht:

Annika, ruf mich bitte an.

Mein Herz macht einen Satz. Ich laufe in die Küche, um Lux zu füttern. Als ich dabei aus dem Fenster schaue, stockt mir der Atem: Das dunkelgrüne Cabrio steht immer noch vor seiner Haustür. Sie war die ganze Nacht da. Bei ihm. Ist es immer noch. Panik steigt in mir auf, ein Fluchtimpuls. Aber wo soll ich bloß hin? Hier ist doch *mein* Zuhause, *mein* Nest. Wie kann Fred mir so etwas antun?

Ich bin bis ins Mark getroffen, der alte Schmerz. Fühle mich wie ein Stück Strandgut, erst vom Meer verschlungen, dann irgendwo an Land gespuckt.

Mit schnellen Handgriffen packe ich ein paar Dinge zusammen und verstaue eine Tasche im Auto. Lux springt hinterher, ich werfe die Haustür zu und lasse den Motor an. Weg, bloß weg hier.

Als ich bei Fred vorbeifahre, sehe ich eine Frau in der Küche stehen, den Rücken halb zum offenen Fenster gewandt. Hellblonde Locken, dazu ein viel zu großes Herrenhemd. Ich erhasche einen Blick auf ihr Profil: Sie ist jung, jünger als ich. Und sie erinnert mich an Nina, sie ist der gleiche Typ Frau. Mein Maximum an Belastbarkeit ist erreicht – und der letzte Zweifel dahin.

Ich drücke das Gaspedal hinunter und verschwinde. Verschwinde für den Rest des Tages. Verschwinde am Strand, im Meer, im Wald.

Wie in Trance verrinnen die Stunden. Gut, gut so. *Lass es Abend werden, lass die Nacht kommen.* Heute ist Sonntag, und heute, irgendwann, fliegt Fred zurück in die Schweiz. Bis dahin muss ich ausharren. Dann wird er weg sein, dann ist die Lichtung wieder mein. Und ich kann meine Wunden lecken.

Kautz

Eigentlich habe ich einen Anfängerfehler gemacht«, ich pikse eine Farfalle auf, »die älteste Businessregel der Welt lautet doch: Fang nie etwas mit einem Kunden an. Und lass vor allem die Finger von Königslöwen, für die wirst du eh nur zur Beute.«

Die Nudel landet in meinem Mund. Ich sitze bei Flora im Deli, fast alle Mittagsgäste sind bereits gegangen. Ich schütte meiner Freundin mein Herz aus, sie schaut mich nachdenklich an, das Kinn auf beide Hände gestützt.

»Annika, das tut mir unendlich leid«, sie presst die Lippen aufeinander, »ich kann das alles nicht begreifen. Fred war hingerissen von dir, ich habe ja selbst gesehen, wie er dich angeguckt hat.«

»Ja, ich war für ihn eben eine höchst appetitliche Trophäe. Außerdem hatte ich dieses hübsche kleine Geheimnis: Nika Anka lebt jetzt als Landei an der Schlei. So etwas Delikates will man doch direkt vernaschen.«

»Du redest wie die Psychotante einer Frauenzeitschrift«, auf Floras Stirn bilden sich Falten leichten Ärgers, »ich kann mir das bei Fred einfach nicht vorstellen.«

Ich lege meine Gabel ab, mir ist der Appetit vergangen.

»Dann bekommt deine Vorstellungskraft jetzt eben etwas Neues geboten. Fred hat eine andere. Mein Gott, es ist die alte Geschichte: Das junge Huhn hat das Rennen gemacht. So what«, entgegne ich mit einer Schärfe, die mich selbst überrascht. Flora schaut mich gekränkt an.

»Ach, sorry, ich bin total dünnhäutig gerade.« Ich schiebe den halb vollen Teller von mir weg.

»Und aufgegessen hast du auch nicht.« Flora schaut betroffen. »Hat es dir nicht geschmeckt?«

»Doch, ich habe nur keinen Hunger.«

»Oje, dann geht es dir richtig schlecht. Magst du denn noch einen Espresso?«

»Nein, auch nicht. Herr Jensen, der Immobilienmakler, holt mich gleich ab. Er müsste jeden Moment hier sein.«

Flora nickt stumm und steht auf. Im Weggehen dreht sie sich noch einmal um.

»Sag mir bitte, was du dir morgen für ein Essen wünschst. Irgendetwas, ich koch es dir.«

Trotz meiner Niedergeschlagenheit spüre ich einen warmen Impuls in meiner Herzgegend. Flora ist wirklich süß. Egal, was auf dieser Welt passiert, sie klebt ein kulinarisches Pflaster darauf. Was für ein Segen, so eine Freundin zu haben.

»Hühnerfrikassee?«, schlage ich vor.

»Hühnerfrikassee, ja, sehr gut, das gibt es morgen. Du kommst doch?«

Ich nicke, und Flora strahlt.

Vor dem Fenster hält eine nachtblaue Limousine. Das wird der Makler sein. Ich lasse mich von meiner Freundin noch einmal drücken und trete vor die Tür. Als Jensen mich kommen sieht, geht er zur Beifahrerseite und öffnet den Schlag. Ein Herr alter Schule, das kann mir heute nur recht sein.

Ich lasse mich in den breiten Ledersitz fallen, schnuppere den Neuwagenduft und lausche auf den Motor, der leise losschnurrt. Jensen zeigt auf die Seitentasche neben mir.

»Wir haben drei Objekte für Sie herausgesucht, alle historisch und unter Reetdach, so wie Sie es sich wünschten. Bitte«, er nickt mir aufmunternd zu, »lesen Sie sich ein, wir werden erwartet.«

Ich greife nach den Heftern und schlage den obersten auf: ein großzügiges Försterhaus, Fachwerk mit Backstein. Alleinlage. Es gibt Nebengebäude im gleichen Look, dazu einen gepflasterten Innenhof, der alles miteinander verbindet.

Das zweite Exposé zeigt ein ehemaliges, frisch renoviertes

Kutscherhaus, bislang Teil eines Gestüts. Es ist umgeben von weitläufigen Pferdekoppeln. Allesamt sind sie nicht bebaubar. Das dritte Objekt: eine Fischerkate. Sie ist winzig und duckt sich hinter dicken, verwachsenen Weiden. Der große Garten endet an der Schlei. Im Hinterhof: ein halb verfallener Schafstall.

»Eine interessante Auswahl«, ich hebe den Kopf, »ich bin gespannt.«

Jensen nickt.

»Wie lange werden wir für die Besichtigungen brauchen?«

»Vier bis fünf Stunden, schätze ich, inklusive Fahrzeit.«

Ich ziehe mein Handy aus der Tasche, um die Uhrzeit zu checken. Lux ist allein zu Hause, ich will ihn nicht zu lange warten lassen.

»Das passt«, erwidere ich und sehe einen Anruf lautlos aufblinken. Fred. Das zweite Mal schon, wie gestern. Ich lasse das Handy in meine Tasche fallen, so plötzlich, als hätte ich mir die Finger an einer heißen Kartoffel verbrannt. Kurz schließe ich meine Augen, sehe einen hellblonden Lockenkopf hinter einem offenen Küchenfenster stehen, spüre diesen Stich im Herzen.

Was könnte Fred mir schon erklären, was mir sagen? So etwas wie »Es ist nicht so, wie du denkst«. Danke, nein, das brauche ich nicht. Es reicht. Ich habe Augen im Kopf und alles gesehen, was es zu wissen gibt. Das Einzige, was ich jetzt noch gewinnen kann, ist Abstand. Möglichst schnell. Schnell zurück in mein altes Leben, weg von Fred.

Denn, mal ehrlich, überlege ich weiter, *wie lange waren wir denn zusammen? Eine Nacht, ein halber Tag. Was ist das schon?* Es sind seither bereits mehr Stunden vergangen, als diese Liebelei überhaupt währte – und die Zeit heilt alle Wunden. Es wird nicht lange dauern. Bis dahin lenke ich mich ab, stürze mich auf mein neues Ferienhausprojekt – weiter geht's.

»Wir sind gleich da.« Jensen zeigt aus dem Fenster, und ich blicke auf. Eine Fachwerkfassade taucht hinter der hochgewachsenen Weißdornhecke auf. Gut so, bloß raus, raus aus dem Gedankenkarussell.

»Das Försterhaus stammt aus dem Jahr 1780. Es wurde vor fünf Jahren aufwendig saniert«, Jensen parkt ein und beginnt zu referieren, »das Reetdach wurde erneuert, eine moderne Heizungsanlage eingebaut …« Er öffnet die Autotür.

Die nächsten Stunden drehen sich um Quadratmeter, Wärmedämmung und Baurecht, um tragende Wände, Raumaufteilung und jede Menge Euros. Die perfekte Ablenkung. Ich bin ganz bei der Sache, lasse mich gerne durch Zimmer und Gärten führen, von Jensen durch die Landschaft chauffieren. Dabei spüre ich, wie ich zu meiner alten Kraft zurückgelange. Wie mein Kopf ins Arbeiten gerät – und wie mir das alles guttut.

Als wir von der Landstraße abbiegen und einen holprigen Feldweg entlangschleichen, haben wir die ersten beiden Termine bereits hinter uns. Durchaus interessante Immobilien, hochwertig, das Försterhaus sogar luxuriös, aber Feuer habe ich nicht gefangen. Beide Objekte sind mir zu glatt, zu gemacht, zu »fertig«. Was ich suche, ist irgendwie anders. Aber wie?

Eine Reihe dicker, verwachsener Weiden tauchen am Wegesrand auf, zwischen den Baumkronen blitzen die Sprossenfenster einer Fischerkate auf.

»Greta Rasmussen, die Eigentümerin, empfängt uns persönlich«, erklärt Jensen, »sie ist zweiundneunzig Jahre alt und wohnt seit ihrer Geburt in dem Haus. Aber mittlerweile ist sie so gebrechlich, dass sie zu ihrem Sohn nach Kiel ziehen will.«

Der Makler räuspert sich. »Frau Rasmussen hat einen«, er sucht nach den passenden Worten, »eigenwilligen Charakter. Wir haben das Objekt schon länger in der Vermittlung, und

es ist nicht so, dass es keine Interessenten gäbe, nein, das nicht, aber Frau Rasmussen hat sich in den Kopf gesetzt, den ›richtigen Käufer‹ für ihr Haus finden zu wollen. Wie auch immer der beschaffen sein soll.«
Wie sympathisch, denke ich, sie will ihr Haus in gute Hände geben, ich würde es genauso machen.
Jensen hält vor der niedrigen Mauer, rund gewaschene Natursteine frieden den Vorgarten ein. Als er aussteigt, rümpft er kurz die Nase: Sein Autolack ist staubig geworden.
»Kommen Sie«, er verkneift sich einen Kommentar und weist auf die Haustür, »ich stelle Sie vor.«
Zwischen unserem Schellen und dem Öffnen der Tür vergeht eine kleine Ewigkeit. Genug Zeit, um die bröckelige Fassade zu betrachten, die abgeplatzte Farbe der Fensterrahmen, aber auch den sauber geharkten Kies und die Geranienableger in den alten Marmeladengläsern.
Ein langsames Schlurfen im Flur kündigt endlich unsere Gastgeberin an. Zwei hellwache, blitzblanke Augen sind das Erste, was ich von ihr zu sehen bekomme. Frau Rasmussen geht vornübergebeugt an zwei Stöcken, sie ist ganz in Schwarz gekleidet. Trotz der sommerlichen Temperaturen trägt sie Strickjacke und Wollstrümpfe.
»Ah, da sind Sie ja«, sie öffnet die Tür weit und tritt vorsichtig zur Seite, »immer herein mit Ihnen.«
Im Schneckentempo geht sie uns voran, voran in die gute Stube. Ein winziger Raum, Jensen und ich müssen uns ducken, um einzutreten.
»Bitte«, Frau Rasmussen weist auf zwei fadenscheinige Sessel, »nehmen Sie Platz.«
Kaum sitzen wir, nimmt sie mich in den Fokus.
»Sehen Sie, ich bin zu alt, um meine Zeit zu vergeuden«, beginnt sie. »Was wollen Sie mit meinem Haus anfangen?«
Ich muss schmunzeln, die alte Dame und ihre geradlinige Art gefallen mir. Sie sitzt – ihrem krummen Rücken zum

Trotz – aufrecht, einen Arm gerade nach vorne gestreckt, die Hand fest auf dem Knauf ihres Stocks.

Um diese Nuss zu knacken, gibt es nur einen Weg:

»Herr Jensen erzählt mir, dass er bereits mit mehreren Interessenten hier war«, mein Nebenmann beginnt, unruhig hin und her zu rutschen, »Sie aber Ihre ganz eigenen Vorstellungen von dem Käufer haben.«

»So, hat er das gesagt?«

Ich nicke, der Makler schluckt.

»Jensen hat recht, ich bin ein Sturkopf.« Um ihre faltigen Lippen spielt eine selbstironische Heiterkeit. *Aha, denke ich, ich habe ins Schwarze getroffen.*

»Kindchen, gehen Sie doch mal in die Küche und holen Sie den Kaffee, der dort steht.«

Wie gewünscht, erhebe ich mich, gehe zurück in den Flur und finde gleich gegenüber die Küche – ein echtes Museumsstück. Ein akkurat hergerichtetes Tablett wartet auf der Anrichte. Auf dem brennenden Stövchen steht eine Porzellankanne, daneben drei feine Tässchen mit passender Zuckerdose und Milchkännchen. Dazu Gebäck in einer kleinen, etwas angeschlagenen Schale.

Vorsichtig trage ich alles in die Stube, verteile das Service auf dem Tisch, schenke Kaffee ein, reiche Milch und Zucker. Dabei beobachtet mich Frau Rasmussen, und ich bin mir sicher, dass ich gerade ihr ganz persönliches Assessment-Center durchlaufe. Auch das gefällt mir, irgendwie.

»Sie haben meine Frage noch nicht beantwortet«, sagt sie, kaum dass ich wieder sitze. »Was haben Sie mit meinem Haus vor?«

Ich schaue mich in dem Raum um, zeige auf die lehmverputzten Wände, den alten Holzboden unter uns, spreche von Kreidefarben und frisch aufgearbeiteten Dielen, erzähle von meinem Waldhaus auf der Lichtung, der Freude, die mir seine Renovierung bereitete, berichte von meinem Ferienhausprojekt und dass ich historische Reetdach-Katen herrichten und an Gäste vermieten möchte.

Während Herr Jensen ganz still geworden ist, hört mir Frau Rasmussen aufmerksam zu. Hinter ihren hellen, gescheiten Augen arbeitet es auf Hochtouren.

»Sie wollen aus meiner alten Kate also ein Ferienhaus machen, eine dieser herausgeputzten Immobilien, die Sie an Touristen vermieten können, an Städter?«, fasst Frau Rasmussen zusammen. Ihre Frage steht wie ein dürrer, erhobener Zeigefinger im Raum. Jensen hält die Luft an, und ich sage: »Ja.«

»Hm, das heißt also, dass wieder Leben in die Bude käme, Kinder im Garten spielen, schreien, lachen, schwimmen gehen, Seeluft in ihre staubigen Lungen einatmen.« Sie hebt ihren Blick, lässt ihn umherwandern. »Diese Wände haben nun so lange einen alten Kauz wie mich ausgehalten, sie können frischen Wind gebrauchen.«

Jensen atmet aus. Die Luft entweicht aus ihm wie aus einem Ballon.

»Gut, dann kommen Sie mal mit«, sie pocht mit ihrem Stock energisch auf den Dielenboden, »wir schauen uns den Laden an.«

Die Hausbesichtigung, zu der wir jetzt aufbrechen, gerät zur Zeitreise. Frau Rasmussen erzählt von der kinderreichen Familie, in der sie aufwuchs, dem rauen, zuweilen gefährlichen Fischerleben, dass sie als junges Ding schon mit dem Vater aufs Meer fuhr, sie arbeiten konnte wie ein Pferd, ihr aber auch gar nichts anderes übrig blieb.

»Es waren harte Zeiten«, sie nimmt eine gerahmte Schwarz-Weiß-Fotografie von der Wand, »aber auch sehr schöne.«

Auf dem Bild sind ein hagerer Mann und eine gemütlich dreinblickende Frau mit Kopftuch zu sehen, sie stehen vor der Kate, dazu eine ganze Schar von Kindern, aufgereiht wie die Orgelpfeifen.

»Ich hatte fünf Geschwister, alles Brüder, da war was los.« Frau Rasmussens Daumen streicht zärtlich über die Gesichter, und ich frage mich, wie die vielen Menschen hier nur gelebt haben mögen. Die Kate ist winzig, jeder Raum die reinste Puppenstube.

»Jetzt fehlt noch der Garten.« Sie hängt das Foto zurück und schlurft im Zeitlupentempo zur Hintertür. Draußen erwarten uns eine Handvoll knorriger Obstbäume und, in einem windgeschützten Winkel, voll tragende Beerensträucher. Auf den ersten Blick erkenne ich Stachelbeeren und Himbeeren, Brombeeren und Johannisbeeren. Frau Rasmussen hebt ihren Stock, er zittert in der Luft.

»Die Sträucher sind das Letzte, was vom Küchengarten übrig geblieben ist. Früher haben wir hier alles angebaut: Kohl, Kartoffeln, Bohnen, Rüben, Zwiebeln – alles. Dazu hielten wir Schafe und jedes Jahr ein Schwein«, sie zeigt auf den Stall, »damit kam man schon über die Runden.«

Die alte Frau dreht sich zögerlich um, greift nach der Armlehne der Gartenbank, die hinter ihr steht, lässt sich vorsichtig auf sie sinken. Dann neigt sie den Kopf. Ihr Rücken ist so krumm, es muss ihr Mühe bereiten, ihn aufrecht zu halten.

Ich setze mich zu ihr und lasse auf mich wirken, was ich sehe, was ich spüre. Der verwachsene Garten reicht bis zum Ufer der Schlei. Hinter den Obstbäumen glitzert das Wasser, ein weißes Segel taucht auf, ein Boot.

Die Fischerkate ist genau das, was ich suche, sie hat genau die Atmosphäre und den Charme, die das Herz berühren. Natürlich gibt es Sanierungsbedarf ohne Ende, aber das lässt sich alles machen.

»Das Einzige, das mir zu denken gibt«, sage ich laut, »sind die wenigen Quadratmeter.«

Herr Jensen blickt auf, blättert in dem Exposé, das er sich unter den Arm geklemmt hat, und sagt: »Achtundfünfzig.«

»Achtundfünfzig Quadratmeter«, wiederhole ich, »das ist ein wirklich kleines Haus.«

»Dann machen Sie doch mehr daraus«, Jensen zeigt auf den halb verfallenen Schafstall, »solange der nicht abgerissen ist, zählt er als Bestandsgebäude. Auf dieser Grundlage lässt sich etwas Neues bauen, vielleicht im alten Stil. Rein rechtlich dürfte es da keine Probleme geben.«

Jensen hat recht. Sofort entsteht ein dreidimensionales Bild vor meinen Augen, ich sehe, was entstehen wird – und das ist ganz wunderbar.

»Was meinen Sie«, ich greife den Faden auf, spinne ihn weiter, »ließen sich Haus und Stall nicht miteinander verbinden? Sie liegen doch nur drei, vier Meter auseinander. Ich stelle mir eine Art Wintergarten vor, der die historischen Gebäude vereint – lichtdurchflutet, ganz reduziert.«

»Das müssen wir prüfen.« Herr Jensen macht sich eine Notiz. »Frau Rasmussen«, ich wende mich zur Seite, »Sie haben doch bestimmt noch Fotos vom Schafstall, so wie er früher war. Sie könnten hilfreich sein.«

»Die habe ich, Kindchen, die habe ich«, sie greift nach meiner Hand, die auf der Sitzfläche liegt, »aber dazu müssen Sie morgen noch einmal wiederkommen. Ich muss mich jetzt hinlegen.«

»Aber natürlich«, die Zeit ist tatsächlich vergangen wie im Fluge, »ich muss jetzt auch nach Hause, dringend.«

»Wartet dort jemand Hübsches auf Sie?« Frau Rasmussen überrascht mich erneut. Ich kann den Schalk in ihren Augen aufblitzen sehen.

»Da wartet sogar jemand besonders Hübsches«, lächle ich, »mein Hund.«

»Oh, Sie haben einen Hund, das ist gut.« Wieder ist da diese Heiterkeit. »Wir hatten früher auch einen, Fiedje, ein lustiger kleiner Racker.«

Ich sehe, wie ihr Blick in eine imaginäre Ferne schweift,

sich in Erinnerungen verliert – und ich lasse ihr den Moment.

»Dann komme ich also morgen wegen der Fotos vorbei. Passt Ihnen 11 Uhr?«, schlage ich vor, so kann ich im Anschluss bei Flora Mittag essen gehen.

»Gut so, gut so«, Frau Rasmussen tätschelt meine Hand, erhebt sich dann schwerfällig, »und bringen Sie Ihren Hund mit! Höchste Zeit, dass es hier lebendig wird.«

Wir brechen auf, und als mich Herr Jensen vor Floras Deli absetzt, fühle ich mich geläutert. Die knorrige Frau Rasmussen und ihre Fischerkate haben mich – nach all der Aufregung mit Fred – geerdet. Sie wirken auf mich wie die alte Eiche, die unten an Heinrichs Kuhweiden steht. Ich kann mich an ihren Fuß setzen, die Zeit verstreichen lassen, und wenn ich dann wieder aufstehe, dann hat die Welt wieder ihr richtiges Maß gefunden. Alles hat seinen Platz, alles ist gut.

Tiefe Ruhe erfüllt mich und eine stille Vorfreude auf die Fischerkate . Dass ich sie kaufen will, steht für mich jetzt schon fest.

Ich schließe den Rover auf, lasse Handtasche und Exposés auf den Beifahrersitz fallen, steige ein. Als ich aufschaue, sehe ich Bastian vor meinem Seitenfenster warten. Wo kommt der denn so plötzlich her? Die Eingangstür des Deli ist geöffnet, Flora steht darin und zuckt mit den Schultern.

Bastian macht ein Zeichen, als würde er eine Kurbel betätigen. Ich lasse die Scheibe herunter.

»Du sollst Fred anrufen«, knurrt er – und mir reicht es jetzt. Seine ewig schlechte Laune nervt.

»Das heißt erst mal: ›Liebe Annika, wie schön, dich zu sehen‹«, entgegne ich mit zuckersüßem Lächeln. Seine Lippen werden zu einem schmalen Strich.

»Hallo, lieber Bastian«, ich bleibe bei meinem ironischen Tonfall, »was kann ich für dich tun?«

»Du sollst Fred anrufen«, presst er noch einmal hervor. »Es ist nämlich nicht so, wie du denkst.«

Das ist der Moment, in dem ich laut loslache. Schallend. Bastian bekommt kein weiteres Wort heraus, ich lache und lache, bekomme mich gar nicht mehr ein. So viel Witz hätte ich dem alten Muffel gar nicht zugetraut. Ich wische mir eine Träne aus dem Augenwinkel, sage: »Der war jetzt aber richtig gut«, starte den Wagen und lasse Bastian auf der Straße stehen.

Prinzen

Die Botschaft ist angekommen. Seit Bastian seine Abfuhr bekam, ist es still geworden um Fred. Keine Nachrichten, keine weiteren Anrufversuche.

Umso hartnäckiger erweist sich Titus. Ob er riechen kann, dass Fred das Feld geräumt hat? Selbst jetzt, am frühen Morgen, klingelt wieder mein Handy, kopfschüttelnd drücke ich meinen Ex weg. Er nervt, genauso wie Bastian, und daran muss sich etwas ändern. Am besten noch heute.

Ich beuge mich nach unten, schnüre meine Sportschuhe zu und wechsele vom Flur ins Büro. Eigentlich wollte ich gleich in der Früh laufen gehen, jetzt aber fahre ich meinen Laptop hoch. Clarissa hat mir doch letzte Woche ihre Rechercheergebnisse gemailt. Vielleicht finde ich dort ein probates Mittel, um Titus in die Flucht zu schlagen – meine Ohrfeige war offensichtlich keines.

Ich öffne Clarissas Mail, überfliege ihre Zeilen und klicke auf den ersten Link, den sie mir geschickt hat. Titus' Bild springt mir entgegen: Er hat sein joviales Chefarzt-Lächeln aufgesetzt, seine Zähne strahlen mit seinem weißen Kittel um die Wette. Neben ihm erkenne ich Kai Martens wieder, sie haben früher als Assistenzärzte zusammengearbeitet. Der Text verrät mir, dass beide jetzt als Geschäftsführer der »Cymed Diagnosis« fungieren, einer Firma, die sich mit dem Einsatz von künstlicher Intelligenz, KI, in der Medizin beschäftigt.

Ich klicke auf den nächsten Link, den mir Clarissa gemailt hat, und lande bei einem Pressebericht. Am ersten Absatz bleibe ich hängen:

Cymed Diagnosis will die medizinische Diagnostik revolutionieren. Mithilfe KI-basierter Technologie und auf Grundlage eines gewaltigen Datenbergs, den das Unternehmen bereits anhäufen konnte, soll eine Art Zentaur entstehen: eine enorm leistungsfähige, intelligente und ermüdungsfreie Maschine, die ...

Ich halte kurz inne. Etwas gespenstisch, denke ich, aber interessant. Dann scrolle ich weiter. Ein Foto taucht auf, es zeigt Titus in illustrer Runde: Männer im dunklen Business-Zwirn, Frauen in Cocktailkleidern, die Stimmung ist ausgelassen. Wirklich spannend ist aber die Bildunterschrift:

Cymed Diagnosis konnte erste Investoren gewinnen und lässt die Korken knallen. Bevor das Start-up jedoch an den Markt gehen kann, muss es noch weitere Gelder einsammeln.

Das ist es! Ich schlage mit der flachen Hand auf die Schreibtischplatte. Titus, der alte Fuchs, hat es auf mein Kapital abgesehen. Auf nichts anderes!
Er kann sich ungefähr ausrechnen, wie viel mir der Verkauf von Nika Anka eingebracht haben muss. Ein hübsches Sümmchen, das ich jetzt in seine neue Firma investieren soll. Wie praktisch! Ebenso wie er mich – aus rein strategischen Gründen – durch Nina ersetzte, ebenso kalkuliert will er mich jetzt wieder in sein Boot – oder besser in sein Bett – holen. Wie gerissen kann so ein Mann eigentlich sein? Ach, was heißt hier *ein* Mann! Fred war ja nicht besser! Heute die eine, morgen eine andere – was soll's!
»Pah!« Ich stoße mich vom Schreibtisch ab, mein Drehstuhl fliegt herum, und ich springe auf. Im Flur greife ich nach der Hundeleine, rufe: »Lux«, und lasse die Haustür hinter mir zuknallen. Dann gebe ich Gas, aber richtig, und

erst, als meine Oberschenkel brennen, verlangsame ich meinen Laufschritt.

Die kühle Luft, die noch im Wald hängt, tut ein Übriges. Sie streicht über mein Gesicht, meine Arme – fährt mich herunter. Ich atme tief ein, rieche das Harz der Bäume und falle in einen entspannten Trab.

Gegen Titus wird mir schon das passende Mittel einfallen, jetzt, wo ich weiß, worum es ihm eigentlich geht. Der bekommt seine Abreibung, dafür sorge ich.

Das Geschnatter von Annegrets Gänsen bricht los, es stoppt meine Rachefantasien. Wie immer ist mir Lux voraus und hat die schützenden Bäume bereits hinter sich gelassen. Sehr zur Empörung von dem Federvieh, das sich im Bachtal versammelt hat. Ich folge meinem Hund, verlasse den Wald und blicke auf den schönen Bauernhof, der im vollen Sonnenlicht vor uns liegt. Im Gemüsegarten stehen Heinrich und Annegret, die tierische Alarmanlage hat funktioniert, sie winken. Mein Hund sprintet los, um die beiden zu begrüßen.

»Moin!« Kurz darauf treffe auch ich ein und werde unmittelbar in Lux' Freudentanz einbezogen. Dann entdeckt er eine wassergefüllte Zinkwanne, wendet sich ab und trinkt mit hastigen Schlucken daraus.

Annegret mustert uns. »Ihr seid ja ganz außer Puste. Möchtest du auch etwas Wasser?«

»Ja«, ich wische mir über die Stirn, »gerne.«

Annegret verschwindet in Richtung Küche, ich folge ihr einige Schritte und setze mich auf die schattige Bank vor dem Haus.

»Lass es dir schmecken.« Sie ist zurück, reicht mir ein Glas. Ich nehme einen kräftigen Schluck, sage: »Das tut gut«, und betrachte Heinrich bei seiner Arbeit.

»Was macht er da?« Ich weise mit dem Kinn Richtung Garten.

»Heinrich zieht Netze über die Sträucher. Wir haben dieses

Jahr viele Stare, die fressen uns die ganzen Johannisbeeren weg.«

»Aha, und die Netze helfen?«

»Ja«, die alte Bäuerin lächelt nachsichtig, »die Netze helfen.«

Und wie sie das sagt, fällt mir wieder einmal das vertraute, warme Miteinander auf, das die beiden ausstrahlen.

»Solche Beziehungen, wie ihr sie führt, gibt es heute gar nicht mehr«, sage ich plötzlich, überrasche mich selbst ein bisschen mit meinen Worten, »und solche Männer wie Heinrich auch nicht.«

»Die gibt es nicht mehr? Das sollte mich aber wundern.« Annegret lacht auf. »Ich habe gehört, dass auf der Lichtung ein erster Feriengast gewohnt hat«, meint sie und beobachtet mich dabei, »er soll sehr sympathisch gewesen sein, ein Schweizer.«

Wie auch immer sie es macht, Annegret beherrscht die Kunst, mich zu durchschauen. Ich seufze.

»Ja, stimmt, er kam aus der Schweiz, und da ist er jetzt auch wieder. Hinter den sieben Bergen, bei den sieben Zwergen.«

»Und sein Schneewittchen hat er vergessen?«

»So sieht es aus.«

»Zum Glück«, Annegret schmunzelt, »gibt es so etwas ja nur in Märchen. Moderne Frauen brauchen eh keine Prinzen.«

Die Ironie in ihren Worten ist unüberhörbar.

»Meine Erfahrung mit Prinzen ist«, kontere ich, »dass sie zum Frosch werden, sobald man sie küsst.«

»Meinst du denn, das war mit Heinrich anders?«

Verblüfft schaue ich Annegret an. Für mich sind die beiden ein Traumpaar, schon immer gewesen.

»Auch bei uns hat es am Anfang ganz schön geknirscht«, sie setzt sich und legt ihre Hände in den Schoß, »aber ganz egal, wie schwierig es wird, wichtig ist, dass man seinem Herzen folgt. Das ist das Einzige, was zählt.«

Annegret hat mich kalt erwischt, ich schaue betroffen auf mein Wasserglas, setze es an die Lippen und trinke es leer.

»Danke dir«, ich richte mich auf, »wir müssen jetzt weiter. Lux und ich haben gleich einen Termin bei Greta Rasmussen. Sagt dir der Name etwas?«

»Greta Rasmussen«, Annegrets Blick wird fest, »dieser Name sagt hier jedem etwas. Sie war die erste Frau an der Schlei, die allein fischen gefahren ist. Ihren Fang hat sie dann nicht an Zwischenhändler verkauft wie alle anderen, sondern sie ist selbst damit zum Markt gefahren. Die Not hat sie erfinderisch gemacht – und mutig. Was blieb ihr auch anderes übrig? Erst hat sie ihren Vater auf dem Meer verloren und dann ihre Brüder im Krieg. Ganz junge Kerle waren sie noch, schrecklich.«

Puh, denke ich, *was für eine Lebensgeschichte.* Und mit einem Mal habe ich genug von starken Frauen und verlorenen Männern, von Märchen und der Vergangenheit.

Ich will wieder los, will raus in die Sonne. Ich wippe nervös auf und ab, Lux erkennt das Zeichen, springt auf, und im nächsten Moment sind wir beide schon wieder unterwegs.

Daheim angekommen, nehme ich eine schnelle Dusche, dann sitzen wir auch schon im Auto, eine Verspätung darf ich mir bei Greta Rasmussen auf keinen Fall leisten.

Um 11 Uhr, auf die Minute pünktlich, halte ich vor der Fischerkate. Ich schalte den Motor aus, und sofort zieht mich die Stille, die mich hier umfängt, in ihren Bann: Ganz friedlich liegt das alte Haus da, eingewachsen in diese schöne Landschaft. Ruhig und freundlich schaut es in die Welt – wie eine Schildkröte aus ihrem Panzer.

Ich betrachte noch einen kleinen Moment das harmonische Bild, das sich mir bietet, dann steige ich aus und lasse Lux aus dem Kofferraum springen. Ohne zu zögern, läuft er auf das Haus zu, steckt seine neugierige Nase in die Spalte der nur angelehnten Tür. Wie von Geisterhand schwingt die Haustür auf, und ich sehe meinen Hund im Flur verschwinden.

Herrje, schnell hinterher, die alte Frau bekommt sonst einen Herzinfarkt.

»Ja, wer kommt denn da?« Frau Rasmussens Stimme dringt aus der Stube.

»Entschuldigen Sie bitte den Überfall.« Ich sause um die Ecke, sehe Lux wedelnd bei ihr stehen.

»Aber nein«, sie tätschelt ihn vom Sessel aus, »das ist doch schön! Was für einen netten Hund Sie haben.«

»Die Tür stand auf, das hatte ich nicht gesehen.«

»Die hatte ich extra für Sie offen gelassen, damit ich nicht noch einmal aufstehen muss.«

»Ach so, ja dann ...«

»... ja, dann setzen Sie sich mal«, Frau Rasmussen nimmt ihre Hand vom Hund und greift in eine Schachtel, »ich habe Fotos für Sie herausgesucht.«

Ich ziehe mir einen zweiten Sessel heran und schaue neugierig auf die Schwarz-Weiß-Bilder, die sie auf der Tischplatte ausbreitet. Lux schnüffelt noch ein wenig herum, dann legt er sich zu uns.

»Der Schafstall«, sie tippt auf die erste Aufnahme, »das Foto muss 1930 entstanden sein. Das Kleinchen da, das bin ich.«

Sie zeigt auf ein Baby, das im Arm eines älteren Kindes liegt. Im Hintergrund ist der Stall zu sehen, ein geducktes Fachwerkgebäude mit Reetdach. Das zweiflügelige Tor steht offen.

»Der Stall wurde nur an strengen Wintertagen gebraucht und zum Lammen. Sonst waren die Tiere immer draußen, sie mussten sich selbst ihr Futter suchen. Es war die Aufgabe von uns Kindern, sie zu hüten und auf immer neue Weideplätze zu führen.«

Frau Rasmussen schiebt die nächste Aufnahme zu mir herüber. »Dieses Bild muss später entstanden sein«, erklärt sie, »da hatten wir schon Fiedje, unseren Hund.«

Der Stall ist nun von der Gartenseite aus zu sehen, neben einer kleinen Schafherde zeigt die Aufnahme zudem eine Handvoll Kinder und einen weißen Hund mit munter aufgestellten Ohren.

»Fiedje war also ein Spitz.« Ich nehme das Bild in die Hand, um es genauer zu betrachten.

»Genau, heute sieht man ja nur noch selten einen, aber früher war die Rasse groß in Mode.«

»Sagen Sie«, ich ziehe mein Handy aus der Hosentasche, »darf ich die Bilder abfotografieren?«

Sie nickt.

»Es wäre doch eine schöne Idee«, überlege ich laut, »den Schafstall wieder genauso aufzubauen, wie er einmal war.«

Ein feines Lächeln huscht über ihr Gesicht.

»Natürlich nur von außen, innen müssten Wohnräume entstehen, vielleicht Schlafzimmer und ein zweites Bad«, überlege ich weiter, »und wenn alles fertig ist, dann kommen Sie mit Ihrem Sohn zu Besuch und ich zeige Ihnen alles.«

Die alte Frau lässt sich gegen die Stuhllehne sinken und schaut still aus dem Fenster, die Sonne scheint auf ihr müdes Gesicht.

»Dürfte ich jetzt noch Fotos vom aktuellen Zustand machen? Sowohl vom Schafstall als auch von der Kate?«

»Bitte«, Frau Rasmussen weist zur Zimmertür, »gehen Sie nur, Sie kennen sich ja aus.«

Ich mache mich an die Arbeit, fotografiere alle Zimmer, umrunde mit Lux die Fischerkate und den Stall, komme schließlich im ehemaligen Gemüsegarten an. Als ich hier die letzten Aufnahmen mache, taucht Frau Rasmussens Kopf im Küchenfenster auf. Sie hat es weit geöffnet und winkt mir zu. Ein schönes Bild, ich drücke noch einmal auf den Auslöser.

»Kommen Sie doch noch einmal herein, bitte, ich habe etwas für Sie.«

»Ja, natürlich.« Wir nehmen den Hintereingang und gelangen so in die Küche.

»Ich habe heute Morgen Beeren für Sie gepflückt«, sie überreicht mir eine kleine Obstkiste. Sie ist fein säuberlich mit Zeitungspapier ausgeschlagen, auf dem ein ganzer Berg Stachelbeeren liegt. Lux springt hoch und stupst vorsichtig mit der Nase daran, Frau Rasmussen lacht.

»Nein, mein Lieber, die magst du nicht«, ihre krummen Fingerspitzen streichen über sein Fell, »aber eine Scheibe Fleischwurst hätte ich für dich.« Sie schaut mich an wie ein Kind, das nach einem Bonbon fragt.

»Na, die Freude werde ich Ihnen beiden doch nicht vermiesen«, willige ich ein, und Frau Rasmussen schlurft zum Kühlschrank. Lux ahnt schon, was nun kommt. Er setzt sich brav auf den Küchenboden und wartet mit Engelsgeduld, bis die ersehnte Fleischwurst über seiner Nase schwebt.

»Lass sie dir schmecken.« Die Scheibe fällt und wird mit einem einzigen Happs verschluckt.

Dann merke ich, dass es an der Zeit ist, zu gehen. Die Hände der alten Frau, mit denen sie eine Stuhllehne umklammert, zittern, sie ist erschöpft. Eines muss vorher aber noch gesagt werden:

»Frau Rasmussen, wenn Sie gestatten, dann würde ich Ihre Fischerkate sehr gerne kaufen.«

Sie hebt den Blick, schaut mich mit glasklaren Augen an.

»Ich wusste sofort, dass du die Richtige bist«, sagt sie, und wieder fällt mir der enorme Widerspruch zwischen ihrem hellwachen Geist und ihrem unendlich langsamen Körper auf.

»Mein Haus ist bei dir gut aufgehoben.« Sie greift nach meiner Hand, ich spüre ihre weiche Haut, die buckeligen Finger. Dann packt sie ihren Stock und schlurft in den Flur. »Ich muss mich nun hinlegen, zieh bitte die Tür hinter dir zu, wenn du gehst.«

Als ich im Rover sitze, die Obstkiste neben mir auf dem Beifahrersitz steht, bin ich gerührt. Mich rührt das Vertrauen, das mir diese steinalt gewordene Frau schenkt. Ich erinnere mich an das, was mir Annegret heute früh erzählte: Greta Rasmussen hat sich ihr Leben lang durchbeißen müssen, aber sie hat das Haus ihrer Familie erhalten und gepflegt, so gut es eben ging. Zweiundneunzig Jahre hat sie an diesem Ort gewirkt – und nun soll ich ihr Werk weiterführen.

Ich muss schlucken, starte den Motor, und als ich in den Rückspiegel schaue, noch einmal einen Blick auf die Fischerkate werfe, da ist mir, als hätte ich gerade einen Staffelstab übergeben bekommen: Ehre, Aufgabe und Bürde zugleich.

Ich bin auf dem Weg zu Flora – und zu ihrem Hühnerfrikassee. Und es ist gut, dass die Fahrt ein bisschen Zeit in Anspruch nimmt, ich bin wirklich aufgewühlt.

Beim Deli angekommen, spähe ich nach einem freien Parkplatz, finde ihn und stelle den Wagen ab. Zusammen mit Lux und der Obstkiste, die ich mir unter den Arm geklemmt habe, stoße ich die Eingangstür auf. Heute ist nicht allzu viel los, zum Glück, so ganz viel Trubel könnte ich jetzt auch nicht ertragen. Ich winke meiner Freundin, die gerade eine Bestellung aufnimmt, und verdrücke mich an meinen Fensterplatz. Lux schlendert routiniert zu seinem Hundekorb, schmiegt sich hinein und gibt sich seiner Fellpflege hin. Eine Minute später ist Flora bei mir.

»Wie geht es dir?«, fragt sie und mustert eingehend mein Gesicht. »Besser?«

»Ja, viel besser.« Ich erzähle ihr rasch von den Besichtigungsterminen, die ich gestern mit Jensen hatte, und von Frau Rasmussen, die mich mitsamt ihrer Fischerkate in ihren Bann gezogen hat.

»Die Stachelbeeren sind aus ihrem Garten«, ich zeige auf die Obstkiste, »heute Morgen frisch gepflückt.«

Flora beugt sich nach vorne, spinxt hinein.

»Aha«, meint sie vielsagend, »und jetzt weißt du nicht, was du damit anfangen sollst.«

»Du weißt doch, dass ich weder kochen noch backen kann«, ich schiebe die Kiste in ihre Richtung, »ohne so talentierte Menschen wie dich wäre ich völlig aufgeschmissen.«

Flora verdreht die Augen. »Sag mir wenigstens, was ich daraus machen soll: Marmelade oder eine Stachelbeertorte mit Krokant?«

»Stachelbeertorte«, ich himmele sie an, »mit viel Sahne, bitte.«

»Du wickelst wirklich jeden um den Finger, *je-den!*«, beim letzten, betonten Wort greift sie nach der Kiste. »Und jetzt Hühnerfrikassee?«

»Au ja!«

»So gefällst du mir!« Flora macht kehrt und schreitet zur Tat.

Ich schaue meinerseits zufrieden aus dem Fenster, denke, *es läuft,* und beobachte einen schwarzen Porsche, der sich mit viel Hin und Her in eine Parklücke zwängt. *Das kommt davon, wenn man so eine fette Karre fährt,* denke ich mitleidslos. Was mir der Porsche dann allerdings bietet, ist eine mannsgroße Überraschung: Titus steigt aus. Und er winkt mir. Mist, hinter dem großen Sprossenfenster bin ich unübersehbar, jetzt kann ich noch nicht mal durch den Garten flüchten. Ich stöhne ergebungsvoll.

»Was hast du denn?« Flora ist zurück und stellt mein Mittagessen vor mir ab.

»Titus. Ich habe Titus.«

»Du hast einen Tinnitus?«

»Gott bewahre!« Ich schaue sie erschrocken an. »Nein, ich meine wirklich Titus.« Dabei weise ich nach draußen.

»Na, der traut sich ja was.« Auch Flora steht das Erstaunen ins Gesicht geschrieben, dann neigt sie sich zu meinem Ohr: »Wenn du Hilfe brauchst, dann schrei.«

Im nächsten Augenblick schwingt die Eingangstür auf, und Flora verschwindet nach hinten. Dafür taucht Lux aus seinem Hundekorb auf. Er hat Titus erkannt, die beiden kennen sich von früher, und begrüßt ihn.

»Na, Kumpel«, mein Ex klopft ihm die Schulter, »wie geht's?« Er blickt zu mir. »Kräftig ist Lux geworden, ein ganzer Kerl.«

Ich werfe ihm ein gekünsteltes Lächeln zu.

»Titus, du nervst. Was willst du hier?«

»Das ist ja eine Begrüßung!«, beschwert er sich. »Du könntest dir von deinem Hund ruhig mal eine Scheibe Freundlichkeit abschneiden.«

»Lux«, ich kommandiere meinen Hund selten, aber jetzt muss es sein, »geh in dein Körbchen.«

Ohne mit der Schwanzspitze zu zucken, dreht er ab und verschwindet auf seinem Platz.

»Na, der hört aber.« Titus schaut ihm perplex nach und zieht sich ungefragt einen Stuhl heran.

»Bitte, willst du dich nicht setzen?«, bemerke ich mit einer gewissen Portion Ironie.

»Was bist du denn so zickig?« Er macht ein Gesicht, als würde ihn ein lästiges Insekt umschwirren. *Das kann ja heiter werden,* denke ich, obwohl ... eigentlich ... ich habe eine Eingebung. Genau, das ist es! Wollen wir doch mal sehen, vielleicht habe ich jetzt ja das richtige Mittel gegen Titus gefunden.

»Ich habe in der Presse von dir gelesen.« Ich greife nach meiner Gabel und schiebe mir eine Portion Hühnerfrikassee in den Mund.

»Ach ja?« Seine Miene hellt sich auf.

»Es ging um künstliche Intelligenz und um diese Medizinfirma, für die du jetzt arbeitest«, ich spreche, betont unhöflich, mit halb vollem Mund. »Wie hieß die noch gleich?«

»Cymed Diagnosis.«

»Stimmt.« Ich schlucke das Frikassee hinunter.
Titus rutscht engagiert nach vorne und lehnt sich über die Tischplatte. Sein Designerhemd klafft dabei weiter auf und damit mir entgegen. *Es ist zu weit aufgeknöpft,* denke ich und korrigiere mich: *Falsch, der ganze Typ ist zu weit aufgeknöpft.*

»Über die Firma wollte ich mit dir sprechen …«

»Ihr sucht noch nach Investoren, richtig?«, unterbreche ich ihn, und Titus strahlt nun, als habe er ein goldenes Ei gefunden.

»Richtig«, triumphiert er, »du hattest schon immer ein Näschen für gute Geschäfte.«

Genau das ist der Moment, in dem ich grinse. Ich grinse wie ein Breitmaulfrosch, ein zufriedener Breitmaulfrosch. Dann stelle ich mein Frikassee zur Seite und nehme mein Handy aus der Hosentasche. Ich öffne den Bildspeicher. Die Fischerkate erscheint, dazu Frau Rasmussen, wie sie mir aus ihrer Küche zuwinkt.

»Schau mal«, ich schiebe mein Smartphone über die Tischplatte, »das hier ist meine neueste Kapitalanlage.«

Ich lasse das Foto kurz wirken, dann wische ich mit dem Zeigefinger zum nächsten Bild. Der halb verfallene Schafstall taucht auf.

»Und hier werde ich auch investieren.«

»Willst du mich verarschen?« Titus ist mehr als irritiert.

»Das liegt mir fern.« Ich koste jedes einzelne Wort aus. »Ich möchte dir nur mein ganz persönliches Start-up vorstellen. Von dem Kapital, das mir der Verkauf von Nika Anka einbrachte, übrigens ein ganz hübsches Sümmchen, kaufe ich derzeit historische Reetdach-Katen und saniere sie.«

Er zieht mein Handy zu sich heran, wischt ungefragt durch meine Fotosammlung. Und während ich ihn dabei beobachte, gebe ich Frau Rasmussen ein stilles Versprechen: *Ihre Fischerkate wird gut bei mir aufgehoben sein, genauso, wie Sie es sich gewünscht haben.*

Titus hat genug gesehen, er stößt das Handy von sich weg. Es trudelt über die glatte Tischplatte.

»Du willst dein schönes Geld doch wohl nicht in solche Bruchbuden stecken.« Er ist laut geworden. Zwei Gäste drehen die Köpfe, auch Flora hebt den Blick, sie kommt auf uns zu.

»Doch«, antworte ich kühl, »das habe ich längst getan. Ich wohnte nämlich selbst in so einer«, ich flechte eine kleine Kunstpause ein, »Bruchbude.«

Titus ist nun vollkommen konsterniert. »Du hast sie doch nicht alle.« Er ist knallrot geworden, eine Ader tritt auf seiner Stirn hervor.

»Was hat er denn nur?« Flora ist bei uns angekommen. Sie steht hinter meinem Stuhl, tut, als würde sie ein seltenes Krankheitsbild begutachten.

»Ich weiß nicht«, antworte ich im schönsten Krankenschwesterton, »vielleicht hat er einen Tinnitus?«

Mein Ex springt auf, sein Stuhl fällt hintenüber und kracht auf den Fußboden. Wutschnaubend verlässt er das Lokal und springt in seinen albernen Porsche. Dumm nur, dass er erst mal umständlich ausparken muss, bevor er die Reifen quietschen lassen kann.

»Mann, ist der peinlich«, ungerührt stellt Flora den Stuhl wieder zurecht, und ich ziehe mein Hühnerfrikassee zu mir heran. Zum Glück, ich schiebe mir eine Gabel in den Mund, ist es nicht kalt geworden.

Fersengeld

»Bastian macht sich ernsthafte Sorgen um Fred.« Floras Stimme klingt beunruhigt. Ich klemme mir mein Handy mit der Schulter ans Ohr, öffne eine Dose Hundefutter und fülle ihren Inhalt in Lux' Futternapf.

»Wieso?«, frage ich nach. »Was ist passiert?«

»Er hatte die ganze Zeit schon so ein komisches Gefühl. Gestern Abend hat Bastian ihn dann angerufen, es war noch früh, vielleicht 19 Uhr.«

»Ja, und?«

»Fred war sturzbetrunken.«

Dieser Satz trifft mich in der Magengrube. Wie ein Schlag. Fred betrunken? Dieser beherrschte Mann? Ich versuche, es mir vorzustellen, versuche, seine eleganten Bewegungen ungelenk werden zu lassen, seine gewählte Sprache schleppend, seine klassischen, so feinen Gesichtszüge unkontrolliert. Es gelingt mir nicht.

»Annika? Bist du noch da?« Floras Stimme dringt zu mir durch.

»Ja, klar.« Ich sammele mich. »Ich kann mir das nur nicht vorstellen: Fred betrunken.«

»Es muss ihm wirklich schlecht gehen.«

Lux stupst mich an, und mir fällt auf, dass ich den gefüllten Futternapf noch immer in der Hand halte. Ich beuge mich hinunter und stelle ihn auf dem Boden ab.

»Was meint Bastian denn dazu?«

»Es sagt, dass ihn das an früher erinnert, an die Zeit nach Leas Beerdigung. Fred hatte damals ständig ein Glas Whisky in der Hand, er stand echt an der Klippe.«

»Ja, du hast mir davon erzählt, aber das ist doch schon Jahre her, und er hat sich ja auch wieder gefangen.«

»Eben drum, mit Lea kann das nichts mehr zu tun haben.« Flora macht eine kurze Pause, senkt die Stimme. »Bastian will nicht, dass ich mit dir darüber spreche, aber er meint, Fred hat eine neue Frau, und die wirft ihn aus der Bahn.«

Mir wird schlecht. Und der ganze Schmerz, der mich packte, nachdem der blonde Lockenkopf bei Fred aufgetaucht war, wallt wieder auf. Der Schmerz, vor dem ich flüchtete – in den Wald, an den Strand, ins Meer. Er ist wieder da und trifft mich mit voller Wucht.

»Flora, lass uns später weiterreden«, mein Hals zieht sich zusammen, »ich kann jetzt nicht.«

Ich lege hastig auf und laufe die Treppe hoch. Laufe zu meinem Bett, zu meinem Nest, ziehe mir die Decke über den Kopf, rolle mich ein wie ein kleines Tier. Und die Tränen laufen. Bilder tauchen auf, kleine Sequenzen, die wie ein zerfetzter Film in mir ablaufen. Fred, überall Fred. In meinem Bett, in meiner Küche, auf der Lichtung, auf dem Bootssteg. Seine warme Stimme, sein kluger Geist, sein Lachen, sein Körper. Überall. Ich spüre ihn, an mir, in mir. Aus uns beiden hätte etwas werden können, etwas richtig Gutes. Es fühlte sich alles so richtig an, so leicht.

Verdammt, ich schlage mit der Faust auf die Matratze, meine ganzen Ablenkungsmanöver haben überhaupt nichts gebracht. Ich habe mich bis über beide Ohren verliebt. Und ich bin es immer noch. Total verliebt.

Annegret taucht in meinen Gedanken auf, ich sehe sie auf ihrer Bank sitzen, höre, wie sie sagt: »Ganz egal, wie schwierig es wird, wichtig ist, dass man seinem Herzen folgt.«

Aber was soll ich tun? Was soll ich nur tun? Da war doch diese Frau, dieser Lockenkopf, die ganze Nacht, ihr Gelächter im Garten, das Herrenhemd, das sie am Morgen trug. Fred nannte sie Liebling. Das ganze Setting – absolut eindeutig. Wenn er sich betrunken hat, dann doch wegen ihr. Oder nicht?

Ich höre ein Geräusch auf der Treppe. Lux' Krallen klappern auf den Stufen, er kommt nach oben. Ich lausche, wie er zu mir ins Schlafzimmer läuft. Wie er stehen bleibt – und sich nicht mehr rührt.

Ich schlage die Decke zurück, unter der ich mich versteckt halte. Lux steht vor meinem Bett. Wie ein Mahnmal. Regungslos. Sehr erwachsen sieht er aus, so ernst, wie er mich anschaut.

»Aber«, rufe ich laut aus, »was soll ich denn bloß tun?«

Lux verweilt wie in Stein gemeißelt. Ich schließe die Augen. Öffne sie wieder. Blicke ihn an.

»Ich hab's«, mir kommt ein Geistesblitz, »wir holen uns Hilfe – und zwar von einem Profi.«

Ich werfe die Beine über die Bettkante, laufe die Treppe hinunter, finde mein Handy, wähle eine Nummer.

»Hi Christin«, mein Atem geht schnell, »hast du Zeit? Ich brauche deine Hilfe, also die Hilfe einer Therapeutin.«

»Um was geht es?«

Ich skizziere kurz die Lage.

»Gut, ich wollte gerade mit Nelli spazieren gehen, aber das hier scheint dringender.«

»Weißt du was, bring sie einfach mit, wir drehen eine Runde mit den Hunden. Beim Laufen können wir auch reden.«

»Nelli wird begeistert sein. Wo sollen wir uns treffen?«

Ich schlage intuitiv ein Waldstück an der Schlei vor, nicht weit entfernt von Arnis. Schon länger war ich nicht mehr dort, erinnere mich aber an wunderschöne Spaziergänge – und an einen Zauberwald. Kaum dass ich Christin den Weg dorthin beschrieben habe, sitzen Lux und ich auch schon im Auto.

Als wir an unserem Treffpunkt ankommen, ist von Christins Kastenwagen noch nichts zu sehen. So greife ich nach der Brötchentüte, die ich mir unterwegs beim Bäcker geholt habe, lasse Lux aus dem Kofferraum springen und setze mich auf einen großen Stein am Ufer. Nur einen Meter weiter bricht es steil ab, die blanke Erde schaut hervor, ich höre die Ostseewellen gegen die Küste schlagen.

»Fred stand an der Klippe«, hat Flora heute Morgen gesagt. Ich schaudere und winkele meine ausgestreckten Beine wieder an.

Lux taucht neben mir auf und schnuppert neugierig an der Brötchentüte, die in meinem Schoß liegt.

»Nein, mein Lieber«, ich streiche über seinen schönen Kopf, »das ist mein Frühstück, du hattest schon welches.«

Ich öffne die Verpackung und ziehe ein Croissant heraus. Ob Fred wohl beim gleichen Bäcker eingekauft hat? Ob wir auch dessen Croissants in meinem Bett gefrühstückt haben? Ich wende das Hörnchen in meiner Hand, sehe Fred, wie er mit dem Tablett ins Schlafzimmer kommt, wie er mein Knie küsst – dann ermahne ich mich selbst und beiße einfach hinein.

Es war wirklich gut, denke ich, *mich mit Christin zu verabreden. Sie ist unparteiisch, hat eine schnelle Auffassungsgabe, und sie ist vom Fach.* In mir dreht sich gerade alles um Fred, ganz gleich, ob ich mich ablenke, ob ich vor ihm flüchte oder meinen Gedanken freien Lauf lasse. Fred, Fred, Fred. Höchste Zeit, dass da mal jemand aufräumt.

Ein Motorengeräusch ertönt, ich drehe mich um und sehe einen roten Wagen, der neben dem Rover einparkt. Da ist sie, sehr gut, ich stehe auf und gehe ihr entgegen.

»Schau mal, wer da auf dich wartet.« Christin öffnet den Kofferraum, und mit einem Satz springt Nelli uns entgegen. Zusammen mit Lux gibt sie sofort Fersengeld, Sand spritzt auf.

»Puh«, Christin schlägt die Klappe zu, »ich bin richtig froh, euch zu sehen. Nelli ist heute nicht zu bremsen.«

»Stimmt«, bestätige ich, gerade hat sie einen scharfen Haken geschlagen und kommt an uns vorbeigeprescht.

»Wo geht es denn lang?« Christin schaut sich um.

»Wir nehmen den kleinen Pfad dort oben«, ich zeige auf den Buchenwald, »er verläuft oberhalb der Küste.«

»Fantastisch, für uns gibt es hier noch so viele Wege zu entdecken, da kann ich einen Guide gut gebrauchen.«

»Glaub mir«, ich werfe meine Brötchentüte in den Rover, »wenn jemand gerade einen Guide gebrauchen kann, dann bin ich das.«

»Gut, also fackele nicht lang, leg los.«

Und ich lege los: Erzähle von Fred, dass ich mich total in ihn verliebt habe und mich da auch nicht mehr herausreden kann. Dann komme ich zum Lockenkopf, dass er mich schrecklich an Nina erinnerte, dass ich den Betrug, den Schmerz nicht aushalten konnte. Ich berichte, wie sie morgens in Freds Küche gestanden hat – und Christin unterbricht mich.

»Nur für mich zum Mitschreiben: Du bist zweimal an Freds Haus vorbeigefahren, einmal am Samstagabend, einmal am Sonntagmorgen. Du hast aber weder mit ihm noch mit dieser Frau gesprochen, richtig?«

»Gott bewahre! Ich habe es auf der Lichtung gar nicht ausgehalten, deshalb bin ich ja an den Strand geflüchtet, war stundenlang mit Lux im Wald, bis Fred endlich zurück in die Schweiz geflogen ist.«

»Und dann habt ihr telefoniert?«

»Nein, das brauche ich echt nicht. Ich will diese Ausreden nicht hören. ›Es ist nicht so, wie du denkst‹«, ich äffe Bastian nach, »nein, danke, ich bin doch nicht blöd.«

»Und jetzt?«

Ich hole tief Luft. »Und jetzt weiß ich nicht weiter.«

Christin ist still geworden. Zu still für meinen Geschmack.

»Sag schon, was meinst du?« Ich bin stehen geblieben.

»Erinnerst du dich an unser Gespräch über Titus?«

An den will ich mich eigentlich gar nicht erinnern, nicke aber kurz mit dem Kopf.

»Du verhältst dich genauso wie bei Titus, es ist das gleiche Strickmuster.« Christin mustert mich aufmerksam. »Jetzt schau nicht so entrüstet, du bist vor Titus geflüchtet, du hast ihn weggedrückt, genauso wie du es jetzt mit Fred machst.«

Sie verweilt einen Augenblick, schaut durch die Baumkronen auf das glitzernde Meer, dann spricht sie weiter:

»Genau genommen läufst du noch nicht einmal vor Titus oder Fred weg, du läufst vor dem Schmerz weg und vor der Angst, die dir die Männer machen.«

»Im Falle vom Titus war das durchaus berechtigt«, ich kicke mit der Fußspitze einen Stein zur Seite, »er hat mich behandelt wie eine Schachfigur. So wie es ihm gerade zupasskam, hat er mich hin- und hergeschoben.«

»Und seit wann hast du diese Erkenntnis? Doch erst, seitdem du wieder mit ihm in Kontakt bist, seitdem du der Realität ins Auge blickst.« Christin geht noch weiter. »Kein Mensch behauptet, dass das nicht wehtut, dass alles so läuft, wie man es sich wünscht. Aber wenn du wirklich inneren Frieden und Klarheit willst, dann musst du dich den Dingen stellen, gerade den unangenehmen. Komm raus aus deinem Gedankenkarussell und pack den Stier bei den Hörnern!«

Christin hat gut reden, sie nimmt es ja sogar mit Heinrichs Bullen auf. Aber ich? Ich schwächele bei diesen Beziehungskisten total. Ich ahne ja, dass sie mit dem, was sie sagt, völlig recht hat, bin im Moment aber trotzdem völlig überfordert. Nur eine Frage habe ich noch:

»Was ist, wenn ich recht habe, wenn ich mit Fred spreche und sich bestätigt, dass er eigentlich eine andere liebt, dass das mit uns nur eine schnelle Nummer war.«

Christin schaut mich liebevoll an. »Dann hast du Gewissheit. Und dann kann *dein* Leben weitergehen.«

Mein Herz wird schwer, schwer wie Blei. Ich habe das Gefühl, unterzugehen, dass die Wellen über mir zusammenschlagen.

»Hallo Annika«, Christin fasst an meinen Arm, sie holt mich zurück, »im Moment weißt du noch nicht, ob Fred eine andere hat. Es gibt Dinge, die hast du beobachtet, durch *deine* höchsteigene Brille beobachtet und dann interpretiert. Mehr nicht. Es kann auch ganz anders sein, das darfst du nicht vergessen.«

Ich schlucke und hebe den Blick. »Ich glaube, ich brauche jetzt eine Pause.«

»Gut«, Christin lässt meinen Arm los und lächelt mir aufmunternd zu, »gut, dass du das sagst. Lass uns runter zum Wasser laufen, dann können die Hunde ein bisschen schwimmen.«

Ohne Widerworte folge ich ihr, schlage einen Trampelpfad ein, der uns zu einer kleinen Sandbucht bringt. Kaum dass wir ihn erreicht haben, paddeln unsere Hunde auch schon in der Schlei. Ich halte mein Gesicht in den Wind. Eine richtige Abkühlung, die könnte ich jetzt gebrauchen, schade, dass ich keinen Bikini unter mein Kleid angezogen habe.

»Wie war denn dein Termin mit unserem Immobilienmakler?«, erkundigt sich Christin.

»Erfolgreich.« Ich berichte von den drei Objekten, die Herr Jensen mir gezeigt hat, und natürlich von Greta Rasmussen. »Sie ist eine beeindruckende Frau, eine echte Persönlichkeit. So wie es aussieht, wird sie mir ihre Fischerkate verkaufen. Herr Jensen kümmert sich gerade um die Details.«

»Klasse, dann hat deine Ferienhausidee ja richtig Fahrt aufgenommen, ich glaube, da wird was draus.«

»Das glaube ich auch«, ich seufze und spüre, wie gut mir mein neues Projekt bekommt, gerade jetzt. Arbeit hat mir schon immer gutgetan.

»Christin«, ich schöpfe neue Kraft, »ich glaube, ich muss dir noch etwas erzählen.«

Interessiert hebt sie ihren Blick. »Etwas von deiner Familie?«

»Wie bist du denn da wieder draufgekommen?« Ich bin ehrlich erstaunt.

»Na ja«, Christin wiegt den Kopf, »wenn Probleme mit Männern auftauchen, reagierst du ausgesprochen emotional. Dieser Tunnelblick, den du dann entwickelst, kann auf ältere Wurzeln verweisen. Möglicherweise sind bei dir irgendwann mal Glaubenssätze entstanden, die dir heute im Wege stehen.«

Ich hole geräuschvoll Luft. »Du kannst einem ja Angst machen, Frau Sherlock Holmes.«

»Ach, komm«, sie winkt ab, »ich bin Therapeutin, das ist mein Handwerkszeug. Erzähl mir lieber, was los ist, dann können wir es uns zusammen anschauen.«

»Mein Vater hat uns verlassen, da war ich fünf oder sechs Jahre alt«, hebe ich an. »Meine Eltern waren nicht verheiratet, sie waren 68er, freie Liebe und so.« Ich hole tief Luft. »Jedenfalls stand meine Mutter von jetzt auf gleich alleine da, sie musste uns zwei durchbringen, was ihr wirklich nicht leichtgefallen ist. Sie hat als Verkäuferin gejobbt und musste ihr Geld immer zusammenhalten.«

Ich stocke, und wir gehen schweigend ein Stück weiter.

»Nun ja, ich bin dann als Schlüsselkind aufgewachsen, denn meine Mutter musste arbeiten, und Geschwister hatte ich nicht. Sobald es ging, habe ich mein eigenes Geld verdient, zu Hause war es ja immer knapp. Das meiste bekam ich für Nachhilfeunterricht, ich war in der Schule ziemlich gut – und meine Mutter irre stolz auf meine guten Noten. Das Wichtigste für sie war, dass ich eines Tages studieren konnte, dafür ist sie jeden Morgen aufgestanden.«

»Dann ist sie heute immer noch stolz auf dich«, Christin ist stehen geblieben und strahlt mich an, »ihr muss förmlich die Brust platzen. Du hast so eine tolle Karriere hingelegt.«

Ich weiche ihrem Blick aus, plötzlich sitzt mir ein Frosch im Hals.

»Sie lebt nicht mehr?« Christins Stimme ist sanft geworden. Ich schüttele den Kopf. »Nein, sie ist gestorben, als ich gerade mit der Uni begonnen hatte, immerhin das hat sie noch miterlebt.«

Eine nasse, sandige Nase drückt sich von hinten in meine Hand. Lux hat sich herangepirscht, zum Glück, er kommt wie gerufen. Ich beuge mich zu ihm hinunter und vergrabe mein Gesicht in seinem Nackenfell. Weich schmiegt es sich um meine Augen, an meine Wangen. Ich atme tief ein, Lux' Fell duftet nach Meer und Sonne.

»Wenn Flora damals nicht gewesen wäre«, ich richte mich langsam auf, »keine Ahnung, was ich gemacht hätte. Ich stand ja plötzlich ganz alleine da. Aber«, ich muss schmunzeln, »du kennst ja Flora. Sie hat mich unter ihre Fittiche genommen, mir Hühnersuppe gekocht und mich morgens zur Vorlesung geschickt.«

»Ja, Flora ist ein Schatz«, Christin lächelt, »genauso wie dein Hund übrigens.«

»Lux ist große Klasse.« Meine Finger streichen noch immer über sein Fell.

»Und was ist mit deinem Vater?«

Ich zucke mit den Schultern. »Keine Ahnung, ich habe bis heute nie wieder etwas von ihm gehört. Wobei der Witz an der Geschichte gerade der ist, dass er hier, irgendwo an der Schlei aufgewachsen sein muss. Genau in der Gegend, in der ich heute lebe.«

»Hm, gesucht hast du aber nie nach ihm?«

Ich schüttele stumm den Kopf. »Nein, er spielt in meinem Leben wirklich keine Rolle, ich trage noch nicht einmal seinen Namen.«

»Okay, da können wir uns später noch drum kümmern. Jetzt erzähl erst mal weiter: Wie sah es denn mit den Männern in deinem Leben aus?«

»Nach der einen oder anderen kürzeren Beziehung war Titus der erste Mann, mit dem es so richtig ernst wurde. Weißt du«, ich gebe Lux einen kleinen Klaps und lasse ihn laufen, »ich hätte mir niemals vorstellen können, dass er mich eines Tages verlässt. Das war undenkbar ...«

»... und ist dann doch passiert«, ergänzt Christin. Ich nicke. »Ist das nicht verrückt? Letztlich ist es mir ergangen wie meiner Mutter, auch sie ist damals aus allen Wolken gefallen.«

»Ja, und genau solche Verbindungen meine ich, wenn ich von alten Wurzeln spreche.«

Ich bücke mich und greife nach einem Stück Holz, das angespült wurde, werfe es weit ins Wasser. Lux sprintet los, Nelli hinterher, und bald sind zwischen den Wellen nur noch zwei Köpfe mit Schlappohren zu sehen.

»Du denkst, das hat alles miteinander zu tun? Mein Vater, Titus, Fred?«, sage ich. »Du glaubst, ich schere alle Männer über einen Kamm?«

»Das könnte sein, wir müssten uns das mal genauer ansehen. Für heute reicht es, dass du selbst einen Zusammenhang für möglich hältst. Das ist der erste Schritt. Für alles andere brauchen wir ein bisschen mehr Zeit.«

Ich lächle sie dankbar an. Es war eine gute Idee, das Gespräch mit ihr zu suchen.

»Christin, du bist große Klasse. Was für ein Engel hat dich eigentlich nach Arnis geschickt?«

Ich kann nicht anders: Ich nehme sie in den Arm, drücke sie fest an mich.

»Jetzt lass uns aber mal von euch sprechen. Erzähl, wie kommt ihr im Küsterhaus voran?«

»Es geht täglich ein kleines Stückchen weiter«, Christin schaut mit einem Mal müde aus, »im Moment streichen wir die Diele. Ich hatte die großartige Idee, auf halber Höhe eine Bordüre an die Wand zu pinseln. Ganz klassisch, blau auf weiß, das Muster erinnert an friesische Fliesen.«

»Ja, und? Das hört sich doch gut an.«

»Ist es auch, aber ich komme nur zentimeterweise voran, eine echte Geduldsprobe. Ich arbeite mit einer Schablone, und jedes einzelne Detail muss ganz genau mit dem Pinsel ausgetupft werden.«

»Weißt du was«, in mir regen sich die Lebensgeister, »ich helfe dir dabei.«

»Würdest du das echt tun?« Christin schaut mich an wie ihre ganz persönliche Schutzpatronin.

»Na klar, bei solchen Feinarbeiten bin ich richtig gut«, ich lege ihr einen Arm um die Schultern, »du hast mir deine therapeutischen Fähigkeiten geschenkt, jetzt schenke ich dir meine handwerklichen – das passt doch.«

Statt einer Antwort drückt sie mir einen dicken Schmatz auf die Wange, und wir machen uns auf den Rückweg zu unseren Autos. Insgeheim bin ich richtig froh über die Ablenkung, froh, etwas zu tun zu bekommen und nicht mit meinen Gedanken allein sein zu müssen.

Als wir im Küsterhaus ankommen, begrüßt uns ein weiß bekleckster David. Etwas abgekämpft kommt er uns entgegen.

»Schau mal«, Christin strahlt ihn an, »ich habe uns Unterstützung mitgebracht.«

»Die können wir gebrauchen«, er küsst seine Liebste aufs Haar – und ich halte mich tapfer. Zärtlichkeiten zwischen Mann und Frau kann ich gerade nicht so gut ertragen. »Ihr könnt euch gemeinsam auf die Diele stürzen, ich habe angefangen, den Keller zu streichen.«

»Dann also los«, ich wende mich ab und inspiziere das schon vorhandene Werk. Die neue Bordüre ziert etwa ein Drittel des Flurs, es gibt also noch reichlich zu tun. Im Nu hat Christin mich eingewiesen, und ich knie mit Pinsel und Farbpalette vor der Wand.

»Die Hunde verstauen wir am besten in der Küche, sonst

tapsen die euch gleich durch die Farbe.« David verschwindet mit Nelli und Lux um die Ecke – und ich versinke in meine blau-weiße Arbeitswelt. Schablone um Schablone robbe ich mich voran, und mir gefällt, was da vor meinen Augen entsteht. Dann klingelt mein Telefon, Flora ist dran.

»Wo bist du?«, ist ihre erste Frage.

»Ich helfe Christin und tupfe gerade ein sehr hübsches Muster auf ihre Dielenwand. Warum fragst du?«

»Du bist heute nicht zum Mittagessen gekommen, und da macht man sich als aufmerksame Freundin nun einmal Sorgen.«

Überrascht lasse ich die Schablone sinken. »Wie spät ist es denn?«

»Halb drei.«

»Ach, das habe ich gar nicht mitbekommen. Christin hat recht«, ich zwinkere ihr zu, »bei dieser Pinselei vergehen die Stunden wie im Fluge.«

»Geht es dir denn gut?«

»Ja, klar. Wieso?«

»Du wirktest heute Morgen mitgenommen, so richtig schockiert, als ich dir das von Fred erzählt habe.«

»Das stimmt«, ich gehe in die Hocke und setze mich auf meine Fersen ab, »ich bin im Moment echt verwirrt, was ihn anbelangt. Und dass er trinken soll, hat mich umgehauen. Es passt so gar nicht zu ihm.«

»So gar nicht«, bestätigt Flora, ihr Stimme wird weich. »Willst du ihn nicht doch mal anrufen?«

Ich schlucke und denke, dass Christin eigentlich genau das Gleiche zu mir gesagt hat. Und Bastian auch. Auch wenn der mir gerade wahnsinnig auf den Keks geht, bleibt er doch ein enger Freund von Fred.

»Annika, ich muss Schluss machen«, Flora spricht jetzt im Flüsterton, »da kommen neue Gäste. Wie sprechen morgen weiter, ja?«

»Alles klar, mach's gut.« Ich lege auf.

Für einen Moment ist es still im Flur. Ich sitze jetzt auf dem Boden und habe nur noch Watte im Kopf.

»Sorry, dass ich mitgehört habe.« Christin räuspert sich. »Fred trinkt?«

Ich schaue zu ihr auf. »Bastian hat davon erzählt, ja, er hat Fred angerufen und ihn sturzbetrunken angetroffen. An sich muss das ja noch nicht beunruhigen, ein Glas zu viel kann schließlich jedem mal passieren, bei Fred allerdings gibt es eine Vorgeschichte.«

Ich erzähle Christin von seiner verstorbenen Frau Lea, ihrem plötzlichen Unfalltod, dass Fred zu spät ins Krankenhaus kam, und dass er nach ihrer Beerdigung viel zu oft ins Whiskyglas geschaut hat.

»Über seinen Job hat er sich dann wohl wieder gefangen.« Ich richte mich auf und lege die Schablone erneut an der Wand an. »Als ich ihn in Zürich kennenlernte, erlebte ich ihn als durch und durch beherrschten Geschäftsmann, der so zuverlässig tickt wie ein Schweizer Uhrwerk. Nur so konnte er es auch bis an die Spitze seiner Bank schaffen.«

»Wie war es denn, als ihr beide zusammen wart? Gab es da ein Alkoholproblem?«

»Überhaupt nicht, ich habe davon erst durch Flora erfahren.« Ich tauche meinen Pinsel in die Farbe. »Ich selbst habe ihn als Genießer erlebt, der einen guten Wein zum Essen liebt oder ein Feierabendbier im hohen Gras.«

Die letzten drei Worte sage ich leise, eher an mich als an Christin gerichtet. Fred taucht vor meinem inneren Auge auf, er liegt neben mir auf der Lichtung, die Sonne geht gleich unter.

»Für meine Ohren hört sich das an, als würde auch er in der Vergangenheit festhängen.« Christin reißt mich aus meinen Gedanken.

»Wie meinst du das?«

»Fred hat Lea von einem auf den anderen Tag verloren, ohne dass er irgendetwas dagegen tun konnte. Den Tod zu akzeptieren, ist für jeden schwer, aber Macher und Machtmenschen wie Fred kann er aus der Bahn werfen.«

»Das verstehe ich, aber das alles ist doch schon drei Jahre her.«

»Das tut nicht viel zur Sache«, Christin schürzt die Lippen, »nehmen wir mal an, Fred hat sich in dich verliebt, Hals über Kopf, voll und ganz. Seit Lea bist du die erste Frau, für die er starke Gefühle empfindet. Dann geschieht etwas außer Plan, ein Missgeschick, ein Missverständnis, irgendetwas. Es führt dazu, dass er dich verliert. Von jetzt auf gleich bist du für ihn nicht mehr greifbar: Du bist nicht zu Hause, du reagierst nicht auf seine Nachrichten oder Anrufe, und spätestens durch Bastian erfährt er, dass du absolut nichts mehr mit ihm zu tun haben möchtest. Aus Freds Perspektive betrachtet, warst du von heute auf morgen verschwunden – sein alter Schmerz flammt wieder auf. Und de facto ist es ja auch so: Du tauchst hier ab, und er sitzt, völlig machtlos, in Zürich. Was geschieht also? Er betäubt sich mit Alkohol«, Christin macht eine kleine Pause, »genauso wie damals bei Lea.«

Standpauke

*F*red fasst nach meiner Hand, zieht mich lachend hinter sich her. Zusammen waten wir durch das seichte Meerwasser, zurück an Land. Wir sind beide atemlos vom Schwimmen – atemlos und glücklich. Dann höre ich ein Grollen hinter mir, es klingt nach einem Düsenjet. Ich schaue mich um und blicke auf eine Wand von Wasser. Eine Riesenwelle. Bevor ich schreien kann, erfasst sie mich, reißt mich mit sich. Freds Hand ist weg. Sofort. Die Welle wirbelt mich herum, ich rudere mit Armen und Beinen, schwimme gegen sie an, versuche, an die Oberfläche zu kommen. Kurz, ganz kurz, gelingt mir das. Ich schnappe nach Luft und suche hektisch nach Fred. Wo ist er? Bevor mich das Wasser wieder nach unten zerrt, sehe ich ihn am Strand stehen – mit festem Blick und sehr, sehr traurigen Augen.

Das Klingeln meines Weckers reißt mich aus dem Schlaf. Meine Hand schlägt nach ihm, tötet sein Bimmeln wie eine lästige Fliege. Ich rolle mich auf die Seite, strampele die Decke weg, mir ist heiß und – schon wieder so ein verrückter Traum. Ich bleibe liegen, schließe noch einmal die Augen. Freds Gesicht taucht auf, das aus dem Traum, sein Blick ist fest, aber traurig, sehr traurig.

So sah er aus, als er mir von Lea erzählte, letzte Woche, als wir am Strand spazieren gingen. Genau diesen Ausdruck hatte er, als er sich mit der Faust auf sein Herz klopfte, mich in das Zeichen einweihte, das er und Lea untereinander ausgemacht hatten, das Zeichen, das »Und ich liebe dich doch« bedeutete.

So paradox es auch klingen mag, aber in diesem Moment habe ich mich in Fred verliebt. Heillos verliebt.

Langsam werde ich wach, mein Verstand beginnt zu arbeiten, und sofort ist da Christins Analyse, die sie mir gestern präsentiert hat. Es kann tatsächlich sein, dass es ein Missverständnis zwischen Fred und mir gab, ich einen Fehler begangen habe, indem ich abtauchte, und dass Fred wieder zur Flasche griff, weil er nun auch mich verloren zu haben glaubt. Was aber, wenn nicht? Was ist, wenn er doch etwas mit diesem Lockenkopf hat? Waren die Zeichen nicht eindeutig genug? Oder was ist, wenn er Lea noch nicht loslassen kann, sich zwar körperlich zu mir hingezogen fühlt, aber »noch nicht bereit ist für eine neue Beziehung«. Neben »Es ist nicht so, wie du denkst« gehört dieser Satz zu denen, die wirklich niemand hören will.

Natürlich haben alle recht, natürlich sollte ich mich bei Fred melden und wie eine Erwachsene die Dinge klären. Aber was ist, wenn ich ihn dann ganz verliere? Wenn ich – quasi schwarz auf weiß – bestätigt bekomme, dass ich wieder aufs falsche Pferd gesetzt habe.

»Das überlebe ich nicht«, ich spreche laut mit mir selbst und setze mich im Bett auf. »Das schaffe ich einfach nicht.«

So wie die Dinge jetzt liegen, bin noch immer *ich* am Zuge. *Ich* bin diejenige, die die Notbremse gezogen hat. Daran festzuhalten, mag menschlich nicht besonders wertvoll sein, aber es ist das Einzige, das mich gerade noch aufrecht hält.

»Mist, ich habe die Handwerker vergessen.« Mit einem Mal weiß ich wieder, warum ich mir für heute Morgen den Wecker gestellt habe. Ich drehe mich zu ihm um und erfahre, dass ich in zwanzig Minuten den ersten Termin habe. Jetzt aber schnell!

Ich flitze durch Bad und Küche, füttere im Vorbeilaufen meinen Hund, greife nach meinem Notizbuch, verstaue es in meiner Handtasche und bin im nächsten Augenblick auch schon aus dem Haus – Lux voraus.

An meinem Zeigefinger baumelt Udos Schlüssel. Das Touristenbüro hat ihn mir freundlicherweise für heute überlassen, damit ich mein zukünftiges Ferienhaus mit einer ganzen

Reihe von Handwerkern besichtigen kann. Ich brauche ihre Einschätzung, ihre Angebote, um die anstehenden Renovierungskosten überblicken zu können.

Ein gelber Transporter parkt bereits vor Udos Haustür, das muss der Fliesenleger sein. Ich gehe einen Schritt schneller und winke ihm von Weitem. Ab jetzt bin ich ganz in meinem Element, in meiner Arbeit – und das tut gut. Ich kassiere einen kernigen Händedruck nach dem anderen, und als sich mittags mein Hunger regt, sind nicht nur die Fliesen besprochen, sondern auch die anderen Gewerke: Elektrik, Malerarbeiten, Heizung und Sanitär. Ich klappe mein Notizbuch zu und verlasse mit dem Heizungsbauer, Herrn Claasen, das Haus.

»Spätestens Mittwoch haben Sie mein Angebot.« Er öffnet die Wagentür und dreht sich noch einmal um. »Ein interessantes Objekt haben Sie da«, er lässt seinen Blick über die historische Fassade schweifen, »da werden Sie sicherlich etwas Schönes draus machen.«

Dann hebt er die Hand zum Gruß und verschwindet im Wagen. Ich schaue ihm nach und spüre, dass ich mich auf die Zusammenarbeit mit ihm freue. Claasen ist ein feiner Kerl, er hat konstruktive Ideen, und ich kann mich auf die solide Arbeit, die er macht, verlassen. Mit ihm und zwei anderen Handwerkern, die ich heute Vormittag traf, habe ich schon mein Waldhaus renoviert. Von den Erfahrungen und auch von den vielen guten Kontakten, die ich dabei gesammelt habe, kann ich jetzt profitieren – ob bei Udos Haus oder dem von Frau Rasmussen.

Ich lasse mich im Schatten des Hauseingangs nieder, setze mich auf die unterste Treppenstufe und checke meine Nachrichten. Es wird Zeit für eine Mittagspause, mal sehen, was Flora auf der Herdplatte hat:

Ihr Lieben, heute gibt es alte Gemüsesorten aus dem Bauerngarten: Mangold mit Buchweizennudeln oder Stielmus mit Mettwurst. Ihr habt die Wahl!

Das lasse ich mir nicht zweimal sagen, gleich zwei meiner Lieblingsgerichte sind am Start. Ich rufe Lux und mache mich auf zum Waldhaus, wo der Rover wartet. Kaum bin ich bei ihm angekommen, überrascht mich ein Motorengeräusch. Neugierig schaue ich mich um. Habe ich etwa einen Handwerker vergessen? Ein Cabrio fährt auf die Lichtung, es lässt Udos Haus links liegen und steuert direkt auf mich zu. Aber, den Wagen kenne ich doch! Das ist der dunkelgrüne Alfa, der am Wochenende vor Freds Haustür parkte. Und tatsächlich: Als er näher kommt, erkenne ich den hellblonden Lockenkopf, der hinter der Windschutzscheibe aufleuchtet.

Ich schlucke. Was gibt das denn jetzt? Sofort spüre ich einen Fluchtimpuls, aber dafür ist es schon zu spät. Der Wagen hält in meiner Einfahrt, Lux läuft freudig wedelnd auf die Fahrertür zu. Und sie geht auf. Ein nackter Fuß in einer goldenen Zehensandale kommt zum Vorschein, dann eine hochgewachsene Frau mit riesiger Sonnenbrille. Sie bückt sich, streichelt meinen Hund, schaut sich um, sieht mich – zur Salzsäule erstarrt – neben meinem Auto stehen.

»Zum Glück bist du da«, sie kommt auf mich zu, streckt mir ihre schmale Hand entgegen, »ich muss unbedingt mit dir sprechen.«

Seit wann duzen wir uns? Habe ich etwas verpasst? Ärger keimt in mir auf.

»Hi«, gebe ich knapp zurück und spüre, dass ihr Händedruck es mit dem der Handwerker aufnehmen kann.

»Hi, ich bin Sophie.«

»Und was möchtest du?«

Ihr Blick verweilt auf meinem Mund, *aha*, denke ich, *sie ist schnell und hat meine Zahnlücke bereits entdeckt.*

»Ich möchte mit dir reden.« Sophie hat sich schon wieder gefangen.

»Worüber? Über dein Wochenende mit Fred, hier auf *meiner* Lichtung?«

»Ja, über das Wochenende, das ich hier mit meinem Vater verbracht habe.« Sie lächelt. »Es war das erste seit langer Zeit.«

Sophie zieht sich die dunkle Sonnenbrille von der Nase, und stahlblaue Augen blicken mich an. Kein Zweifel, sie ist Freds Tochter. Und blutjung ist sie – viel zu jung.

Ich fasse mir an die Stirn und lasse mich rücklings gegen den Rover fallen. Natürlich, Sophie, Fred hatte mir doch von ihr erzählt, dass sie in Berlin lebt, dass die Beziehung zu ihr schwierig geworden sei. Das darf doch nicht wahr sein! Wieso bin ich nicht darauf gekommen? Ihr Wagen trägt, wie ich mich jetzt vergewissere, ein Berliner Kennzeichen, spätestens das hätte mich doch auf die richtige Spur bringen müssen. Aber anstatt einmal quer zu denken, bin ich mit Scheuklappen herumgelaufen. Ich war wie vernagelt und »die andere« omnipräsent. Unglaublich!

»Annika«, Sophie fasst nach meinem Oberarm, »geht es dir gut?«

»Ja, natürlich, alles gut.« Ich reiße mich zusammen. »Willst du, ähm, willst du nicht reinkommen?« Ich zeige auf mein Haus.

»Sehr gerne.«

»Gut, dann«, ich stoße mich vom Wagen ab, »dann komm, bitte.«

»Ich bin wirklich froh, dass ich dich angetroffen habe, letztes Wochenende hat es mit dem Kennenlernen ja leider nicht geklappt.«

»Nein, leider nicht«, bestätige ich kleinlaut und bemerke, dass ich puterrot anlaufe.

Mein Gott, wie peinlich mir das Ganze ist. Ich habe mich

wie die letzte Idiotin benommen. Erneut gebe ich mir einen Ruck und rette mich in einen Small Talk.

»Von wo kommst du?«

»Aus Berlin.«

»Wie, direkt aus Berlin?« Ich drehe mich zu ihr um. »Aber das sind doch mindestens fünf Stunden Fahrt.«

»Stimmt genau«, sie grinst mich an, »ich bin heute früh direkt gestartet.«

Das wird ja immer besser, denke ich, *das arme Ding hat den ganzen weiten Weg auf sich genommen, nur weil ich auf Tauchstation gegangen bin.* Ich spüre, wie die Röte erneut auf meinen Wangen aufflammt.

»Einen tollen Hund hast du«, sie fährt mit ihren Fingerspitzen über Lux' Rücken.

»Oh ja, das ist Lux«, als mein Hund seinen Namen hört, spitzt er neugierig seine Ohren, »mein Mitbewohner.«

Ich stoße die Tür vom Waldhaus auf, und wir drei treten ein.

»Ich muss dringend mal wohin, die lange Fahrt ...«

»Aber natürlich, das Gäste-WC ist gleich hier«, ich zeige auf die erste Tür und bin froh, dass Sophie dahinter verschwindet. Mein Herz pocht wie wild, ich brauche einen Moment zum Durchschnaufen. Ich gehe in die Küche und lasse mich auf mein Sofa fallen. Lux ist mir gefolgt und kuschelt sich an meine Knie. Ich beuge mich vor, drücke meine Nase hinter sein Schlappohr und sauge seinen Duft in mich hinein.

Was für eine Wendung. Wer hätte das gedacht?

»Jeder außer dir«, ich sehe vor meinem inneren Auge, wie sich Flora vor mir aufbaut – und muss direkt schmunzeln. Ja, genau das würde sie jetzt sagen.

»Du lächelst ja wieder.« Sophie ist mir in die Küche gefolgt und mustert mich aufmerksam. »Ich glaube, ich habe dir einen ganz schönen Schrecken eingejagt.«

»Nicht wirklich, Fred hatte mir ja von dir erzählt, er ...« Ich unterbreche mich selbst. »Ach Sophie, ich befürchte, ich habe mich unmöglich benommen und einen schrecklichen Fehler begangen.«

»Nein, das hast du nicht.« Sophie hat sich neben mich gesetzt und blickt mich ernst an. »Du hast mir ein großes Geschenk bereitet, ich bin dir wirklich dankbar.«

»Wie meinst du das?«, frage ich irritiert.

Sophie heftet ihren Blick auf ihren linken Zeigefinger, massiert ihn mit dem rechten Daumen.

»Wir hatten eine schwere Zeit, Papa und ich, damals, als meine Mutter gestorben ist«, sie räuspert sich, »und vorher eigentlich auch. Ständig war er unterwegs, hat unendlich viel gearbeitet, sodass für uns überhaupt keine Zeit blieb – jedenfalls habe ich das so empfunden. Als Mama starb, habe ich ihm«, sie kämpft offenkundig mit einem Frosch im Hals, »die Schuld an ihrem Tod gegeben.«

»Ich dachte, es war ein Verkehrsunfall.«

»Das war es ja auch! Aber es war so schrecklich, allein bei ihr im Krankenhaus zu sitzen, nichts ausrichten zu können. Wenn Papa nicht schon wieder verreist, sondern bei uns gewesen wäre, hätte er ja vielleicht noch etwas tun können. Vielleicht hätte er ihr Kraft gegeben«, Sophie schließt die Augen, »und sie wäre bei uns geblieben.«

Ich greife nach ihrer Hand, halte sie still.

»Das alles war natürlich Quatsch«, sie blickt mich wieder an, »ich habe mich aufgeführt wie ein Kind, das weiß ich heute, aber damals war der Schmerz so übergroß, dass ich jemandem die Schuld geben wollte.«

»Und das war dein Vater.«

Sophie nickt. »Ich habe mich von ihm verraten gefühlt, habe ihm vorgeworfen, dass er sich *nie* richtig um uns gekümmert hat.«

Ihre Hand greift jetzt in das Fell meines Hundes, krault und streichelt es. Lux hat sich neben sie gesetzt, sein siebter Sinn für Gefühlsschwankungen läuft auf Hochtouren.

»Dann wollte ich nur noch weg, weg von ihm, raus aus Zürich. Ich habe Hals über Kopf mein Studium geschmissen und einen Job in Berlin angenommen.« In ihren Augen flammt kurz der alte Zorn auf. »Aber weißt du, was dadurch passiert ist?«

Ich schüttele den Kopf.

»Ich habe auch noch meinen Vater verloren. Jedes Mal, wenn er sich bei mir meldete, habe ich ihn abblitzen lassen. Ich wollte, dass er büßt für das, was er uns angetan hat.«

»Das kenne ich«, ich hole tief Luft, »wenn mich andere verletzen, dann möchte ich ihnen auch wehtun. Dass ich damit alles nur noch schlimmer mache, auch für mich selbst, übersehe ich dann leider.«

»Ich konnte das auch nicht sehen, drei Jahre lang. Papa und ich haben uns immer tiefer reingeritten. Ich habe ihm die kalte Schulter gezeigt, und er hat sich vollends in seine Arbeit gestürzt. Sogar an Weihnachten hat er durchgearbeitet.«

»Zwei einsame Ritter«, bemerke ich leise.

»Ja, das ist ein guter Vergleich.« Sie lässt sich gegen die Sofalehne fallen. »Wir haben uns beide in unsere Rüstungen verkrochen und konnten unser Visier erst wieder hochklappen, als du aufgetaucht bist.«

Fragend blicke ich sie an.

»Du hast meinen Vater wieder lebendig gemacht. Weißt du, was er über dich gesagt hat?« Ein verschmitztes Lächeln erobert ihre Züge. »Er hat gesagt, seitdem er dich kennt, sieht er den Himmel wieder.«

»Schön«, ich schlucke, »das hört sich schön an.«

»Finde ich auch. Und es ist wahr: Papa und ich haben nur vor uns hingestarrt und alles andere ausgeblendet.«

»Sag mal, Sophie, möchtest du etwas trinken?« Ich stehe auf. »In der Aufregung habe ich ganz vergessen, dir etwas anzubieten. Meine Manieren lassen echt zu wünschen übrig.«

»Ein Wasser wäre toll, danke.«
Ich nehme eine Flasche aus dem Kühlschrank, schenke uns zwei Gläser ein und reiche ihr eins. »Hier, bitte.«
Sophie trinkt hastig, die Arme hatte richtig Durst. Mannomann, es wird wohl Zeit, dass auch ich aufhöre, vor mich hinzustarren, man übersieht dabei ja alle anderen.
»Das tut gut«, sie stellt ihr Glas ab, und ich schenke direkt nach. Sicher ist sicher.
»Als Papa hier letzte Woche Urlaub machte, es war der erste seit Jahren, hat er mich angerufen. Und irgendwas war anders an ihm, der Klang seiner Stimme, sie hatte etwas Fröhliches und Unbeschwertes. Jedenfalls habe ich mich – zu meiner eigenen Überraschung – breitschlagen lassen, ihn zu besuchen.« Sophie verliert sich kurz in Gedanken. »Ich habe eine Freundin in Hamburg, Marie, die ich schon viel zu lang nicht gesehen habe. Also habe ich mir überlegt, dass ich das ändern könnte und, wenn Papa mich nerven sollte, einfach wieder abdampfe und bei Marie übernachte.«
»Kalkuliertes Risiko«, ich muss schmunzeln, »so hätte ich es wahrscheinlich auch gemacht. Aber zu deinem Plan B ist es dann gar nicht gekommen.«
»Doch, schon. Erst sind Papa und ich ja segeln gewesen, das war superschön, so wie früher, als alles noch gut war. Aber dann, als wir zurück ins Haus kamen, hat er mir von dir erzählt, er war total begeistert und so glücklich«, sie schaut mich schüchtern an, »das hat mich stinksauer gemacht.«
Ich sage fürs Erste lieber nichts und höre ihr weiter zu.
»Ich habe, wie eigentlich immer, angefangen zu streiten, und bin dann wütend abgehauen, nach Hamburg.«
Aha, denke ich, *das muss die Situation damals an der Schranke gewesen sein, als Sophie mit ihrem Alfa an mir vorbeigerast ist. Später am Abend haben Fred und ich uns das erste Mal geliebt.*
»Ich wollte mich bei Marie ausheulen, aber anstatt mich zu

bemitleiden, hat sie mir ganz schön den Kopf gewaschen«, erzählt Sophie weiter. »Sie meinte, dass ich mich aufführe wie ein trotziges Kleinkind, dass ich den Tod meiner Mutter endlich akzeptieren muss, und dass mein Vater sein eigenes Leben hat und ich da auch nicht hineinzuregieren habe. Das war echt krass.«

Ich hole Luft und danke – im Stillen – Marie. Was für ein Segen gute Freundinnen doch sind. Flora hätte ganz genauso gehandelt.

»Am nächsten Morgen habe ich Papa dann eine Nachricht geschrieben und gefragt, ob wir noch mal in Ruhe miteinander sprechen können.«

»Das war am Samstag, nicht wahr? Du bist am Nachmittag noch mal hergekommen.«

»Genau. Statt segeln zu gehen, haben wir uns drüben in den Garten gesetzt«, Sophie schaut aus dem Fenster zum Ferienhaus hinüber, »da hängt eine Schaukel am Baum, als Kind hatte ich auch so eine. Ich habe mich daraufgesetzt, habe angefangen zu schaukeln, und plötzlich fing Papa an zu erzählen – von früher: Wie sehr sich Mama und er über meine Geburt gefreut haben, obwohl sie beide ja noch ganz jung waren, wie er mir Fahrradfahren beibrachte und wie sehnsüchtig ich mir einen Hund gewünscht habe. Ich habe meinen Eltern damit so lange in den Ohren gelegen, bis ich ihn irgendwann bekommen habe.« Ein seliges Lächeln legt sich auf ihr Gesicht, wieder findet ihre Hand Lux' weiches Fell.

»Papa hat auch von Mama erzählt, wie sie sich kennengelernt haben, und wie knapp sie anfangs bei Kasse waren. Als sie heirateten, konnten sie sich in Zürich nur eine winzige Mansarde leisten. Darin haben sie sich aber gefühlt wie Könige – weil sie einander hatten.«

Sophie hustet und greift nach ihrem Wasserglas, wieder trinkt sie in hastigen Schlucken.

»Als Kind meint man ja, alles über seine Eltern zu wissen, aber das stimmt nicht. Papa hat mir so viel erzählt, von dem ich nicht einmal etwas ahnte. Plötzlich konnte ich die beiden auch als Liebespaar sehen, nicht nur als meine Eltern. Und plötzlich wurde mir klar, wie schlimm es für ihn gewesen sein muss, seine Frau zu verlieren. Sie waren schon so lange ein Paar, sie hatten eine gemeinsame Geschichte und müssen sich wirklich sehr geliebt haben.«

Sophie blickt mich an, ein weicher Schimmer liegt auf ihrer Haut.

»Papa hat mir auch von dem Zeichen erzählt, das sie ausgemacht hatten«, ihre Stimme wird leise, »es bedeutete ›Und ich liebe dich doch‹.« Sie legt sich ihre Faust auf die Brust. »Mama ist so gestorben, mit dieser Geste. Ich dachte immer, sie wäre sauer auf Papa gewesen, aber das war sie gar nicht. Sie hat ihn einfach nur geliebt.«

Sophies Stimme erstickt, ich beuge mich zu ihr hinüber, nehme sie in den Arm, spüre, wie ihr Brustkorb erzittert und die Tränen laufen. Niemand weiß besser als ich, wie sie sich jetzt fühlt.

Wir sitzen eine ganze Weile so beisammen, dann beginnt mein völlig unsentimentaler Magen zu knurren, laut wie ein Raubtier. Obwohl Sophies Gesicht nass vor Tränen ist, muss sie anfangen zu kichern – und ich auch. Das Lachen tut uns wohl. Lux beginnt, dazu zu tanzen, er wedelt so stark, dass sein ganzer Körper mitschwingt.

»Na, du Stimmungskanone«, ich lasse meine Hände über seinen Rücken gleiten, »du bist froh, dass wir wieder froh sind, nicht wahr?«

»Was für ein süßer Hund er ist.« Sophie streichelt seinen Kopf.

»Sag mal«, ich richte mich auf, »darf ich dich zum Essen einladen? Ich wollte, gerade als du kamst, losfahren. Ich habe einen Bärenhunger.«

»Das war nicht zu überhören.« Sophie grinst.

»Also, hast du Lust? Eine Freundin von mir hat ein Deli ganz in der Nähe, sie kocht wunderbar.«

»Ja, lass uns gehen«, sie steht auf, »ich muss nur kurz ins Bad, so verweint möchte ich nirgendwo auftauchen.«

»Klar«, ich mustere ihr tränennasses Gesicht, »geh bitte nach oben, in meinem Badezimmer findest du alles, was du brauchst. Treppe hoch, dann links.«

Während ich auf Sophie warte, gehe ich nach draußen und stelle mich in die Sonne. Ihre Wärme, die mich sofort durchdringt, weckt meine Lebensgeister, ich recke mich ihr entgegen wie die Blumen auf meinen Fensterbänken.

Schritte auf der Treppe sind zu hören, ich drehe mich um, und schon tritt Sophie aus dem Haus. Die meisten Spuren von Traurigkeit sind verschwunden. Sie zückt ihren Autoschlüssel, ich aber winke ab.

»Lux kommt auch mit, deshalb lass uns also lieber meinen Wagen nehmen – auch wenn du eindeutig den schickeren besitzt.«

»Er war eine Überraschung von Papa, ich habe ihn zu meinem achtzehnten Geburtstag bekommen.« Sie lächelt stolz. »Er liebt es, großzügige Geschenke zu machen.«

Wir drei steigen in den Rover. Auf der Fahrt zu Flora erzählt Sophie weiter von Fred, von ihrer gemeinsamen Leidenschaft, dem Wassersport, von früheren Urlauben, die sie immer am Meer, nie in den Bergen verbrachten. Bei alldem wird deutlich: Sophie ist ein ausgemachtes Papakind. *Verrückt*, denke ich, *dass gerade sie den Kontakt zu ihrem Vater abgebrochen hat*. Sie muss gelitten haben wie ein Hund – und Fred ebenso.

Als wir beim Deli vorfahren, gemeinsam eintreten, kommt uns Flora entgegengelaufen.

»Sag nichts, sag einfach nichts«, sie geht an mir vorbei und starrt Sophie mit offenem Mund an, »du bist Freds Tochter, nicht wahr?«

Ein kurzes Nicken genügt, um Flora vollends in Verzückung zu versetzen.

»Ja, natürlich! Du bist ihm wie aus dem Gesicht geschnitten – und erst die Augen!«

»Flora, wir haben einen Bärenhunger«, ich unterbreche sie in ihrem Überschwang. »Hast du noch zwei Portionen von dem Stielmus?«

»Aber natürlich!« Flora strahlt. »Nehmt doch schon mal Platz, es geht sofort los.«

»Was ist denn Stielmus?«, raunt mir Sophie zu, als wir zu meinem Fenstertisch gehen.

»Eins meiner Lieblingsgerichte«, ich lasse mich voller Vorfreude auf einen Stuhl sinken, »Rübstiel ist eine alte Gemüsesorte, die auch ich erst hier kennengelernt habe. Flora kocht sie zusammen mit Kartoffeln, zerstampft beides zu Püree und serviert sie mit Mettwurst. Himmlisch! Warte nur ab.«

Sophie hört meinen kulinarischen Ergüssen zu, scheint aber nicht ganz überzeugt zu sein. *Na, das wird noch,* denke ich, und sehe meine Freundin mit zwei dampfenden Tellern auf uns zukommen.

»Bitte sehr«, sie stellt beide vor uns ab, »lasst es euch schmecken.«

Sophie starrt einen kurzen Moment auf das hellgrüne Etwas, das nun vor ihr steht, greift dann aber beherzt zu Messer und Gabel.

»Das ist köstlich«, urteilt sie, nachdem sie den ersten Bissen hinuntergeschluckt hat. Dann schneidet sie die Mettwurst an, schiebt eine Scheibe hinterher. »Irgendwie erinnert mich das an meine Oma, die hat auch so gekocht. Das schmeckt wie«, sie schließt genießerisch ihre Augen, »wie nach Hause kommen.«

Stimmt, denke ich, *da hat sie völlig recht.* Floras Küche schmeckt wie nach Hause kommen. Ich muss das meiner

Freundin unbedingt mal sagen. Jetzt aber ist es Zeit, Sophie Komplimente zu machen.

»Ich finde es ja ganz schön mutig von dir, mich zu besuchen. Du konntest ja nicht ahnen, auf wen du triffst.«

»Na ja, so wie Papa von dir geschwärmt hat ...« Sie lässt das Ende offen, lächelt nur. »Wie geht es ihm denn?«

»Wieso fragst du?«, weiche ich aus.

»Als ich das letzte Mal mit ihm gesprochen habe, wirkte er ziemlich mitgenommen. Er schien auch etwas getrunken zu haben, das ist wirklich ungewöhnlich.« Sie wirft mir einen unsicheren Blick zu. »Er meinte zwar, dass er okay sei und ich mir keine Gedanken machen solle, aber irgendwie habe ich ihm das nicht geglaubt. Wenn ich ehrlich bin, dann mache ich mir sogar richtig Sorgen um ihn.«

»Bist du deshalb zu mir gekommen?«

Sophie nickt. »Er war so glücklich, als ich ihn hier besucht habe. Endlich lebt er wieder, habe ich gedacht, seitdem er dich kennt, lebt er wieder«, ihre Stimme zittert leicht. Ist das Angst, die ich da aus ihrem Tonfall heraushöre?

»Ich will ihn nicht noch einmal verlieren.« Sophie ist so leise geworden, dass ich ihre Worte nur noch erahnen kann. Mit einem Mal sehe ich in ihr das kleine Mädchen, das hören will, dass alles wieder gut wird, dass die Großen schon alles richten werden.

Ich atme einmal tief durch.

»Ach, Sophie, zwischen Fred und mir läuft es gerade nicht so gut.« Ich senke den Blick und konzentriere mich auf meinen Teller. Was soll ich ihr bloß sagen? Ich kann Freds Tochter doch nicht erklären, dass ich den Kontakt zu ihrem Vater abgebrochen habe, weil ich irrsinnigerweise glaubte, sie sei eine Konkurrentin. Wie stehe ich denn da? Ich spüre, wie sich kleine Schweißtropfen auf meiner Stirn bilden.

»Bevor Papa zurück nach Zürich geflogen ist, war er zweimal bei deinem Haus und hat dich gesucht. Ich habe schon zu dem Zeitpunkt gespürt, dass etwas nicht stimmt.« Sie wirft mir einen scheuen Blick zu. »Als ich ihn hier besucht habe, hat er gleich sein Handy ausgestellt. Ich glaube, er hatte totale Angst, dass ich wieder wütend werden könnte. Daheim bin ich immer ausgerastet, wenn das scheiß Teil geklingelt hat – ständig hat es geklingelt.«

Sophie betrachtet mich nachdenklich, dann aber erobert ein Strahlen ihr Gesicht.

»Weißt du was? Ich habe eine Idee.« Sie kramt in ihrer Umhängetasche und zieht ihr eigenes Smartphone heraus. Mit ihm springt sie auf, stellt sich neben mich und beugt sich vor. »Wir schicken Papa jetzt einfach ein Selfie von uns beiden, dann sieht er doch, dass alles in Ordnung ist. Alles wird gut!«

Bevor Sophie auf den Auslöser drücken kann, strecke ich jedoch den Arm aus und lege meine Hand auf die Linse.

Donnerwetter

Der dunkelgrüne Alfa verschwindet im Wald, und ich schaue ihm nachdenklich nach. Fred hat eine mutige Tochter, eine warmherzige, süße – und eine eigensinnige noch dazu. Es war ihr nicht auszureden, heute noch die lange Heimfahrt anzutreten. Sehr gerne hätte sie bei mir übernachten können, aber sie wollte unbedingt zurück.

»Mein Job wartet auf mich«, meinte sie mit nicht durchschaubarer Miene, und ich habe »ganz der Vater« gedacht.

»Komm«, ich schaue hinunter zu Lux, der neben mir sitzt, »lass uns schwimmen gehen. Das tut uns beiden jetzt gut!«

Als hätte er jedes Wort verstanden, springt er auf und läuft die Auffahrt hinunter.

»Moment, Moment«, rufe ich ihm nach, »ich muss mich noch umziehen, und ein Handtuch brauchen Menschen auch!«

Fünf Minuten später bin aber auch ich so weit, und wir schlagen den kleinen Waldpfad ein, der hinunter zum Bootssteg führt. Mein Handy klingelt, Flora ist dran – darauf hatte ich eigentlich schon gewartet.

»Jetzt bin ich aber gespannt: Wie kommt Freds Tochter denn nach Arnis?« Meine Freundin spart sich jede Begrüßung, sie kommt direkt zur Sache. »Ich möchte einen genauen Bericht, bitte«, fügt sie scherzhaft, aber doch mit einer gewissen Prise Ernsthaftigkeit hinzu.

»Sophie ist schon wieder auf dem Weg nach Berlin, es gibt also gar nicht so viel zu erzählen.«

»Annika, du weichst mir aus.« Flora wird streng. »Wie kommt es, dass sie hier plötzlich auftaucht?«

»Ach, Mensch, mir ist die ganze Sache dermaßen peinlich …«, druckse ich herum und kicke mit der Fußspitze einen Stock zur Seite.

»Los, raus mit der Sprache.«
»Sophie ist ›die andere‹.«
»Annika, du sprichst in Rätseln.«
»Na, Sophie ist die Frau, die letztes Wochenende bei Fred war. Sie war es, die morgens in der Küche stand, es war ihr Wagen, der die ganze Nacht vor seiner Tür abgestellt war.«
Einen Moment lang bleibt es still am anderen Ende.
»Flora? Bist du noch da?«
Was nun folgt, ist ein Donnerwetter. Meine Freundin hat ihre Sprache wiedergefunden und hält mir eine Standpauke, die sich gewaschen hat: Sie habe mir ja gleich gesagt, dass Fred kein Hallodri sein, aber ich wollte ja wieder mal nicht auf sie hören. Fred sei nämlich ein feiner Mensch und ich ein verdammter Sturkopf, der sich lieber im Wald verstecke, als sich seinen Gefühlen zu stellen. Kindisch sei das, einfach nur kindisch.

Ich lasse ihre Strafpredigt ohne jede Gegenrede über mich ergehen, währenddessen gehe ich langsam weiter, hinunter zum Wasser. Flora hat ja recht. Mit allem.

Als sich ihre Stimme endlich beruhigt, stehe ich auf dem Bootssteg, ganz am Ende, ich sehe die Schlei vor mir glitzern, spüre die Brise, die sie über meine Haut schickt. Das letzte Mal war ich gemeinsam mit Fred hier. Wie glücklich wir waren. Wie leicht das alles mit uns ging. Und dann habe ich es doch vermasselt.

Ich schüttele den Kopf, Flora hat recht, ich muss für Fred eine einzige Enttäuschung gewesen sein. Mein stoisches Verhalten, der totale Kontaktabbruch ohne jede Erklärung müssen auf einen aufrichtigen und ernsthaften Mann wie ihn schockierend gewirkt haben. Mit Lea hatte er diese besondere, diese tiefe Verbundenheit, und dann trifft er auf jemanden wie mich – einfach furchtbar.

»Annika?«
Floras Stimme dringt an mein Ohr, ich habe ihr zuletzt gar nicht mehr zugehört.

»Annika? Hörst du mich?« In ihrer Stimme liegt plötzlich Beunruhigung. »Wo bist du?«
»Auf meinem Bootssteg. Lux und ich wollen schwimmen gehen.«
»Gut, das ist gut. Ich muss jetzt nämlich auflegen und ein ernstes Wörtchen mit meinem Mann reden, der kommt nämlich gerade nach Hause.«
Ich werde hellhörig. »Wieso? Was hat Bastian denn damit zu tun?«
»Er wird doch wohl gewusst haben, dass hinter der geheimnisvollen Besucherin Sophie steckte. Ich kann mir beim besten Willen nichts anderes vorstellen. Oder glaubst du etwa, dass Fred ihm nichts davon erzählt hat? Wenn zwei Männer stundenlang auf einem Boot herumsitzen, dann sprechen sie doch auch mal.« Flora ist richtig in Fahrt. »Fred wird sich *total* darauf gefreut haben, dass seine Tochter ihn besuchen kommt. Meinst du etwa, das hat er für sich behalten?«

Einen Augenblick später hat sie aufgelegt – und ich bin allein, allein mit meinen Gedanken. Mir ist es egal, ob Bastian etwas mit der Sache zu tun hat oder nicht. Es ist meine Schuld, dass ich Fred verloren habe. Ganz allein meine. Wie soll ich ihm denn je wieder unter die Augen treten?

Flora hat schon recht, ich mache in Beziehungsdingen alles falsch. Ich kann mit starken Emotionen einfach nicht umgehen und sollte das mit den Männern besser sein lassen. Außerdem nehmen sie mich viel zu sehr mit. Ging es Lux und mir nicht gut? Hatten wir es nicht schön?

Ich ziehe mir mein Shirt über den Kopf, öffne den Gürtel meiner Shorts, lasse sie an den Beinen hinabgleiten und springe kopfüber ins Wasser.

Pustekuchen

Die Sonne glüht auf meiner Haut. Immer noch. Mit einem Stirnrunzeln stehe ich vor meinem Badezimmerspiegel, betrachte Gesicht und Schultern. Mist, ich habe mir einen Sonnenbrand geholt. Lux und ich waren ewig im Wasser, zu lang, wie sich jetzt herausstellt. Mit einem leisen Stöhnen drehe ich meine Haare zu einem Dutt, greife zur After-Sun-Lotion und verteile sie großzügig auf meiner Haut. Mir ist, als hörte ich sie schmatzen, so begierig saugt sie die kühlende Creme auf.

Vor meinem Haus knirscht der Kies, da fährt jemand vor. Ich lausche durch das geöffnete Badezimmerfenster nach draußen. *Das kann ja eigentlich nur Heinrich sein*, denke ich, greife nach einer herumliegenden Tunika und ziehe sie mir, während ich die Treppe heruntergehe, über den Bikini.

Noch bevor es schellt, öffne ich die Tür.

»Hi Annika.« Bastian steht mit erhobener Hand vor mir, er wollte wohl gerade klingeln und schaut nun überrascht auf.

Auch ich bin verblüfft. Zum einen, weil Floras Mann freundlich mit mir spricht, zum anderen, weil ich mit *ihm* nun wirklich nicht gerechnet habe.

»Die Schranke war oben.« Bastian dreht sich halb zur Seite und zeigt zum Wald, dabei lächelt er unsicher. Fast eingeschüchtert wirkt er auf mich.

»Ach ja«, ich ringe mir ein Lächeln ab, »Sophie hat bestimmt vergessen, sie zuzumachen.«

Als ich ihren Namen ausspreche, zuckt es kurz in seinem Gesicht.

»Ja, deswegen bin ich gekommen. Flora hat ...«

Was er als Nächstes sagt, entgeht mir zur Gänze, denn etwas anderes zieht meine komplette Aufmerksamkeit auf sich: das Monster. Hinter Bastians Rücken schreitet es vorbei.

»Egnar«, stoße ich hervor, »ach, du Scheiße, Egnar ist schon wieder ausgebrochen.«

Blitzschnell greife ich in das Halsband meines Hundes, zum Glück steht er direkt neben mir.

»Wer ist ...?« Bastian, völlig aus dem Konzept gerissen, schaut sich verwirrt um. Als er Heinrichs Bullen erblickt, weicht ihm alle Farbe aus dem Gesicht. Wortlos drückt er sich neben mich in den Hausflur.

Egnar lässt uns derweil links liegen und schreitet gemächlich, aber zielsicher voran. Ob ihm noch mehr Rindviecher folgen? Ich lehne mich nach vorne und linse um die Ecke: keine Kuh in Sicht.

»Was machen wir denn jetzt?« Bastian blickt mich an wie ein leibhaftiges Fragezeichen.

»Heinrich anrufen.« Ich schließe die Haustür und gehe, gefolgt von meinem Besucher, in die Küche. Irgendwo dort lag doch mein Handy herum. Ich finde es auf der Anrichte und wähle die bekannte Nummer. Es klingelt. Und klingelt. Und niemand nimmt ab.

»Was jetzt?«, frage nun ich und verstaue mein Smartphone in der Hosentasche. »Heinrich geht nicht dran.«

Bastian steht am Küchenfenster und blickt dem Bullen nach. Er ist mitten auf der Lichtung angekommen. Aber anstatt einfach mal stehen zu bleiben und wie jedes andere Rindvieh gemütlich zu grasen, läuft er weiter. Langsam, aber unermüdlich.

»Wir können ihn nicht einfach weiterlaufen lassen, sonst steht er gleich auf der Bundesstraße.« Ich öffne die Tür zu meinem Abstellraum, nehme einen Besen und einen Schrubber heraus.

»Komm mit«, fordere ich meinen Besucher auf und drücke ihm den Schrubber in die Hand.

Bastians Gesichtsfarbe wechselt erneut ins Ungesunde. »Das ist jetzt nicht dein Ernst.«

»Doch, Egnar ist schon mal ausgebrochen, wir müssen Heinrich helfen. Komm jetzt!«

Ich schiebe Bastian vor mir her, hinaus zur Tür. Lux drängt sich dazwischen, er will unbedingt mitkommen. Aber das geht nicht.

»Lux, zurück ins Haus.« In einem Tonfall, der keinen Widerspruch duldet, schicke ich ihn in den Flur zurück. Wir haben keine Zeit mehr zu verlieren.

»Am besten wir nähern uns dem Bullen von zwei Seiten, dann können wir ihm den Weg zur Hauptstraße abschneiden.«

Wir trennen uns – und tragen unsere »Waffen« wie zwei Lanzen vor uns her.

»Immer ruhig bleiben, langsam gehen und schau ihm nicht direkt in die Augen!«, rufe ich Bastian halblaut hinterher, was ich von Annegret gelernt habe. Dabei bemühe ich mich um eine feste Stimmlage und wünsche mir insgeheim Christin herbei. Sie wusste mit dem Bullen umzugehen. Christin! Das ist überhaupt die Idee. Rasch ziehe ich mein Handy aus der Hosentasche. Zum Glück nimmt sie sofort ab.

»Du musst mir helfen«, flüstere ich. »Egnar ist wieder ausgebrochen und läuft frei über meine Lichtung. Ich bin auf dem Weg zu ihm. Wie halte ich ihn auf? Er will zur Straße.«

»Also, pass auf.« Christin ist sofort bei der Sache, zum Glück. »Rinder sind Herdentiere, das bedeutet, sie lassen sich problemlos treiben. Das liegt in ihrer Natur.«

»Was heißt das?«

»Das heißt, dass du Egnar genau dorthin manövrieren kannst, wo du ihn haben möchtest. Das Geheimrezept dafür ist seine Schulter.«

»Christin, mach schnell! Ich bin gleich bei ihm.«

»Kein Problem, ich bleibe am Telefon und coache dich«, ermuntert sie mich, ganz die Therapeutin.

»Gut. Also, was muss ich tun?«

»Du näherst dich ihm von der Seite, *immer* nur von der Seite, hörst du? Je nachdem, ob du dich vor oder hinter seiner Schulter befindest, geht er vor oder zurück. Sie ist sein Balancepunkt. Probiere das mal.«

Ach herrje, denke ich, *wenn das mal gut geht*. Ich bin bereits auf Egnars Höhe angekommen.

»Schau nur auf seine Schulter, auf nichts anders. Mein Opa hat mir das beigebracht, der mit dem Bauernhof.«

Ich vertraue ihr und versuche, in all der Muskelmasse so etwas wie eine Schulter auszumachen.

»Hast du sie? Gut. Jetzt versuche, in einem kleinen Bogen vor sie zu kommen, du kannst ruhig ein paar Meter Platz zwischen euch lassen.«

Okay, denke ich und umklammere meinen Besen, *das müsste ja zu schaffen sein*. Ich mache einen Schlenker und nähere mich dann wieder dem Ungetüm, dessen Schulter ich keine Sekunde aus dem Auge lasse. Und tatsächlich. Mit einem Mal verharrt Egnar. Er verharrt und schaut mich verwundert an.

»Sprich mit ihm, so wie Annegret es tut. Er kennt die Stimme von Menschen, er weiß, wann sie zutraulich klingen.«

Himmel! Was spricht man denn mit einem Rindvieh?

»Feiner Egnar, du bist aber ein ganz Lieber, ein ganz lieber Bulle bist du«, beginne ich zu flöten und bin mir nicht ganz sicher, wem von uns beiden ich gerade Mut zuspreche.

»Das hört sich gut an. Was macht er jetzt?«

»Er steht da und schaut mich an.«

»Wie sieht er dabei aus?«

»Ganz freundlich, denke ich.«

»Das ist gut, jetzt mach einen winzigen Schritt nach hinten, vielleicht dreißig Zentimeter, und danach einen winzigen auf ihn zu.«

»Okay.« Ich tue, wie mir befohlen. Und wie von Geisterhand setzt sich Egnar wieder in Bewegung.

»Ist er losgegangen?«, fragt Christin.
»Ja, genau«, antworte ich immer noch ungläubig.
»Dann hast du es verstanden. Jetzt nähere dich ihm wieder in einem Bogen und bring ihn zum Stehen.«
Gesagt, getan. Ich weiß zwar nicht so genau, was ich hier gerade mache, aber es funktioniert.
»Er hat wieder angehalten«, flüstere ich zwischen all dem Humbug, den ich dem Monster zusäusele, in mein Handy.
»Sehr gut, damit du den Bullen jetzt umdrehen kannst, bleibe genau auf dieser Höhe und gehe jetzt einen Schritt auf ihn zu. Nur einen, hörst du?«
Beherzt setze ich meinen Fuß nach vorne. Und Egnar? Er weicht vor mir zurück, als brächte ich ihm eine todbringende Krankheit.
»Das ist ja der reine Wahnsinn«, murmele ich.
»Jetzt bloß nicht übermütig werden«, ermahnt mich sogleich Christin. »Bleib stehen und atme dreimal ein und aus. Zwischen jeder einzelnen Bewegung, die du machst, musst du diese Pause einbauen. Das ist wirklich wichtig, damit er sich nicht überrumpelt fühlt und weiter mitspielt.«
»Gut, alles gut«, bleibe ich weiterhin bei meinem Singsang und bewege mich wie eine Tänzerin in Zeitlupe auf Egnar zu.
»Sobald du ihn in der richtigen Richtung hast, geh wieder einen Schritt zurück, sodass du ihn vor dir hertreiben kannst.«
Gerade als sich der Bulle vom Wald abwendet, knackt es vor uns fürchterlich. Egnar reißt seinen Kopf empor und fährt herum. Bastian! Er hat sich durch das Unterholz angeschlichen und ist auf trockenes Geäst getreten.
»Was ist passiert?« Ich höre Angst in Christins Stimme. Der Bulle hat dermaßen laut ausgeschnaubt, dass sie ihn bestimmt gehört hat.
»Sprich mit ihm, freundlich, hörst du?«, rufe ich Bastian spontan zu. »Beweg dich nicht!«

Egnar steht versteinert wie ein Gebirge, an seinem Hals pocht eine wulstige Ader. Misstrauisch blickt er in Bastians Richtung.

»Was macht der Bulle?« Christin flüstert nur noch.

»Er senkt seinen Kopf.«

»Nicht gut, gar nicht gut. Geh zurück, Annika, rückwärts, nimm den Blick runter.«

Genau in dem Moment, als der Bulle beginnt, mit dem Vorderhuf zu scharren, fängt Bastian – endlich – an, mit ihm zu sprechen.

»Hi Egnar, wie geht's denn, alter Kumpel.«

Sofort entspannt sich der Muskelberg, er ist wohl froh, eine menschliche Stimme aus dem Dickicht zu hören, und kein Wolfsgeheul.

»Ist ja ganz schön einsam, so alleine. Wo hast du denn deine hübschen Kühe gelassen? Du hast ja echt viele Mädels ...«

Der Bulle und ich atmen gleichermaßen aus. Mit einem Mal quatscht Bastian wie ein Wasserfall, er ist nicht wiederzuerkennen. Auch ich beginne nun wieder mit meinem Singsang.

»Macht weiter so, immer weiter«, ermuntert uns Christin, und tatsächlich scheint Egnar es nun ganz gesellig mit uns zu finden.

»Er hat angefangen zu fressen«, gebe ich zurück.

»Das ist gut, sehr gut. Jetzt zähl bis zehn und mach genauso weiter wie vorhin. Und Bastian bleibt da, wo er ist!«

Ich gebe das Kommando in Richtung Wald weiter, hefte meinen Blick auf die Bullenschulter und beginne erneut mit meinem Rindertanz.

Mit einer Engelsgeduld, die ich mir selbst am allerwenigsten zugetraut hätte, befördere ich Egnar schließlich auf die Mitte der Wiese, weg von der Bundesstraße. Auf einem sonnigen Flecken bleibt er stehen und senkt sein Maul ins saftige Gras.

Friss, ja, bitte friss weiter, denke ich und spüre, wie die Anspannung langsam aus meinen Gliedern weicht.

»Hilfe naht.« Bastian ist langsam aufgerückt, ein Knattern ertönt hinter ihm. Ich wende mich um und sehe einen vertrauten Trecker um die Kurve biegen. Nie hat mich sein Anblick mehr erfreut.

Heinrich stoppt neben uns und steigt mit einem »So ein altes Rindvieh!« vom Fahrersitz. Geradewegs geht er auf seinen Bullen zu, füttert ihn mit einer trockenen Brotscheibe und streift ihm einen Halfter über den massigen Schädel.

»Genug Abenteuer für heute, jetzt geht es heim.« Mit knappen Worten bindet er den Koloss an seiner Anhängerkupplung fest.

»Vielen Dank euch beiden. Die Kühe konnten wir noch im Bachtal aufhalten, nur Egnar ist uns wieder mal durch die Lappen gegangen«, erklärt er und krault seinem Bullen die Stirnlocken, als wäre der ein zu groß geratenes Shetlandpony.

»Ach, Heinrich, gar kein Problem.« Bastian stützt sich lässig auf seinem Schrubber ab. »Das haben wir doch gerne getan.«

Auch ich übe mich in Coolness, doch als Heinrich lostuckert – den Bullen im Schlepptau –, schauen wir beide ihm nach, als hätten wir soeben die wundersame Verwandlung eines sibirischen Tigers in ein Schmusekätzchen erlebt.

»Ich brauche jetzt einen Schnaps«, kommt es tief aus Bastians Brust.

»Und ich erst«, pflichte ich ihm bei.

Wir laufen zurück zum Waldhaus, Bastian lässt sich direkt auf die Bank neben meinem Eingang fallen, und ich stoße die Haustür auf. Lux kommt mir entgegengestürzt und stürmt, nach kurzer Freudenbekundung, raus zum Besuch. Ich suche in der Küche nach zwei Schnapsgläsern und greife nach der Flasche mit dem Kirschwasser. Ein Selbstgebrannter von Annegret.

Wortlos lasse ich mich neben Bastian auf die Bank sinken, reiche ihm ein Glas, fülle beide und sage: »Prost.« Der Obstbrand ist dermaßen stark, dass er mir kurz die Luft raubt.

»Heidewitzka«, Bastian räuspert sich, »der hat es aber in sich.«

»Noch einen?«

Bastian nickt. Also noch einen – und der brennt auch schon viel weniger.

Wohlige Wärme steigt mir stattdessen in die Glieder, was für ein schönes Gefühl. Mit einem langen Ausatmen lasse ich mich gegen die Rückenlehne sinken.

»Manchmal geht einfach nichts über einen ordentlichen Schnaps«, murmelt Bastian, als habe er meinen letzten Gedanken erraten. »Ein frei laufender Bulle ist mir jedenfalls noch nicht untergekommen.« Dann blickt er neugierig zu mir. »Ich habe mal eine Dokumentation im Fernsehen gesehen, über einen alten Cowboy irgendwo in Oregon. Der konnte ganz allein eine riesige Herde über die Prärie treiben. Er ist ganz ruhig hin- und hergegangen, mehr nicht, und die Rinder bewegten sich wie von Zauberhand.«

»Ach, interessant«, bemerke ich, betont sachlich.

»Bei dir sah das genauso aus wie bei dem Typen in Oregon. Was hast du mit dem Vieh gemacht?«

Ich überlege kurz, mein kleines magisches Geheimnis für mich zu behalten, dann aber lege ich die Karten auf den Tisch, erzähle ihm von Christin und dem Balancepunkt an Egnars Schulter.

»Und das soll funktionieren?« Bastian mustert mich kritisch.

Ich zucke kurz mit den Schultern. »Du hast es doch gesehen. Ich hätte es vorher auch nicht geglaubt.«

»Du hast auch vor gar nichts Angst, oder?«

Bastians plötzliche Frage überrascht mich. »Wie kommst du darauf?«

»Du traust dir einfach alles zu: eine Firma aufbauen, sie wieder verkaufen, dein Leben in Hamburg aufgeben, woanders ein neues anfangen. Du machst das einfach. Genauso wie diesen«, Bastian stockt und sucht nach einem geeigneten Wort, »diesen Büffeltanz.«

Ich zucke wieder mit den Schultern. »Ich habe mal eine richtig gute Definition von Mut gehört, die hieß: Wer mutig ist, hat Angst und geht trotzdem weiter.«

Ich bücke mich und greife nach dem Kirschwasser, das ich auf dem Boden abgestellt habe.

»So ist es doch, oder? Jeder hat Angst, sonst bräuchte ja auch niemand Mut.«

Bastian hält mir sein Schnapsglas entgegen, ich fülle seines, dann meines.

»Dann also auf den Mut!« Er prostet mir zu. Wir stürzen den Obstbrand hinunter.

Bastian schürzt anerkennend die Lippen. »Der ist nicht von schlechten Eltern.«

»Von Annegret.«

»Von wem?«

»Der ist von Annegret«, ich betone jedes einzelne Wort deutlich. »Sie hat das Kirschwasser gebrannt.«

»Dann muss es ja gut sein.«

»Sag mal«, ich gebe unserem Gespräch eine klitzekleine Wendung, »was verschafft mir eigentlich die Ehre deines Besuchs?«

Bastian zieht hörbar die Luft ein, dann sagt er: »Meine Frau.«

»Aha«, kommentiere ich, »und weiter?«

»Ich soll mich bei dir entschuldigen. Flora hat ziemlich Rabatz gemacht wegen Sophie, Freds Tochter.«

»Dass dieser hübsche Lockenkopf seine Tochter ist, weiß ich seit heute ebenfalls. Es stellt sich nur die Frage, warum nicht schon vorher?«

»Ich habe dir gesagt, dass du Fred anrufen sollst und dass alles nicht so ist, wie du denkst«, verteidigt er sich.

Die Szene vor Floras Deli kommt mir in den Sinn: Bastian, wie er neben dem Rover steht, ich ihn auslache und Gas gebe. »Das stimmt. Aber warum hast du nicht noch mehr gesagt. Der winzige Satz: ›Sie ist seine Tochter‹, hätte schon gereicht. Ich dachte doch, Fred hätte eine andere. Hat dir Flora das nicht erzählt?«

»Doch.« Bastian druckst herum und dreht das Schnapsglas in der Hand. »Ich habe mich halt wahnsinnig über dich geärgert. Du kannst so irre arrogant sein.«

Aha, das ist ja mal ganz was Neues. Ich und arrogant? Das muss ich erst mal sacken lassen. Für eine ganze Weile sagt keiner etwas.

»Damals, als Flora schwanger war, da hat sie nur von dir gesprochen.« Bastian beginnt mit einem Mal zu erzählen, zögerlich, seine Stimme ist brüchig. »Ständig erzählte sie davon, wie schön ihr beide es in eurer WG hattet, wie ihr drauf und dran wart, ein Café zu eröffnen. Sie hat so viel von dir geschwärmt, dass ich dachte: ›Irgendwann komme ich nach Hause, und Flora ist weg. Dann ist sie zurück zu Annika gegangen.‹«

Bastian schaut mich aus einem blass gewordenen Gesicht an, der Schnaps hat seine Zunge gelockert.

»Die Vorstellung davon hat mich völlig krank gemacht. Ich hatte eine Heidenangst, dass sie eines Tages einfach abhaut.« Er lehnt sich nach vorne, stützt seinen Kopf in beide Hände. »Als die Zwillinge auf die Welt kamen, wurde es besser – wenn man das so sagen kann. In den ersten Monaten wussten wir ja nicht, wo uns der Kopf stand. Alles drehte sich nur noch um die Babys. Zum Glück, irgendwie. Jedenfalls hat Flora immer weniger von dir gesprochen ...«

»... und am Ende gar nicht mehr«, ergänze ich seinen Satz. Er nickt und richtet sich ruckartig auf. »Aber dann bist du – nach all den Jahren – bei uns aufgetaucht. Plötzlich hast du in unserer Küche gesessen!«

Vielleicht liegt es am Kirschwasser, vielleicht an Bastians entrüstetem Gesichtsausdruck, jedenfalls muss ich laut auflachen.

»Du hast gedacht, du wärst mich für immer los«, kombiniere ich, »aber Pustekuchen, mit einem Mal war ich wieder da.«

Jetzt muss auch Bastian grinsen. »Und was noch viel schlimmer ist: Du bist dageblieben! Immer breiter hast du dich in Arnis gemacht. Erst mit deinem Waldhaus und dann mit diesem Deli. Kaum hattest du Flora diesen Floh ins Ohr gesetzt, sprach sie von nichts anderem mehr.«

»Einspruch, Euer Ehren«, ich wackle mahnend mit dem Zeigefinger, »auf das Deli ist deine Frau ganz alleine gekommen.«

»Ach, auch egal«, jetzt greift Bastian nach dem Kirschwasser, »ihr beide hängt doch zusammen wie Pech und Schwefel.«

Er gießt unsere Gläser randvoll. Vorsichtig hebe ich meines an und führe es an die Unterlippe.

»Scál!« Bastian gibt das Kommando, und wir kippen den Schnaps runter.

»Mein Gott, was bist du mir auf den Zeiger gegangen. Annika hier, Annika da. ›Annika hat gesagt, Annika meint auch …‹, bla, bla, bla.« Er äfft Flora nach, was ihm, zugegeben, ziemlich gut gelingt. Ich lache erneut.

»So schlimm?«, frage ich.

»So schlimm!« Bastian drückt beide Hände auf seine Knie, streckt den Rücken durch.

»Also hast du dir gedacht, da gibt es nur eine Lösung: Die Frau braucht einen Mann, dann ist endlich wieder Ruhe im Karton. War's so?«

»Genau!« Bastian nickt heftig.

»Dann steckst eigentlich du hinter den ganzen Verkupplungsaktionen. Ich hatte ja immer Flora im Verdacht.«

Bastian winkt ab. »Das Ganze war eh ein Schuss in den Ofen. Dir war ja niemand gut genug! Meine Güte, wen habe ich nicht alles für dich angeschleppt.«

»Oh Schreck, erinnere mich nicht daran«, jetzt bin ich diejenige, die ihre Stirn in beide Hände stützt. Vor meinem inneren Auge steigt eine Armada von ewigen Junggesellen, verlassenen Ehemännern und Endfünfzigern mit Halbglatze auf. Was war das furchtbar!

»Erst als Fred auftauchte, hat sich das Blatt gewendet.« Bastians Stimme ist mit einem Mal ruhig geworden.

»Stimmt.« Ich blicke auf.

»Ich weiß ja nicht, wie ihr Frauen das macht, aber Flora wusste sofort, dass er der Richtige für dich ist. Weißt du, dass sie es war, die Fred zum Sommerfest gelockt hat? Als ich ihn eingeladen habe, hatte er keine Zeit – zu viele, superwichtige Termine, ja, klar. Aber als ihn Flora dann noch mal angerufen hat, da konnte er plötzlich. Weiß der Henker«, Bastian schüttelt den Kopf, »wie sie das wieder angestellt hat.«

»Wusstest du eigentlich, dass Fred und ich uns schon kannten, dass er ein Kunde von Nika Anka war?«

»Klar, das stand ja unübersehbar in der Zeitung.«

»Und Fred? Wusste der das auch? Ich meine, war ihm klar, dass die Frau, die er *zufällig* auf Floras Sommerfest kennenlernen sollte, Nika Anka ist?«

Bastian lächelt. »Natürlich, Fred habe ich direkt eingeweiht. Nur du und Flora wusstet nicht, dass Fred und Fridtjof Brunner ein und dieselbe Person sind. Genauso, nebenbei bemerkt, wie Annika und Nika Anka.«

Ich übergehe den letzten Satz und nicke vielsagend. Das hatte ich mir doch gedacht. Alles eine abgekartete Sache.

»Aber soll ich dir mal was sagen«, Bastian holt tief Luft, »ich kam zu spät. Fred hatte sich schon in dich verliebt, als du das erste Mal in Zürich vor ihm gestanden hast, da war es bereits um ihn geschehen. Meine Güte, was war der von den Socken.«

»Echt?« Jetzt bin ich wirklich überrascht – und im nächsten Moment bereits wieder traurig. Es hätte wirklich gut werden können mit Fred und mir. Wir zwei hatten eine Riesenchance.

»Annika«, Bastian nimmt mich nun fest ins Visier, »das mit Fred, das darfst du jetzt nicht gegen die Wand fahren.«

»Ich befürchte«, ich schließe die Augen, »das habe ich schon getan.«

»Das hast du nicht!« Bastian schlägt sich mit der flachen Hand auf den Oberschenkel, sein Tonfall wird energisch. »Fred leidet, wie ein Hund leidet er, wenn du es genau wissen willst. Und weißt du auch, warum? Weil er total in dich verknallt ist. Immer noch. Und nun beweg endlich deinen hübschen Hintern und flieg, verdammt noch mal, zu ihm nach Zürich!«

Sperenzchen

Ich lege auf und danke Annegret gleich zweimal: zum einen, weil sie gleich kommt, um Lux abzuholen, zum anderen, weil sie ein ordentliches Kirschwasser brennt, eines, das keine Kopfschmerzen hinterlässt. Meine Güte, was haben wir gestern zugeschlagen. Auf Flora gestützt, die ihren Mann irgendwann abholte, konnte Bastian kaum noch geradeaus laufen.

»Annika, du musst um Fred kämpfen. Hörst du? Du musst um ihn kämpfen … wie eine Löwin … kämpfen … das musst du«, so viel hat er mir noch zugenuschelt, schwankend wie ein Seemann, bevor er auf Floras Beifahrersitz zusammensackte – und sie die Tür hinter ihm zuwarf.

Wie ich ins Bett gekommen bin, weiß ich selbst nicht mehr, auf jeden Fall bin ich dort in aller Früh aufgewacht. Zum Glück mit einem klaren Kopf – und einem eindeutigen Entschluss: Ich fliege zu Fred. Und zwar heute.

Ich greife wieder nach meinem Handy und logge mich in das Buchungssystem der Airline ein, die von Hamburg aus mehrmals täglich nach Zürich fliegt. Um 11.10 Uhr könnte ich dabei sein, ich blicke nachdenklich auf die Digitalanzeige meiner Mikrowelle, sage leise: »Das schaffe ich«, und klicke auf »Buchen«.

Eine Nachricht blinkt auf meinem Handyscreen auf. Clarissa schreibt:

Hey Nika, Brunner müsste heute den ganzen Tag in seinem Office sein. Wir haben jedenfalls zwei Videokonferenzen, bei denen er von dort aus zugeschaltet wird. Wieso fragst du?

Was ist das denn? Warum schreibt mir Clarissa diese Nachricht? Ich scrolle zurück in den Chatverlauf und sehe, dass ich meiner Assistentin gestern Nacht noch geschrieben habe. Oh Gott, ich spüre Röte in meine Wangen steigen, hoffentlich ist das mal gut gegangen. Eilig überfliege ich meinen Text, an den ich mich nun wirklich nicht mehr erinnere. Zu meiner Erleichterung bin ich nach all dem Schnaps aber weder sentimental geworden, noch habe ich eine Unmenge an Rechtschreibfehlern produziert. Stattdessen erkundige ich mich nur freundlich, ob Fred heute wohl in seinem Büro sein würde. *Puh,* denke ich, tippe schnell ein »Danke dir für die Info« und spare mir jeden weiteren Kommentar. Assistentinnen müssen ja schließlich nicht alles wissen.

»Und jetzt muss ich fix in die Garderobe und dann in die Maske«, sage ich zu Lux und streichele ihm im Vorbeigehen über den Kopf, »denn heute will ich richtig, richtig gut aussehen.«

Ich laufe eilig die Treppe hoch, zum Glück weiß ich schon, was ich anziehen werde: ein cremefarbenes, schmal geschnittenes Etuikleid. Dazu wähle ich einen Gürtel in Cognac, die farblich passende Tasche und Pumps mit Plateau-Absatz. Perfekt. Ich drehe mich vor dem Schlafzimmerspiegel und bin mit der sommerlich, aber korrekt gekleideten Geschäftsfrau, die mir daraus entgegenschaut, zufrieden. Ich möchte Fred überraschen, in seiner Bank, deshalb das Business-Outfit. Natürlich hätte ich mich auch mit ihm verabreden können, ganz privat, aber irgendetwas hat mich davon abgehalten. Vielleicht die Angst, er könnte mich abwimmeln, er könnte genug von mir und meinen Sperenzchen haben. Deshalb setze ich auf den Überraschungseffekt, auf die direkte Konfrontation, der er nicht ausweichen kann. Hopp oder top – alles auf eine Karte.

Ich reiße mich von meinem Spiegelbild los und mache mich auf ins Bad: Mit wenigen Handgriffen und jeder Menge

Haarspray fabriziere ich eine lässig elegante Hochsteckfrisur, auch die gelingt mir heute fix wie nix. Ein bisschen Make-up, ein bisschen mehr Schmuck – fertig. Im Flur ziehe ich einen kleinen Trolley, der als Bordgepäck durchgeht, aus meiner Abstellkammer und fülle ihn mit dem Nötigsten für ein, zwei Übernachtungen. Ich weiß ja nicht, was mich in Zürich erwartet, aber ich will gerüstet sein.

Es klingelt, Lux fiept in den höchsten Tönen und spurtet zur Haustür. Das wird Annegret sein, ich schlage den Kofferdeckel zu und gehe die Treppe hinunter, langsam, denn für alles andere ist mein Kleid zu eng.

»Hui, du siehst aber gut aus.« Annegret mustert mich von oben bis unten. »Willst du einen Prinzen erobern?«

»Genau«, antworte ich frank und frei und drücke ihr einen Kuss auf die warme Wange.

»Dann viel Glück und toi, toi, toi.« Sie spuckt mir dreimal über die Schulter und greift sogleich nach dem Korb, der neben der Haustür bereitsteht. Ich habe ihn mit Hundefutter, Näpfen, Decke und Leine bepackt.

»Komm, mein Lieber, du fährst mit zu uns«, fordert sie Lux auf und öffnet den Kofferraum ihres Kombis. Ohne zu zögern, springt er hinein, Annegret schließt die Heckklappe.

»Melde dich einfach, wenn du wiederkommst. Wir sind zu Hause.« Annegret winkt mir noch einmal und verschwindet dann hinter dem Lenkrad.

Als ihr Wagen davonfährt, mit Lux hinter der Kofferraumscheibe, muss ich schlucken. Er hat bei Annegret und Heinrich sein zweites Zuhause, dort fühlt er sich pudelwohl und hat es so gut, wie es ein Hund nur haben kann. Doch obwohl ich das weiß, versetzt es meinem Herzen einen Stich, ihn wegfahren zu sehen.

Ich blicke ihm noch einen Moment nach, dann ermahnt mich der Gedanke an die Abflugzeit. Ich muss jetzt auch los. Rasch erledige ich noch ein paar letzte Kleinigkeiten, greife nach einem leichten Sommermantel, meinem Gepäck und verstaue alles im Rover. Auf nach Hamburg, auf zum Flughafen – und zu Fred.

Eilfertig

Rot leuchten die Bremslichter vor mir auf. Stau, oje, es ist immer das gleiche Theater vor Hamburg. Nervös schaue ich auf die Uhr, ein bisschen Pufferzeit habe ich zwar, aber nicht allzu viel. Um mich abzulenken, angele ich in meiner Handtasche nach meinem Handy. Keine neuen Nachrichten, ich werfe das Gerät auf den Beifahrersitz und beginne, mit den Fingern auf dem Lenkrad zu trommeln. Hoffentlich geht es hier gleich weiter.

Was Fred jetzt wohl macht? Bestimmt sitzt er in einem seiner endlosen Meetings, bin ich froh, dass ich diese Zeitverschwendung hinter mir habe. Was er wohl sagen wird, wenn ich plötzlich in seinem Büro auftauche? Mein Trommeln wird lauter. Und aufgeregter. Diese Warterei ist nicht gut für meine Nerven.

Da, mein Handy klingelt, es gibt doch eine Ablenkung. Ich drücke erleichtert auf eine Taste meiner Freisprechanlage.

»Moin, Jensen hier«, schallt es durch den Rover.

Ah, der Immobilienmakler, jetzt gibt es Arbeit, sehr gut. Nach einem kleinen Begrüßungsgeplänkel kommt er zur Sache.

»Ich habe leider eine traurige Nachricht. Frau Rasmussen ist gestorben, gerade hat mich ihr Sohn informiert.«

Frau Rasmussen ist tot? Das Foto, das ich von ihr gemacht habe, taucht in meiner Erinnerung auf: Sie steht am Küchenfenster und winkt heraus, heraus aus ihrer Fischerkate, in der sie zweiundneunzig Jahre lang lebte.

»Oh, das tut mir …«, meine Stimme versagt, »das tut mir leid.«

»Ja, sie war wirklich eine beeindruckende Persönlichkeit, ein Charakterkopf, nach allem, was man so hört.«

Ich werde hellhörig. »Was meinen Sie?«

»Wissen Sie denn nicht, was man sich erzählt?«

Ich bin irritiert, aber Jensen spricht geradewegs weiter: »Immer wenn in meiner Jugend der Name Greta Rasmussen fiel, dann dauerte es nicht lang und einer der alten Männer schwärmte davon, wie schön sie einst gewesen sei. Kein Junggeselle an der Schlei, der ihr nicht den Hof gemacht hätte. Aber sie war eigenwillig, schon früher. Sie wollte auf eigenen Füßen stehen, für damalige Zeiten, in denen Frauen ins Haus und an den Herd gehörten«, Jensen räuspert sich, »Sie verzeihen mir diese Bemerkung, also für damalige Zeiten war das durchaus ungewöhnlich. Aber sie hatte das Haus, das Boot, sie wusste zu fischen und ihre Ware gewinnbringend zu verkaufen – sie konnte sich ihren Eigensinn leisten.«

»Ja, und weiter?«

»Nichts weiter. Frau Rasmussen ist ihr Leben lang alleine geblieben. Egal, wer ihr schöne Augen machte, sie hat sie alle zum Teufel gejagt.«

»Das kann, logisch betrachtet, nicht sein«, werfe ich ein, »immerhin hat sie einen Sohn.«

»Und niemand weiß, von wem. Eines Tages war die schöne Greta schwanger, und keinem hat sie verraten, wer der Vater ist. Natürlich gab es Gerüchte«, Jensen lacht auf, »wie immer in solchen Fällen, aber Genaueres weiß man nicht.«

»Und als das Kind auf der Welt war, was war dann?«

»Dann hat sie weitergemacht wie zuvor. Sie ist ihr Leben lang alleine geblieben, sie war unabhängig und hat niemals mehr einen Mann an sich herangelassen.«

Während ich Jensen zuhöre, wird es seltsam still in mir. Still und stumm. »Ihr Leben lang allein geblieben«, hallt es in mir nach, »keinen Mann an sich herangelassen.« Frau Rasmussen hat es gemacht wie meine Mutter, nach meinem Vater ist sie für immer Single geblieben. Obwohl die Sonne auf meine Windschutzscheibe brennt, fröstelt es mich.

»Na, lassen wir das, es sind alte Geschichten, wie man sie sich vermutlich überall auf der Welt erzählt.« Jensen wechselt den Plauderton. »Entschuldigen Sie bitte, dass ich Sie damit aufgehalten habe.«

»Nein, nein«, wehre ich ab, »Sie halten mich nicht auf. Ich stehe ohnehin im Stau, vor Hamburg. Ich bin auf dem Weg zum Flughafen.«

»Sie verreisen?«

»Ja, ich fliege in die Schweiz. Warum fragen Sie?«

»Frau Rasmussens Sohn hat um einen Termin mit Ihnen gebeten. Seine Mutter muss einen Brief für Sie hinterlassen haben.«

»Ach, das ist ja interessant«, murmele ich.

»Wann werden Sie zurück sein?«

Ja, wenn ich das mal so genau wüsste, denke ich, sage aber: »Sonntagabend.«

»Schön«, Jensen wird nun geschäftlich, »ich würde den Verkauf der Fischerkate gerne zeitnah über die Bühne bringen. Wäre es Ihnen recht, wenn ich Montagvormittag einen Termin für Sie beide vereinbaren würde, sagen wir, 10 Uhr?«

Ich überlege kurz, stimme zu und beende das Telefonat. Was Frau Rasmussens Sohn wohl von mir will? Vielleicht ist er gar nicht mehr an einem Verkauf interessiert? Immerhin ist die Fischerkate sein Elternhaus – oder besser: sein Mutterhaus. Und was wohl in dem Brief steht, von dem Jensen sprach?

Ich grüble so intensiv darüber nach, dass mir gar nicht auffällt, dass es wieder vorangeht. Der Rover rollt weiter gen Flughafen, und ich denke an Frau Rasmussen, diese außergewöhnliche, blitzgescheite Frau mit ihrem – bis ins hohe Alter – glasklaren Verstand. Sie hat sich in ihrer direkten Art, ihrer selbstbestimmten Lebensweise wenig um gesellschaftliche Konventionen geschert. Das damalige Frauenbild scheint ihr ziemlich egal gewesen zu sein. *Beeindruckend,* denke ich, sie ist ihrer Zeit voraus gewesen und muss einen starken Charakter besessen haben. Aber ein Leben lang alleine bleiben und niemanden an sich heranlassen? Nein, das möchte ich nicht. Es muss auch noch einen anderen Weg geben, irgendetwas dazwischen.

Das Thema beschäftigt mich sogar noch, als ich den Flughafen erreiche, den Wagen abstelle, einchecke und zu meinem Gate eile.

»Ihr Flug ist nun zum Einsteigen bereit«, tönt es dort auch schon aus den Lautsprechern, kaum dass ich eintreffe. Puh, das ist ja noch mal gut gegangen, quasi eine Punktlandung.

»Wir bitten zuerst die Passagiere der Businessklasse zum Einstieg, dann die Fluggäste der ...«, höre ich weiter und taste im Laufen nach meinem Handy. An der Ticketschleuse angekommen, stoße ich auf eine kurze Schlange, die sich dort gebildet hat. Wie üblich fliegen außer mir nur Männer in der Businessklasse, ich bin umgeben von anthrazitfarbenen Anzügen, schwarzen Aktentaschen und angegrauten Kurzhaarfrisuren.

Immer noch denke ich an Frau Rasmussen, sie war die erste Frau, so erzählte es mir Annegret, die an der Schlei alleine zum Fischen hinausfuhr. Eine Sensation! Wie viele Jahrzehnte mögen seither vergangen sein?

Ich entriegele mein Smartphone, rufe mein Ticket auf und will seinen Strichcode über den Scanner halten.

»Stopp«, ein dynamischer Mitarbeiter des Bodenpersonals herrscht mich an, »zuerst die Businessklasse.«

Ich schrecke aus meinen Gedanken hoch, blicke erstaunt in sein junges Gesicht. Was hat er gesagt?

»Economy kommt gleich dran, Sie müssen warten«, weist der eilfertige Steward mich zurecht – und hat den Bogen überspannt.

»Junger Mann, ich weiß ja nicht, ob Sie des Lesens schon mächtig sind. Falls ja, dann schauen Sie doch mal.«

Ich halte ihm mein Handydisplay unter die Nase, er errötet in Sekundenschnelle.

»Entschuldigen Sie, bitte, ich dachte nur, weil Sie doch eine ...«, verhaspelt er sich.

»... weil ich eine Frau bin?«, vervollständige ich seinen Gedankengang. »Geht's noch?«

Dann rausche ich an ihm vorbei, dass die Metallschranke nur so scheppert.

Drachen

Die Zürich-Bank residiert in einem Glaspalast. Ich schlage die Taxitür zu und gehe mit großen Schritten auf den Eingang zu. Die automatische Drehtür verschluckt mich, spuckt mich in der großzügigen Lobby wieder aus. Die Klimaanlage läuft auf Hochtouren, trotz der sommerlichen Hitze, die über der Stadt liegt, ist es hier angenehm kühl. Auch das kostspielige Mobiliar, die ganze noble Ausstattung erinnern eher an ein Fünf-Sterne-Hotel als an ein Wirtschaftsunternehmen. Die finanzstarke Kundschaft, die die Privatbank ihr Eigen nennt, soll hier eben nicht auf Ungewohntes treffen.

Meine Absätze schlagen laut auf den glatt polierten Steinplatten auf, mit denen die Halle ausgelegt ist. Sie ist menschenleer, nur hinter dem imposanten Empfangstresen wartet ein elegant gekleideter Mitarbeiter.

»Guten Tag, was kann ich für Sie tun?«, begrüßt er mich mit einem umwerfenden Lächeln. Auch er würde sich gut in einem Luxushotel machen.

»Ich möchte zu Dr. Fridtjof Brunner. Bitte melden Sie mich an, mein Name ist Nika Anka.«

»Sehr gerne«, er greift routiniert zum Telefonhörer, und ich registriere das matt-silbrige Namensschild, das er am Revers trägt. Valentin Edner steht darauf.

»Sie haben einen Termin?«

»Nein.«

Ein kurzes Flackern in seinen Augen, der Schwung seiner Bewegung ist unterbrochen.

»Sie haben keinen Termin?«

»Nein, Herr Edner, wie ich schon sagte«, ich lege Nachdruck in meine Stimme.

»Der Terminkalender von Dr. Brunner ist gewöhnlich ...«

»Gewöhnlich interessiert mich nicht«, unterbreche ich ihn scharf. »Wenn Sie nun die Güte hätten, mich anzumelden: Nika Anka. Wir kennen uns persönlich.«

»Selbstverständlich«, er räuspert sich und wählt eine Nummer. Ich halte meinen Blick auf ihn geheftet, jetzt bloß keine Schwäche zeigen.

»Ich möchte eine Dame für Dr. Brunner anmelden, ihr Name ist Nika Anka ... Sie hat keinen Termin, ja ... So ist es ... sie sind persönlich miteinander bekannt ... Ja ... sie steht vor mir ... sehr wohl.«

Edner beendet das Telefonat, nervöse Flecken zieren seine Wangen. Fred muss einen echten Drachen im Vorzimmer sitzen haben, so viel steht jetzt schon fest.

»Entschuldigen Sie bitte die Unannehmlichkeit«, er tritt zurück und verbeugt sich leicht, »bitte folgen Sie mir.«

Wir verlassen die Halle und betreten einen rückseitigen Flur. Neugierig schaue ich mich um, diesen Gebäudetrakt kenne ich noch nicht. Bei meinen bisherigen Meetings, die ich hier für meine alte Firma absolvierte, trafen wir uns immer im Konferenzbereich.

Mittels eines Codes, den Edner an der Tür eingibt, öffnet sich eine Schleuse.

»Sie nehmen bitte diesen Aufzug«, er bedient erneut eine Tastenkombination, »er führt direkt in die achte Etage in Dr. Brunners Office.«

Eine hochglänzende Tür öffnet sich, ich trete ein, der Fahrstuhl schließt lautlos. Das wäre geschafft, es geht nach oben – ins Zentrum der Macht.

Das Erste, was mich dort empfängt, ist klassische Musik, aus unsichtbaren Lautsprechern perlen die Klänge eines Pianos, ein Cello setzt ein. Meine Füße federn auf dickem Flor. Opulent arrangierte Orchideen flankieren das Entree des Bürotrakts – garniert von einem höchst professionellen Lächeln.

»Grüß Sie, Frau Anka, ich freue mich, Sie endlich persönlich kennenzulernen«, hinter einem antiken Schreibtisch sitzt der Drachen: Pagenkopf, makelloses Make-up, Kleidergröße 34. »Was haben Sie nicht alles für unser Haus getan! Diese Hackerangriffe haben uns ja in Angst und Schrecken versetzt«, flötet sie weiter.

»Vielen Dank«, erwidere ich knapp und kühl, »bitte melden Sie mich bei Dr. Brunner an.«

»Ich bin untröstlich, aber Dr. Brunner befindet sich in einem Meeting mit unserem Aufsichtsrat. Sie haben gewiss Verständnis dafür, dass er unabkömmlich ist.«

Neben uns öffnet sich eine zweiflügelige Mahagonitür, eine Servicekraft mit einem Kaffeetablett tritt heraus, ich meine, Freds Stimme zu hören.

»Wann endet das Meeting?«

»Vermutlich in einer Stunde, aber danach«, sie schlägt einen enttäuschten Tonfall an, »folgt für Dr. Brunner ein Termin nach dem anderen bis, ja, bis«, sie betätigt die Computermaus, »circa 23 Uhr. Dr. Brunner besucht am Abend eine Dinner-Party.« Ihr Lächeln wird süßlich.

»So lange kann ich nicht warten«, entgegne ich, »was lässt sich vorher machen?«

»Ich befürchte«, ihre Gesichtszüge gefrieren, »nichts.«

Ich atme durch und weiß, dass ich bei dem Drachen kein Land gewinnen werde.

»Entschuldigen Sie, wo darf ich mich frisch machen?«

»Zweimal rechts«, sie zeigt mit der Hand zur Seite, »Sie finden den Weg.«

»Gewiss«, ich strecke mein Rückgrat, schaue kurz auf sie hinab, dann ziehe ich mich zurück.

Im Toilettenraum lasse ich mich gegen die Wand fallen, spüre im Rücken die kalten Fliesen und betrachte mein Spiegelbild. Was soll ich jetzt tun? Es gut sein lassen? Meine kleine Lichtung im Wald, die wenigen Stunden unserer Liebe – das alles fühlt sich hier schrecklich weit weg an. Vielleicht wäre es besser, wenn aus Fred einfach wieder Dr. Brunner würde. Er führt ein luxuriöses Leben, die hochglänzende Businessliga ist seine Welt – nicht meine Reetdach-Kate im Wald. Vielleicht hat er das mit uns doch schon vergessen, ein kleiner Urlaubsflirt, mehr nicht.

Dann schließe ich die Augen, sehe Fred, wie er am offenen Feuer sitzt, im dunklen Garten, spüre seine Hand, die über meine nackten Schultern fährt. Höre Sophie, wie sie »endlich lebt er wieder« sagt. Erinnere mich an Bastian, wie er mir den Kopf wäscht, die Stimme schwer vom Kirschwasser – und denke an Frau Rasmussen.

»Also«, ich öffne die Augen und nicke meinem Spiegelbild zu, »dann los!«

Mit Elan verlasse ich die Toilette, marschiere schnurstracks am Drachen vorbei, klopfe einmal an der Mahagonitür und drücke die Türklinke hinunter.

Das lebhafte Gespräch, das soeben noch den Raum erfüllte, erstirbt.

Ich stehe in der Höhle des Löwen, genauer: in einem großzügigen Salon mit ovalem Konferenztisch. Ausschließlich dunkel gekleidete Herren haben sich an ihm versammelt. An ihrem Kopfende: Fred.

Für eine Millisekunde zuckt sein rechtes Auge.

»Wie schön, dass Sie es doch noch geschafft haben«, Fred reagiert blitzschnell. Er erhebt sich schwungvoll, geht mit ausgestreckten Armen auf mich zu, wendet sich zur Seite. »Meine Herren, es ist mir eine Ehre, Ihnen Nika Anka vorstellen zu dürfen. Ihr IT-Unternehmen war es, das unsere Bank wieder sicher gemacht hat.«

Alle Köpfe drehen sich zu mir, Geraune und wohlmeinender Applaus ertönen. Fred ist Herr der Lage, ganz und gar. Er hebt eine Augenbraue, und der Drachen, der sich an meine Fersen geheftet hat, verschwindet.

»Ich danke Ihnen, Sie sind zu freundlich«, ich gebe mich

gerührt und setze ein strahlendes Businesslächeln auf, »und wie schön, Sie, Dr. Brunner, wiederzusehen.« Ich schüttle Freds Hand – und spiele mit.

»Frau Anka war heute in Zürich beschäftigt und so freundlich, bei uns vorbeizuschauen. Bitte«, Fred weist auf eine kleinere Tür an der Seite, »nehmen Sie doch in meinem Büro Platz, ich bin sofort bei Ihnen.«

Ich nicke freundlich in die Runde und begebe mich nach nebenan. Währenddessen klatscht Fred einmal in die Hände. »Meine Herren, es wird höchste Zeit für einen Break. Außerdem wissen Sie ja«, er dreht sich lässig weg, »schöne Frauen darf man nicht warten lassen.«

Vielstimmiges Herrengelächter ertönt, und ich verschwinde in Freds Büro – einem hellen Raum mit sensationellem Blick über den Zürichsee. Hier bin ich umgeben von Design-Klassikern, interessiert schaue ich mich um, lasse meinen Blick über den Schreibtisch wandern, bin froh, keine Familienfotos zu entdecken. Ich gehe weiter und verharre vor einem der bodentiefen Fenster, das Panorama, das sich mir hier oben bietet, ist umwerfend.

Ein Geräusch in meinem Rücken verrät, dass Fred nachgekommen ist. Er durchmisst den Raum, bleibt kurz hinter mir stehen. Ich kann ihn dort spüren.

»Du liebst den großen Auftritt?« Seine Stimme ist leise, dunkel.

»Er musste sein.«

»Wie lange bleibst du?«

»Wie lange brauchst du?«

»Eine Stunde. Wir treffen uns in einer Stunde am Hafen, mein Fahrer bringt dich zu meinem Boot. Ich veranlasse alles.«

»Gut.«

Ich möchte mich umdrehen, möchte ihn berühren – aber ich traue mich nicht. Stattdessen höre ich, wie Fred den Raum wieder verlässt und die Tür sich leise hinter ihm schließt.

Landratte

»Bist du aufgeregt?«
»Und wie!« Nervös blicke ich zum Bootssteg, dann auf meine Uhr, dann zurück zum Steg. Fred hat Verspätung, ganz schön viel Verspätung. Um mir die Zeit zu vertreiben, habe ich Flora angerufen, und auch – das gebe ich zu –, um mich bei ihr anzulehnen.

»Jedenfalls finde ich es toll, dass du direkt zu ihm geflogen bist. So kenne ich *meine Annika*.« Ich muss meine Freundin gar nicht erst sehen, um zu wissen, wie sie jetzt ausschaut: Sie strahlt über ihr ganzes schönes Gesicht.

»Wie geht es denn Bastian? Hatte er heute früh einen Kater?« Ich strecke mich auf den Sitzpolstern, auf denen ich seit geraumer Zeit warte, aus und schaue mich noch einmal um. Freds Motorboot ist schick, aber zum Glück nicht überkandidelt – jedenfalls soweit ich als Landratte das beurteilen kann.

»Nein, es ging ihm gut«, Flora lacht kurz auf, »aber er war ganz schön beeindruckt, wie viel du vertragen kannst. Mensch, was habt ihr beide gezecht.«

»Stimmt.« Dem ist nichts hinzuzufügen, außer vielleicht: »Es war für eine gute Sache.«

»Weißt du was«, Flora klappert mit ihrer Kaffeemaschine, »das glaube ich auch.« Es setzt das vertraute Brummen ein. »Mein Mann war heute jedenfalls wie ausgewechselt. Kann es sein, dass ihr euch ausgesprochen habt?«

»Das haben wir, liebste Freundin. Es war gut, dass du ihm Dampf gemacht hast und er so völlig unerwartet vor meiner Tür stand. Na ja, und Egnar hat uns dann komplett aus der Reserve gelockt.«

»Wer ist Egnar?«

»Heinrichs Bulle«, ich lache auf, »hat dir dein Mann nichts von ihm erzählt?«

»Nein ...«

»Na, dann habt ihr ja noch ein lustiges Gesprächsthema für heute Abend.« Ich richte mich auf, ein Motorengeräusch erobert meine Aufmerksamkeit. Behutsam rollt eine schwarze Limousine an den Kai, es ist derselbe Wagen, der auch mich hergebracht hat. Eine Tür im Fond fliegt auf, Fred steigt aus. Sein Gesichtsausdruck ist energisch. Und damit sieht er unwahrscheinlich gut aus. Mannomann.

»Flora«, flüstere ich in mein Smartphone, »er kommt!«

»Dann leg schnell auf«, wispert sie zurück, »und schnapp ihn dir.«

Ich drücke das Telefonat weg und schlucke die Nervosität, die wie eine Woge in mir aufsteigt, hinunter. Dabei schaue ich auf Fred, wie er mit langen Schritten den Bootssteg herunterkommt und mich anblickt. Unentwegt anblickt. Der Ernst, der auf seinem Gesicht liegt, verleiht seinen Zügen etwas Kantiges. *Umwerfend,* denke ich, *wie gut er ausschaut!* Sein hellgrauer Dreiteiler ist ihm auf den Leib geschneidert. Der sommerlich dünne Stoff umspielt lässig seine langen Beine – und ich bekomme bei ihrem Anblick weiche Knie. Ich streiche etwas unbeholfen mein Kleid glatt und weiß einen Moment lang nicht, wohin mit mir.

Dann ist er da. Elastisch springt Fred auf das Heck und steht im nächsten Moment vor mir.

»Mach das nie wieder«, sein Blick ist eisern, stahlblau seine Augen.

»Was denn?« Ich bekämpfe ein leichtes Zittern in meiner Stimme. »Eine Aufsichtsrat-Sitzung sprengen?«

Er nimmt mir mein Handy aus der Hand, wirft es zielsicher in meine Tasche, die offen auf der Sitzbank steht.

»Weglaufen«, er greift nach meinen Händen, »vor mir weglaufen.«

Dann zieht er mich an sich heran, schließt mich in seine Arme, hält mich fest. Und ich ihn. Als wir uns irgendwann wieder loslassen, küssen wir uns. Seine Augen, diese schönen stahlblauen Augen, die mich danach anschauen, sind die glücklichsten der Welt.

»Und jetzt, schöne Frau, entführe ich dich.«

Fred zieht einen Schlüssel aus der Hosentasche, steckt ihn in das Zündschloss und lässt sich auf den Fahrersitz gleiten. Der Motor gluckert los, es geht raus auf den See, raus aus Zürich. Und ich bin froh, der Stadt zu entkommen. Sie hat mich angestrengt, ich bin die vielen Geräusche, die Menschen, das ganze Gewusel nicht mehr gewohnt. Ich stelle mich hinter Fred, lege ihm meine Hände auf die Schultern und lasse mir die Haare aus der Stirn wehen.

Die gepflegten Fassaden der Stadthäuser, die Passanten auf den Gehwegen, sie alle ziehen an uns vorüber. Wir verlassen mehr und mehr die Enge des Hafens – und mein Herz hüpft. Es springt vor lauter blitzblanker Lebensfreude.

Als die Stadt klein geworden ist und weit hinter uns liegt, wird unsere Fahrt langsamer, Fred dreht den Zündschlüssel herum, und mit einem letzten Glucksen erstirbt der Motor. Die Stille übernimmt den frei gewordenen Raum. Wir sind allein.

Fred greift nach hinten, tastet nach meiner Hand, zieht mich sanft zu sich.

»Wie gut, dass du gekommen bist«, flüstert er, als ich auf seinem Schoß sitze, »ich hatte nicht mehr zu hoffen gewagt.« Zärtlich fährt sein Daumen über meine Wange. »Und dann stehst du einfach in der Tür. Entschlossen und wunderschön. Mein Aufsichtsrat ist jetzt noch hingerissen.«

Ein feines Lächeln spielt um seine Lippen. Dann senkt er sie auf die meinen und verführt mich in seiner besonderen, ganz und gar eigenen Langsamkeit.

Fundstück

»Sophie hat mir geschrieben. Sie war gestern bei dir in Arnis«, während Fred sein Hemd zuknöpft, lächelt er mir zu.
»Das stimmt, auch sie besitzt ein gewisses Überraschungstalent.« Ich fläze mich auf den Sitzpolstern und blinzle in die tief stehende Sonne. »Du hast eine richtig tolle Tochter, weißt du das?«
»Ja«, Fred beugt sich zu mir, küsst meine Nasenspitze, »das weiß ich. Von dir ist sie auch ganz begeistert. Sie meint, ich solle mich ins Zeug legen, damit du bei uns bleibst.«
Ich schmunzle und sende einen stillen Dank Richtung Berlin.
Fred bückt sich, öffnet eine Tür in der Seitenwand. Eine eingebaute Minibar kommt zum Vorschein, sie ist blau illuminiert.
»Darf ich dir etwas anbieten?«
»Ein Wasser nehme ich gerne, danke.«
»Und sonst? Ich hätte einen schönen Weißwein im Angebot. Oder einen Rosé?«
»Ach, nein«, ich winke ab, »heute nicht.«
Genau genommen hatte ich gestern genug Alkohol für den Rest der Woche. Fred greift widerspruchslos nach der Flasche Wasser und stellt sie mit zwei Gläsern auf den Tisch, dann lässt er die Tür zufallen. Und ich bin froh. Es bereitet ihm offensichtlich keine Probleme, auf einen Drink zu verzichten.
»Bastian hat mir auch geschrieben, gerade als ich auf dem Weg zum Hafen war.« Fred hat die Gläser gefüllt, setzt sich nun zu mir auf die Bank.
»Aha«, murmele ich, dabei strecke ich mich aus und positioniere meinen Kopf auf seinem Oberschenkel. Insgeheim rechne ich damit, dass gleich das Wort »Kirschwasser« fällt.

»Er meint, dass du ein echtes Fundstück bist und ich mich anständig benehmen soll.«

Ich schmunzle erneut und drehe mich zur Seite.

»Vorher hat sich allerdings noch Flora gemeldet ...«

»... nein!« Jetzt reicht es aber! Ich drehe mich zurück auf den Rücken, schaue verblüfft zu ihm hoch. Hoffentlich wird ihm das Ganze nicht zu viel.

»Sie schreibt, dass ich dir nicht mehr böse sein soll«, eine unglaubliche Zärtlichkeit erobert seine Züge, »aber wie könnte ich das auch«, setzt er leise hinzu.

Ich richte mich auf und küsse ihn. Dabei fühle ich mich umringt von all meinen guten Geistern: Flora und Bastian, Sophie, aber auch Christin, Annegret und Frau Rasmussen. Sie alle haben mich – auf ihre ganz eigene Art – auf meinen Weg gebracht, auf den richtigen. Denn am Ende waren sie es, die mich stückchenweise in Freds Richtung gestupst haben. Wie dankbar ich ihnen dafür bin.

»Würdest du jetzt deine Augen schließen?«, bittet Fred mich nach unserem langen Kuss, seine Stimme ist dunkel geworden. Er greift zu seinem Jackett, das noch auf dem Boden liegt. Als ich nicht reagiere, sagt er: »Bitte«, und ich spiele seufzend mit. Ich höre etwas rascheln, er fasst nach meinem Unterarm, ich spüre etwas Kaltes, dann darf ich meine Augen öffnen.

Um mein Handgelenk schmiegt sich ein Armband, es ist als goldene Kordel gearbeitet und fällt wie Seide herab. Ich drehe meinen Arm, um die beiden Anhänger, die an ihm baumeln, besser sehen zu können. Es sind zwei Buchstaben, F und A, am letzten glänzt ein heller Stein.

»Das ist zauberhaft!« Ich bin hingerissen und bewundere das Schmuckstück von allen Seiten.

»Nein«, Fred räuspert sich, »du bist zauberhaft.«

Ich küsse ihn und denke wieder an Sophie, erinnere mich an ihre Worte: »Er liebt es, großzügige Geschenke zu machen.« Ich bin beeindruckt.

»Woher hast du das so schnell bekommen?«

»Man kennt sich – in Zürich.« Er lässt die Schmuckschachtel in seiner Hand zuschnappen, für einen Moment blitzt der Königslöwe in ihm auf.

»Gibst du mir mal dein Handy?« Plötzlich habe ich eine Idee.

»Wieso?« In Freds Stimme liegt ein Zögern.

»Das wirst du gleich sehen.« Ich bewege auffordernd meine Finger, er runzelt die Stirn, fischt aber sein Smartphone aus der Hosentasche und entriegelt es.

»Hier«, er hebt eine Augenbraue, »du hast mich in der Hand.«

Ich öffne die Kamera, schmiege mein lächelndes Gesicht an seines, halte das Handy mit der einen Hand vor uns, mit der anderen lasse ich »A und F« ins Bild baumeln, dann drücke ich auf den Auslöser.

»Hier«, ich reiche ihm sein Smartphone zurück, »für Sophie. Bitte schick ihr das Selfie, dann weiß sie, dass alles in Ordnung ist.«

Sofort kommt er meiner Bitte nach, dann lässt er sein Telefon wieder in der Hosentasche verschwinden.

»Und nun«, Fred legt seine Arme um meine Taille, »möchte ich mich von dir nach Hause bringen lassen.«

Ich blicke überrascht auf. »Wie jetzt?«

»Na ja«, er lächelt, »ich möchte dir mein Zuhause zeigen. Hast du keine Lust?«

»Doch«, ich bin irritiert, »natürlich habe ich Lust. Aber du hast gesagt, dass *ich* dich nach Hause bringen soll.«

»Genau, bitte«, Fred zeigt auf den Fahrersitz, »nimm Platz.«

»Aber ich … ich bin noch nie ein Motorboot gefahren.«

»Komm«, Fred steht auf, »ich zeige es dir.«

Immer noch ungläubig, blicke ich zu ihm auf. Ich soll dieses Ding steuern?

Er greift schmunzelnd nach meiner Hand, küsst sie, zieht mich sanft nach oben.

»Liebling, irgendwie muss ich dich in Zukunft doch aufs Wasser locken«, er lächelt, »dass ich dafür ein wenig investieren muss, das ist mir schon klar.«

Aha, ich muss grinsen, daher weht also der Wind. Aber warum auch nicht? Mir soll es recht sein.

Ich gehe nach vorne, rutsche genüsslich auf den Fahrersitz und drehe den Schlüssel herum.

Glück

Der Land Rover strotzt nur so vor Dreck. *Na, ein bisschen Liebe und eine Waschstraße könnte der auch mal wieder vertragen,* denke ich, presse meine Einkäufe an die Brust und steige vorsichtig ein. Als ich sitze, öffne ich noch einmal den Schutzumschlag und ziehe das Foto heraus: Frau Rasmussen steht hinter dem geöffneten Küchenfenster, sie winkt heraus.

Irmi hat einen Ausdruck auf Hochglanzpapier gemacht. Er ist wirklich gut geworden. Zufrieden greife ich nach dem hübschen Holzrahmen, den ich ebenfalls in ihrem Laden gekauft habe, und klemme den Abzug hinein, dann lege ich mein Werk in eine dezent gemusterte Geschenkschachtel. Fertig.

»So«, ich drehe mich zu Lux um, »jetzt geht's los.«

Ich starte den Motor, aber bevor ich den Blinker setzen kann, klingelt mein Handy.

»Hast du gut geschlafen?«, ertönt Freds Stimme durch die Freisprechanlage, meine Ohren laben sich geradezu an ihrem samtigen Klang.

»Ohne dich nur halb so gut«, erwidere ich und würde am liebsten durchs Telefon zu ihm kriechen.

Wir beide hatten ein wunderschönes Wochenende in Zürich, Fred hat all seine Termine gecancelt, und wir sind aus dem Bett gar nicht mehr herausgekommen. Sonntagabend habe ich dann die letzte Maschine nach Hause genommen.

»Ich bin auf dem Weg in ein Meeting, wollte dir aber schnell noch Glück wünschen«, im Hintergrund höre ich feste Schritte, Türen schlagen zu. »Magst du dich heute Abend melden und erzählen, wie es war?«

»Das mache ich«, ich lächle, wie schön es doch ist, seinen

Tag mit jemandem zu teilen, »bis später, Liebling – und danke.«

Ich lege auf und konzentriere mich auf den Termin mit Frau Rasmussens Sohn, wir treffen uns gleich in der Fischerkate. Was er wohl von mir will? Hoffentlich ist der Verkauf auch in seinem Sinne, das alte Haus hat in meinem Herz nämlich schon einen festen Platz erobert. *Vielleicht will er aber auch den Preis nach oben treiben,* überlege ich, *oder es haben sich weitere Interessenten eingestellt.*

Ich biege nachdenklich von der Hauptstraße ab und holpere langsam über den staubigen Feldweg. An seinem Ende erkenne ich einen Geländewagen mit Kieler Kennzeichen, er parkt vor der Fischerkate. Ich stelle den Rover dahinter, steige aus, greife nach der Geschenkschachtel und lasse Lux aus dem Heck springen. Er läuft zielstrebig – vermutlich in Erwartung einer Fleischwurst – zur Haustür. Diesmal jedoch enttäuscht sie ihn: Sie ist fest verschlossen. Mein Hund schaut verdutzt zu mir hoch.

»Warte, ich helfe dir«, vertröste ich ihn und drücke auf die Türglocke.

Auf mein Klingeln hin öffnet ein älterer Herr. Sein Gesicht lässt mich im ersten Moment stocken. Kennen wir uns nicht – von irgendwoher?

»Ja, wer kommt denn da!« Lux hat als Erster das Feld erobert und wird herzlich begrüßt.

»Sie müssen Herr Rasmussen sein, richtig?« Ich strecke ihm meine Hand entgegen.

»Richtig, kommen Sie bitte herein, meine Mutter hat mir viel von Ihnen erzählt und fast noch mehr von Ihrem Hund.« Viele Lachfältchen umkränzen seine freundlich dreinschauenden Augen. Er schiebt seine Hände tief in die Taschen seiner gemütlich ausgebeulten Cordhose und schaut freudig Lux hinterher, der sich durch den Flur schnüffelt.

Als er den Kopf wieder hebt, bin ich erneut über die Vertrautheit seines Anblicks überrascht. Irgendetwas kommt mir an diesem Mann bekannt vor. Oder ist es nur die Ähnlichkeit mit seiner Mutter?

»Darf ich Ihnen mein herzliches Beileid aussprechen.« »Ich bin meinem Gastgeber in die Stube gefolgt. »Der Tod Ihrer Mutter kam für uns alle überraschend.«

»Das stimmt, insoweit der Tod in einem derart hohen Alter überraschen kann. Aber bitte«, er zeigt auf einen der Sessel, »nehmen Sie doch Platz.«

Mit einem leichten Stöhnen, es klingt nach Rückenschmerzen, setzt auch er sich. Lux ist fertig mit seiner Bestandsaufnahme und legt sich unaufgefordert zu unseren Füßen.

»Genau genommen ist meine Mutter so gestorben, wie es zu ihr passte: eigenständig, bei wachem Verstand und in dem Haus, das sie liebte. Einen besseren Tod hätte man ihr gar nicht wünschen können – irgendwie hat sie immer ihren Willen bekommen.«

Er schmunzelt und scheint auf bewundernswerte Weise seinen Frieden mit alldem geschlossen zu haben.

»Entschuldigen Sie, kommt Herr Jensen noch dazu?«

»Nein«, Rasmussen schüttelt den Kopf, »einen Immobilienmakler brauchen wir heute nicht. Was den Verkauf angeht, ist auch alles geregelt: Die Fischerkate geht an Sie, genau wie meine Mutter es sich gewünscht hat.«

Puh, mir fällt ein mittelgroßer Stein vom Herzen. Jetzt wäre eigentlich der passende Moment, ihm das Bild zu überreichen. Ich greife nach der Geschenkschachtel, die ich auf meinem Schoß deponiert habe, und lege sie auf den Tisch.

»Ich habe Ihnen etwas mitgebracht.«

»Aha.« Er zieht das Wort lang und dazu seine Augenbrauen in die Höhe. Dann hebt er den Deckel an und schaut hinein.

»Ich habe das Foto erst vor wenigen Tagen aufgenommen«, erkläre ich.

»Es ist wohl das letzte, das von ihr gemacht wurde«, er nimmt den Bilderrahmen heraus, »und was für eine liebenswürdige Idee von Ihnen, mir einen Abzug zu schenken.« Er hält inne und versinkt in der Betrachtung der Aufnahme. »Meine Mutter, ganz in ihrem Element – ich danke Ihnen.«

»Gerne.« Für einen Moment macht sich Rührung breit, und wie auf Bestellung hebt Lux sein Köpfchen. Ich schmunzele still vor mich hin und streichle ihn mit einer Hand.

Herr Rasmussen räuspert sich, zieht dann den rückseitigen Aufsteller des Bilderrahmens heraus und stellt ihn vor uns auf den Tisch. Die Hausherrin blickt nun uns beide an.

»Herr Jensen hat Ihnen vermutlich berichtet, dass meine Mutter etwas für Sie hinterlassen hat.« Er dreht sich um, zieht eine Schublade auf, greift hinein und reicht mir einen hellblauen Brief. »Für die neue Besitzerin der Fischerkate« steht in krakeliger Handschrift darauf geschrieben.

»Bitte«, er reicht mir einen Brieföffner und zuckt mit den Schultern, »ich habe keine Ahnung, was drinsteht.«

Ich auch nicht, denke ich und sage: »Spannend.« Dann schlitze ich das Kuvert auf, nehme ein umständlich zusammengefaltetes Blatt Papier heraus und streiche es mitten auf der Tischplatte glatt. Dann beginnen Herr Rasmussen und ich – jeder für sich – zu lesen:

Liebe Annika,

ich wusste sofort, dass du die Richtige bist.
Mein Schicksal hat es gut mit mir gemeint und dich in meinen letzten Tagen zu mir gesandt. Dabei kennen wir uns schon so lange! Immer habe ich mich gefragt, was wohl aus dir geworden ist. Jetzt weiß ich es – und das macht mich froh.
Als Herr Jensen deinen Namen nannte, da habe ich es direkt geahnt, als ich dich sah, da war ich mir sicher: Du bist meine

Enkelin, Annika. Schau dir nur das Foto an, das ich all die Jahre aufbewahrt habe.
Ich wünsche dir alles Glück der Erde,
deine Oma

PS: Verzeih bitte deinem Vater. Auch er hat sich immer nach dir gesehnt, aber deine Mutter wünschte keinen Kontakt.

Aus dem Umschlag fällt ein verblichenes Farbfoto, an den Seiten ist es ganz abgegriffen. Es zeigt eine schöne Greta Rasmussen, dazu ihren Sohn in jungen Jahren und mit langen Haaren. Er hält ein kleines Mädchen auf dem Schoß. Den roten Stoffhund, den es in der Hand hält, den kenne ich. Es war meiner. Und die Zahnlücke, die kenne ich auch.

Ich schluchze auf – und noch im selben Moment spüre ich eine feuchte Hundenase in meiner Hand.

In eigener Sache
Zum guten Schluss: Rezepte

Ich bin auf einem Bauernhof aufgewachsen. Meine Mutter war – wie Flora – eine begnadete Köchin, und sie besaß – wie Annegret – einen gewaltigen Gemüse- und Obstgarten. Jedes Jahr erntete sie waschwannenweise Erdbeeren, Stachelbeeren, Johannisbeeren, Himbeeren und Brombeeren, die sie einweckte, zu Marmelade und Saft verkochte, mit denen sie köstliches Eis produzierte und einen Tortenboden nach dem anderen belegte.

In ihren Erntekorb wanderten aber auch Karotten, Bohnen, pflückfrischer Feld- und Kopfsalat, Unmengen von Zucchini und Kürbis, knackfrische Erbsen, Mangold und natürlich Rübstiel. Als »Meisterin der ländlichen Hauswirtschaft« baute sie, unterstützt von einer Auszubildenden, die in unserem Haushalt lernte, all diese Schätze an und brachte sie schließlich auf unseren Tisch. An dem saßen leicht acht Personen, im Sommer sogar zehn, wenn meine Cousins aus der Stadt ihre Ferien bei uns verbrachten.

Gekocht wurde zu jeder Zeit frisch und gegessen an einer schön gedeckten Tafel. Mittags – pünktlich um 12 Uhr – waren zwei Gänge selbstverständlich, zum Kaffee gab es selbst gebackenes Brot und Kuchen, zum Abendbrot noch eine warme Kleinigkeit. Der Haushalt, der ganze Bauernhof ähnelten einem Bienenkorb, in dem es gewaltig schwirrte. Ein wahres Schlaraffenland – und mein Kinderland.

Aus ihm habe ich einige Rezepte, die Leib und Seele zusammenhalten, gerettet und in diesem Roman »verwurstet«, wie meine Mutter sagen würde. Für all jene, die gerne einen Nachschlag nehmen, habe ich drei von ihnen aufgeschrieben. Viel Freude damit und guten Appetit!

Fliedersekt

Meine Erinnerung an Fliedersekt stammt aus einer Zeit, in der noch niemand die Fassbrause kannte. Beide haben eine gewisse Ähnlichkeit.

Der Fliedersekt zieht seinen Geschmack aus den Blüten des Holunders, einem Strauch, den man mancherorts als Flieder bezeichnet. Seine hübschen, cremeweißen Dolden kann man nirgendwo kaufen, und sie halten sich auch nicht in einer Vase. Frisch müssen sie an einem sonnigen Junitag gesammelt werden. Sie blühen wild im Wald, an Wegrändern oder auch im eigenen Garten.

Aus dieser »Beute« stellte meine Mutter Fliedersekt her, eine prickelnde Limonade, die wir Kinder liebten, die es aber auch in sich hatte: Gemeint sind damit keine Prozente, das Getränk ist nahezu alkoholfrei, sondern die natürliche Kohlensäure, die während des Gärprozesses entsteht.

In unserem dreihundert Jahre alten Bauernhaus gab es einen dunklen, etwas unheimlichen Gewölbekeller. Dort lagerte meine Mutter den angesetzten Fliedersekt, den sie in leere Mineralwasserflaschen abgefüllt hatte und hier für einige Tage gären ließ. Oft genug ist dabei eine der Flaschen hochgegangen, und die Explosion schallte durchs ganze Haus – gefolgt von den Flüchen meiner Mutter.

Dabei liegt der Kniff nur im richtigen Dreh: Die Deckel dürfen nur minimal zugeschraubt oder besser nur aufgelegt werden. Dann kann das entstehende Gas entweichen und der Fliedersekt ist »safe«. Köstlich ist er allemal.

Zutaten:
15 große Holunderblütendolden
5 l kaltes Leitungswasser
1 kg Zucker
20 g Weinsteinsäure

1 unbehandelte Zitrone
Leere Glasflaschen

Zubereitung:
Bevor die eigentliche Arbeit beginnt, müssen alle Gefäße und Küchenutensilien, die zum Einsatz kommen, peinlich genau gesäubert – am besten ausgekocht – werden, sodass sich später nirgendwo Schimmel bilden kann.

Die frisch gesammelten Holunderblüten ausschütteln und reinigen, dabei am besten auf Wasser verzichten, damit die Blütenpollen nicht weggeschwemmt werden. Stiele abknipsen und die Blüten zusammen mit der in Scheiben geschnittenen Zitrone in eine große Schüssel legen.

Den Zucker mit einem Liter Wasser in einen Kochtopf füllen und erwärmen, bis er sich aufgelöst hat. Weinsteinsäure hinzugeben und die Mischung mit dem restlichen Wasser über die Blüten geben.

Schüssel mit einem Tuch abdecken und ihren Inhalt für etwa fünf Tage bei Zimmertemperatur ziehen lassen, dabei nicht direkter Sonne aussetzen. Täglich umrühren. Wenn sich erste Bläschen bilden, ist der Sud abfüllbereit.

Nun einen Trichter auf die erste Flasche setzen und in diesen ein dünnes Tuch – etwa aus Mull – legen. Mit einer Schöpfkelle die Mischung einfüllen, Blüten und Zitronenscheiben bleiben zurück.

Ist der komplette Sud abgefüllt, kommt er an einen kühlen, dunklen Ort für weitere drei bis vier Wochen – je nach Geschmack. Zum guten Schluss prickelt der Fliedersekt herrlich und überrascht als erfrischender Sommerdrink.

Stachelbeertorte mit Krokant

Meine Mutter war nicht nur eine versierte Köchin, sie konnte auch exzellent backen. So kam es, dass für mich selbst gebackenes Brot lange Zeit eine Selbstverständlichkeit war. Da bei uns immer viele – und auch hungrige – Esser am Tisch saßen, bevorratete meine Mutter Mehl und Schrot in großen Säcken und hatte eigentlich immer zwei Laibe im Ofen.
Zum Wochenende buk sie Kuchen, für dessen Belag verarbeitete sie am liebsten, was gerade im Garten wuchs. Stellvertretend für all die Köstlichkeiten, die dabei entstanden, habe ich hier nun meine geliebte Stachelbeertorte aufgeschrieben. Sie kombiniert fruchtige, säuerliche Beeren mit knackig süßem Krokant und verbindet beides in einer weichen Sahnehaube. Geschmack und Textur, die sich daraus ergeben, üben einen unwiderstehlichen Reiz auf Gaumen und Geschmacksnerven aus. Eine Wohltat, die – davon bin ich überzeugt – glücklich macht.

Zutaten für den Teig:
125 g weiche Butter
100 g Zucker
200 g Mehl
1 TL Backpulver

Zutaten für den Belag:
1 Glas Stachelbeeren (oder die gleiche Menge frisch)
½ l Sahne
1 EL Butter
2 EL Zucker

Zubereitung:
Weiche Butter und Zucker für den Teig schaumig schlagen. Mehl und Backpulver vermischen, nach und nach un-

terrühren. Den Mürbeteig 2/3 zu 1/3 teilen. Aus den 2/3 einen normalen Tortenboden backen und aus der übrigen Menge einen dünnen Boden in einer Springform (fünfzehn bis zwanzig Minuten bei 200 Grad Ober-/Unterhitze).
Sahne steif schlagen und zur Hälfte auf dem kalt gewordenen Tortenboden verteilen, die abgetropften Stachelbeeren darauflegen und diese mit der restlichen Sahne bestreichen.
Den zweiten, dünnen Boden zerbröckeln. Butter und Zucker in einer Pfanne zerschmelzen lassen, Brösel hinzugeben und unter häufigem Wenden so lange rösten, bis eine Art Krokant entstanden ist. Kalt geworden auf die Torte streuen.

Stielmus mit Mettwurst

Vor unseren Geburtstagen wurden wir Kinder immer gefragt, was wir an unserem großen Tag essen wollen. »Stielmus!«, lautete die immer gleiche Antwort. Dass Stielmus oder Rübstiel, aus dem dieses herrliche Gericht hergestellt wird, vielen Menschen gar kein Begriff ist, erfuhr ich erst viel später. Deshalb hier mein Insiderwissen – quasi frisch aus Mutters Garten:

Rübstiel ist eine alte Gemüsesorte, die zu den Mairüben zählt. Das Besondere: Nicht die Wurzel, also die Rübe, interessiert, sondern das junge Blattgrün. Es wird wie Mangold oder Rucola – zu beiden besteht eine gewisse Ähnlichkeit – oberhalb des Erdbodens abgeschnitten. Zu kaufen ist Rübstiel auf Wochenmärkten oder in gut sortierten Gemüseläden, die Saison beginnt im April und noch einmal im Oktober. Alternativ lässt sich Rübstiel leicht im eigenen Garten anbauen – das sagt zumindest meine Mutter.

Zutaten (4 Portionen):
1 kg frischen Rübstiel
700 g Kartoffeln
4 grobe Mettwürstchen
100 g Butter
eventuell ein Schuss Milch
Salz, Pfeffer

Zubereitung:
Rübstiel waschen, dunkelgrüne, harte Teile aussortieren, hellgrüne Blätter und auch die weißlichen Rippen in kleine Stücke (1 cm) schneiden. Kartoffeln schälen, die großen einmal teilen. In einen großen Topf drei Fingerbreit Wasser füllen und salzen. Rübstiel und Kartoffeln zugeben, mit Deckel dreißig Minuten lang kochen lassen. Zehn Minu-

ten vor Ende der Garzeit Mettwürstchen mehrfach mit einer Gabel einstechen und auf das Gemüse geben.
Anschließend Mettwürstchen zur Seite legen, Wasser abgießen. Butter und einen Schuss Milch dazugeben und alles mit einem Kartoffelstampfer zerdrücken. Mit Salz und Pfeffer abschmecken und zusammen mit den Mettwürstchen servieren.